Je brille mais ne brûle point

Shine

NOT BURN

ELLE CASEY

Elle Casey
PO Box 14367
N Palm Beach, FL 33408
Les états-unis

Website: www.ElleCasey.com
Email: info@ellecasey.com

ISBN/EAN-13: 978-1-939455-49-9

Traduction : Jade Baiser
Relecture : Valérie Dubar

Titre original : SHINE NOT BURN

First Edition

Vous voulez être prévenu par un email
de la prochaine sortie de mes livres?
Inscrivez-vous ici : http://eepurl.com/h3aYM

Du même auteur

NEW ADULT ROMANCE
Shine Not Burn (série de 2 livres)
By Degrees
Don't Make Me Beautiful
Rebel (série de 3 livres)

ADULT CONTEMPORARY ROMANCE
Full Measure (nom de plume : Kat Lee)
Just One Night (série de 6 livres)

YA PARANORMAL ROMANCE
Duality (série de 2 livres)

YA URBAN FANTASY
War of the Fae (série de 4 livres)
Clash of the Otherworlds (série de 3 livres, suit *War of the Fae*)
My Vampire Summer
Aces High

YA DYSTOPIAN
Apocalypsis (série de 4 livres)

YA ACTION ADVENTURE
Wrecked (série de 2 livres)

À Mimi Strong.
Une amie auteure qui porte très bien son nom.

Je brille mais ne brûle point
Shine Not Burn

Elle Casey

Chapitre 1

ON M'APPELLE LA FÊTARDE. C'EST en tout cas ce que dit mon invitation.

Hé, la Fêtarde. On. Te. Veut. Sois à l'aéroport demain à 13 heures pile devant la billetterie Delta, sinon tu seras désormais connue sous le nom de Boue. Nous ne plaisantons pas. Ne nous laisse pas tomber. Et n'oublie pas, tu as la permission de t'amuser et d'oublier ton salaud de petit-ami VOMI, parce que ce qui se passe à Vegas, reste à Vegas. Terminé. Baisers, ta meilleure amie. Et non, Candice n'est pas ta meilleure amie, je le suis. Baisers, Kelly, ta meilleure amie.

Je posai l'invitation sur mon bureau.

— Pas question, dis-je à voix haute dans mon bureau. Ça ne risque pas d'arriver.

— Qu'est-ce qui ne risque pas d'arriver ? demanda Ruby, mon assistante.

Pour tout dire, elle était plutôt comme une mère, une voisine de palier, un confesseur, et plus généralement une vraie plaie, tout ça en une seule personne, mais la plaque sur la porte de son bureau disait qu'elle était Ruby, secrétaire juridique chez Harvey, Grossman et Canto. Elle entra avec une tasse de café fumante à la main, et comme chaque jour, obtint ma reconnaissance éternelle pour son étrange capacité à toujours savoir exactement ce dont j'avais besoin et quand j'en avais besoin. Neuf heures du matin et j'étais déjà prête à prendre mon café en intraveineuse. C'était l'effet que me faisaient les invitations pour un enterrement de vie de jeune fille.

— Hors de question que j'aille à ce truc stupide, dis-je en glissant mon invitation sous le sous-main de mon bureau.

Je m'imaginais déjà ce que dirait Tommy à ce sujet. Et je veux dire Tommy avec un T, pas un V. Mes amies ne l'appréciaient pas vraiment.

— Pour Kelly ? Bien sûr que vous allez y aller. C'est votre meilleure amie. Voulez-vous que j'envoie la confirmation de votre présence ou allez-vous le faire vous-même ?

Je fronçais les sourcils, ne lui arrachant pas vraiment la tasse des mains, mais lui laissant comprendre qu'elle me mettait de mauvaise humeur.

— Non, madame je-me-mêle-de-tout, je ne veux pas que vous confirmiez pour moi.

Je rapprochai la tasse de mon visage afin de pouvoir humer son contenu, souhaitant que le fait de renifler les vapeurs du café puisse faire pénétrer plus profondément la caféine dans mon organisme ou au moins que ses effets durent plus longtemps.

— Je vous ai dit que je n'irais pas.

Elle pinça les lèvres en prenant son air 'on-ne-me-la-fait-pas'.

— Hmmm-hmmm.

Deux autres hochements de tête et je capitulais. Elle avait un pouvoir effrayant de culpabilisation, et n'hésitait pas à l'utiliser contre moi régulièrement.

— Mais je ne veux pas y aller, gémis-je en faisant la moue et en essayant tous les trucs que je pouvais. J'ai deux dossiers à terminer d'ici mardi et trois audiences de procédure devant la cour d'appel cette semaine, et ce n'est que le sommet de mon horrible iceberg.

Je donnai un léger coup de pied dans mon bureau, voulant le faire plus fort mais répugnant à abîmer mes Louboutin. Elles m'avaient presque coûté une semaine de salaire.

— Vous avez fini ces dossiers la semaine dernière, comme vous le savez pertinemment, et vous pouvez envoyer *Bradley* aux audiences.

Elle avait dit 'Bradley' avec ce ton – celui qui disait combien elle le trouvait irritant. Elle faisait toujours ça. Je devais résister à l'envie de faire la même chose. Il avait cette faculté de vous hérisser de l'intérieur. Comme une petite bestiole qui se serait glissée sous votre peau. Beurk. De beaux vêtements et un joli visage ne pouvaient pas aider un type qui avait une personnalité qui vous donnait des haut-le-cœur. Imaginez un croisement entre un serpent et un blaireau, et vous aurez une petite idée de son style.

Je levai les yeux au ciel.

— Il faut vraiment que vous arrêtiez de fouiner dans mes fichiers informatiques, Rubes.

— Pourquoi ? Comment pourrai-je arriver à vous suivre, sans ça ? Si je devais attendre que vous me demandiez de l'aide, je serais une vieille femme aux cheveux gris avant que cela arrive.

— Vous êtes déjà une vieille femme aux cheveux gris, répondis-je en souriant derrière ma tasse.

La joie que je ressentais à ce moment-là était totalement outrageante, mais c'était ma façon d'être : me déhancher sur mes Louboutin tout en harcelant les personnes âgées. Classe avec un grand C.

Elle pointa un long doigt manucuré dans ma direction.

— Ma fille, vous avez de la chance d'être assise derrière ce bureau plutôt que dans cette ruche de secrétaires avec moi, sinon...

Elle plissa la bouche et secoua lentement la tête à plusieurs reprises.

— Sinon quoi ? Vous me provoqueriez ? Nous nous battrions dans la salle de photocopie ?

Mon sourire s'élargit.

— Ça, vous pouvez en être sûre, jeune fille, dit-elle.

Elle se tourna pour quitter le bureau, ses collants émettant un sifflement bruyant comme ils le faisaient toujours. Je jure qu'un jour, le frottement de ses cuisses allait allumer un feu.

— À qui dois-je envoyer la confirmation ? demanda-t-elle sans même se tourner pour me regarder. Candice ou Kelly ?

Je soupirai bruyamment en posant ma tasse sur le sous-main.

Ruby avait encore gagné. Comme toujours.

— Kelly, soupirai-je. Envoyez-la par mail au bureau de Kelly.

Je fis tourner mon fauteuil de côté pour pouvoir faire face à mon ordinateur, cliquant sur les touches qui ouvriraient les dossiers de mes clients. Le calvaire imminent de l'enterrement de la vie de jeune fille de Kelly pesait lourd sur mes épaules. J'étais censée trouver un moyen de convaincre le juge de faire abstraction d'une jurisprudence défavorable, mais les mots sur le document que je venais d'ouvrir dansaient devant mes yeux.

Ces derniers devinrent vitreux et j'eus de nouveau quinze ans, dans la petite pièce à l'arrière de la maison de ma mère avec la silhouette imposante de son petit ami qui me surplombait, une ceinture levée au-dessus de sa tête.

Il l'abaissait encore et encore sur mon dos, ma tête et mes épaules. Des paroles haineuses s'écoulaient de sa bouche, leur laideur humide recouvrant ma peau.

Je tremblais non pas de peur, mais de rage. Cela durait depuis trop longtemps. Les ecchymoses mettaient de plus en plus de temps à guérir. Il fallait que je parte. Et chaque fois qu'il me battait, les mots devenaient plus haineux et la ceinture s'abaissait plus fort. Si je ne trouvais pas un moyen de sortir de ce pétrin, je serai morte et enterrée au fond du jardin avant mes dix-huit ans. Souhaiter que ma mère intervienne et m'aide était une perte de temps.

Lorsqu'il avait quitté la pièce ce jour-là, j'élaborais la première ébauche de ce qui allait devenir mon projet de vie, un document qui me guiderait sur la route qui me conduirait à mes objectifs : l'indépendance, la sécurité et la réussite personnelle. Je ne pouvais pas compter sur ma mère, trop faible et co-dépendante, pour me sauver, alors je devais le faire moi-même.

Je secouai la tête, la sortant des nuages et la ramenant au présent. *Non, je refuse de laisser ces souvenirs ruiner la fête de mon amie.* Je pris une profonde inspiration et expulsai les fantômes qui hantaient les recoins de mon esprit. J'avais maintenant vingt-cinq ans et mon projet de vie m'avait conduite jusqu'ici. Prendre une petite pause pour me rendre à Las Vegas ne changerait rien. Un petit voyage de deux jours avec mes meilleures amies ne représentait aucun risque pour mon projet de vie. Je pouvais le faire. Je ne laisserai plus la peur être ma compagne.

Je cliquai sur ma souris, remettant le document que je devais finir avant de prendre l'avion.

Chapitre 2

UN CHŒUR DE CRIS S'ÉLEVA alors que je marchais vers la zone d'enregistrement de l'aéroport international de Palm Beach. Mes meilleures amies depuis l'université, Candice et Kelly se tenaient près de l'aire d'embarquement de la compagnie Delta.

— Tu es venue ! cria Candice en courant vers moi, ne faisant aucune attention aux passants qui la fixaient.

C'était sa façon habituelle de vivre sa vie. Insouciante. Bruyante. Prête à faire la fête à tout moment. Elle se précipita vers moi sur la pointe des pieds, ses chaussures rendant toute autre démarche impossible. Elle était la plus jolie tête de linotte que j'aie jamais connue.

— *Ooph.*

Sa poitrine chirurgicalement améliorée frappa la mienne, retirant la moitié de l'air de mes poumons.

— Je t'ai manquée ? demandai-je par-dessus son épaule, mes yeux se croisant un peu.

— Oh mon Dieu, oui.

Elle me serra fortement un fois puis se recula.

— Tu hibernes dans ton bureau toute la semaine et même le week-end, puis tu passes tout ton temps libre avec Vomi. *Bien sûr* que tu m'as manquée.

— C'est *Tommy*, et j'ai déjeuné avec toi pas plus tard que la semaine dernière.

Je fis un pas en arrière et récupérai le sac que j'avais laissé tomber à mes pieds avant de le remettre sur mon épaule.

— Tu sais qu'il faut que je sois nommée associée…

— ….Avant tes trente ans. Je sais, je sais. C'est ce qu'on va graver sur ta pierre tombale.

Elle passa un bras sous le mien en se penchant pour me renifler. Elle faisait ça tout le temps, toujours à l'affût de son prochain parfum préféré.

5

— Ma pierre tombale ? espérons que je serai déjà une associée du cabinet lorsque j'aurai ce petit *ornement* déprimant au-dessus de ma tête.

Je lui jetai un coup d'œil, souriant secrètement en remarquant que ses lèvres donnaient encore l'impression d'avoir été piquées par des abeilles. Une fois que Candice avait découvert le collagène, il y avait quelques années de ça, elle ne s'en était plus jamais passée. Une de ses phrases préférées était : *Lèvres menues, bouche cousue*, ce qui avait du sens pour elle ; elle ne se souciait pas que cela en ai pour personne d'autre. Je ne lui ai jamais demandé d'explications à propos de cette équation, parce que quelquefois, le cheminement de ses pensées me donnait mal à la tête tellement il était stupide. Mais aussi loufoque qu'elle puisse être, elle était quand même la moitié d'un tout – mes meilleures amies. Candice, Kelly et moi étions connues comme les trois *amigas* à l'université, et cela n'avait pas changé, même si nos vies ne pouvaient pas être plus différentes aujourd'hui.

Nous nous dirigeâmes vers le comptoir pour rejoindre Kelly. Elle avait une conversation animée avec un membre efféminé du personnel au sol. Elle agitait ses bras avant de mettre ses mains en position de prière. Elle ressemblait à une dame de paroisse avec sa blouse boutonnée et son pantalon soigneusement repassé. L'amour l'avait adoucie depuis l'université, mais sous ce look conservateur et policé se trouvait toujours cette jeune fille un peu folle qui avait teint ses cheveux en violet et avait bu des shots de tequila sur le ventre de stripteaseurs.

Candice renifla devant ma proclamation sur mon futur statut d'associée.

— Je te l'ai dit des centaines de fois. Tu n'arriveras pas à tes trente ans si tu ne sors pas plus. Le cousin du frère du mari de ma cousine est mort d'une crise cardiaque et il n'avait que vingt-huit ans. *Vingt-huit ans !*

— Le cousin du cousin du mari de ta sœur… peu importe… avait une malformation cardiaque, et tu m'as dit qu'il avait une varicelle si carabinée qu'il avait dû être hospitalisé, alors je suis sûre qu'il n'avait rien à voir avec une avocate travaillant quelques heures supplémentaires par semaine et que cela ne contribuera pas à hâter ma mort.

— Tais-toi et viens avec moi. Kelly essaye de nous obtenir un surclassement.

Je suivis Candice au comptoir où j'écoutais avec amusement Kelly alors qu'elle essayait de charmer un homme manifestement gay pour qu'il nous surclasse puisqu'elle n'avait pas les points de vol nécessaires pour le faire.

— S'il vous plaît, silvousplaîtsilvousplaîtsilvousplaît, s'il vous plaaaaaaaaaaaaît ? Je jure que nous nous comporterons bien et ne boirons pas dix mini-bouteilles de vodka.

Elle lui fit un sourire digne d'une publicité de dentifrice. Elle avait vraiment de jolies dents. Avoir un père dentiste-cosmétique aidait beaucoup.

Il lui fit un sourire de pure forme en retour, qui disparut moins d'une seconde après qu'il soit apparu.

— Bien que cela me peine de vous le dire, j'ai bien peur de ne pas pouvoir vous surclasser à moins que vous ayez les points ou l'argent pour payer la différence.

Il regarda son ordinateur.

— Pour passer de la classe économique à la classe affaires, cela vous coûtera deux mille cent dollars pour toutes les trois. Nous acceptons toutes les cartes de crédit.

Ses narines frémirent lorsqu'il la regarda de nouveau.

La mâchoire de Kelly s'en décrocha.

— Vous êtes *fou* ? Je pourrais m'acheter une voiture d'occasion avec cette somme !

Il lui fit un sourire dépourvu d'humour.

— Mais vous n'avez pas droit à des boissons gratuites avec une voiture d'occasion, n'est-ce pas ?

Il n'y avait aucune trace de sarcasme dans sa voix. Merde, il était bon.

Je marchai jusqu'au comptoir et y posai un bras, lui donnant le meilleur sourire que j'utilisais lors de mes plaidoiries.

— Bonjour… Samuel. Je suis Andrea… Andy.

Je posai mon autre main sur le bras de Kelly.

— Mon travail est de prendre cette pauvre femme et de lui donner les deux plus beaux jours de sa vie à Las Vegas, avant qu'elle se lie pour une vie de servitude et de misère. Je parle du mariage, et c'est mauvais. C'est *vraiment* mauvais.

Je baissai la voix.

— Son fiancé est un entrepreneur de pompes funèbres.

— Vous plaisantez, dit-il, me regardant d'abord avant de reporter son attention sur Kelly.

Son expression de froideur s'estompa un petit peu. Nous étions habituées à cette curiosité morbide lorsque nous abordions ce sujet, et je n'étais pas trop fière pour ne pas l'utiliser à notre avantage. C'était l'enterrement de la vie de jeune fille de ma meilleure amie, après tout. Des sacrifices devaient être faits. La fierté devrait être ravalée.

Kelly acquiesça, les yeux écarquillés et si je ne me trompais pas, légèrement brillants. *Bon point*, lui fis-je comprendre en hochant la tête. *Accentue-le encore*. Le plus triste, c'est que je ne plaisantais pas au sujet des pompes funèbres. Elle envisageait sérieusement d'épouser Matthew Ackerman, autrement connu sous le nom de Matty, l'entrepreneur de pompes funèbres. Candice et moi lui avions souvent demandé ce qu'elle pouvait trouver dans un homme qui côtoyait la mort tous les jours, et sa réponse avait toujours été la même : personne ne connaît aussi bien la dureté du bois qu'un mec qui travaille avec des macchabées toute la journée. Je ne suis toujours pas sûre de ce que c'est supposé signifier, mais je suis sacrément sûre de ne pas vouloir le savoir non plus, alors j'ai laissé tomber.

— Vous allez épouser un homme qui touche des morts toute la journée ? Qui les ouvre ?

Il se pencha en avant et chuchota :

— Qui les embaume ?

Elle hocha la tête.

— Oui. Nous côtoyons la mort tous les deux tous les jours. Tout ça est un véritable crève-cœur. C'est ma dernière chance de me défouler avant de prendre sur moi et agir en tant qu'épouse d'un entrepreneur de pompes funèbres.

Elle essuya une fausse larme et se détourna.

Et l'oscar de la Meilleure Actrice pour son rôle dans la vraie vie va à… Kelly Foust !

L'agent regarda à sa gauche puis à sa droite. Ses doigts volaient sur les touches, son index appuyant parfois sur la même touche une vingtaine de fois. Je me demandai s'il faisait vraiment quoi que ce soit. Il était possible qu'il soit juste en train de jouer avec nous pour voir combien de temps il pourrait nous faire croire que nous l'avions convaincu d'avoir pitié de nous avant de finir par nous envoyer balader.

Mais alors, le bruit d'une imprimante émergea de sous son bureau et quelques secondes plus tard, il tirait six longues cartes d'embarquement avec nos noms dessus.

— Surclassement en classe affaires ? Mais bien sûr, mesdames. Nous sommes heureux de satisfaire vos besoins sur Delta Airlines. Voici vos cartes d'embarquement pour vos deux trajets vers et de Las Vegas.

Il les posa sur le comptoir et les poussa vers Kelly. Elle les saisit et poussa un cri aigu, ses talons frappant le sol à plusieurs reprises alors qu'elle serrait Candice en sautillant avec elle. Je mis ma main sur son épaule pour la calmer tout en concentrant toute mon attention sur l'agent.

— Merci beaucoup de votre aide, Samuel. C'est vraiment très sympa.

Il me fit un sourire sincère pour la première fois depuis que j'avais rejoint son comptoir.

— Faites juste attention. On dit que ce qui se passe à Vegas reste à Vegas, mais quelquefois, les problèmes vous suivent jusque chez vous. Vous voyez ce que je veux dire ? dit-il en me faisant un clin d'œil.

J'acquiesçai bien que je n'avais absolument aucune idée de quoi il parlait. Je n'étais pas le genre de fille qui me mettait dans ce genre de problème. Il m'arrivait de boire un peu de vin de temps en temps, ou même une bière, mais le jour suivant je me rappelais toujours de ce qui c'était passé la veille et je n'allais jamais trop loin. Je savais parfaitement me contrôler maintenant que j'étais une adulte et que je ne faisais plus de bêtises comme à l'université.

— Bon conseil. Merci encore.

— Je vous en prie. Merci de voyager avec Delta Airlines. Bon vol.

Il regarda la personne suivante dans la queue derrière moi. Je compris donc l'allusion et me déplaçai sur le côté.

Saisissant nos bagages à main, nous nous dirigeâmes vers la zone sécurisée, Candice et Kelly faisant déjà des projets pour notre première nuit à Las Vegas. J'entendis parler de machines à sous et de boîte de nuit avant de tenter en vain de bloquer le reste. Je laissai échapper un long soupir en réalisant, au fur et à mesure que leurs plans étaient dévoilés, que j'avais devant moi tout un week-end à faire du baby-sitting pour deux adultes. Ce n'était pas grave, cependant. J'avais eu beaucoup d'entraînement avec elles à l'université en étant leur colocataire. J'avais toujours été la responsable du trio, la conductrice désignée, celle qui tenait leurs cheveux alors qu'elles vomissaient dans les toilettes, celle qui dispensait les mouchoirs en papier et leur servait des glaces lorsque leurs petits amis les faisaient pleurer. *Deux jours à Las Vegas, à courir après mes meilleures amies en les empêchant de se fourrer dans le genre de problèmes qui vous suivent jusque chez vous. Serait-ce si difficile ?* J'avais eu quatre ans d'entraînement à l'université de Floride. Cela devrait être un jeu d'enfant.

Mon téléphone sonna après que j'ai passé la sécurité, et je lus le message sur l'écran pendant que nous nous dirigions vers notre porte. Les mots qui brillaient ne rendirent pas les perspectives de mon voyage plus agréables. J'envisageai de faire demi-tour pour gérer le problème afin d'en être débarrassée une fois pour toutes en me disant que je pourrais rejoindre mes amies plus tard. Cela allait sérieusement gâcher mon voyage.

— Qu'est-ce qui ne va pas, rabat-joie ? demanda Candice en venant derrière moi et en passant un bras autour de mes épaules.

Elle faisait normalement cinq centimètres de plus que moi, mais avec ses talons aiguilles, elle me dépassait facilement d'une demi-tête. J'avais chaussé des talons plus plats ce jour-là pour être à l'aise lors de mon voyage. C'était plus pratique, même si ce n'était que ça. Candice, d'un autre côté, abhorrait tout ce qui était pratique. Elle considérait que c'était l'œuvre du diable et le chemin pour une vie très ennuyeuse.

Je serrai les dents, essayant de contenir ma colère, essayant de ne pas laisser Tommy gâcher notre voyage.

— Ce n'est rien, dis-je nonchalamment. C'est seulement Tommy.

J'allais remettre le téléphone dans ma poche lorsque Candice me le prit des mains.

— Hé ! protestai-je en tendant le bras pour le récupérer.

Elle le donna à Kelly en maintenant une forte emprise sur mon épaule.

— Détends-toi. Nous sommes là pour t'aider.

— Oh par mes culottes de mamie roses, vient-il juste de faire ça par message ? Quel connard.

Elle me regarda avec son expression brevetée du 'c'est-quoi'ce'bordel ?'.

— Sérieusement, Andie, tu dois vraiment lui donner un coup de pied dans les parties quand nous reviendrons.

— Qu'est-ce que ça dit ? demanda Candice en me relâchant et en tendant le bras pour prendre le téléphone.

— Lis et pleure.

Kelly me lança un regard de pitié alors qu'elle donnait le téléphone à Candice.

Deux secondes plus tard, cette dernière tapait un message.

— Non ! m'écriai-je en tentant de le prendre. Ne fais pas ça.

— Trop tard ! Trop tard ! chantonna-t-elle en dansant autour de moi et en tenant le téléphone au-dessus de sa tête.

Je sautai et lui repris des mains pour pouvoir lire la très courte conversation.

Tommy : Je n'arrive pas à croire que tu y ailles. Je te souhaite une belle vie.

Téléphone d'Andie : je te souhaite également une belle vie, pauvre type.

— Waouh, merci Candice. C'était vraiment super.

Mon pouce plana au-dessus des touches, prêt à taper une explication. Des excuses. Quelque chose.

Candice m'attrapa par le bras et me traîna vers un groupe de sièges vides dans notre aire d'embarquement.

— Écoute-moi, Andie. Avant que tu lui envoies un autre message, pense à ça…

Je m'assis en laissant échapper un soupir de frustration. J'avais déjà atteint ma destination. Bienvenue à Çacraintville ! Prochain arrêt : Çapueville !

Candice continua.

— Tommy a drainé toute joie de ta vie depuis trois longues années. Trois ans ! Et durant tout ce temps, qu'a-t-il fait, en dehors d'énerver au possible tes meilleures amies et te faire pleurer ? Hein ? Qu'a-t-il fait pour mériter ton indéfectible loyauté ? Je ne comprends pas.

— Il n'est pas si mal, dis-je en ressentant une pointe de culpabilité alors que les mots sortaient de ma bouche

Ma grand-mère m'avait toujours dit que même les petits mensonges étaient de mauvais mensonges.

— Pas si mal ? Ouais, bien sûr. Que t'a-t-il offert pour la Saint Valentin cette année ? Oh ouiiiiiii, c'est vrai ! Un bon pour une liposuccion ! Si ça, ce n'est pas attentionné…

Elle leva les yeux au ciel et agita les bras pour appuyer ses propos.

— Il sait que je n'aime pas les poignées d'amour au-dessus de mes fesses, dis-je en sachant à la seconde même où les mots franchissaient mes lèvres combien ils étaient pathétiques.

Pourquoi est-ce que je m'infligeais ça ? Comment pouvais-je me considérer comme une femme forte si j'agissais comme une parfaite perdante avec les hommes ?

— C'est ça. Peu importe, dit Candice, dégoûtée. Il est doué pour te rabaisser. Et qu'a-t-il fait la dernière fois que tu as quitté la ville pour ton travail ? Oh oui, je me rappelle maintenant ! Il a dragué sa secrétaire à la fête de son bureau !

Elle leva les deux bras et les laissa claquer sur le haut de ses cuisses en les rabaissant.

— Il était ivre. Ils étaient tous les deux ivres. Il me l'a dit, alors ce n'est pas comme s'il me cachait des choses.

Je me rappelais la douleur et l'humiliation que j'avais subies à ce moment-là. Cela me revenait en force chaque fois que j'y repensais, ce qui arrivait bien trop souvent.

Kelly s'assit à côté de moi.

— S'il te plaît, arrête de trouver des excuses à cette tête de nœud, d'accord ? Il l'a confessé parce que tout le monde dans la société l'avait vu, et il savait que cela te reviendrait aux oreilles un jour ou l'autre.

Elle passa un bras autour de moi et me serra.

— C'est un mauvais petit ami et un mauvais mec en général. S'il te plaît, laisse-le partir et reprends ta vie en main. S'il te plaît, s'il te plaît, ne retourne pas avec lui. Il t'offre une opportunité en or, là.

— C'est facile pour toi de dire ça. Tu épouses Matty l'entrepreneur des pompes funèbres la semaine prochaine.

— Oui, eh bien, si tu te rappelles bien, j'ai embrassé beaucoup de crapauds avant de trouver mon prince.

— Oui. Tu te souviens de Bruno d'Italie ? demanda Candice en gloussant.

— Comment pourrais-je l'oublier ? répondis-je en souriant. Bruno, la merveille à une boule.

— Hé, ce n'est pas de sa faute s'il lui manque un testicule, dit Kelly en essayant vraiment de paraître offensée mais sans vraiment y parvenir.

— Euh, si, c'est sa faute, puisque c'est lui qui l'a fait tomber, dit Candice en reniflant.

Kelly soupira avec une patience exagérée.

— Il n'est pas tombé, d'accord ? Je te l'ai dit des milliers de fois, Candice. Il a dû être retiré chirurgicalement.

Je ne pouvais pas m'arrêter de sourire en dépit de la colère que je ressentais suite à ce stupide message et à la pensée que la première chose que je devrais faire en rentrant serait d'emballer toutes ses affaires et de les livrer à son appartement… mais ce serait bien de récupérer mon placard.

— Et pourquoi Bruno a-t-il eu besoin de retirer chirurgicalement son testicule ? demandai-je en prétendant ne pas connaître la réponse.

Kelly haussa les épaules.

— Je suppose qu'il avait trop de testostérone ou quelque chose comme ça.

Candice renifla de nouveau en se penchant en avant alors que son rire devenait de plus en plus incontrôlable.

Je me calai sur ma chaise et croisai les jambes.

— Je croyais qu'il s'était injecté dans les parties des stéroïdes qu'il avait achetés au marché noir et que cela avait provoqué une infection qui a fait qu'un testicule s'est recroquevillé et est tombé.

Candice riait à gorge déployée maintenant, ses éclats de rire généreusement ponctués de reniflements très inesthétiques.

— La ferme, Andie. Il a failli mourir. Tu ne devrais pas te moquer de lui.

Kelly pressa les lèvres pour s'empêcher de sourire.

Je tendis le bras et la serrai contre moi.

— Je suis désolée. Tu as raison. Pauvre vieux une-boule. Il mérite notre pitié, pas qu'on se moque de lui.

Je regardai Candice et lui fis un clin d'œil. Elle dut détourner les yeux pour pouvoir se maîtriser.

Une voix retentit dans les haut-parleurs.

— Le vol Delta quatre-vingt-sept à destination de Las Vegas est maintenant prêt pour l'embarquement. Les passagers de la classe affaires uniquement.

Candice et Kelly se levèrent précipitamment, Bruno-une-boule n'étant plus qu'un souvenir lointain.

— C'est nous, dit Candice en attrapant son vanity-case Louis Vuitton. Classe affaires, nous voilà.

Elle marcha sur la pointe des pieds jusqu'au comptoir, ticket d'embarquement et sourire en place.

— Sérieusement, dit Kelly tandis que nous marchions pour rejoindre notre amie qui était en train de flirter ouvertement avec un homme dans un costume gris brillant. Il faut vraiment que tu oublies Tommy, au moins durant ce voyage. Tu as besoin d'être concentrée à cent pour cent sur le plaisir et profiter de ce temps entre filles. Lorsque je serai mariée et que j'aurai des enfants, je ne suis pas sûre d'avoir le temps de faire ce genre de choses, du moins pas jusqu'à ce que j'ai soixante ans.

Je hochai la tête.

— Je sais. Je m'occuperai de lui lorsque je rentrerais.

Le bonheur de la séparation. Après un investissement de temps et de sérieuse planification pour le futur de ma part de trois ans, cela n'allait pas être beau à voir.

— C'est bien, dit-elle en m'étreignant d'un bras. Allez, viens. Allons boire toute la vodka de l'avion.

— N'as-tu pas promis à Samuel, le mec des tickets, que nous ne ferions pas ça ? dis-je en tendant ma carte d'embarquement à l'employé avant de me diriger dans le passage qui nous conduirait à l'avion.

— Non, je n'ai fait aucune promesse.

Elle me prit par le bras et m'entraîna avec elle.

— Les promesses ne sont des promesses que lorsque vous prononcez le mot *promesse*.

— Je pense que c'est l'intention qui compte, pas les mots.

Je traînais les pieds, mon cerveau ne considérant pas que le moment fut bien choisi pour aller à Las Vegas.

— Tu es tellement 'avocate' parfois, dit-elle, frustrée.

Elle me secoua le bras.

— Plus de trucs d'avocats. À partir de cet instant et jusqu'à ce que tu descendes de l'avion ici, à Palm Beach, lorsque nous rentrerons à la maison, tu ne seras plus une avocate.

Elle se tourna et me fit face en se tenant devant la porte de l'avion.

— Promets le moi. Dis les mots. Promets-moi que tu n'agiras pas comme une avocate tout le temps que nous serons parties.

Je soupirai bruyamment en regardant la foule des passagers de la classe économique arriver derrière nous. Kelly est entêtée. Elle ne bougerait pas d'un pouce et ferait attendre tout le monde jusqu'à ce qu'elle obtienne gain de cause.

— Très bien. Je te le promets. Andie l'avocate reste derrière à l'aéroport.

Mes épaules s'affaissèrent en signe de défaite.

— Hourra !

Elle poussa un cri aigu en me prenant dans une brève mais puissante étreinte.

— Andie la fêtarde est maintenant à bord, les passagers.

Elle me sourit et entra dans l'avion, cherchant les places de la classe affaires.

— Et maintenant, que quelqu'un me montre où est la vodka.

Elle me laissa plantée là, allant s'asseoir sur le siège à côté de Candice. Elles gloussèrent toutes les deux comme deux adolescentes.

JE BRILLE MAIS NE BRÛLE POINT

Je la suivis lentement, pas pressée de renouer avec Andie la fêtarde. Je l'avais laissée derrière moi à l'université et ne l'avais plus revue depuis très, très longtemps. Andie la fêtarde n'entrait pas dans mes plans pour être associée, me marier, et avoir deux enfants et demi quand j'aurais atteint les trente-cinq ans.

Chapitre 3

IAN MACKENZIE SELLA UN DES chevaux quarter-horse de son père et galopa sur la piste qui le conduirait derrière le pâturage le plus éloigné. Son frère aîné, Gavin, autrement connu comme Mack, travaillait là-bas. Les MacKenzie possédaient un grand troupeau qui devait être déplacé vers un terrain plus élevé à cause de fortes pluies prévues, mais cela devait se faire lentement. Ils ne voulaient pas que les bovins brûlent trop de calories avant d'être vendus au poids. La perte d'un seul kilo par tête pourrait représenter la différence entre ripaille et famine pour le ranch MacKenzie.

Trente minutes plus tard, un air de musique sifflé par son frère aîné lui indiqua où il se trouvait, juste derrière un grand affleurement rocheux, sous de grands arbres. Mack avait avancé plus que prévu dans sa mission de déplacer le bétail, et le trajet avait pris à Ian beaucoup plus de temps qu'il l'avait anticipé. Il laissa son cheval faire son chemin parmi les buissons et rochers, ses longues pattes robustes et musclées s'adaptant bien aux terrains accidentés de la région.

— Ohé, Mack ! appela Ian, s'annonçant pour éviter de surprendre son frère ou le cheval de ce dernier.

Le sifflotement s'arrêta brusquement.

— Ohé, Ian ! fut la réponse, bien que d'un ton beaucoup moins enthousiaste.

Ian contourna la grande barrière, trouvant son frère assis sur sa selle et regardant la magnifique vallée qui s'étendait à ses pieds, ses rênes enroulées de façon lâche autour du pommeau de sa selle. Les jambières en cuir qu'il portait sur son jean avaient l'air aussi vieilles que les collines elles-mêmes. Ian nota mentalement de penser à lui en acheter une nouvelle paire pour son anniversaire.

— Je ne me lasserai jamais de cette vue, dit Mack en levant le bras pour frotter se tête en sueur en agitant son chapeau de cow-boy de couleur crème, ses cheveux brun foncé un peu trop longs bouclant sur sa nuque.

Les muscles puissants de son bras se tendirent, attirant l'attention sur le bronzage qu'il avait acquis en travaillant sans sa chemise en flanelle.

— Pourquoi voudrait-on vivre ailleurs qu'ici ?

Il arrêta de se gratter la tête et laissa sa main reposer sur sa cuisse. Se tournant vers son jeune frère, il lui jeta le coup d'œil qui avait fait supplier Ian pour qu'il le pardonne lorsqu'ils étaient enfants.

Ian poussa un soupir agacé.

— Certaines personnes trouvent d'autres choses à faire que vivre pour l'élevage et perpétuer des traditions anciennes et désuètes.

Mack se tourna davantage pour faire face à son frère, ses yeux bleu clair brillant sous son chapeau. C'était la pose classique du cow-boy modèle de GQ qui faisait tourner la tête de toutes les filles en ville. Ian avait passé sa vie à regarder son frère les éviter presque toutes comme la peste. Il était dommage, en ce qui le concernait, que son frère soit non seulement entêté, mais également très difficile dans ses choix. À ce jour, aucune des filles de Baker City n'avait pu satisfaire ses attentes et la liste des candidates commençait à sérieusement s'épuiser. Même Hannah Pierce, qui tournait autour de son frère et était devenue une véritable plaie depuis le lycée, n'était pas vraiment dans la course, même si elle se plaisait à le croire.

— Des traditions anciennes et désuètes ? gronda Mack. Voyons, Ian, ce n'est pas juste. Ces traditions t'ont payé tes études, sans parler qu'elles te permettent d'épouser Ginny en grandes pompes, exactement comme elle l'a toujours voulu.

Il fit de nouveau face à la magnifique vue et ajusta son assise sur sa selle, le cuir grinçant sous le mouvement. Rassemblant les rênes dans sa main gantée, il se remit à siffler, faisant une interprétation unique de la chanson *I'm Movin' On* des Rascal Flatts.

Ian connaissait bien cet air. Leur mère l'avait fait jouer tous les jours à la maison, se vautrant dans la tristesse de perdre son plus jeune fils au profit de la grande ville. Il secoua la tête. Portland, en Oregon, était aussi petite qu'une grande ville pouvait l'être, mais toute sa famille agissait comme s'il allait dans la Grosse Pomme pour ne jamais en revenir. Sa future femme et lui avaient déjà promis de leur rendre visite lors de chaque fête importante et durant deux semaines pour Noël, mais cela n'avait pas apaisé la souffrance de sa mère. Tout ce dont elle parlait, c'était des petits-enfants qui n'étaient pas encore nés qu'elle ne verrait jamais.

— Je t'ai acheté un billet aujourd'hui, dit Ian. Je suis venu te le dire pour que tu puisses faire tes bagages et sauter sous la douche avant que nous partions pour Boise. L'avion décolle à seize heures alors nous devons être là-bas au plus tard à quinze heures.

— Je t'ai dit que je ne venais pas. Le troupeau doit être déplacé avant la semaine prochaine.

ELLE CASEY

— Boog a déjà dit qu'il le ferait, et de toute façon, il te doit une faveur, alors laisse-le faire. Et en plus, j'ai besoin de toi. Tu peux faire une pause pour une fois. Tu n'as pas pris de vacances depuis dix ans.

Mack fit avancer son cheval avec une pression de ses jambes et un claquement de sa langue.

— Tu as besoin de moi ? À Vegas ? Des vacances ? Ouais, bien sûr, ça n'est pas près d'arriver.

Le cheval dépassa les arbres et se dirigea dans une zone herbeuse en contrebas d'une colline – une simple bosse comparée aux montagnes que l'on pouvait voir au loin.

Ian éperonna son cheval, lui faisant faire un bond en avant et couper la route de la monture de son frère.

Mack fronça les sourcils.

— Arrête, Ian. Tu sais que je n'ai pas le temps d'aller faire la fête avec toi pour l'instant. Arrête de te comporter en imbécile.

Ian sourit, faisant tourner son cheval pour gêner son frère et le faire réagir. Cette froide indifférence ne le mènerait nulle part. Un défi était la seule façon de réveiller son frère et s'impliquer dans sa vie alors qu'il vivait encore à Baker City. Ian voyait son enterrement de vie de garçon à Las Vegas comme la dernière chance pour Mack de quitter sa ville et voir un peu le monde avant qu'il se transforme en ermite, exactement comme leur père. Il avait vingt-cinq ans et agissait comme s'il en avait cinquante. Responsable. Mature. Sérieux presque tout le temps. Ian pouvait voir la vie s'échapper de lui juste en le regardant assis sur sa selle.

— Je parie que je peux te battre au sommet de cette colline, là-bas.

Ian releva le menton en signe de défi, sachant que son frère serait incapable de résister. Mack devait toujours courir le plus vite, sauter le plus haut, et siffler le plus fort. Il était compétitif, et pourtant il réussissait toujours à le faire de façon décontractée, un peu comme Luke la Main Froide, sans que personne ne se rende compte combien il lui importait d'être toujours au top. Égocentrisme caché. Tout au sujet de Mack découlait d'un égocentrisme caché.

— Quand vas-tu abandonner, Ian ? Tu sais que tu es aussi lent qu'une tortue sur un cheval. Tout dans la tête, rien dans les jambes. C'est pour ça que tu t'enfuis en ville, pour que personne ne connaisse ta honte, dit-il en riant. Là-bas, tu pourras prendre les transports en commun et oublier ces horribles bêtes à quatre pattes.

Ian leva les yeux au ciel en entendant l'expression que leur père avait utilisée bien avant leur naissance. C'était effrayant de voir combien il déteignait sur Mack maintenant que ce dernier avait pris la direction du ranch.

— Non, je ne suis pas aussi lent qu'une tortue, je suis aussi rapide que toi et je peux le prouver. Pourquoi ne pas relever le défi ? Fais la course avec moi jusqu'au sommet de la colline.

Mack l'observa du coin de l'œil, son regard tombant sur le cheval sous la selle d'Ian. Puis il regarda la colline qu'il aurait à monter, ses yeux faisant l'aller-retour entre le sommet et l'endroit où il se trouvait.

— Quel est l'enjeu ? demanda-t-il en bougeant de nouveau sur sa selle afin d'obtenir une meilleure prise sur ses rênes, les raccourcissant un peu.

Ian sourit, sachant que la victoire était presque à sa portée.

— Si je gagne, tu viens à Las Vegas. Tu ne te plains pas, tu ne râles pas, tu ne cherches pas d'excuses. Et tu vas boire, jouer et courir un peu les femmes. Pas beaucoup, juste un peu.

La mâchoire de Mack tressauta plusieurs fois alors qu'il serrait les dents, mais il ne dit pas non. Au lieu de ça, il sourit.

— Et si je gagne, tu restes ici assez longtemps pour aller à la fête d'anniversaire de maman.

Le sourire d'Ian disparut.

— Oh, allez ! Ce n'est pas juste. Tu sais que je dois commencer mon travail à Portland avant ça !

Mack haussa les épaules, un sourire sincère apparaissant sur ses lèvres pour la première fois de la journée.

— Ce n'est pas mon problème, petit frère. Tu fais ce que tu veux.

Il haussa de nouveau les épaules d'un air nonchalant comme s'il n'avait aucun souci.

— Je ne suis pas obligé de faire une course aujourd'hui. Tu sais bien que je vais te battre à plate couture de toute façon.

— C'est ce qu'on va voir, dit Ian en talonnant son cheval et en frappant sa croupe avec le bout de ses rênes. Heeyah !

L'animal démarra en trombe, désarçonnant presque son cavalier. Ian lâcha un des étriers, mais il n'y avait rien qu'il puisse faire, à part s'accrocher et espérer que tout se passe pour le mieux.

Chapitre 4

MACK NE PERDIT PAS DE TEMPS, METTANT son cheval au galop tel un boulet de canon. Son petit frère avait pris de l'avance, mais cela n'avait pas d'importance. Mack était une sorte de légende dans la région pour sa façon de monter et sa compréhension des chevaux. Les gens l'appelaient le cavalier équilibriste, un mec tellement à l'aise sur sa selle que peu importe ce que l'animal avait en tête, Mack suivait le mouvement et le tournait à son avantage. Il n'était pas tombé de cheval depuis l'âge de cinq ans, et il n'y avait pas une vache ou un bœuf sur terre qui pouvait le dépasser ou éviter son cheval et son lasso. En quelques secondes, il avait rattrapé son petit frère.

— Heeyah ! cria-t-il plus pour le bénéfice de son frère, mais cela sembla également galvaniser son cheval.

Il laissa la jument d'Ian derrière lui manger sa poussière, sautant par-dessus les plus petits rochers et la source qui traversait la propriété, atterrissant en douceur de l'autre côté sans même altérer sa foulée tandis qu'il grimpait sur la colline.

Mack arrêta son cheval si brusquement au sommet que le hongre se cabra et poussa un hennissement qui résonna dans toute la vallée. Comme si cela faisait partie de son travail quotidien, Mack se pencha en avant avec désinvolture, attendant que le cheval retombe sur ses pattes et se calme. Il flatta l'encolure de sa monture, lui chuchotant des 'merci' pour l'excellent travail qu'il avait fourni.

Ian arriva au galop, de la sueur coulant sur son visage rougi et de la mousse blanche recouvrant le mors de sa jument.

— *Bon sang*, Mack ! Pourquoi diable as-tu fait ça ? Tu sais que je dois être à Portland avant le dix !

Sa monture était passée au trot et Ian rebondissait inconfortablement sur sa selle, n'ayant jamais été bon pour le travail de rancher.

Mack sourit à nouveau, se sentant désolé pour le cheval.

— Ne sois pas mauvais perdant. Tu sais que M'man sera ravie que son bébé reste pour l'occasion. Ne lui dis pas que c'est parce que tu as perdu un pari, par contre, ou je te botterai les fesses.

— Je devrais, mais je ne le ferai pas.

Ian se renfrogna.

— Tu crains, tu sais ça ? Comment suis-je supposé m'amuser à mon enterrement de vie de garçon si mon témoin n'est pas là ?

— Tu trouveras un moyen, j'en suis sûr, dit Mack en faisant tourner son cheval en direction de la descente. Écoute, je dois trouver des bêtes perdues. Tu veux gagner ta pitance et m'aider ?

— Non, je ne veux pas t'aider. J'ai déjà gagné ma pitance et je dois aller prendre une douche maintenant, la deuxième de la journée, merci beaucoup. J'ai un avion à prendre.

— Je te verrai quand tu reviendras, dit Mack sans même regarder derrière lui.

— Le billet n'est pas remboursable ! cria Ian dans le dos de son frère.

— Tu n'aurais jamais dû l'acheter, pour commencer ! répondit Mack.

Il mit son cheval au trot, maintenant pressé de faire le travail. S'il devait être à l'heure pour prendre cet avion pour l'enterrement de la vie de garçon de son petit frère, il avait besoin de prendre sa douche à onze heures trente au plus tard.

Il sourit, imaginant la tête d'Ian lorsque Mack entrerait dans l'avion. Ian et lui n'étaient plus des gamins, mais cela ne voulait pas dire qu'il n'appréciait pas l'opportunité de le taquiner lorsque l'occasion se présentait. Las Vegas n'était certainement pas l'endroit qu'il aurait choisi pour avoir un peu de bon temps, mais il ne pouvait décemment pas abandonner son petit frère lors de sa dernière fête en célibataire, pas vrai ? De toute façon, il serait de retour en selle dans deux jours. Tout ce qu'il devait faire, c'était d'éviter que son têtu de petit frère s'attire des ennuis et s'assurer qu'il soit de retour à la maison, à temps pour épouser son amour de jeunesse. Et lui éviter de s'attirer des ennuis devrait être assez facile. Il avait réussi à le faire toute sa vie.

Chapitre 5

— OH SAPERLIPOPETTE, REGARDEZ UN PEU cet endroit, dit Kelly.

Elle se retourna pour faire face à Candice, un sourire à peine contrôlé se dessinant sur son visage.

— C'est toi qui as fait ça ?

Candice sourit comme le chat de Cheshire.

— Bien sûr que c'est moi. Qui d'autre penserait à t'installer dans une magnifique suite de flambeur pour ton enterrement de vie de jeune fille, à part *moi* ?

Je la frappai légèrement sur le bras.

— Qu'est-ce que ça veut dire ? demandai-je en laissant tomber mon sac sur le sol.

— Oh, rien… à part le fait que si la planification du week-end t'avait été confiée, nous serions probablement en train de dîner à l'Olive Garden à l'heure qu'il est et serions rentrées à la maison à dix heures au plus tard.

Je secouai la tête.

— Tu as de la chance de porter des talons hauts.

Elle forma une croix avec ses doigts.

— Recule. Je ne veux pas que tu secoues mon utérus. J'ai des plans pour ce soir.

J'éclatai de rire.

— Ton quoi ?

Elle renifla et releva légèrement le menton.

— Mon utérus. Mes règles sont prévues d'un jour à l'autre, mais je veux essayer de les retenir le plus longtemps possible. Je ne peux pas avoir de coups d'un soir si je suis indisposée.

Je fis la grimace, essayant de comprendre le cheminement embourbé de sa pensée.

— Donc, ta théorie est que si je te t'attaque, je vais… secouer ton utérus et déclencher tes règles ?

— Exactement.

Elle sourit avec fierté.

Je secouai la tête en signe d'incrédulité.

— Tu aurais vraiment dû faire médecine. Avec de telles théories, tu aurais pu faire une différence.

— Andie, ne m'oblige pas à sortir mes ciseaux.

— Ce n'est pas une menace très efficace, dis-je en me promenant dans la pièce, l'observant. J'ai besoin d'une coupe de cheveux.

Candice pouvait parfois être une crétine sans cervelle, mais elle était une sacrée esthéticienne. Première de sa classe pour la coloration et le style. Après avoir fait payer ses parents pour quatre ans d'études dans la mode à l'université de Floride, elle avait boudé le marché du travail pour s'inscrire à l'école de cosmétologie. Ils avaient adoré ça, mais personne ne peut dire non à Candice lorsqu'elle a quelque chose en tête. Je devrais aller plus souvent dans son salon, mais j'étais toujours trop occupée. Les queues de cheval ternes étaient ma coiffure depuis les trois dernières années, depuis que j'avais obtenu mon diplôme de droit.

Elle attrapa rapidement son sac posé sur une chaise à proximité.

— Va te mouiller les cheveux. Je meurs d'envie de mettre la main sur cette touffe depuis des semaines. Non, des mois. Des années.

Kelly éclata de rire.

— J'adore voir combien elle aime son travail, pas toi ?

Je secouai la tête en me dirigeant vers la salle de bain.

— Je ne vais pas dire un mot. J'ai vu combien ses ciseaux étaient bien aiguisés, et j'aime mes oreilles telles qu'elles sont.

J'étais ravie de laisser Candice agir à sa guise avec mes cheveux. *Pourquoi ne pas profiter de mini-vacances et d'un mini-traitement esthétique pendant que j'y étais ?* Je ne m'occupais jamais de moi lorsque j'étais à la maison. J'étais toujours trop occupée.

Alors que je me mouillais les cheveux, je réalisai que cette coupe n'était pas uniquement ça. C'était plus symbolique qu'autre chose. Une fois que j'eus fini et enveloppé mes cheveux dans une serviette, je sortis mon portable de ma poche et relus le message de Tommy, essayant de trouver un peu d'inspiration.

Je te souhaite une belle vie.

Je refermai le téléphone et le posai sur le comptoir en le fixant comme si c'était un serpent. *Porteur de mauvaises nouvelles. Traître.* Je pris une profonde inspiration et relâchai lentement mon soufflé, essayant de me recentrer. Il était temps de couper les branches mortes de ma vie. De prendre le contrôle. De faire les choses avec un peu plus d'audace et de pouvoir pour changer. J'étais un vrai bouledogue dans une salle d'audience, ne lâchant jamais le morceau jusqu'à ce que j'aie décortiqué chaque argument du problème. Les avocats craignaient de m'avoir en face d'eux, même lorsqu'ils avaient des dossiers solides. Mais quand il s'agissait de ma vie personnelle, j'étais faible. Un agneau pour le lion qui se cachait en chaque homme. Ils me mâchaient puis me recrachaient, et je les laissais faire. Tommy n'était que le dernier d'une longue série de mauvaises décisions dans mes relations. Le Bruno Une-boule de Kelly serait une amélioration pour moi.

J'enlevai la serviette et fis courir la brosse que Kelly avait apportée dans mes cheveux mouillés en fixant mon reflet alors que je considérai ces petites vacances impromptues. J'étais en route pour une soirée entre filles, très loin de la maison. Peut-être que ce soir, en plus d'une nouvelle coupe, je pourrais me promener dans la chaude nuit de Las Vegas et être une fille différente. Même si ce n'était que pour une nuit et un jour, l'idée avait un certain attrait. J'étais presque dans un pays étranger où personne ne me connaissait. Je pouvais faire tout ce que je voulais, et du moment que je ne me faisais pas arrêter, je pourrais rentrer chez moi, de retour au bureau pour être de nouveau cette impressionnante avocate dès lundi.

Et célibataire. Je serais célibataire, mais cela pourrait changer. Je me souris timidement. J'avais des choix; je n'étais pas une vieille fille laide qui n'avait rien d'autre qu'une vie de solitude devant elle. Je me penchai pour me rapprocher du miroir, évaluant mes atouts : des yeux gris vert, des cheveux bruns avec des reflets naturels plus clairs, des pommettes saillantes, un menton décent, un nez parfait ou du moins c'était ce que m'avait toujours dit ma grand-mère – ni trop petit ni trop gros. Mes seins n'étaient pas aussi volumineux que ceux de Candice, mais c'étaient les miens, tel que Dieu me les avait donnés. Et la plupart de mes petits amis m'avaient dit que mon meilleur atout était derrière moi. Je me retournai, essayant de le regarder. Mes fesses rondes en forme de cœur. J'observai mon corps nu de profil. Toute en courbes, voilà comment je me décrivais. J'avais passé des années lors de mon adolescence à souhaiter avoir des formes plus en accord avec les modèles existants, avec de longues jambes et un ventre bien musclé, mais dernièrement, j'en venais à admirer ma silhouette plus féminine. Je hochai la tête à mon reflet et fis de nouveau face au miroir. *Si un mec n'apprécie pas ce que j'ai à offrir, il peut simplement continuer son chemin.*

J'avais encore du temps. Je n'avais que vingt-cinq ans. Mes plans étaient sur la bonne voie, même si Tommy ne faisait plus partie du tableau. Associée junior au début de l'année prochaine. Mariée l'année d'après. Des enfants quelques années plus tard. Puis associée à part entière du cabinet. Bam ! Débarrassée de tous les trucs difficiles à trente-cinq ans, puis une promenade en douceur à partir de là.

Je regardai ma tête mouillée dans le miroir : mes cheveux étaient un peu plus longs que mes épaules et ma frange qui avait un peu trop poussé me chatouillait les yeux. Il y avait plein d'hommes sur la terre. Il devait bien s'en trouver un qui trouverait mon plan de vie attrayant. C'était un plan parfait, j'en étais certaine. Je l'avais soigneusement développé et avais travaillé à son accomplissement depuis plus d'une décennie. C'était une ligne de vie qu'un million de gars serait heureux de partager avec moi. Maintenant, tout ce que j'avais à faire, c'était trouver le bon. Celui qui resterait à mes côtés. J'ignorai les spectres qui essayaient de remonter de mon passé pour me hanter et contre lesquels j'avais travaillé si dur pour les laisser derrière moi. *Pas aujourd'hui, mauvais souvenirs. Aujourd'hui, je suis invincible et je vais m'amuser.*

J'entrai dans l'autre pièce, remarquant que Candice et Kelly étaient sur le balcon avec des boissons à la main. Je les rejoignis, mon souffle momentanément coupé alors que la chaleur intense de la journée me frappait de plein fouet. C'était comme pénétrer dans un four réglé sur deux cent vingt degrés. Je pris le verre de Candice de ses mains.

— Pas d'alcool lorsque tu dois couper des cheveux, c'est ma devise.

Je pris une grande gorgée du contenu et m'étouffai presque, l'alcool laissant une traînée de feu dans ma gorge.

Kelly éclata de rire puis leva son verre dans ma direction avant de prendre une grande gorgée de son propre cocktail.

— Bon sang, dis-je d'une voix rauque. C'est quoi ça ? Du liquide d'allumage ? Est-ce que je viens juste de boire du liquide d'allumage ?

Je respirai bruyamment à plusieurs reprises en mettant ma main devant ma bouche par précaution.

— Que personne n'allume de briquet. Je risque de m'enflammer ou me consumer ou autre chose.

Candice fit un geste de la main pour repousser mes préoccupations.

— Cela ne peut se produire que si tu retiens tes gaz. Viens t'asseoir.

Elle désigna la chaise en face d'elle.

Ma main se figea à mi-chemin alors que je m'apprêtai à porter de nouveau le verre à mes lèvres.

— Euh, quoi ?

Kelly s'était également immobilisée, une expression confuse sur le visage.

— Tu m'as très bien entendue, dit Candice en ayant l'air très sûre d'elle. Si tu retiens tes gaz, si tu ne laisses pas l'air s'échapper, tu peux t'enflammer spontanément.

Elle nous regarda comme si nous étions les imbéciles.

— C'est un fait médical avéré, tu peux vérifier.

— Encore une fois, un rappel que tes talents ont été gaspillés en n'intégrant pas à la fac de médecine.

Je secouai la tête en signe de stupéfaction.

— Et puis-je demander où tu as appris ce fait particulier ?

— Pourquoi le demandes-tu ? demanda Kelly avec un soupir. Tu sais que tu ne vas pas aimer la réponse.

— Si tu veux le savoir, je l'ai vu dans Southpark, répondit Candice en relevant le menton.

— Southpark, répétai-je, impassible.

Je levai un doigt et fit mine de me nettoyer l'oreille.

— Nous apprenons des faits scientifiques médicaux dans les épisodes de Southpark maintenant ?

Candice me faisait peur, parfois. Ce fut un de ces moments où je me demandais comment elle avait pu survivre un seul jour sans se faire renverser par une voiture ou une personne à vélo. Ou un gamin sur un tricycle.

— Hé, tu peux dire ce que tu veux, mais ils abordent beaucoup de situations réelles dans cette série et les traitent d'une manière qui parle aux gens.

Elle appuya sur mon épaule.

— Maintenant, assieds-toi. Je dois faire de la magie, là.

Elle souleva une mèche de mes cheveux.

— Aux grands maux les grands remèdes.

— Grands maux ? dis-je en ayant l'impression d'être tombée dans le terrier du lapin.

Dieu merci, elle était plus douée en coiffure qu'en médecine, sinon je serais foutue. Je pris une autre grande gorgée de l'eau de feu.

— Oui, les grands maux. Avec un M majuscule. Tu viens juste d'être larguée par monsieur j'ai-un-sexe-à-la-place-du-cerveau, tu es à Las Vegas…

Elle regarda sa montre.

— … et il est vingt heures et tu es encore sobre.

Elle posa deux doigts sous mon verre et le poussa vers mon visage.

— Buvez, ma sœur. Détendez-vous et laissez Candice la Magnifique vous rendre belle. Nous allons vous aider à trouver un *nouvel* homme ce soir. Un super sexy !

Elle eut un rire un peu hystérique.

Je levai la main et attrapai les doigts de Kelly.

— Prie pour moi, Kells.

— Notre Père qui est aux Cieux… dit-elle, noyant la fin de sa phrase dans le verre en buvant une grande gorgée.

Ses yeux se croisèrent alors que le liquide brûlait son chemin le long de sa gorge, mais cela ne l'empêcha pas de porter à nouveau le verre à ses lèvres quelques secondes plus tard.

Je fermai les yeux et bus le reste de mon cocktail *et* le second que me servit Kelly, en écoutant le *snap, snap, snap* des ciseaux de Candice près de mon oreille. Je priai pour ne pas ressembler à Pink une fois qu'elle aurait terminé parce que j'avais l'air d'un petit homme lorsque mes cheveux étaient trop courts.

Mes pensées dérivèrent vers Tommy, les mouvements de Candice sur mes cheveux me détendant complètement et me permettant de m'évader. Le cocktail avait sûrement également quelque chose à voir avec cette sensation de flottement, mais je ne la combattis pas.

Pourquoi avais-je continué à fréquenter un enfoiré pareil après le coup du bon pour une liposuccion ? Et après qu'il m'eut trompée ? Un baiser n'était pas un gros problème, mais j'en étais venue à penser depuis quelque temps, qu'il y avait eu beaucoup plus qu'un baiser à confesser. Je ne l'avais jamais poussé à m'en dire plus parce que je n'avais pas voulu entendre la vérité. Pourquoi ? Parce que cela aurait fait foirer mes plans. Mes plans insensés. Étais-je tellement décidée à les voir se concrétiser que je m'étais convaincue que cet enfoiré rentrerait dans le moule ? Apparemment, c'était le cas. C'était déprimant. Et je n'avais même pas tout raconté à Kelly et Candice au sujet de Tommy. Par exemple, la fois où il avait fait un commentaire sur mes hanches. Ou qu'il essayait toujours de me convaincre de me teindre en blonde et de me faire refaire les seins. Elles le détestaient déjà suffisamment sans que j'ajoute de l'eau à leur moulin. J'eus soudain envie de pleurer en pensant combien je m'étais perdue au cours de ces trois dernières années. J'avais oublié ce que c'était que d'être forte, spontanée et sans peur. J'avais laissé Tommy me rabaisser pour qu'il ne me quitte pas. Pour que je puisse me marier et avoir des enfants. *Seigneur, pouvais-je être encore plus pitoyable ?*

Je fus tirée de ma rêverie par la proclamation de Candice.

— J'ai fini, dit-elle en posant ses ciseaux sur la table à côté de ma chaise. Votre attention s'il vous plaît. Voici la nouvelle Andie Marks. La fêtarde est dans la place.

— Dans le *palace*, dit Kelly en levant son verre, son bras tremblant un petit peu. La fêtarde est dans le palace. C'est un *palace*.

Son bras balaya l'espace devant elle alors qu'elle tournait sur elle-même, et il était difficile de savoir si elle faisait allusion à la chambre d'hôtel ou à Las Vegas.

Je me levai et tanguai un peu.

— Waouh. Je suis un peu étourdie.

— Prends un autre verre, dit Candice en tendant mon verre à Kelly.

— Un autre cocktail, c'est en route !

Kelly se prit les pieds dans ma chaise puis dans une autre.

— Elle ferait mieux de ralentir ou elle va tomber avant que la fête commence réellement, dis-je en la suivant. Suis-je censée me les sécher ou quelque chose ? demandai-je en touchant mes cheveux encore humides.

— Je vais le faire pour toi, mais il faut d'abord que tu te douches. Tu dois te débarrasser de tous les petits cheveux et mettre ce que tu comptes porter ce soir. Je te finirai avec un petit coup de sèche-cheveux et nous pourrons aller dîner.

Je regardai mon jean et ma chemise bouffante.

— J'avais prévu de porter ça.

Candice fit un Tss Tss.

— Non, non, non-non-non, tu ne vas pas porter cette tenue de bohémienne pour une nuit en ville. Non. Une robe. Une robe noire et près du corps. Et des talons.

— Mais je n'en ai pas apportée.

Je fis la moue, me sentant comme Cendrillon, entourée par les demi-sœurs sur leur trente-et-un.

— Pas d'inquiétude. J'en ai apporté une en plus, dit Candice. Je vais te préparer une tenue pendant que tu prends ta douche, ne t'inquiète pas.

Je fixai sa poitrine.

— Je ne pourrais jamais remplir tes vêtements, Candice. À moins que je bourre mon soutien-gorge de papier toilette ce que je ne ferais jamais, alors n'essaie même pas.

Je pointai un doigt menaçant dans sa direction et plissai les yeux, juste pour qu'elle sache à quel point j'étais sérieuse. Je ne la laisserai pas mettre quoi que ce soit dans mon soutien-gorge. Elle l'avait fait à l'université, et le concours de tee-shirts mouillés qui avait été organisé de façon spontanée ne s'était pas bien terminé. J'étais marquée à vie, en fait. Je ne pouvais plus regarder du papier toilette sans voir mes 'seins' détrempés tomber de mon tee-shirt pour atterrir sur le sol à mes pieds.

— Contente-toi d'aller prendre ta douche et laisse-moi m'occuper des détails, d'accord ?

Son sourire était trop dangereux pour ma tranquillité d'esprit, mais je réalisai brusquement que j'avais envie de faire pipi, alors je la laissai plantée là avec ses plans infâmes pour aller vider ma vessie.

— Je ne vais pas bourrer mon soutien-gorge de papier toilette. Hors de question, marmonnai-je en me dirigeant vers le petit coin.

Chapitre 6

— TU M'AS FAIT VENIR JUSQU'ICI et tu n'as pas pensé à réserver une chambre ?

Mack secoua la tête en direction de son petit frère. Les deux amis d'Ian se tenaient juste derrière lui, trop absorbés par les femmes légèrement vêtues qui passaient par là pour s'inquiéter de ne pas avoir de chambre où passer la nuit.

— Comment aurais-je pu savoir qu'il y aurait autant de monde ? s'exclama Ian en fronçant les sourcils et en mettant son sac sur l'épaule d'un air mal à l'aise. Il y a un millier d'hôtels dans cette ville.

— Allez, viens, dit Mack en bougeant un peu son chapeau sur sa tête.

C'était un geste nerveux cette fois, pas une démangeaison à cause de la sueur.

— Allons voir si nous pouvons au moins demander à ces grooms s'ils peuvent surveiller nos bagages pendant qu'on mange un morceau.

Trente minutes plus tard, ils étaient assis à une table pour quatre, plongeant dans leurs assiettes qu'ils avaient remplies au buffet où tout était à volonté. Leurs bagages étaient enfermés dans une petite pièce derrière le bureau des réservations, et le ticket pour les récupérer reposait en toute sécurité sous le chapeau de Mack.

— Mec, je n'ai jamais vu autant de nourriture réunie dans un seul endroit, dit Bo, le meilleur ami d'Ian depuis l'école primaire.

— C'est parce que tu n'es jamais sorti de Baker de toute ta vie, répondit Ian. Ils ont des buffets de ce genre partout, à Portland.

Il enfourna une énorme bouchée de salade de pommes de terre dans sa bouche, ne la laissant pas le gêner pour poursuivre sa conversation.

— Tu vois la différence, ici, à Las Vegas ? Ils ont toutes sortes de plats, comme des fruits de mer, des steaks, de la nourriture indienne, et même cette saloperie de bouffe végétarienne. N'importe qui peut venir à Vegas et se payer du bon temps.

Il jeta un coup d'œil à son frère avant d'enfourner un morceau de beefsteak.

— Même Mack.

Les amis d'Ian ricanèrent.

— Moquez-vous, les mecs, mais je suis venu ici pour affaires. J'ai un plan.

Mack prit un morceau de son steak trop cuit et fit la grimace.

— Jésus, Marie, Joseph ! Cette viande est comme de la semelle. Tu te rappelles ce que tu avais cuisiné avec maman, avec la viande de cerf ?

Il poussa de côté le morceau de viande qu'il ne comptait pas finir.

— Ce truc est pire.

— Oh, je m'en rappelle, dit Dillon, l'autre ami d'Ian. Même le chien n'en voulait pas.

Mack repoussa son assiette et finit sa bière.

— J'ai un rencart avec la table de blackjack. Pousse-toi, dit-il à Dillon en lui donnant un coup de coude dans les côtes.

— Tu ne nous attends pas ? demanda Ian en regardant d'abord son frère puis son assiette à moitié pleine.

— Tu plaisantes ! Tel que je te connais, tu vas encore faire au moins trois voyages au buffet avant d'en avoir fini. Si je commence maintenant, j'aurais gagné au moins mille dollars quand tu en seras au dessert.

Ian renifla.

— Très bien, monsieur le Flambeur, va donc t'éclater. Quand nous aurons dépouillé le buffet, nous viendrons te rejoindre. Fais juste en sorte de rester dans le casino de cet hôtel.

Il planta sa fourchette dans cinq couches d'aliments variés et les engouffra dans sa bouche, ses joues gonflant sous l'effort de tout mâcher.

— Cela ne me viendrait même pas à l'idée, dit Mack en se levant et en jetant quelques billets sur la table. Le dîner est pour moi. Gardez de la place pour la bière. Je vous verrai aux tables de jeu.

Il s'éloigna, inclinant en arrière son plus beau chapeau de cow-boy tandis qu'il se dirigeait vers la table de blackjack.

Chapitre 7

UNE SALADE ET UN SEUL bâton de gressin n'étaient pas exactement un repas gastronomique, mais avec cette petite robe noire serrée et ces satanés poches de gel que Candice m'avait forcée à mettre dans mon soutien-gorge, il était impossible que je case un repas normal dans mon estomac, même si je le voulais. De toute façon, j'étais bien trop nerveuse pour avaler quoi que ce soit. Je trouvais que le régime 'liquide d'allumage' dont je me nourrissais depuis la coupe de cheveux était plus à mon goût pour le moment.

— Seigneur, tout ce que j'ai mangé, c'est cette stupide salade et j'ai l'impression qu'une des coutures de cette chose va exploser.

Je marchai sur des talons beaucoup plus hauts que d'habitude et cela parce que Kelly et moi faisions la même pointure.

— Vous avez conspiré contre moi avec cette tenue, et ne pensez pas que je vais l'oublier si facilement. Nous avons au moins deux autres enterrements de jeune fille à organiser dans le futur, et ma vengeance sera terrible quand mon moment viendra.

Je rejetai mes cheveux en arrière en essayant de ne pas sourire. Cette coupe de cheveux me faisait vraiment me sentir belle. C'était totalement Jennifer Anniston, et Candice et Kelly trouvaient toutes les deux que cela m'allait très bien.

— C'est quoi toutes ces pleurnicheries? demanda Candice en se mettant du rouge à lèvres à l'aide du miroir qu'elle avait apporté dans son petit sac à main.

Kelly hoqueta.

— Je n'en suis pas sûre, mais je crois qu'elle se plaint encore au sujet des chaussures. Ou peut-être au sujet de la robe. Je n'arrive pas à suivre. J'ai perdu mon cerveau il y a environ une heure et trois margaritas.

Elle se frotta le ventre et grimaça.

— Puis-je aller me coucher maintenant ?

— Non, tu ne peux pas aller au lit.

Candice referma son miroir et le laissa tomber dans son petit sac.

— Nous commençons à peine, ajouta-t-elle en se frottant les mains. Bon les filles, par quoi on commence ? Poker ? Machines à sous ? Craps ?

— Tu dois aller aux toilettes ? Parce que je dois y aller aussi. Bonne idée.

Kelly essaya de prendre la main de Candice, mais cette dernière la repoussa.

— Qu'est-ce que tu racontes ? Personne n'a parlé d'aller aux toilettes.

Kelly fronça les sourcils alors que je riais en silence. J'adorais regarder mes copines farfelues essayer d'avoir une conversation adulte. Les nombreux cocktails que j'avais consommés depuis ma coupe de cheveux rendaient la chose encore plus amusante que d'habitude.

— Tu as dit que tu devais aller faire caca, alors traite-moi de folle, mais dans mon monde, cela signifie que nous devons trouver des toilettes.

Elle sourit à Candice puis me regarda en levant les yeux au ciel.

— Si tu avais une cellule cérébrale qui fonctionnait en ce moment, tu serais dangereuse, déclara Candice. J'ai dit *voulez-vous jouer au craps'*, pas que je devais aller faire caca. Seigneur, je n'utilise même pas ce mot. Tu sais bien que je ne dirais jamais ça, qu'est-ce qui ne va pas chez toi ?

Je décidai de sauver ma pauvre amie ivre avant qu'elle s'étourdisse trop à essayer de comprendre de quoi parlait Candice.

— Elle a dit craps, ma chérie. C'est un jeu. Où tu jettes les dés sur la table et le type qui a cette sorte de bâton de hockey l'utilise pour placer les jetons ? Comme à la télé où le mec est en veine et se fait un maximum d'argent et que tout le monde autour de lui l'encourage quand il jette les dés ?

Quelques secondes s'écoulèrent, puis une ampoule virtuelle s'éclaira au-dessus de la tête de Kelly.

— Ooooh, tu veux dire le jeuuuuu. C'est beaucoup plus logique. C'est vrai ... tu ne dis jamais 'caca' sauf si tu es avec des gens que tu veux impressionner et que tu dis ce mot au lieu de dire 'merde'.

— Non, ce n'est pas vrai, dit Candice en ayant l'air vexée ou peut-être un peu gênée.

— Si c'est vrai, déclara Kelly, complètement inconsciente du changement d'humeur de Candice. D'accord, allons jouer à ce 'craps'. Ce jeu caca de craps.

Elle gloussa.

Candide leva les yeux au ciel.

— Dois-je lui offrir un autre verre, Andie ?

— Oui et non, répondis-je. Oui, parce que c'est son enterrement de vie de jeune fille et que oui, nous voulons qu'elle ait une bonne gueule de bois plus tard afin qu'elle n'oublie jamais ce voyage et combien c'était amusant d'être célibataire... et non, parce que je déteste quand les gens vomissent. Ça me fait vomir à mon tour quand je le vois. Et si elle boit plus...

— ... elle va vomir, finit pour moi Candice.

— Exactement.

— Serveuse ! cria Candice en courant après une barmaid avec un plateau.

Kelly et moi la regardâmes partir.

— Que fait-elle ? demanda Kelly.

— Elle veut nous saouler.

— Nous ne le sommes pas déjà ? demanda-t-elle en se grattant la tête.

J'aplatis ses cheveux qui rebiquaient suite à son geste de confusion.

— Tu l'es, et je n'en suis pas loin. Mais c'est ta soirée, sœurette, alors tu dois boire jusqu'à ce que tu t'écroules ou que tu embrasses un inconnu.

Kelly me regarda avec horreur.

— Je ne suis pas venue à Las Vegas pour tromper Matty !

— Alors tu ferais mieux de commencer à boire, dis-je en lui tendant un des cocktails que Candice avait rapporté. Comment les as-tu eus aussi vite ? demandai-je à cette dernière en regardant mon verre, me demandant si j'étais en train de boire quelque chose qu'elle avait trouvé à côté d'une machine à sous.

— Que puis-je dire ? Le décolleté fonctionne, dit Candice en levant son verre. En espérant gagner gros ce soir et peut-être faire l'amour à Las Vegas !

— Au mariage ! déclara Kelly en levant son verre.

— Au mariage *et* à l'amour à Vegas ! dis-je en trinquant avec leurs verres avant de vider le mien en une longue gorgée.

Candice regarda Kelly.

— Tu crois qu'elle sait ce qu'elle vient de faire ?

— Non.

Kelly gloussa en buvant à la paille.

— Taisez-vous, idiotes. Vous avez très bien compris ce que je voulais dire.

Comme si j'allais trinquer pour un mariage à Las Vegas. *Pff, bien sûr.* Cela ne correspondait absolument pas à mon plan de carrière *ni* à ma personnalité.

Dès que j'eus fini mon verre et que je l'eus déposé sur une tablette à proximité, nous nous prîmes par le bras et entrèrent dans la partie casino de l'hôtel. Avoir une copine à chaque bras rendit ma marche sur les talons vertigineux de Kelly plus facile, alors j'étais tout à fait pour, même si nous faisions une sorte de barrière pour les gens qui voulaient sortir. Chaque fois que quelqu'un fronçait les sourcils dans notre direction, j'affichais un grand sourire et je disais : *'Elle va se marier. À un entrepreneur de pompes funèbres.*

C'est son enterrement de vie de jeune fille', et ils se déridaient. C'était comme si Las Vegas était magique. Il était impossible d'être grincheux ici.

Alors que nous laissions le restaurant derrière nous, nous entrâmes dans la zone plus sombre de l'énorme établissement. Le casino. Des cloches étaient accrochées un peu partout, des lumières de toutes les couleurs de l'arc en ciel brillaient et clignotaient, et des milliers de personnes battaient le pavé. Il y avait des machines à sous regroupées avec de petits passages entre elles pour y accéder et des chaises sur lesquelles reposaient d'innombrables paires de fesses. Les gens y inséraient des pièces comme si leur vie en dépendait, tirant sur le manche dès que l'argent était avalé.

Un groupe de tables se trouvait de l'autre côté de la section des machines à sous, toutes recouvertes de feutre vert. La toute première chose que je remarquai lorsque nous nous dirigeâmes dans cette direction fut un chapeau de cow-boy. Et l'homme le plus beau que j'aie jamais vu était assis juste en dessous.

— Oh. Mon. Dieu, dis-je, prise dans une sorte de rayon tracteur, incapable de détourner le regard.

Mon pied se leva, essayant de marcher dans cette direction, mais Candice me retint.

— Je ne me sens pas bien, dit Kelly en s'éloignant de moi.

Je la lâchai sans lui accorder une pensée.

— Oh, merde.

Candice me lâcha également, me laissant vaciller toute seule.

— Allez, Kelly, viens avec moi. Je ne veux pas que tu vomisses sur la belle moquette. S'il te plaît, ne vomis pas. Je déteste quand tu vomis, tu es toujours si bruyante quand tu le fais.

Mon cerveau enregistra à peine ce qu'elles disaient. Je n'avais d'yeux que pour le dieu assis sur le tabouret à seulement quelques mètres de moi. *Une chemise, un jean, un chapeau de cow-boy, l'ombre d'une barbe, des muscles visibles sous ses manches retroussées, bronzé comme s'il passait la plupart de ses journées dehors.*

— Calme-toi, mon cœur, dis-je en ne m'adressant à personne en particulier, ou peut-être au vent ou à la déesse de l'amour qui, j'en étais sûre, venait de me tirer une flèche en pleine poitrine.

Je portai une main à mes cheveux pour m'assurer que tout était parfait.

— Reste ici pendant que je m'occupe d'elle, m'ordonna Candice, sa voix s'affaiblissant tandis qu'elle s'éloignait. Je ne veux pas que tu la regardes et que tu tombes malade toi aussi, sinon toute ma nuit sera foutue.

— Oui, d'accord, dis-je distraitement en marchant vers la table de jeu pour que je puisse voir de plus près le cow-boy qui m'avait coupé le souffle et avait envoyé mon cerveau en vacances sur Mars.

Une serveuse vint vers moi alors que j'étais presque arrivée et m'offrit un verre que quelqu'un avait payé, mais n'avait jamais réclamé. J'acquiesçai et en vidai la moitié avant d'arriver à la table, espérant que c'était une offrande des dieux concoctée spécialement dans le but de me donner le courage dont j'avais besoin pour dire bonjour à cet homme mystérieux. Il avait l'air tout droit sorti d'un magazine pour une pub de Levis ou quelque chose dans le genre.

J'étais près de sa place à la table lorsque la pointe de mon talon se prit dans quelque chose sur le tapis et m'envoya voler vers l'avant. Je regardai avec horreur ma main se tendre pour m'aider à retrouver mon équilibre, envoyant le contenu de mon verre sur l'homme qui était sorti de mes rêves les plus fous.

Chapitre 8

JE TRÉBUCHAI À MOITIÉ, COURUS À MOITIÉ pour essayer d'arranger les choses. *Oh mon dieu, oh mon dieu, qu'ai-je fait!* Le contenu de mon verre dégoulinait maintenant sur son chapeau et sa joue pour se glisser dans sa chemise. Il se leva et se regarda en état de choc.

— Bon sang, je suis tellement désolée. Oh mon dieu, qu'est-ce que j'ai fait ? Oh mon dieu...

J'attrapai un tas de serviettes à cocktail sur la table, manquant de renverser les boissons des autres personnes dans ma précipitation, et les utilisai pour tamponner son magnifique visage. Il était encore plus beau de près, ce que j'aurai considéré comme impossible quelques secondes auparavant.

Lorsqu'il leva les yeux vers moi, j'eus presque une crise cardiaque. Je laissai tomber les serviettes avec un 'floc' sur ses bottes de cow-boy. Le timbre aigu que j'atteignis avec mon cri de fille aurait rendu Candice très fière.

— Hiiiii !

Ces yeux! Ils brillaient sous son chapeau d'un bleu ciel si lumineux qu'on aurait cru qu'ils étaient éclairés de l'intérieur.

— Je pourrais dire que la boisson est pour moi, mais ça ferait un peu trop ringard et cliché, dit-il, la voix presque paresseuse.

Mais j'entendis à peine ce qu'il dit parce que ses yeux brillants perçaient mon âme ou quelque chose dans le genre. Je n'avais jamais rien vu de tel de toute ma vie. J'aurais pu le regarder toute la journée sans m'en lasser.

— Hein ?

Je grimaçai intérieurement dès que la syllabe passa mes lèvres. Les compétences oratoires qui me servaient si bien dans une salle d'audience m'avaient complètement abandonnées. Je doutai à ce moment-là de pouvoir aligner une phrase cohérente. Sa beauté alliée à sa lente et sexy élocution de cow-boy m'avait dépouillé de toute intelligence. La boisson n'aidait probablement pas non plus.

— Peu importe.

Il retira son chapeau de sa tête et le secoua un peu sur le côté, des gouttelettes de ma boisson s'envolant pour atterrir sur le tapis. Ses cheveux étaient assez longs, les extrémités bouclant dans son cou, ce qui me surprit vraiment. Je m'étais attendu à une coupe en brosse ou à une importante calvitie sous le chapeau qui aurait un peu gâché l'effet, le faisant paraître un peu plus humain et pas si surnaturellement beau... mais je n'eus pas cette chance. Il était beau, se débrouillant pour faire passer tous les autres hommes dans la salle pour de la nourriture pour chien. Chacun d'entre eux cessa instantanément d'exister pour moi, tout comme les souvenirs de ce mec que j'avais fréquenté pendant trois ans et qui avait rompu avec moi par texto alors que je venais ici. *Quel était son nom déjà ? Vomi, je crois ?*

Je baissai les yeux et remarquai une tache humide sur le devant de son jean de cow-boy et sur toute la longueur de sa chemise, et je sentis tout à coup le besoin désespéré de l'aider. J'avais causé ce problème. J'avais ruiné sa nuit. Et si les piles de jetons devant lui étaient d'une quelconque indication, il s'était plutôt bien débrouillé jusqu'à présent.

J'attrapai la pile de serviettes de cocktail que le croupier avait renfloué et tamponnai toute la liasse d'abord sur sa chemise, puis sur le devant de son pantalon.

— Je suis *tellement* désolée. Je ne sais pas quel est mon problème. Eh bien, ce n'est pas vrai, je sais exactement ce que c'est, grognai-je d'un air dégoûté. Je porte ces talons ridicules ce qui, je le savais dès que je les ai vus, était une erreur, mais je les ai quand même chaussés.

J'étais occupée à tamponner son entrejambe, essayant d'assécher l'alcool, ne pensant pas vraiment à ce que je faisais tellement j'étais absorbée par le cauchemar qu'était ma vie.

— Je savais que c'était une erreur, je savais que Las Vegas allait être un problème. Je ne sais pas pourquoi je me laisse toujours entraîner dans ce genre de choses.

Il saisit mon poignet et interrompit mes mouvements. Je m'arrêtai en plein milieu de mon déballage continu et le regardai.

— Je pense que vous feriez mieux d'arrêter maintenant.

— Quoi ?

J'étais totalement perdue.

Il baissa les yeux sur son entrejambe, tenant toujours mon poignet.

Je suivis son regard et eu presque aussitôt une autre crise cardiaque. Il y avait un renflement distinct qui descendait sur la jambe de son pantalon qui n'était pas là auparavant.

Chapitre 9

— OH MON DIEU, JE SUIS *TELLEMENT* désolée. Bon sang.

Je laissai de nouveau tomber les serviettes sur ses bottes, le visage en feu. Je regardai le plafond, prête à pleurer d'humiliation. Je l'avais pratiquement caressé devant pas moins d'une centaine de personnes. Quelqu'un à proximité ricana. Je décidai qu'une prière à l'univers était mon seul recours. Cela ne pouvait pas empirer les choses.

— Plancher, s'il vous plaît, avalez-moi maintenant, et je promets de me consacrer à nourrir les sans-abri pour le reste de ma misérable vie.

Une main douce saisit mon bras. Elle était chaude et grande et ses doigts faisaient tout le tour de mon bras.

— Inutile de vous sacrifier aux dieux de Vegas pour moi, dit le cow-boy. Je vais bien. Je vais juste aller me laver un peu.

Il se pencha sur mon oreille et murmura :

— Surveillez mes jetons pour moi, vous voulez bien ? Je suis en veine et je ne veux pas partir tout de suite.

Je hochai la tête, m'assis sur la chaise qu'il avait quittée puis observai son large dos et sa taille fine alors qu'il s'éloignait. *Bon sang, est-ce que tout cela est vraiment en train d'arriver ?* Je me redressai sur mon siège et tournai mon visage vers le croupier. Je ramassai quelques jetons et regardai le montant écrit sur la tranche. En supposant que mon esprit mathématique ne m'avait pas abandonné dans mon moment de crise et m'avait permis de calculer correctement, il y avait plus d'un millier de dollars devant moi, et le cow-boy venait de partir et de me laisser les surveiller. *Est-il fou ? Était-ce un piège ? Non, je ne pouvais pas être piégée alors que c'était moi qui avais provoqué cette situation.*

Je regardai mes pieds. Mes pieds endoloris. Les talons étaient le problème. Ils étaient la cause de ma complète humiliation. Non seulement je me laissai marcher dessus par les hommes dans ma vie pitoyable, mais je laissai également mes copines le faire. Kelly et Candice m'avaient convaincue que mes talons 'pratiques' n'étaient absolument pas de mise pour Las Vegas. Cette pensée me fit me sentir en colère, triste et irresponsable en même temps. Je me baissai et retirai ces instruments de torture, les laissant tomber sur le sol, sous le tabouret. *Ha ! Que ça te serve de leçon, Kelly ! Je les laisse là ! Je ne porterai plus jamais des talons qui me font mal aux pieds ! Une nouvelle Andie est née ! Je ne suivrai plus aveuglément les autres. Plus personne ne me malmènera ni ne me dira ce que je dois faire.*

— Vous jouez ou pas ? demanda le croupier. Parce que si vous ne placez pas votre pari, vous allez devoir quitter la table.

Ma mâchoire se décrocha tandis qu'il me fixait.

— C'est à moi que vous parlez ? couinai-je.

— Oui, c'est à vous.

Il regarda les jetons devant moi.

— C'est une table à dix dollars minimum.

Eh bien, pour quelqu'un qui ne voulait plus qu'on lui dise quoi faire. Je ramassai quelques jetons, mais mes doigts ne voulaient pas vraiment coopérer. Pouvais-je dépenser l'argent du cow-boy pendant qu'il était aux toilettes pour nettoyer les dégâts que j'avais causés ? Ne serait-ce pas violer toutes les règles de comportement socialement acceptable jamais écrites ?

Je mis deux jetons sur la table, imitant le comportement de la personne à ma droite. Je n'avais aucune idée de combien d'argent il était question. Le vieil homme à ma gauche me fit un sourire, révélant des prothèses dentaires parfaitement symétriques et des gencives rose vif.

— Vous avez déjà joué au blackjack auparavant ? demanda-t-il.

— Non, jamais.

J'aurais probablement dû être effrayée. Le jeu n'était pas mon truc et dépenser l'argent des autres était mal, très mal. Mais le fait d'être ici, dans ce lieu de néons fastueux, mes chaussures retirées et mes seins remontés jusqu'à la gorge, me rendit audacieuse. Téméraire. Prête à prendre le monde par les couilles et lui faire demander grâce. *Grrr.*

— Il vous suffit de vous rapprocher le plus de vingt-et-un sans jamais le dépasser, me conseilla-t-il.

— Ça paraît facile, dis-je en ramassant ma première carte.

Je la lui montrai.

— C'est une bonne carte ?

Il hocha la tête et se pencha pour murmurer à mon oreille :

— Main souple.

Je tendis les doigts en face de moi en souriant.

— Merci. J'utilise de la crème pour les mains pour les garder hydratées.

— Pas votre main, la carte. C'est un as... ce qui donne la possibilité d'une main souple. Ça vaut soit un, soit onze, c'est vous qui décidez. Si vous recevez un dix ou une carte plus forte – n'importe laquelle des cartes avec un personnage dessus – vous gagnez. Vous aurez un retour de cent cinquante pour cent sur votre pari.

Il jeta un coup d'œil à la table.

— Vous avez déposé deux cents dollars, alors ça vous ferait un gain net de trois cents dollars.

Je m'arrêtai de respirer quelques secondes alors que le sang quittait mon visage.

Ma voix sortit une octave plus haute que d'habitude.

— J'ai misé deux cents dollars ?

Il gloussa, me montrant un peu plus de sa prothèse.

— Vous l'avez fait.

Je parcourus le casino des yeux, espérant que le cow-boy ne reviendrait pas tout de suite pour voir la grosse pile de jetons avec laquelle je jouais. *Pourquoi n'ai-je pas regardé ces jetons de plus près ? Pourquoi n'ai-je pas vérifié leur montant d'abord ?*

— Assurance ? demanda le croupier.

Je sentis le sang se retirer encore plus de mon visage. J'étais aussi pâle qu'un fantôme.

— Assurance ?

Ma voix n'était plus qu'un murmure.

— Le croupier a un as. Il vous donne une chance de faire un petit pari parallèle. Ça paie deux pour un. S'il obtient un atout comme carte suivante, il gagne automatiquement, alors ça peut vous aider à compenser vos pertes. Vous pouvez parier jusqu'à la moitié de ce que vous avez sur la table en ce moment.

— Il gagne même si j'ai un blackjack moi aussi ?

— Non, c'est ce qu'on appelle un 'push'. Mais vous perdez l'argent de votre assurance, donc vous perdez votre bénéfice.

— Je devrais le faire ? demandai-je.

Il haussa les épaules.

— Je ne peux pas vous dire si vous devez le faire ou non. Vous devez faire ce que vos tripes vous disent.

Il examina ses propres cartes et secoua la tête à l'annonce de l'assurance.

— Mes tripes me disent de m'enfuir d'ici et de m'enfermer dans les toilettes.

Le vieil homme secoua la tête.

— Vaudrait mieux pas. Votre petit ami perdra sa place et il a de la chance avec ce croupier. Il va prendre une pause dans à peu près vingt minutes et alors c'en sera terminé pour la veine de votre petit ami.

Je serrai les dents et pris une profonde inspiration par le nez, essayant d'ignorer le tangage de la pièce. Trop de cocktails. Si peu de temps.

— D'accord, très bien. Je peux faire preuve d'audace. Je peux être aventureuse.

Je secouai la tête en direction du croupier en essayant de garder un visage impassible.

— Pas d'assurance. Mais merci de l'avoir proposé. C'était très gentil.

Le croupier me fit un petit sourire.

— Règles de la maison. Ne remerciez pas, contentez-vous de jouer.

Il était plutôt mignon.

— Oh.

Mon visage rougit. Une vraie bleue. Je m'affalai dans mon siège.

Une serveuse arriva et s'arrêta près de ma chaise.

— Cocktail ?

— Oh, je n'ai pas d'argent sur moi pour l'instant, dis-je.

J'avais laissé mon porte-monnaie et ma carte de crédit dans le sac de Candice.

— C'est offert par la maison du moment que vous jouez.

Elle me lança un regard blasé.

— Eh bien, d'accord alors. Si c'est gratuit, apportez-moi un verre et à mon ami aussi.

Je fis un clin d'œil à l'homme assis à côté de moi et il me fit un signe de tête.

— Gin tonic pour moi et…

— Mettez-en deux, dit mon voisin.

Le croupier donna à tout le monde une deuxième carte. Il souleva le coin de ses propres cartes puis les reposa avant de regarder l'homme le plus à ma droite.

Le vieil homme laissa échapper son souffle.

— Quoi ? Qu'est-ce qui vient de se passer ? demandai-je en regardant le croupier puis à nouveau le vieil homme.

— Le croupier n'a pas eu de dix ou plus fort en seconde carte. Votre mise est sécurisée pour l'instant.

J'observai les personnes autour de la table. Ils regardaient tous leur deuxième carte en fronçant les sourcils.

Je fis de même, essayant d'imiter leur technique qui consistait à ne soulever qu'un tout petit coin de la carte. À côté de mon as se tenait un autre as. Mon cœur commença à battre follement. *Qu'est-ce que ça veut dire ? Vingt-deux ? Ce n'est pas bon. Douze ? C'est trop bas.*

— Au secours, murmurai-je en souhaitant que les dieux du poker soient sur mon épaule, chuchotant dans mon oreille et me disant ce que je devais faire.

— Qu'est-ce que vous avez ? demanda le vieil homme d'un air amusé en se penchant un peu vers moi.

Je soulevai mes cartes pour qu'il puisse les voir.

— Je crois que c'est mauvais, dis-je en redoutant sa réponse.

Je venais juste de perdre deux cents dollars qui appartenaient à quelqu'un d'autre. Je devais rapidement trouver un distributeur et les remplacer avant qu'il s'en rende compte. Je devais trouver Candice pour récupérer mes affaires ! Je regardai autour de moi, mais elle et Kelly n'étaient nulle part en vue.

Il laissa échapper un long sifflement.

— Vous devez casser.

Je sautai de mon siège et regardai autour de moi.

— D'accord, dis-je en me tordant les mains et essayant de décider où aller et si je devais emmener les jetons avec moi ou les abandonner à ma grande honte.

Il posa sa main sur mon bras.

— Qu'est-ce que vous faites ? Asseyez-vous.

Je le regardai en pleine confusion.

— Mais vous m'avez dit de me casser.

Il éclata de rire, son ventre rond tressautant sous sa chemise.

— Non, mademoiselle. Je vous ai dit de *casser* pas de vous casser. Partagez vos cartes en deux mains différentes et jouez-les séparément.

— Quoi ?

Je me rasseyais lentement pas moins confuse mais raisonnablement certaine que je n'avais pas besoin de m'enfuir dans les toilettes ou dans ma chambre.

— Vous pouvez choisir de transformer votre main en deux mains. Il vous faudra alors doubler votre mise, mais dans votre cas, ça peut valoir le coup.

Je déglutis péniblement.

— Vous voulez dire que je dois miser quatre cent dollars au lieu de deux cents ?

Des dollars. L'argent de cet inconnu. Seigneur, qu'est-ce que je suis en train de faire ?

— Ouaip.

Il regarda de nouveau ses cartes.

— Vous devez décider de ce que vous allez faire avant que vous ne perdiez votre tour.

Le vieil homme hocha la tête en direction du croupier.

Je levai les yeux pour voir le croupier en train de me fixer avec impatience.

— Euh… je… euh… je partage.

Mon visage était en feu. J'avais désespérément besoin d'un verre. M'enfuir dans les toilettes me paraissait une bonne idée à ce moment-là.

Le croupier hocha la tête.

— Deux cents dollars.

Je cherchai dans mes jetons, les retournant et lisant le chiffre inscrit sur leurs faces. Une fois que je réalisai qu'ils étaient codés par couleur, je trouvai deux autres comme ceux que j'avais déjà mis sur la table et les rajoutai. Le croupier tendit le bras et sépara mes deux cartes en mettant deux jetons sur chacune d'elles. Il distribua un autre jeu de cartes et je me retrouvai maintenant avec quatre cartes devant moi. Je vis l'homme à ma droite tapoter le dessus de la table avec son index et le croupier lui donna une carte. Puis l'homme mit ses mains au-dessus de son jeu et secoua la tête.

Le croupier se remit à me fixer.

Je lui rendis son regard en commençant à me sentir un peu irritée contre lui.

— Quoi ?

— Voulez-vous que je vous frappe ? demanda-t-il.

Je le regardai, horrifiée, me demandant quelle règle j'avais bien pu briser pour mériter d'être corrigée physiquement.

— Non, je ne veux pas que vous me frappiez. Voulez-vous que je *vous* frappe ?

Je me levai, prête à me défendre. C'était le pire service client que j'aie jamais connu de toute ma vie. Il était probablement énervé que j'aie la moitié des as.

Le vieil homme posa de nouveau sa main sur mon bras.

— Il veut savoir si vous voulez une autre carte. C'est ce qu'on appelle une 'frappe'.

Tout sentiment belliqueux sortit de moi par vagues, ne laissant que de l'humiliation dans son sillage. C'était pire que de perdre du papier toilette de son soutien-gorge lors d'un concours de tee-shirts mouillés. Je me rassis sur mon siège, tirant ma robe sur mes cuisses pour éviter d'exposer ma petite culotte.

— Oh. Je suis désolée. Je m'excuse de vous avoir menacé. Oui, s'il vous plaît, je voudrais une carte pour mes deux paris.

— Vous devez lui donner un signal, pas seulement des mots. Big Brother nous regarde, dit le vieil homme en pointant vers une caméra de sécurité dans un globe noir sur le plafond. Les gens qui perdent aiment prétendre plus tard qu'ils ont dit 'reste' au lieu de '*frappe*', alors ils veulent voir vos intentions très clairement affichées.

Je frappai mon poing dans mon autre main.

— Frappez-moi.

Le croupier rit et détourna les yeux pendant une seconde comme s'il essayait de se reprendre.

Le vieil homme rit aussi.

— Contentez-vous de taper votre doigt sur la table. Pas besoin de frapper quiconque.

— Oh.

Encore une chose digne d'une bleue. J'aurais probablement dû être plus embarrassée par ça, mais les cocktails adoucissaient ce sentiment. Je tapotai la table d'un doigt devant chacun de mes tas de cartes.

Le croupier hocha la tête et jeta deux cartes. Je ne savais pas comment il se débrouillait pour que les cartes atterrissent exactement où elles le devaient alors qu'il ne bougeait pratiquement pas ses mains. Il était un peu comme un magicien. Et il recommença à me fixer. Cela me donna envie de grogner dans sa direction.

— Regardez les cartes, me dit mon serviable voisin. Essayez d'arriver au plus proche de vingt-et-un.

Je soulevai une des cartes sur ma droite. C'était un roi.

— Ça fait combien ?

— Dix. Vous devez rester.

Je souris.

— Oh, je compte bien rester, croyez-moi. Je dois surveiller ces jetons jusqu'à ce que le cow-boy revienne.

— Non, je veux dire que vous devez dire au croupier que vous ne voulez plus d'autre carte sur ce tas. Dites-lui que vous restez avec un signe de la main.

— Quel est le signal ? demandai-je.

Le vieil homme mit sa main à plat perpendiculairement à la table, légèrement au-dessus des cartes et la secoua de gauche à droite, comme s'il voulait faire léviter quelque chose.

J'imitai son geste.

Le croupier acquiesça puis fixa mon autre tas. Je suivis son regard et sursautai un peu sur mon siège en réalisant que je devais regarder mes cartes. Je les soulevai et vis qu'un deux avait été ajouté à mon as.

Le vieil homme fronça les sourcils.

— Vous pouvez soit rester, soit demander qu'on vous frappe.

— Que devrais-je faire ?

Je sentis mon niveau de tension augmenter. Le bien-être de ma victoire antérieure s'estompait rapidement et je n'avais même pas eu la chance de la fêter correctement. J'étais certaine qu'une danse de la victoire était de rigueur dans cette situation étant donné que je venais tout de même de gagner trois cents dollars. C'était l'équivalent d'une heure de mon temps en tant qu'avocate et je les avais gagnés en cinq minutes sans avoir eu à faire de recherches juridiques. Pas étonnant que les gens aiment venir à Las Vegas.

— Je ne peux pas vous dire ce que vous devriez faire. Sachez seulement que si le croupier brûle, toute main qui n'est pas brûlée est gagnante.

— Brûler ?

— Qui a plus que vingt-et-un, précisa-t-il.

— Oh. D'accord.

Je comptai mes valeurs. J'avais soit un treize soit un trois. Aucun des deux n'était proche de vingt-et-un.

— D'accord, je veux que vous me frappiez.

Je fixai le croupier, attendant qu'il s'exécute. Il me rendit mon regard comme si je ne venais pas de m'adresser directement à lui.

Le vieil homme me donna un coup de coude.

— Un signe de la main. Big Brother, vous vous rappelez ?

Le type à ma droite ne dit rien, mais il me montra tout de même le tapotement de la table.

Je remuai trois de mes doigts sur la table comme si je voulais chatouiller le feutre vert qui la recouvrait. Le vieil homme gloussa et le croupier sourit.

— Ça le fait, dit-il en jetant une carte sur ma deuxième pile.

Je soulevai un des coins. *Cinq. Cela fait sept plus le onze. Dix-huit.* Je regardai le vieil homme.

— Ça me paraît bien.

Il hocha la tête, affichant maintenant un air sérieux.

— Ça me parait bien aussi.

Je fis un geste de la main sur la table.

— Je reste. Ne me frappez plus. J'ai été suffisamment frappée.

Je sentis une présence dans mon dos quelques secondes avant que la chaleur d'un grand corps se tenant très près de moi traverse ma robe. Je regardai par-dessus mon épaule et vis les magnifiques traits du cow-boy. Je souris, espérant que mon charme évite qu'il se mette en colère en voyant la somme d'argent sur la table.

Il me sourit en retour.

— On dirait que vous avez été très occupée.

Il leva un sourcil et regarda ostensiblement la table.

Chapitre 10

MES MAMELONS DURCIRENT SOUS MA robe et une décharge électrique atterrit juste entre mes cuisses. J'étais trop troublée pour arriver à dire quelque chose un tant soit peu intelligent en réponse.

— Oui. Occupée à apprendre le blackjack.

— Votre petite amie apprend vite, dit le vieil homme.

Il fit signe au croupier de le frapper. Lorsqu'il regarda ses cartes, il fronça les sourcils puis il les retourna toutes les deux.

Je comptai ses points, laissant glisser le commentaire sur la petite amie.

— Brûlé, dis-je, très triste qu'il ait perdu.

Je fis la moue en son honneur.

Le croupier ramassa ses cartes et son argent.

Le vieil homme hocha la tête.

— Brûlé, en effet.

Il se leva et désigna son siège tout en regardant le cow-boy.

— J'ai fini. Bonne chance à tous les deux.

Je me retournai brusquement, mes jambes frôlant le cow-boy. J'essayai d'ignorer la façon dont ce simple contact faisait battre mon pouls dans mes veines.

— Vous partez ?

— Ouais. Il est temps d'aller se coucher, répondit le vieil homme.

— Oh, c'est dommage. En tout cas, merci beaucoup pour votre aide.

Je sautai de mon siège et l'étreignis. Il me rappelait tout à fait mon grand-père qui était mort trois ans plus tôt.

Il me tapota le dos.

— Ce fut un plaisir, Lady Chance. Passez une bonne soirée.

Il serra la main du cow-boy.

— Prenez bien soin d'elle. Elle a beaucoup de potentiel.

— Je vais faire mon possible, répondit le cow-boy avec un hochement de tête.

Je regardai mon mentor s'en aller en me demandant ce qu'il avait voulu dire par là. Ça avait l'air gentil. J'aimais l'idée d'avoir beaucoup de potentiel. Il y avait des gens qui me connaissaient depuis des années et qui n'avaient jamais rien dit de tel à mon sujet, mais je refusais qu'ils gâchent ma soirée. Pas ce soir. Je repoussai leurs fantômes hors de ma tête.

Le cow-boy tint le dossier du siège que j'avais gardé pour lui.

— Vous restez ? demanda-t-il.

Je restai plantée là, mon visage soudain rouge pivoine et mon corps criant pour obtenir plus de lui qu'un partenaire de blackjack ou une victime de ma maladresse. *Bon sang.*

— Bien sûr. Je dois finir ce jeu, non ?

Il hocha la tête.

— Prenez ce siège.

Il désigna un de ses jetons devant lui.

Je le pris, sentant la sueur naître sous mes bras lorsqu'il s'installa sur le siège récemment libéré par mon copain 'brûlé'.

— Voulez-vous voir mes cartes ? Vos cartes, en fait ? demandai-je.

Je jouai avec les jetons en face de moi pendant quelques secondes, puis retirai précipitamment mes mains, les posant sur mes genoux.

— Mains sur la table, s'il vous plaît, dit le croupier en fronçant les sourcils dans ma direction.

Je les remontai pour les poser sur la barre rembourrée en face de la pile de jetons, effrayée à l'idée d'être arrêtée pour avoir tenté de tricher.

Le cow-boy souleva d'abord les cartes sur la gauche, puis celles sur la droite. Il siffla d'un air appréciateur.

— Bien joué, Lady Chance.

Il était suffisamment proche pour que je puisse le sentir. Pour la première fois depuis que je connaissais Candice, je comprenais son habitude de se pencher pour humer le parfum des gens. Je voulais que cette d'odeur d'homme imprègne mon cerveau. Il me faisait quelque chose que je n'avais jamais connu auparavant.

Phéromones. Mes yeux s'écarquillèrent. J'étais complètement droguée par la virilité de ce type. J'étais donc si facile ? Peut-être que ma part féministe aurait dû être offensée, mais cela ne fit que me donner envie d'enfouir mon nez dans son cou. Je lui jetai un coup d'œil, mordillant ma lèvre inférieure en considérant la chose. Étais-je assez ivre pour le faire ? Il était en train de se pencher pour regarder les cartes et se serait si facile.

Je penchai très légèrement le torse et fermai les yeux, inspirant profondément, mais lentement pour ne pas qu'il m'entende. Lorsque j'ouvris les yeux, son visage était à quelques centimètres du mien.

— Vous allez bien ? demanda-t-il, l'amusement coulant des coins de sa bouche pulpeuse.

— Euh… oui. Vous allez bien ?

Je regardai son entrejambe.

— Vous avez pu vous occuper de votre problème dans les toilettes ?

Une demi-seconde plus tard, je me mordais la langue. *Est-ce que j'ai vraiment dit ça ?*

Il rit doucement.

— Je suis arrivé à sécher mon pantalon autant que possible, si c'est ce que vous voulez dire.

Je hochai la tête, effrayée de parler à ce stade. Qui savait ce qui sortirait de ma bouche la prochaine fois ? J'étais dangereuse avec autant de cocktails dans mon organisme.

Le croupier me distrait de mon embarras, retournant toutes les cartes afin de payer ou prendre l'argent. Je regardai ses cartes. Il avait un as, un trois et un huit. Je comptai furieusement dans ma tête. *Onze, trois, ça fait quatorze plus huit... vingt-et-un ? Non ! Vingt-deux ! C'est bien vingt-deux ?* Je regardai le cow-boy.

— Qu'est-ce que ça veut dire ? demandai-je en désignant les cartes du croupier.

— Il est brûlé. Tous ceux qui ne dépassent pas vingt-et-un gagnent, et ont un petit extra s'ils ont fait un blackjack.

Je regardai le croupier pousser une pile de jetons dans ma direction.

— Félicitations, dit-il. Ce doit être la chance des débutants.

J'en restai bouche-bée.

— C'est... six cents dollars, chuchotai-je.

Je n'avais jamais 'gagné' d'argent de ma vie. Chaque centime sur mon compte en banque avait été gagné à la sueur de mon front.

— J'espère que vous allez rester, dit le cow-boy en prenant six jetons en face de moi pour les poser sur la table. Il en déposa trois devant moi et trois devant lui.

— Je n'ai pas d'argent, dis-je.

J'avais laissé tout mon liquide à Candice et il n'y avait certainement pas six cents dollars.

Il regarda la pile en face de moi.

— Il me semble que vous en avez.

Je souris un peu de guingois à cause de ma mâchoire qui se décrochait. Si c'était sa façon de draguer, je devais admettre que c'était réussi. C'était original, même si ça ressemblait un petit peu à une sollicitation pour de la prostitution.

— C'est votre argent, pas le mien.

Il haussa les épaules.

— C'est de l'argent gagné en jouant. Gagnez ou perdez, le but est de passer un bon moment.

— Oh, je peux passer du bon temps à Las Vegas, croyez-moi. Et ça ne demande même pas beaucoup d'argent.

La serveuse s'approcha avec un plateau et deux verres.

— Où est votre ami ? demanda-t-elle en regardant les visages autour de la table.

— Il est parti. Mais je vais prendre son verre, dis-je en me reculant pour qu'elle puisse les déposer sur la table en face de moi.

— Je prendrais une Bud à votre prochain passage, dit le cow-boy.

Elle lui fit un sourire sexy et donna un coup de hanche dans sa direction. Cela m'irrita plus que je voulais l'admettre.

— Tout de suite. Avez-vous besoin de quelque chose d'autre pour accompagner votre Bud ?

Il me regarda droit dans les yeux.

— J'ai tout ce dont j'ai besoin ici, merci.

Ma gorge se serra en espérant que c'était bien une insinuation qui était sortie de sa bouche. Mais il ne voulait sûrement pas parler de moi. La seule chose qu'il savait à mon sujet est que j'étais une nana maladroite qui aimait dépenser son argent. Ce n'étaient pas les qualités demandées à une candidate pour le poste de petite amie.

Je voulais me gifler en voyant la direction que prenaient mes pensées. *Candidate pour le poste de petite amie ? Qu'est-ce qui ne va pas chez toi ? Tu es à Las Vegas, pour l'amour de Dieu ! Reprends-toi. Ce soir ne concerne pas ton projet de vie. Mais un coup d'un soir ? Peut-être...* Je me redressai et regardai la table, soulevant le coin de ma carte.

Il se retourna pour faire face à la table et se pencha plus près de moi que les sièges le permettaient normalement.

— Vous allez bien ?

Je levai les yeux, surprise de trouver encore une fois son visage si près du mien.

Non pas que je m'en plaigne. Il avait un très beau visage après tout.

— Je vais très bien. Pourquoi ?

Il me fit un sourire lent et paresseux qui alluma un feu en moi.

— Vous avez l'air un peu nerveuse.

Je poussai un soupir.

— C'est parce que vous êtes si diablement beau.

À la seconde où les mots quittaient mes lèvres, je fis une grimace.

— Est-ce que j'ai dit ça à haute voix ?

— Je ne sais pas. Que pensez-vous avoir dit ? demanda-t-il.

Il me taquinait. Je pouvais entendre le sourire dans sa voix, mais il m'était impossible de le regarder. Car si je le faisais, mon humiliation serait complète.

Je pris une grande inspiration pour me donner du courage.

— J'ai beaucoup de mal à agir comme un être humain doté d'intelligence lorsque je suis assise si près de vous.

J'étais en train de perdre mon souffle et je ne pouvais rien y faire à part demander de l'oxygène ou m'éloigner de lui, et je n'étais vraiment pas prête à le faire. Tu parles de potentiel. Ce type avait le potentiel d'être mon coup d'un soir de Vegas. Le sexe fou et sauvage dont parlait Candice dans l'avion. Le mec qui me fera oublier Tommy et aller de l'avant. Je lui jetai un coup d'œil rapide avant de regarder de nouveau devant moi. *Est-ce que je pourrais coucher avec ce mec ? Un inconnu au sujet duquel je ne sais rien ? Que je ne reverrais jamais ? Dont je ne connais même pas le nom ?*

— Je m'appelle Mack, au fait. Et vous ?

Mode panique, niveau huit. *Qui est ce type ? Un télépathe ? D'accord, oublie la partie où tu ne connais pas son nom. La question est, est-ce que je pourrais coucher avec un mec nommé Mack et qui portait un chapeau de cowboy dans un casino ?* Il posa ses avant-bras sur la table tandis qu'il regardait ses cartes et attendait ma réponse. Ils montraient les muscles fins sous la peau bronzée en soulignant suffisamment les poils dorés de ses bras pour me faire m'interroger sur ce qu'il avait sous sa chemise. *Oh oui, je pouvais le faire.*

Je le regardai. Il surprit mon regard et me sourit, révélant une petite fossette sur sa joue gauche... et cela mit fin au peu de contrôle que j'avais avant d'arriver à Las Vegas.

— Mon nom est Andrea, mais mes amis m'appellent Andie.

— Ce sera Andie alors.

Il enroula son bras sur le dossier de ma chaise en se levant pour pouvoir se rapprocher de moi.

— Qu'allez-vous faire, Andie ? Frapper ou rester ?

Il ne regardait même pas les cartes. Ses yeux bleus perçants fixaient les miens, me mettant probablement au défi d'accepter son chalenge.

Je ne pris pas la peine de regarder mes cartes non plus.

— Je pourrais faire l'une ou l'autre de ces deux choses en ce moment et elles me rendraient toutes les deux très heureuse.

Le frisson qui parcourut ma colonne vertébrale ne fut rien comparé à la décharge électrique qui me secoua le corps lorsqu'il se pencha vers moi et mit son visage près de mon oreille. Son souffle chatouilla ma peau tandis qu'il parlait.

— Je voulais dire sur la table.

Je souris, le diable prenant possession de mon corps.

— Où vous voulez, comme vous voulez. C'est vous qui décidez.

Il renversa sa tête en arrière et éclata de rire, faisant bouger son chapeau sur son crâne tandis qu'il riait comme un fou.

— Vous êtes vraiment spéciale, Andie, vous le savez ?

Il attrapa le cocktail que la serveuse qui était apparue derrière nous portait et me le tendit. J'avais trois verres maintenant et je comptais tous les boire. Une fois qu'il eut récupéré sa bière et donné un pourboire à la fille, il leva sa bouteille dans ma direction.

— À Las Vegas et à la chance que l'on peut y trouver.

Je souris comme une folle.

— Je bois à ça.

Je cognai si fort mon verre contre sa bouteille que la boisson déborda un peu. Il se recula précipitamment en pointant un doigt dans ma direction.

— Vous êtes dangereuse. Je pourrais penser que vous voulez que je sois encore tout mouillé.

Je haussai les épaules en sirotant mon verre aussi innocemment que possible. Puis ma bouche s'ouvrit et la chose la plus ridicule en sortit.

— Me rendre la pareille ne serait que justice.

Il ne dit rien, mais haussa un sourcil. Et je remarquai qu'au cours des trois autres parties de blackjack – que nous avions toutes remportées – il se rapprochait de plus en plus de moi, jusqu'à ce que je sois tournée sur le côté et qu'une de ses cuisses se retrouve entre les miennes. Si je me glissais un peu plus au bord de mon siège, je me retrouverais à frotter mon entrejambe contre sa cuisse, mais ça m'était égal. Je ne me souciais même pas de savoir où étaient mes amies ni pourquoi il leur fallait autant de temps pour me rejoindre. Je savais que Candice reviendrait à un moment ou à un autre, même si elle devait d'abord monter Kelly dans notre chambre. Et j'étais convaincue que Mack prendrait soin de moi jusqu'à ce qu'elles reviennent. Si je devais être honnête, j'admettrais que bien que j'attende le retour de mes amies, j'envoyais également quelques prières à la déesse de l'amour pour que Candice ne me retrouve pas avant un bon moment.

Chapitre 11

MACK ATTRAPA LA PLUPART DES jetons devant nous et les mit dans une tasse en plastique avec le logo du casino dessus. Il envoya un jeton de vingt dollars au croupier.

— Tu es prête à y aller ?

Il avait l'air étonnamment sobre compte tenu de tous les verres qu'il avait bus.

— Mais qu'en est-il de ceux-là ? demandai-je en désignant les jetons qu'il avait laissés.

— Ceux-là sont à toi.

Il doit se tromper. Ou alors il est plus saoul qu'il n'en a l'air. Je commençai à paniquer en réalisant que ce n'était peut-être pas dû à une erreur ou aux bières… peut-être qu'il ne savait pas que je m'étais servie de ses jetons depuis le début. Je fixai les mille deux cents dollars en jetons multicolores que j'avais devant moi.

— Ils ne sont pas à moi, ils sont à toi. J'ai en quelque sorte… pris quelques-uns de tes jetons quand j'ai commencé à jouer. Je suis désolée… J'ai paniqué. Ils m'ont dit que tu perdrais ta place.

Je fis une grimace, me demandant si j'avais perdu ma chance de rouler dans le foin proverbial avec le cow-boy le plus sexy de ce côté du Mississippi.

— Tu les as gagnés à la régulière. Disons simplement que je t'ai avancé un peu d'argent le temps que tu te remettes sur pied.

Je me mordis la lèvre inférieure tandis que je réfléchissais si je devais insister pour qu'il prenne l'argent. Cependant, je réalisai rapidement que rester assise et me concentrer comme ça était une erreur ; la pièce tournait beaucoup trop pour trouver des arguments rationnels. Je décidai qu'il était plus prudent de concentrer mon énergie pour marcher en ligne droite au lieu de nier mon droit à l'argent. J'avais perdu le compte des cocktails gratuits que j'avais bus durant l'heure où nous avions joué, mais je savais à la façon dont la salle tournait que j'en avais ingurgité beaucoup trop.

J'empilai les jetons et les plaçai dans la paume de ma main. Mille deux cents dollars pesaient étonnamment peu.

— Merci, cow-boy. C'est incroyablement généreux de ta part.

Je souris comme une folle ivre, ce qui était exactement ce que j'étais.

— Je vais simplement devoir trouver un moyen de te rembourser, je suppose.

— Allez, allons prendre un peu l'air, dit-il en m'offrant son bras.

— C'est comme ça qu'ils appellent ça maintenant ? demandai-je en quittant mon siège et en glissant mon bras sous son coude.

Je ne lui donnais qu'un petit coup dans les côtes au passage. Ce n'est que lorsque mes pieds touchèrent la terre ferme que je me rendis compte combien j'avais l'air ridicule. Quelle briseuse d'ambiance.

— J'ai recommencé, pas vrai ? demandai-je en poussant un soupir.

C'était bien la peine d'avoir enfilé cette petite robe noire et de mettre coiffée comme Jennifer.

— Fait quoi ? Je ne t'ai pas vu faire quoi que ce soit. Tu veux remettre tes chaussures ?

Il pointa du doigt un point sous ma chaise où les chaussures de Kelly reposaient dans un petit tas de piques.

— Si par chaussures tu veux dire ces instruments de torture, alors non. Je ne veux absolument pas les remettre.

Je fronçai les sourcils en direction tes talons beaucoup trop hauts, me demandant si j'aurais beaucoup de problèmes si je les laissais là.

Il se pencha et les attrapa, les tenants dans sa main libre par les brides.

— Pourquoi je ne les porterais pas jusqu'à ce que tu te sentes de les remettre ?

— Bon plan. Je devrais probablement aller dans ma chambre pour enfiler quelque chose de plus confortable, de toute façon.

— Tu loges ici ? Dans cet hôtel ?

Il s'arrêta à quelques mètres de la table de blackjack et je lui rentrai dedans.

— Ouaip. Dans une suite mortelle.

— Hum.

— Pas toi ?

— Non.

Il n'offrit pas d'autres explications et je n'en demandai pas. Ça n'avait pas d'importance de toute façon, pas vrai ? Pas besoin de compliquer les choses.

Il se remit à marcher. Nos corps étaient côte à côte, son bras frottant mon sein droit. Ce contact innocent m'envoyait des frissons, d'autant plus que je me demandai si c'était intentionnel de sa part. Il n'avait pas besoin de marcher si près de moi, mais il le faisait quand même. Ou peut-être que c'était moi, m'accrochant à lui comme une moule s'accroche à son rocher. *Mon Dieu, s'il vous plaît, faites que je ne sois pas une moule !*

— Je n'ai pas entendu ce mot depuis longtemps. Mortelle. Ça me plaît.

— Reste avec moi, cow-boy. Je te montrerai tout un tas de supers trucs rétro. Comme ma coiffure à la Jennifer Anniston. Tu aimes ?

Je secouai la tête pour faire bouger mes cheveux avant de jeter un coup d'œil pour voir s'il me regardait.

— C'est joli, dit-il avec un petit sourire.

Il se tourna et s'arrêta, faisant glisser mon bras hors du sien. Il se tenait à quelques centimètres, les yeux fixés sur moi. Mettant les chaussures dans la main qui tenait le gobelet plein de jetons, il posa l'autre sur mon épaule, son expression devenant soudain sérieuse. Mon cœur chuta avec un bruit sourd. *Il va me dire qu'on se verra plus tard. Il va disparaître. Je le savais. Le coup des cheveux à la Jennifer Anniston était de trop. Merde !*

— Écoute, Andie. Je sais que tu as beaucoup bu, donc je me dis que la chose correcte à faire est de te donner une chance de t'éloigner... si c'est ce que tu veux.

Il me fixait avec ses sacrés yeux bleus brillants, et j'eus l'impression d'être hypnotisée par eux. Être avec lui était plus facile à gérer quand je ne le regardais pas dans les yeux ; je pouvais plus ou moins endurer son sex-appeal lorsque son attention était ailleurs que sur moi.

— M'éloigner ? M'éloigner de quoi ?

Jouer à la fille pas si facile que ça me sembla être la chose prudente à faire au cas où il n'agissait qu'en bon samaritain en restant avec moi. C'était ce qu'il avait l'air d'être à ce moment-là, et d'après mon expérience, s'accrocher à un mec qui n'avait pas d'intérêt particulier pour moi était quelque chose de douloureux.

Il posa sa main libre sur le haut de son chapeau et le déplaça d'avant en arrière sur sa tête, faisant également bouger les boucles qu'il avait sur la nuque.

— Je ne sais pas ce que je dis. Cette dernière bière est allée tout droit dans mon cerveau et je crains qu'elle l'ait un peu ramolli.

— Ramolli. Bon mot. Veux-tu monter avec moi pendant que je change de chaussures ?

Je ne craignais absolument pas que Mack ne soit pas le genre de type que je pouvais inviter dans ma chambre. Il n'avait pas du tout l'étoffe d'un violeur. Moi, en revanche, je n'en étais pas si sûre. Il était presque irrésistible, et s'il décidait d'ouvrir le bal, il était certain que je ne l'empêcherais pas d'aller jusqu'au bout. Peu importe ce que j'avais pu penser, je ne voulais pas quitter Las Vegas avec des regrets. S'il voulait qu'on se retrouve excités et en sueur, alors c'était ce que nous allions faire, sans hésitation. Au diable la réflexion, au diable les ex-petits amis qui rompaient par texto, et au diable les complications. Tout ce que je voulais, c'était une nuit d'abandon insouciant pour sortir toute cette folie de mon système et rentrer à la maison avec une ardoise propre, prête à botter des culs et continuer ma vie.

— Tu veux que je monte avec toi ? demanda-t-il.

Au diable la fille pas facile.

— Oui, viens.

Je le pris par la main et le traînai à moitié vers les ascenseurs.

— Je pense que mes amies sont là-haut. Je n'ai pas de clé, alors elles feraient mieux d'y être.

J'appuyai sur le bouton d'appel, tremblant un petit peu à cause de ce que j'étais en train de faire, c'est-à-dire amener un parfait inconnu dans ma chambre une heure après l'avoir rencontré pour pouvoir lui arracher ses vêtements et me transformer en fille sauvage et folle. J'étais prête à être une prostituée. Mille deux cents dollars allaient très certainement lui payer une fellation. Tout ce à quoi je pouvais penser était à quoi il pouvait ressembler sous ses vêtements de cow-boy et si le renflement que j'avais vu entre ses jambes serait à la hauteur de mon imagination.

— Tes amies n'aiment pas parier ?

— Si, mais l'une d'entre elles avait trop bu et l'autre est allée s'occuper d'elle.

— Elles t'ont laissée toute seule dans cette robe ?

J'essayai très fort de ne pas sourire.

— En quelque sorte. Pas vraiment.

L'un des huit ascenseurs sonna et s'ouvrit. Alors que j'y entrais, je dis :

— Je l'aurais aidée moi aussi, mais j'ai vu ce mec sexy avec un chapeau de cow-boy et j'ai été un peu distraite.

Je grimaçai en entendant la façon dont les mots sortaient de ma bouche. Je faisais tellement d'effort pour paraître cool, mais j'avais peur de ressembler plutôt à une folle. Je fis de mon mieux pour agir comme si je ne venais pas tout juste de dévoiler mon jeu en appuyant sur le bouton de l'étage correspondant.

— Vraiment ? demanda-t-il. Dois-je aller lui parler ?

Je me retournai, un sourire furtif sur le visage. Je penchai la tête de côté, laissant mes cheveux effleurer mon épaule.

— Peut-être. Que lui dirais-tu ?

Il se rapprocha de moi.

— Je lui dirais qu'il a perdu. Que je suis arrivé en premier et qu'il doit me laisser la place.

— En es-tu certain ? demandai-je en essayant de ne pas haleter comme une chienne en chaleur.

Il était si proche de moi que je pouvais sentir son sex-appeal s'échapper de sa poitrine. Mes genoux se transformèrent en confiture à la vue de ses larges épaules et de sa grande taille. Et de ce stupide chapeau de cow-boy... que j'aurais dû détester. Cela aurait dû retirer tout son sex-appeal et faire de lui un péquenaud. Mais ce n'était pas le cas. Cela le rendait sauvage. Un inconnu dangereux et indompté. Complètement indifférent à ce que pensaient les autres et bien dans sa peau. Si je n'avais pas été ivre, j'aurais même été trop intimidée pour lui parler. Au lieu de cela, je fis un pas en avant pour aller à sa rencontre, le buvant des yeux et n'ayant absolument pas honte de le faire.

Sa voix se transforma presque en grognement.

— La question n'est pas de savoir si *je* suis certain, mais si tu l'es. Parce que je sais exactement ce que je veux, et je ne suis pas le genre de mec à hésiter à le prendre lorsque je le vois.

Il laissa tomber les chaussures et les jetons dans un tas désordonné et fut contre moi, enroulant ses bras autour de ma taille, lorsque l'ascenseur sonna. Nous avions atteint mon étage. Une seconde plus tard, les portes s'ouvrirent.

Sa tête s'abaissa lentement et le bord de son chapeau bloqua la lumière du plafond. Nous étions dans un cocon d'énergie sexuelle et je ne voulais pas arrêter suffisamment longtemps pour nous permettre de sortir de l'ascenseur. Je mis les mains sur sa poitrine, les déplaçant sur sa chemise en coton doux jusqu'à ses épaules, me délectant des muscles puissants que je sentais sous mes doigts. Enroulant mes bras autour de son cou, je plongeai mes doigts dans les boucles sur sa nuque lorsqu'il se pencha pour poser ses lèvres sur les miennes

Nos bouches se rencontrèrent et la passion qui s'était lentement construite entre nous éclata, puissante et brûlante. Rien, dans notre flirt un peu plus tôt et nos contacts pas tout à fait accidentels, ne m'avait préparé à ça. Ses lèvres étaient pleines et douces, mais exigeantes dans la façon dont elles se pressaient contre les miennes et elles changèrent rapidement d'angle pour en réclamer plus. Je n'attendis pas d'invitation, ouvrant la bouche et laissant ma langue lécher ses lèvres, défiant la sienne de venir jouer avec moi. Il accepta mon défi avec un gémissement, sa langue audacieuse venant se frotter à la mienne. Je n'avais jamais été embrassée comme ça de toute ma vie.

Les portes se refermèrent. Mack appuya de nouveau sur le bouton de mon étage, mais nous étions déjà en train de redescendre.

— Mince, nous avons raté mon étage, murmurai-je contre sa bouche.

Ses mains glissèrent sur mon dos et il me serra contre lui, envoyant un frisson dans mes endroits les plus chauds et me faisant mouiller d'impatience. Je poussai mes hanches vers les siennes, voulant gronder de satisfaction en rencontrant la longueur dure que j'y trouvai. Il bougea contre moi tout en massant mes fesses, me donnant envie de hurler de désir inassouvi. Si la cloche de l'ascenseur n'avait pas retenti à ce moment-là, j'aurais arraché ma robe et sauté sur son offrande. Mais elle sonna et les portes s'ouvrirent, alors je me reculai précipitamment et redescendit l'ourlet de ma robe. Essayer de ne pas avoir l'air d'avoir été sur le point de sauter un cow-boy dans l'ascenseur de mon hôtel fut la chose la plus difficile que j'avais jamais faite. J'étais certaine de n'être pas très douée dans ce rôle.

— Vous montez ? demanda un couple de personnes âgées, l'air un peu confus de nous voir déjà à l'intérieur et ne faisant pas mine de sortir.

— Hum, ouais, dit Mack en s'éclaircissant la gorge avant de pouvoir continuer. Nous montons. Tout là haut.

Je hoquetai bruyamment et mis ma main sur la bouche, mes yeux s'écarquillant. *Pas sexy ! Pas sexy !*

La femme posa sa main sur le bras de son mari, l'empêchant de monter dans l'ascenseur avec nous. Elle baissa les yeux sur les jetons éparpillés de nos pieds, puis releva la tête.

— Je pense que nous allons prendre le suivant. Allez-y, les jeunes.

Elle nous fit un clin d'œil et fit taire son mari lorsqu'il commença à se plaindre.

Les portes se refermèrent et Mack fut sur moi sans perdre une seconde. Je l'accueillis à bras – et jambes – ouverts. Aussi ouvertes qu'elles pouvaient l'être dans cette fichue robe étroite que j'avais été forcée de porter. J'avais l'impression de porter une camisole de force alors que tout ce que je voulais faire, c'était sauter pour enrouler mes jambes autour de sa taille.

— Que sommes-nous en train de faire ? demandai-je contre sa bouche.

C'était une question stupide, et nous le savions tous les deux. Ma tête tournait et mes hormones s'affolaient. J'avais besoin qu'il soit en moi, j'avais besoin de lui maintenant. Je n'avais jamais été aussi excitée de toute ma vie. Si Candice et Kelly étaient dans notre chambre, je n'aurais plus qu'à trouver un placard quelque part.

— On dirait bien qu'on est sur le point de beaucoup s'amuser, dit-il sans aucune trace d'amusement dans la voix. Je suis partant si tu l'es.

L'ascenseur tressauta légèrement alors qu'il se remettait en route.

Je reculai et le fixai dans les yeux en essayant de faire disparaître les vertiges.

— Je suis plus que partante. Absolument et tout à fait partante.

Nous nous embrassâmes à nouveau, et lorsqu'il déplaça ses mains dans mon dos cette fois, il ne s'arrêta pas à mon derrière. Il continua à descendre jusqu'à ce qu'il atteigne ma cuisse tout en me poussant simultanément contre le mur de l'ascenseur. Une fois qu'il eut soulevé ma jambe, mon épicentre fut incliné de sorte à pleinement apprécier le renflement dur qu'il poussa de nouveau contre moi. J'enroulai ma cheville sur ses hanches en gémissant tandis que je bougeai de haut en bas, me frottant contre lui à un rythme sur lequel je n'avais aucun contrôle. Nos bouches remuaient à l'unisson tandis que mes hanches pivotaient, le rapprochant de moi à chaque poussée. Ma jupe était autour de ma taille et la dentelle rouge de mes sous-vêtements était trempée lorsque la cloche de l'ascenseur sonna de nouveau.

Il laissa tomber ma jambe et glissa ses mains sur les côtés de mes hanches et de mes cuisses, remettant ma robe au niveau où elle aurait dû être en public. Il ramassa les jetons et les chaussures et sortit dans le couloir, me tirant avec lui. Je trébuchai, m'empêtrant dans mes propres pieds, mais il me rattrapa en se servant de son corps et d'un bras. La main portant les chaussures se posa nonchalamment sur ma taille une fois que je fus de nouveau debout.

— Par où ? demanda-t-il en louchant sur le panneau sur le mur.

— Chambre deux-zéro-un-quatre, répondis-je d'une voix d'ivrogne.

Je fis quelques exercices rapides de bouche, essayant de dégourdir ma mâchoire pour que je puisse parler comme la femme instruite que j'étais.

Il me surprit en train de le faire et éclata de rire.

— Tu peux tenir ça pour moi ?

Après qu'il ait déposé tous les jetons et les chaussures dans mes mains, je fis un pas dans le couloir en direction de ma chambre.

— *Wooop* !

Le son s'envola de ma bouche lorsqu'il me désarçonna complètement en me soulevant de terre, me portant dans le berceau de ses bras puissants. De longues enjambées nous menèrent au bout du couloir vers la dernière pièce sur la droite alors que l'argent tintait dans le gobelet en plastique. J'étais littéralement emportée, et si le couloir, les murs, le plancher et le plafond ne tournaient pas autour de moi, cela aurait été le point culminant de ma nuit.

S'il vous plaît, faites que Candice et Kelly soient sur le point de sortir !

Il me remit sur mes pieds devant la porte et s'y appuya avec une main, m'attirant contre lui avec l'autre. Le baiser qui s'en suivit me coupa le souffle et je fus à peine capable d'aligner deux pensées. Les jetons et les chaussures tombèrent à nouveau, s'éparpillant sur le sol et sur mes pieds. Je n'ouvris les yeux qu'à quelques reprises pendant le baiser pour essayer de contrôler le tangage de la pièce.

— Attends, attends, dis-je alors qu'une porte s'ouvrait dans le couloir et que des voix flottaient vers nous.

Je frappai à ma porte, le désespoir transparaissant dans les coups rapides que je donnais. J'étais incapable de la jouer cool à ce moment-là. *Cool ? Dis plutôt folle.*

— Tu n'as pas de clé ? demanda-t-il.

— Où penses-tu que je pourrais cacher une clé sur cette robe ?

Ma poitrine était sur le point d'éclater sous la respiration lourde que j'avais. J'étais complètement troublée et frustrée, mes mains refusant de s'immobiliser. Je pouvais sentir ses abdominaux sous sa chemise. Ses muscles ondulaient lorsque je les touchais. Le renflement dans son pantalon était énorme. Il fallait que je voie très vite cet homme nu ou j'allais avoir une crise cardiaque provoquée par un désir sexuel refoulé. Comme une combustion spontanée, mais sans le gaz ou le feu.

Il fit glisser ses doigts de mes côtes jusqu'à mon dos.

— Hmm, pas de clé ici.

Ses doigts descendirent sur mes fesses.

— Là non plus.

Posant sa main sous mon sein droit, il sourit.

— Et pas ici non plus.

Il serra mes fesses une fois puis les relâcha.

— Tu as raison. Tu n'as pas de clé.

Il me sourit encore et je pris son visage entre mes mains pour l'embrasser à nouveau.

La porte bougea et nous nous éloignâmes rapidement l'un de l'autre avant que je puisse faire le geste suivant, c'est-à-dire toucher son renflement. J'avais oublié que les chaussures de Kelly étaient par terre et trébuchai sur elles en essayant de me retourner. Je tombai de côté alors que la porte s'ouvrait et tombai dans les bras ouverts de Mack.

— Eh bien, eh bien, eh bien. Si ce n'est pas Lady Casino et son héros de cow-boy, dit Candice en ayant l'air un peu énervée et très malicieuse.

Je m'appuyai contre la poitrine de Mack pour me remettre sur pieds et me penchai pour ramasser les chaussures de Kelly. Lorsque je me relevai, je vacillai sur mes pieds, la pièce faisant un tour complet en face de moi. Mack mit sa main dans le creux de mes reins et s'avança pour mettre son corps près du mien. Il était réconfortant de savoir que si je tombais, il serait là pour me rattraper.

— Oops. Désolée, j'ai perdu l'équilibre.

Je souris à Candice, essayant de minimiser le fait que j'avais amené dans notre chambre un mec que personne ne connaissait.

— Qu'est-ce qui t'a pris si longtemps ? demandai-je en la dépassant et en tirant Mack par la main. Ça fait une heure que j'attends. Regarde ce que j'ai gagné.

Je lui tendis pendant quelques secondes les jetons que j'avais ramassés avant de les jeter sur la table. Plusieurs tombèrent et roulèrent sur le sol.

— Joli.

Elle n'avait d'yeux que pour Mack.

— Et tu as aussi gagné des jetons.

Je me déplaçai pour me tenir à côté de lui.

— Ha, ha. Je n'ai pas *gagné* ce cow-boy, je l'ai *battu* au blackjack.

Je laissai échapper un rire en le voyant froncer les sourcils. Je fis un geste en direction du cow-boy puis vers mon amie.

— Candice, voici Mack. Mack, voici Candice.

Elle lui serra la main en haussant un sourcil.

— Mack ? Pour de vrai ? C'est votre nom ?

— Mack est un surnom. Une abréviation de MacKenzie, mon nom de famille.

Il sourit et je vis l'effet qu'il avait sur Candice. Même cette dure à cuire n'était pas à l'abri de ses charmes. Je me pressai un peu contre lui et il passa un bras autour de moi.

— Vous êtes d'où ? demanda Candice en glissant gracieusement sur ses chaussures.

Je remarquai avec une trace d'amertume que ses talons n'étaient pas aussi hauts que ceux qu'elle m'avait imposés.

— Baker City, Oregon.

— Vous êtes loin de chez vous, cow-boy, dit-elle en se redressant et mettant sa poitrine en avant.

— C'est vrai, madame.

Le visage de Candice se décomposa et elle cessa de se tortiller alors que ses épaules s'affaissaient.

— Il m'a appelé madame. Je vais aller noyer mon chagrin.

Elle attrapa son petit sac sur la table et se dirigea vers la porte, le dos vouté.

— Où vas-tu ? demandai-je, perplexe.

— Je sors pour me trouver un homme. Un plus jeune avec une grosse queue. Garde un œil sur Kelly si tu en as envie. Sinon, enferme-la. Tout ira bien pour elle. Elle cuve dans la chambre sur la gauche.

Elle franchit la porte.

— Mais... attends, Candice ! Tu n'as pas besoin de t'en aller !

Elle passa la tête par la porte, son sourire à nouveau sur les lèvres.

— Désolée, bébé, mais trois, c'est un de trop.

Elle me fit un clin d'œil.

— Je vous verrai plus tard, les enfants.

La porte se referma derrière elle avec un clic.

— Je crois que ton amie vient de me donner le feu vert, dit-il.

Je lui fis un grand sourire.

— Je crois aussi.

Il me souleva de nouveau pour me prendre dans ses bras, et cette fois le tangage ne fut pas aussi violent puisque je le fixai dans les yeux.

— Où y a-t-il une chambre vide ? demanda-t-il.

Je pointai un doigt par-dessus mon épaule.

— Par là.

Chapitre 12

JE M'ASSIS SUR LE BORD du lit pour pouvoir regarder le spectacle.

La première chose qu'il fit fut de déboutonner sa chemise, un bouton à la fois. J'aurais pensé que le chapeau de cow-boy aurait été la première chose à s'envoler, ou peut-être qu'il le poserait sur la table avant de commencer son striptease. Mais non… il commença par la chemise, et bon sang, je lui en étais reconnaissante. Jamais de toute ma vie, je n'avais vu un cow-boy sans sa chemise, mais avec son chapeau, mais je décidai à ce moment-là que c'était quelque chose que je voulais voir régulièrement pour le reste de ma vie. Cela me fit regretter de ne pas avoir de caméra vidéo pour immortaliser tout ça afin de pouvoir revivre cet instant encore et encore. Cette histoire de 'coup d'une nuit' commençait vraiment à craindre.

Les bottes furent les suivantes. Après les avoir enlevées ainsi que ses chaussettes, il se tint au milieu de la chambre avec seulement un jean usé et un chapeau de cow-boy couleur paille. Un gros ceinturon couleur cuivre reposait sur sa taille.

— Seigneur, ayez pitié, dis-je dans un murmure, incapable de détourner les yeux.

Un accent du sud teinta mes paroles. Cela m'avait semblé approprié en le voyant debout dans toute sa splendeur de gars de la campagne. Je hoquetai de nouveau.

— À ce point, hein ? demanda-t-il, son sourire s'élargissant.

Il fit quelques pas dans ma direction et je reculai un petit peu.

— Où crois-tu aller ? demanda-t-il d'une voix basse.

Cela me fit penser à un prédateur et sa proie.

— Je… Je ne sais pas, répondis-je en bafouillant sous une attaque soudaine de timidité. Il était trop beau. Je redoutais de me retrouver nue en sa présence.

— Tu n'as pas à avoir peur de moi, dit-il en continuant à avancer.

Il me tendit une main, paume vers le bas, dans un geste apaisant.

— Chut, viens là bébé. Laisse-moi juste te tenir dans mes bras. Nous ne ferons rien que tu ne souhaites faire.

Ses mots me réchauffèrent jusqu'aux orteils. J'eus l'impression de savoir exactement ce que ressentait un cheval ombrageux en sa présence. Cet homme ne me voulait aucun mal. M'en détourner serait la chose la plus stupide que je pourrais faire. Il était hors de question que je vive avec ce regret.

Je tendis la main et laissai nos doigts s'entremêler.

— Je suis juste un peu nerveuse. Les rencontres d'un soir ne sont pas vraiment dans mes habitudes.

D'accord, c'était en quelque sorte un mensonge. J'en avais beaucoup eu à l'université, mais pas depuis. Six ans de relations dévouées, toutes avec des salauds. J'étais tout sauf incohérente dans mes choix.

— C'est le chapeau, pas vrai ?

Il l'enleva et le posa doucement sur le sol à côté de nous, ne me quittant jamais des yeux.

— Ce n'était pas le chapeau, répondis-je d'une voix tendue.

Ce n'était absolument pas le chapeau. Mon pouls commença à s'emballer et mon instinct me criait 'bats-toi ou enfuis-toi'. Ou peut-être était-ce 'baise ou enfuis-toi' ; ce qui était plus approprié vu le regard qu'il me lançait.

— Est-ce le ceinturon ? demanda-t-il en l'agrippant entre ses doigts et en l'inclinant vers moi.

— Ce n'est pas le ceinturon, chuchotai-je en fixant les lettres gravées sur le devant… quelque chose en latin sur un blason, peut-être.

J'étais trop distraite pour trop y réfléchir. Il se rapprochait top près de moi pour que je puisse penser intelligemment. J'étais trop étourdie par tout l'alcool que j'avais ingurgité, alors je me levai en espérant que ça m'aiderait.

Il s'arrêta à quelques pas de moi, pas aussi grand sans ses bottes, mais suffisamment pour que je penche la tête en arrière pour le regarder dans les yeux.

— Tu es la plus jolie femme de toute cette ville, tu le sais ?

Je ris doucement, ne me laissant pas prendre par ces belles paroles mais les autorisant quand même à réchauffer mon cœur.

— Ce que je sais, c'est que tu as bu environ six bières en l'espace d'une heure ou deux, alors je pense que ça doit altérer ton jugement.

Il secoua la tête.

— Non, j'ai toutes mes facultés.

— Bon sang, tu es plein de ces mots à quatre sous aujourd'hui, pas vrai. ?

Il m'attira contre son torse en un mouvement rapide, me rappelant quel homme fort il était et combien il avait montré de retenue jusqu'à présent.

— Qu'est-ce qu'un mot à quatre sous ?

Il baissa la tête et embrassa le coin de ma bouche.

— C'est... c'est... essayai-je de répondre avant d'oublier la question.

Les petits baisers dont il parsemait ma bouche me rendaient décérébrée.

— Hmm ? Un mot à quatre sous ? insista-t-il.

— C'est... un bien grand mot... qui ne vaut que... quatre sous...

J'ouvris la bouche et essayai de me tourner afin de rencontrer ses lèvres, mais il s'éloigna, me laissant pantelante. Sa bouche se déplaça sur mon cou où ses lèvres décorèrent ma peau d'un léger suçon. Il lécha la zone sensible et souffla dessus, provoquant une chair de poule sur tout ce côté de mon corps.

Je m'efforçai de me rapprocher de lui, mes seins palpitant sous le besoin.

— Je veux te voir nue, murmura-t-il, ses mains allant derrière moi pour dégager mes cheveux du chemin et il commença à lentement descendre la fermeture éclair de ma robe.

Le bout de ses doigts suivit la fermeture éclair, traînant sur ma chair du haut de mon dos jusqu'au bas de mes reins. L'air frais de la pièce effleura ma peau tandis que les bretelles de ma robe se détendaient et glissaient le long de mes bras. La chaleur de mon désir fit contrepoids et mon visage s'embrasa sous la crainte qu'il voie mon corps et décide que je n'en valais pas la peine. Je me tins là, en soutien-gorge et petite culotte, le visage rouge vif.

— Seigneur, Andie...

Il m'attira violemment contre lui à nouveau, la dureté de son désir s'écrasant contre mon bassin. C'était la douleur la plus douce que j'avais jamais ressentie. Un gémissement s'échappa de mes lèvres et le poussait à continuer.

Il repoussa ma robe jusqu'à ce qu'elle tombe à mes pieds. Je l'enjambai et la poussai de côté, m'accrochant à lui durant tout le processus. Je ne voulais pas que nous nous éloignions trop, mais il avait apparemment d'autres idées. Il se recula brusquement, me tenant à bout de bras.

— Attends... juste une seconde. Laisse-moi te regarder.

Je baissai les yeux, incapable de croiser son regard.

Il ne dit rien pendant un bon moment, alors je jetai un coup d'œil, incapable de résister à la pression de ne pas savoir. Il scrutait mon corps de la tête aux pieds, et la faible lumière qui brillait dans la salle de bain attenante ne me permit pas de me faire une idée de ses pensées. Son expression était sérieuse. Dangereuse, même.

— Quoi ? dis-je en faisant mine de croiser mes bras sur mon corps.

— Non, attends… ne te cache pas. S'il te plaît. Laisse-moi t'admirer un peu plus longtemps.

Mon visage devint rouge de nouveau. Tout ce à quoi je pouvais penser était mes petits seins avec deux poches de gel cachés dessous, mes hanches larges et mes grosses fesses.

— Qu'est-ce que tu racontes ?

J'avais l'impression d'être coincée à mi-chemin entre me sentir mal à l'aise et me sentir sexy. Je pouvais basculer d'un côté ou de l'autre avec un seul mot de sa part.

Il secoua la tête.

— Je pensais que je ne trouverais ce genre de corps que dans mes fantasmes. Je ne savais pas qu'ils existaient dans la réalité.

Il fit courir ses mains sur mes côtes et mes hanches.

— Tout en courbes.

Il me regarda dans les yeux.

— Le corps d'une vraie femme.

Je le repoussai d'une main sur sa poitrine, un rire jaillissant de ma gorge tandis que la peur se désintégrait pour finalement disparaître complètement. *Il aime les courbes !*

— Sors d'ici, espèce de fou.

Il saisit mes mains et m'attira contre lui.

— Certainement pas, je ne vais nulle part. Tu m'as attiré dans ta tanière et maintenant je vais te laisser profiter de moi.

Ma bouche s'ouvrit et je pris un faux air offensé.

— Je t'ai attiré ici ? Tu te moques de moi ?

J'essayai de me dégager, mais il me tenait fermement alors qu'il nous dirigeait vers le lit.

— Ne joue pas avec mon cœur, Andie. Dis-moi que tu ne m'as pas fait venir ici pour me montrer ce corps magnifique avant de me mettre dehors. Je ne pense pas que mon ego pourra le supporter. Et mes… autres parties non plus.

Je levai le menton d'un air insolent mais il profita de sa taille et se jeta sur mes lèvres, me réduisant au silence avec sa bouche.

L'idée qu'il trouvait mon corps si sexy alluma une sorte de feu en moi. Quels que soient les doutes que j'avais pu avoir à amener un homme que je ne reverrais plus jamais après ce soir dans ma chambre ? Ouais… ils s'envolèrent par la fenêtre dans la chaude nuit de Las Vegas. Tous les doutes que j'aurais pu avoir au sujet de ma force de séduction ? Ouais… ils rejoignirent ces doutes, laissant à leurs places une femme très excitée et très émoustillée. Andie la Fêtarde était définitivement de retour. Je me débarrassai de mes sous-vêtements tandis qu'il m'embrassait puis reculai d'un pas lorsque je fus totalement nue.

— Waouh.

Il me fixa, ses yeux parcourant chaque détail de mon corps.

— Tu parles d'avoir de la chance. La table de blackjack n'était rien comparée à ça.

Mon cœur bondit sous ses compliments et une vague d'énergie déferla en moi.

— Woo hoo ! criai-je en le poussant sur le lit et en sautant sur lui.

Mon saut fut cependant un peu trop enthousiaste parce que j'avais mal évalué mon atterrissage et je tombai sur le côté. J'essayai de me rattraper au bord du lit, mais cette foutue couverture en satin ne me donna rien pour m'y raccrocher. Je tombai du lit et atterrissais sur le sol avec un bruit sourd. Je restai là quelques secondes, attendant que la chambre arrête de tourner.

— Putain de merde dit-il en essayant de dissimuler son rire alors qu'il se penchait sur le bord du lit pour me regarder. Tu vas bien ?

Je sautai sur mes pieds et souris, bien déterminée à continuer à m'amuser indépendamment du fait que j'étais une parfaite idiote. Je levai les bras au-dessus de ma tête et les étirai vers le plafond.

— L'ai-je bien descendu ? dis-je en lui lançant un sourire de superstar.

Il m'attrapa par la taille et m'allongea sur le lit en sautant sur moi.

— Ça valait une médaille d'or.

Son jean se frottait contre ma nudité, faisant passer les sensations érotiques à un autre niveau. J'avais eu peur que ma maladresse détruise l'ambiance, mais tout ce qu'il en ressortait était que nous avions le même sens de l'humour.

Je le poussai de côté et grimpai sur lui.

— C'est moi dessus, déclarai-je.

— Oh là ! Femme, dit-il en riant alors qu'il essayait de s'asseoir.

Il m'attrapa par la taille, me retourna sur le dos dans un mouvement fluide et se retrouva au-dessus de moi.

— Enlève ce pantalon, ordonnai-je. Et mets-toi au milieu de la pièce pour que je puisse te regarder. C'est à mon tour de t'admirer.

Si j'avais eu un fouet à ce moment-là, je l'aurais fait claquer. Quelque chose dans le fait d'être avec Mack ce soir m'avait déchaînée. S'il y avait eu un taureau dans la chambre, j'aurais pris une cape rouge et je l'aurais agité devant lui.

Il recula et descendit du lit sans jamais me quitter des yeux.

— Oui, madame.

Contrairement à Candice, je ne me formalisai pas d'être appelée madame. Il pouvait m'appeler comme ça toute la nuit s'il le voulait.

Debout au pied du lit au milieu de la chambre, il déboutonna lentement son jean, révélant une érection qui avait l'air douloureuse. La façon dont son cadeau se révélait à moi pour mon seul plaisir, c'était comme le matin de Noël et mon anniversaire en même temps.

Mes yeux s'écarquillèrent à sa vue. *Seigneur Dieu, il est bien pourvu. C'est presque magique qu'il arrive à caser cette chose dans son pantalon.*

Il descendit son jean jusqu'en bas, le laissant tomber sur le sol à côté de lui.

— Pas de sous-vêtements, dis-je, les yeux toujours fixés sur son entrejambe.

Je ne pouvais penser à rien d'autre que, *Mon Dieu, tu as une énorme verge...* mais cela ne me paraissait pas être la meilleure chose à dire, alors je m'étais contentée du plus simple.

— Trop restreignant, dit-il en s'avançant vers moi, son membre imposant déployé juste au niveau de mes yeux.

Je me rapprochai du bord, laissant tomber mes jambes sur le côté, fascinée par sa taille et sa forme. Je devins humide rien qu'en imaginant sa longueur se mouvoir en moi. Cette vision envoya des ondes de désir dans mon corps. J'avais toujours pensé que les préliminaires étaient importants, mais j'aurais sauté tout ça ce soir et serais allée droit au cœur du sujet sans un regard en arrière. Mais j'avais alors vu son sexe et il fallait que je le touche. Je tendis le bras pour le prendre dans ma main, levant les yeux pour évaluer sa réponse.

Ses yeux étaient brûlants et son expression si grave, cela aurait été effrayant si je n'avais pas été aussi excitée et convaincue de son attirance pour moi. Je me sentais puissante et totalement en contrôle.

— Que veux-tu ? demandai-je, ma voix à peine plus qu'un murmure.

— Tout ce que tu voudras bien me donner.

La sienne était rocailleuse et épaisse de désir.

Les muscles de sa mâchoire se contractèrent lorsque je bougeai timidement la main, commençant par descendre jusqu'à la base pour remonter jusqu'au gland en de petits effleurements. Je ne savais pas encore s'il était le genre d'homme à aimer les attouchements légers ou s'il préférait une poigne plus ferme, mais j'étais certaine que j'allais le découvrir. Un petit coup de langue sur son gland le fit légèrement sursauter et sa respiration s'altéra.

— Seigneur, fut tout ce qu'il arriva à dire avant de fermer les yeux.

Je fis de petits cercles avec ma langue sur son gland pour l'humidifier puis le pris dans ma bouche tandis qu'il posait ses doigts sur mes épaules. Je les sentis s'enfoncer dans ma chair alors que je faisais la seule chose pour laquelle je savais être vraiment douée dans une chambre. Je suppose qu'il y avait un avantage à n'avoir fréquenté que des salauds égoïstes... cela apprend à une femme à faire de très bonnes fellations.

Ses hanches commencèrent à bouger au même rythme que moi et sa respiration s'accéléra. Ma main était entre ses jambes, caressant ses testicules. À la façon dont ils tressautaient et se détendaient à chaque passage de mes lèvres, je savais que si je continuais trop longtemps il perdrait toute pensée rationnelle et serait comme de la pâte à modeler dans mes mains. Cette pensée avait à peine traversé mon esprit qu'il me repoussa et sortit de ma bouche. Mes lèvres se retroussèrent sur un sourire devant l'expression de pure luxure que je vis sur son visage.

— J'ai besoin de te goûter, dit-il d'une voix qui ressemblait à un grognement.

Il me poussa sur le lit et se mit à genoux entre mes jambes. Elles pendaient bizarrement sur le bord et je voulus me reculer un peu, mais je n'eus pas le temps. Je commençai à dire quelque chose, mais m'arrêtai lorsque sa bouche fut brusquement sur moi sans préambule et avec presque aucun avertissement. Une seconde, je me remettais d'une mâchoire fatiguée et la suivante j'avais le visage de cet homme magnifique enfoui entre mes jambes, pratiquant sa folle magie sur moi.

— Oh mon Dieu, dis-je, ma voix résonnant comme des pleurs.

Les sensations qui explosèrent entre mes jambes pour remonter jusqu'à mon cœur et mon cerveau ne ressemblaient en rien à ce que j'avais connu auparavant. Un long gémissement s'échappa de ma gorge et je cambrai le dos, me poussant vers lui, le suppliant silencieusement.

Sa langue glissa en moi et fit quelque chose qui me déclencha une sorte de pré-orgasme. Un doigt vint remplacer sa langue tandis que sa bouche se dirigeait vers mon point le plus sensible et très doucement, très délicatement, commença à faire des mouvements circulaires. Je soulevai les jambes et les posai sans vergogne sur ses épaules, me servant de l'effet de levier pour me rapprocher de sa bouche incroyable.

Il répondit avec empressement à l'invitation en gémissant alors que ses mouvements s'accéléraient et devenaient plus vigoureux. Normalement, j'aurais fait l'impasse sur ce type d'approche, mais j'étais complètement et totalement partie. J'étais tombée dans un tourbillon sexuel qui avait détruit chaque once de honte ou de peur qui aurait pu tenter de montrer sa tête hideuse. Je voulais écarter les jambes aussi largement que j'en étais capable et ressentir chaque chose qu'il me faisait. Andie la Cochonne montrait le bout de son nez.

Il gémit, un grondement sourd contre mes parties les plus sensibles, envoyant des vibrations délicates qui m'allèrent droit dans le cœur et me firent haleter de surprise et de joie. Je pouvais sentir la vague arriver… celle qui allait m'emmener encore plus haut, vers la fin de notre course sauvage. Je voulais désespérément obtenir satisfaction, mais en même temps, je ne la voulais pas… pas encore. Je voulais que ce plaisir dure toute la nuit.

— Tu es proche, dit-il, sa langue ne s'arrêtant pas, mais en éloignant ses doigts.

Il posa les deux mains sur mon ventre. Elles étaient chaudes et recouvraient la largeur de mon corps. Il caressa ma peau et remonta pour prendre mes seins en coupe, pinçant les lourds mamelons et me faisant encore crier. Je me tendis contre chaque partie de son corps, ayant toujours besoin de plus. J'étais avide et totalement impudique.

— Oui, criai-je, respirant lourdement et en gémissant.

Je ne pouvais pas m'en empêcher. Tout était en train de partir en vrille.

— Je veux jouir en toi, dit-il d'une voix rauque.

— Oui. S'il te plaît, Mack. Viens en moi.

Toute pensée rationnelle m'avait quittée. Tout ce que je voulais, c'était de le sentir me remplir complètement, de profiter de la sensation de son sexe qui m'étirait au maximum. Il était beaucoup plus imposant que n'importe quel homme que j'avais fréquenté auparavant et j'accueillais cette nouvelle expérience les bras et les jambes ouverts.

Il disparut soudain d'entre mes jambes et j'entendis le bruit d'un emballage de préservatif qu'on ouvrait. Puis il se tint au-dessus de moi par la force de ses bras, ses paumes plantées sur le lit de chaque côté de mon corps. L'une d'elles glissa sous ma taille et me traîna plus près de la tête de lit. Je fis courir mes mains sur les muscles saillants de ses avant-bras et de ses biceps, et enroulai mes bras autour de son cou, l'attirant vers moi. Je me délectai de l'odeur de notre passion sur sa bouche.

Son sexe se poussa contre moi, me suppliant de venir en moi tandis qu'il abaissait son corps sur le mien. Nous nous embrassâmes et goûtâmes la langue de l'autre, la passion aussi forte que s'il s'était encore trouvé entre mes jambes.

Je posai une main sur la sienne et ensemble, nous guidâmes le bout de son érection vers mon ouverture. J'étais tout à fait prête pour lui.

— Tu es sûre ? demanda-t-il.

Cela semblait être une question complètement folle si l'on considérait où nos bouches s'étaient trouvées peu de temps auparavant, mais je suppose qu'il était juste un de ces mecs qui mettait l'acte sexuel sur un piédestal différent.

— Oui, je suis sûre, dis-je entre deux baisers profonds, certaine que je ne risquais rien.

Les cocktails avaient probablement beaucoup à voir avec ça, mais je ne m'en souciais pas du tout. La passion avait annihilé toute trace de bon sens que j'aurais pu avoir, ce qui expliquait que cet inconnu sexy que je venais tout juste de rencontrer se trouvait dans ma chambre à cet instant.

— Contente-toi de le mettre, s'il te plaît.

Je le suppliais, mais je m'en fichais. Impudique était mon deuxième prénom.

Au début, il y eut une certaine résistance, mes replis étant si lourds de passion qu'ils bloquaient son entrée. Il tendit une fois de plus le bras pour se guider lentement d'une main experte.

Je criai, écartant les jambes et balançant mes hanches en avant, le pressant de s'enfoncer plus profondément.

— Mmm, un peu de patience, dit-il, un sourire diabolique se formant sous mes baisers.

— Je ne peux pas, suppliai-je. S'il te plaît.

Il se glissa en moi un tout petit peu plus puis ressortit, évitant habilement mes tentatives pour l'entraîner plus profondément.

— Tu me tourmentes sciemment, dis-je, attendant à bout de souffle son prochain mouvement.

J'adorais et détestais à la fois ce qu'il me faisait.

Il poussa le bout de son sexe un peu plus loin cette fois. Le laissant là quelques secondes, il imprima à ses hanches un petit mouvement circulaire puis se retira à nouveau. C'était comme plonger les doigts dans un pot de miel, être autorisé à le goûter pour avoir un avant-goût, puis le voir disparaître. C'était exaspérant et délicieux.

— Tu es diabolique, dis-je en posant mes mains sur ses hanches.

J'étais prête à faire le nécessaire pour l'avoir profondément en moi, y compris le forcer à s'abaisser sur moi.

— Ah oui ? Tu crois ?

Il se poussa en moi, s'arrêtant à mi-chemin. Il donna de petits coups rapides avant de se retirer encore.

— Oui, je crois, dis-je, la respiration rapide alors que j'essayai d'anticiper son prochain mouvement.

Je me tortillai d'impatience, rendue folle de ne pas savoir. Est-ce que ça allait s'arrêter là ? Est-ce qu'il considérait être allé au plus profond des choses ?

— Ouiiii… sifflai-je alors qu'il enfonçait toute sa longueur en moi.

Il continua à aller et venir, me faisant penser pendant quelques folles secondes que ça ne s'arrêterait jamais. Je mis mes mains sur ses fesses et le poussai en moi aussi profondément que possible, me frottant contre son bas-ventre et criant sous les sensations que cela créa. Faire de petits cercles avec mes hanches et me tortiller contre lui tandis qu'il était enfoui en moi eut raison de moi ; c'est ce qui m'envoya sur la route de nulle part et partout à la fois.

Il se retira avec une lenteur atroce et commença alors la torture une fois de plus, s'enfonçant jusqu'à la garde et faisant une pause pendant quelques secondes avant de se retirer à nouveau dans une caresse vertigineuse de sexe pur, d'un pur besoin sauvage. Maintes et maintes fois, je me poussai contre lui tout en abaissant ses fesses, le forçant à s'enfouir profondément, à accélérer son rythme et à me donner la friction dont j'avais besoin.

— Tu vas me faire jouir si tu continues comme ça, dit-il les dents serrées sous l'effort. Bon sa… Dieu, c'est si bon.

Il finit sa phrase presque à bout de souffle.

— Comment fais-tu ça ?

Je n'avais aucune idée de ce dont il parlait. Tout ce que je savais, c'est qu'une vague orgasmique monstrueuse se dirigeait vers moi, et j'étais tout à fait prête et impatiente de m'y noyer. L'alcool aurait dû rendre ça impossible ; cela aurait dû me rendre insensible et engourdie, mais il semblait que ça avait l'effet opposé. Ou peut-être était-ce à cause de lui. Je n'avais jamais rencontré un homme aussi incroyablement sexy de toute ma vie.

Ses poussées devinrent plus fortes et plus profondes. Mon nœud sensible accepta les coups de boutoir de son corps avec plaisir. Je les accueillis, allant à la rencontre de chacune de ses poussées avec une des miennes. Notre rythme était sauvage, indompté, brut… une toute nouvelle expérience dans ma vie soigneusement organisée. Ses grognements et soupirs d'excitation à peine contrôlée reflétaient ma propre marée montante de passion.

— Oh, merde, je vais jouir, dit-il, l'air en colère et déçu par son manque de contrôle.

Ce fut une combinaison de cette perte de contrôle et l'impression d'être remplie qui me fit basculer. Les sensations qui avaient enflé en moi se précipitèrent d'un coup à travers mon corps, me prenant complètement par surprise. Je commençai à crier, pleurer et haleter, avec absolument aucun contrôle sur ce que mon corps faisait. J'enfonçai mes ongles dans son dos, ne faisant pas attention à ce que je faisais à sa peau. Je ne voulais pas tomber dans l'abîme sombre qui m'appelait, m'inquiétant de constater que, une fois que j'y étais, je ne serais jamais en mesure de revenir. Mack me garderait en sécurité. Il me sauverait de la noyade.

Puis, lorsqu'il hurla et s'enfonça en moi avec plusieurs poussées rapides et puissantes, je tombai ; je tombai dans l'obscurité soyeuse qui tourbillonnait à l'intérieur de ma tête. La sensation fut entièrement bienvenue. Avec cet homme qui me remplissait et me donnait du plaisir à l'aide de chaque centimètre de son corps, je n'avais pas d'autres options.

Le temps s'arrêta alors que nous faisions l'extraordinaire voyage jusqu'au sommet avant d'à nouveau toucher terre. L'horloge recommença à marquer les secondes seulement lorsque nos orgasmes furent terminés.

Nos corps avaient fusionné ; je pouvais sentir chaque millimètre de sa chair, même lorsqu'il commença à perdre un peu de sa dureté. Il s'écroula sur moi et enfouit son visage dans l'oreiller à côté de ma tête.

— Ça va ? chuchota-t-il, son souffle chatouillant mon oreille.

Je hochai la tête, ne faisant pas confiance à ma voix pour fonctionner correctement.

Il se poussa un peu en moi.

Je glapis sous l'onde de choc qui me traversa.

— On est un peu sensible ? gloussa-t-il.

— Un petit peu, admis-je, me demandant si je devais être honteuse de ce que je venais de faire.

Je ne le pensais pas. Quelque chose qui était si bon ne pouvait pas être mal.

Des sentiments étranges prirent naissance en moi, me submergeant. Mon plan de vie semblait vraiment stupide et vide. Cet homme ne pourrait jamais s'y intégrer, mais maintenant je me demandais comment je pourrais revenir auprès de mecs comme Tommy quand je savais qu'ils ne me feraient jamais sentir de cette façon.

Sentant son corps lourd sur le mien, me vautrant dans la rémanence du meilleur sexe que j'avais jamais eu, je remettais en question pour la première fois la façon que j'avais de mener ma vie. J'essayai de me moquer de moi-même pour avoir ce genre de pensées au cours d'une aventure d'un soir à Las Vegas, mais l'humour de la situation ne vint pas. C'était réel. Ce lien avec ce cow-boy n'était pas juste un *truc*.

— À quoi penses-tu ? demanda-t-il en s'installant à côté de moi, son sexe pratiquement ramolli glissant hors de moi et se posant sur ma jambe.

Il se débarrassa du préservatif usagé et le mit sur un morceau de papier sur la table de nuit.

— À rien. Mon cerveau ne fonctionne pas encore.

Hors de question que je lui dise ce que j'avais à l'esprit. Il s'enfuirait en courant et je ne le reverrai jamais. *Veux-tu le revoir ? Oui, je crois que je le veux. Non, je sais que je le veux.*

— Tu mens, dit-il en faisant gentiment courir un doigt de mon front au bout de mon nez. Je peux le dire à la façon dont tu plisses ton petit nez. Dis-moi à quoi tu penses.

— Oh, alors maintenant, je suis Pinocchio ?

J'essayai de le distraire, de l'empêcher d'essayer d'entrer dans ma tête, mais cela ne fonctionna pas.

— Dis-le-moi, s'il te plaît.

Il avait l'air si sincère que mon cœur rata un battement. Comment un mec qui était si bon au lit et si incroyablement beau pouvait-il être aussi *gentil* ? Cela ne défiait-il pas toutes les règles de la nature ? Peut-être était-il un mutant. Je tournai la tête, nos visages à seulement un centimètre ou deux d'intervalle.

— Pourquoi veux-tu le savoir ?

— Parce que. Je pense à beaucoup de choses moi aussi, et je me demandais si tu pensais aux même choses que moi.

— Toi d'abord, dis-je, le rythme de mon cœur s'accélérant pour une raison stupide.

Il était impossible que nous pensions la même chose. *Mais ne serait-ce pas cool si c'était le cas ?*

— Luceo non uro, dit-il. C'est ce que mon père disait toujours.

— Qu'est-ce que ça veut dire ? demandai-je, à peu près sûre que, même si j'étais encore pas mal éméchée, il ne parlait pas anglais.

— Cela signifie que si je veux avoir une chance avec toi, il faut que je prenne le risque de te dire ce que je pense, parce que ce serait pire que de ne pas essayer.

Je souris.

— Je suis sûre que tu as déjà eu de la chance, mais si tu recherches du sexe un peu pervers, tu vas devoir travailler pour me convaincre que c'est une bonne idée.

Pour lui, j'étais certaine que je pourrais faire n'importe quoi, mais il était hors de question que je lui rende la tâche facile en le lui disant.

— Il ne s'agit pas de sexe, dit-il en devenant soudain très sérieux. Bon, d'accord, le sexe pourrait être la cerise sur le gâteau, mais il ne s'agit pas de ça.

— Tu es très mystérieux, dis-je, à présent nerveuse au possible.

J'aimais vraiment beaucoup ce cow-boy. *Mack.* Mais je ne savais rien à son sujet à part qu'il ne portait pas de sous-vêtements et qu'il avait un énorme ding-dong dont il savait très bien se servir. *Yee haw.*

— Je ne cherche pas à être mystérieux. Je suppose que je ne suis pas aussi audacieux que je voudrais l'être parfois. Le truc c'est que...

Il fit une pause, roula sur le dos et mit ses mains sous sa tête.

— ... je pense à quelque chose et je veux te le dire, même si je sais que ça ne fera probablement pas de différence et que je ne te reverrai probablement jamais.

L'idée que nous ne serions jamais à nouveau ensemble me rendit littéralement malade et j'étais sûre que ça n'avait rien à voir avec l'alcool, même si le lit était en train de tourner. Vraiment, vraiment tourner.

— Il te suffit de le dire, l'exhortai-je d'une voix pâteuse. Toi d'abord et puis ce sera mon tour.

— Poule mouillée, me taquina-t-il en glissant un bras sous mon cou.

— Coupable.

Je me blottis contre lui en me tournant pour pouvoir poser ma tête sur son torse. Je savais que c'était stupide, mais à ce moment-là, je me sentais protégée. Quelque chose que je n'avais jamais ressenti avec l'homme que je souhaitais, encore récemment, appeler *mon époux.* C'était une constatation bien triste. Je désirais ardemment un homme de

ELLE CASEY

l'Oregon, et je vivais à l'extrémité opposée du pays. Notre situation ne pouvait pas être plus compliquée.

— D'accord, alors voilà. Et si tu veux que je parte après ça, ainsi soit-il. Je préfère le dire et me ramasser plutôt que de ne pas le dire et passer à côté de quelque chose.

— Bon, dis-le à la fin.

Je fis semblant de bâiller.

— Je suis sur le point de m'endormir, là.

Il me chatouilla les côtes de sa main libre.

— Tu es obstinée. J'aime ça chez toi.

Il se pencha et embrassa mon cou, suçant assez fort pour laisser une marque. J'aurais probablement dû être contrariée, mais lorsque mes mamelons devinrent durs comme la pierre sous la sensation qu'il créa, ce fut le sentiment opposé qui m'envahit.

Il quitta mon cou et se rallongea.

— Ce que j'ai dans la tête, c'est que je n'ai pas envie que ça se termine. Il y a quelque chose à ton sujet qui emprisonne mon cœur ou mon bon sens ou autre chose, et j'ai peur de ne pas pouvoir les récupérer jusqu'à ce que tu les relâches.

Mon cœur s'arrêta dans ma poitrine. Les battements ne voulaient tout simplement pas reprendre. Puis je me mis à haleter, le besoin d'oxygène devenant trop écrasant. J'avais retenu ma respiration sans m'en apercevoir.

— Vraiment ? croassai-je.

Personne ne m'avait jamais dit quelque chose de similaire auparavant. Même pas les hommes qui avaient prétendu m'aimer.

— Vraiment. Ça ne te donne pas envie de t'enfuir au Mexique ?

— Au Mexique ?

Je gloussai.

— C'est l'endroit le plus loin d'ici auquel j'ai pu penser. Donne-moi quelques minutes pour dégriser et je trouverai quelque chose de mieux.

Je me redressai sur un coude et posai ma tête sur ma main.

— Peut-être que c'est l'alcool qui parle. Peut-être que tu ne me trouveras pas aussi géniale que tu le penses à la lumière du jour.

Il m'attira contre lui et m'embrassa profondément.

— Non Ce n'est pas l'alcool. Je suis peut-être un peu éméché, mais cela ne me rend pas sourd, muet ou aveugle. Il y a quelque chose de spécial. Tu ne l'as pas ressenti toi aussi ? La façon dont nous nous complétons si parfaitement ?

L'expression sur son visage était vulnérable. Comme si cela était important pour lui.

— Oui, murmurai-je, si heureuse d'entendre ces choses que je n'arrivais pas à dire sortir de sa bouche.

Je n'arrivais même pas à penser correctement. Des cloches retentissaient et des alarmes se déclenchaient dans mon cerveau. *Il m'aime bien ! Beaucoup ! Il m'aime vraiment bien ! Et il est monté comme un taureau !*

— Laisse-moi te dire... commença-t-il.

Il m'installa sur lui.

— ... pour l'instant, j'ai envie de faire deux choses avec toi, mais je n'arrive pas à décider laquelle faire en premier.

Il me sourit malicieusement tandis que mes cheveux pendaient et créaient un rideau autour de nous.

— Quoi ? Le sexe anal ? demandai-je.

Il rit fort et longtemps. Puis il me mit une claque sur chaque fesse avant de les caresser et de les presser délicatement. Il souleva ses hanches vers moi, poussant sa semi-érection contre mes replis.

— Non, espèce de folle, ce n'est pas ce à quoi je pensais. Mais je te le rappellerai.

La fossette de sa joue apparut pour la première fois depuis que nous avions joué au blackjack.

— D'accord, à quoi pensais-tu alors si ce n'était pas à l'amour des postérieurs ?

Je me frottai légèrement le long de sa hampe et fut surprise de constater que l'idée d'un autre round de sexe si tôt n'était pas entièrement désagréable. En fait, c'était tout le contraire. Il devenait de plus en plus dur à chaque seconde.

Il tendit le bras entre nous et redressa son érection, le bout taquinant mon bas-ventre. Il ne dit rien ; il attendit simplement de voir ce que j'allais faire.

Je me positionnai au-dessus de lui. Bougeant mes hanches en petits cercles, j'insérai le gland dans ma chaleur. Je descendis lentement, poussant au-delà de mon ouverture pour le prendre entièrement en moi. Je ne m'immobilisai que lorsque je fus complètement empalée, son gland frottant la fin du chemin.

— Bon sang, Andie, fut tout ce qu'il put dire.

Il renversa sa tête en arrière et ferma les yeux tandis que ses hanches imprimaient un rythme qui jeta instantanément toute idée de conversation par la fenêtre.

J'étais encore sensible et gonflée de notre dernière session, alors il ne fallut pas longtemps pour que j'approche de l'orgasme. Mais les sensations étaient différentes cette fois-ci. Plus aiguës. Plus sauvages. Hors de tout contrôle. J'avais besoin de vitesse et de martèlement, pas de caresses douces et tendres. Je me déplaçai de haut en bas sur sa hampe, m'abaissant violemment pour donner à mon corps la douleur qu'il désirait.

Il me rendit chaque poussée, son érection si ferme qu'on aurait dit de l'acier. Je criai à quelques reprises ma frustration, incapable d'obtenir ce que je recherchais. Quelque chose... quelque chose... je ne savais pas quoi. Ça restait juste hors de ma portée. J'en avais besoin, mais je ne savais pas ce que 'ça' était.

Il poussa un grognement et s'assit avant de me retourner sur le dos dans un mouvement fluide. Puis il se retira et m'allongea sur le ventre.

— Mets tes fesses en l'air, ordonna-t-il en saisissant mes hanches et me soulevant le derrière.

Je m'exécutai sans un son. C'était ce que je voulais. C'était ça.

Il écarta mes replis avec ses pouces et s'enfouit en moi une fois de plus. Installant ses genoux légèrement sous moi, il se servit du haut de mes cuisses comme levier tandis qu'il me martelait, poussant mon corps dans les oreillers à la tête du lit avec chaque poussée.

Il était positionné de telle façon que je pouvais sentir ses testicules frapper mon clitoris. Juste un léger 'tap, tap' qui me rendait folle. Ce n'était pas suffisant. Mais ses coups rudes étaient exactement ce dont j'avais besoin, même si je ne l'avais pas compris jusqu'à maintenant.

— Oui ! Oui ! criai-je, ne me souciant pas que l'on puisse m'entendre dans le couloir et probablement également à l'étage inférieur.

— Bon sang, j'adore te baiser, dit-il entre ses dents serrées, le son de nos corps frappant l'un contre l'autre résonant dans la chambre.

— Oui, baise-moi, s'il te plaît, baise-moi !

Je le suppliai sans vergogne, mais c'était tellement bon. Je voulais être à lui, être prise par lui toutes les nuits de ma vie. J'avais l'impression de ne pas avoir vécu ma vie de femme jusqu'à cet instant.

Je surfais sur la crête d'une vague que je ne comprenais pas. J'obtenais satisfaction d'un rapport sexuel brutal, une chose que je n'avais jamais aimé auparavant. D'où ce plaisir venait-il ? Cela devait être de la partie la plus basique, la plus animale de moi. Cette passion était sauvage, m'emportant dans un endroit différent et me faisant penser, dire et faire des choses dont je ne me serais jamais crue capable.

— Raaah ! cria-t-il comme un homme sauvage lançant son cri de guerre.

— Aaaah ! hurlai-je.

J'étais si proche, si *proche* !

Il s'effondra sur moi, emprisonnant ses mains sous mon corps. Son doigt vint titiller mon clitoris tandis qu'il me martelait avec des mouvements saccadés, grondant et grognant avec chaque poussée.

Ce simple contact. Ces deux doigts me touchant à peine de la façon la moins élégante tandis qu'il me remplissait complètement. Ce fut tout ce dont j'eus besoin pour disparaître en moi-même, pour tomber dans une passion qui menaçait de me submerger et m'engloutir toute entière. J'écartai les jambes aussi largement que je le pus, soulevai les fesses autant que possible, et surfai sur la vague aussi haut et violemment que je le pus, en hurlant sur tout le chemin.

Il jouit en moi pour la seconde fois de la soirée, et je vécu un orgasme comme je n'avais jamais espéré en vivre, même avec mon imagination débordante.

Des minutes plus tard, ou peut-être était-ce des heures, Mack se retira et roula sur le côté près de moi. Je levai les yeux sur lui, mes cheveux tombant sur mon visage.

— Qu'est-ce que tu regardes ? demandai-je d'un ton de petite futée.

— Une femme magnifique qui me donne l'impression que je peux voler.

— Alors, quelle est la suite ? demandai-je en redoutant la réponse.

Il était minuit passé et Candice allait sûrement bientôt revenir.

— J'ai une idée complètement folle, sauvage et stupide.

— Comme d'avoir des rapports non protégés ?

Il fit une grimace.

— Je suis désolé. Est-ce que ça pourrait être un problème ?

— Ne t'excuse pas, c'était de ma faute. Et je prends la pilule.

— Je suis sain si ça peut te consoler. C'est ce qu'a dit le médecin.

— Moi aussi.

— Bien. Où en étions-nous… ce n'était pas ce à quoi je faisais allusion.

Je me soulevai sur un coude, soufflant pour dégager les cheveux de mon visage.

— D'accord, vas-y, mets-moi au parfum, tombeur.

— Tu es sûre ?

Je pointai mon visage.

— Est-ce que j'ai l'air d'une femme qui ne sait pas ce qu'elle veut ?

Il me renversa sur le dos et m'embrassa durement. Je laissai le baiser fondre dans un peu plus de chaleur pendant quelques secondes avant de poser mes mains sur les côtés de son visage et de le repousser.

— Arrête de tergiverser et dis-moi.

Il sauta hors du lit et commença à enfiler son jean.

— Viens. Nous sortons.

Je m'assis, en pleine confusion.

— Nous sortons ? Je croyais que nous allions faire des câlins.

— Ouais. Dehors maintenant, les câlins plus tard.

Il ramassa ma robe et la tendit dans ma direction.

Je glissai lentement vers le bord du lit, tendant la main pour la robe. Je la pris lorsqu'il se rapprocha, ne sachant pas exactement ce que je ressentais face à ce regain d'énergie et cette mystérieuse excursion dehors. Les cocktails et le sexe étaient pour moi comme une potion de sommeil, et tout ce que je voulais faire était me reposer.

Il ne lâcha pas la robe, m'obligeant à le regarder dans les yeux.

— Me fais-tu confiance ?

J'acquiesçai sans hésitation. Je n'aurais pas dû lui faire confiance. C'était un étranger. Je connaissais son corps et le fait qu'il était une bête de sexe, mais rien d'autre. J'éclatai presque de rire devant le ridicule de la situation. Mais le fait était que je lui faisais confiance. Implicitement. Avec lui, je pouvais être moi-même. Je pouvais être sûre de moi et sexy. Je pouvais rêver d'une vie qui ne nécessitait pas un plan que je devrais suivre pour les dix prochaines années. Je pouvais oublier d'où je venais et qui j'avais laissé derrière moi pour devenir la femme que j'étais maintenant.

— Oui. Je te fais confiance, dis-je finalement.

— Très bien, alors habille-toi. J'ai une surprise pour toi et j'espère que tu vas accepter de le faire.

— Puis-je avoir un indice sur ce que nous allons faire ? demandais-je en me glissant hors du lit.

— Bien sûr. Voilà ton indice : *Brille sans brûler.*

Lorsqu'il me sourit et me fit un clin d'œil, mon cœur fondit en une flaque sur le sol. Je réalisai à ce moment-là que je tombais rapidement amoureuse de ce cow-boy inconnu.

Chapitre 13

JE ROULAI SUR LE DOS ET GÉMIS. Ma tête pulsait et j'avais l'impression que j'allais vomir. Des ronflements me sortirent de mon état de semi-conscience. J'entrouvris un œil et vis une masse de cheveux blonds à côté de moi dans le lit.

— Candice ? demandai-je.

Ma voix ressemblait à un croassement. *Quoi ? Est-ce que j'ai repris la cigarette la nuit dernière ?*

— Quo… ? marmonna-t-elle, son visage enfoui dans l'oreiller.

— Où sommes-nous ? demandai-je.

J'avais peur de m'asseoir. Le lit tournoyait trop autour de la chambre pour faire ça.

— Vegas.

— Où à Vegas ?

Elle leva la tête, ses cheveux formant un nœud géant devant son visage.

— Chambre d'hôtel.

Elle laissa son visage retomber sur le lit. Quelques instants plus tard, elle ronflait de nouveau.

Je roulai du côté opposé de mon amie et fixai la table de chevet, essayant de me rappeler ce que j'avais fait la nuit dernière. Ma conscience errait dans les méandres de mes souvenirs, essayant de chercher les faits et de les séparer du flou général et tout ce qui n'avait aucun sens.

Je me souvenais être descendue avec Candice et Kelly. Cette partie était très claire. Je posai mes mains sur mes seins nus, heureuse de constater que je ne m'étais pas endormie avec ces poches de gel. Mes seins seraient sûrement tombés à cause du manque de circulation après tout ce temps. Je remarquai également que mes mamelons étaient sensibles.

Du sexe. J'avais eu des rapports sexuels ? Des visions d'un cow-boy m'inondèrent.

— Oh mon Dieu. J'ai eu des rapports sexuels de fou avec un cow-boy.

Kelly se tenait dans l'embrasure de la porte.

— Qu'est-ce que tu viens de dire ? Quelque chose au sujet de rapports sexuels avec un fou ?

Je m'assis avec précaution, me tenant le front tellement l'effort était grand.

— Non. J'ai dit que j'avais eu des rapports sexuels de fou avec un cow-boy, pas avec un fou.

— Alors pourquoi étaient-ce des rapports sexuels de fou si aucun fou n'était impliqué ?

Elle s'assit sur le bord du lit en chatouillant le pied de Candice. Cette dernière la repoussa avec un gémissement.

— Tais-toi. J'ai un horrible mal de tête.

Je la regardai avec ce qui était probablement des yeux injectés de sang.

— Qu'est-ce que j'ai fait la nuit dernière ?

Elle haussa les épaules.

— Ne me demande pas. Je suis descendue au casino et je me suis retrouvée dans la chambre d'à côté. Je ne me rappelle pas de grand-chose moi-même.

Candice répondit dans l'oreiller.

— Tu as trop bu, petite nature. Et j'ai gaspillé une heure de chasse à l'homme pour toi. Tu as vomi au moins trois fois.

— Oh, s'exclama Kelly en faisant claquer sa langue. Pas étonnant que j'ai un goût de litière dans la bouche.

— Et moi ? dis-je en tapotant le bras de Candice. Qu'est-ce que j'ai fait hier soir ?

Candice s'assit avec un long soupir agacé.

— Qu'est-ce que j'en sais ? Tu es montée avec le cow-boy, je suis partie parce que j'étais de trop, et lorsque je suis revenue, tu n'étais plus là. Je me suis couchée, *seule*. Cette ville est totalement dépourvue d'hommes bien.

Un picotement entre mes jambes disait le contraire, mais je ne relevai pas. Je n'avais pas suffisamment de mémoire des évènements passés pour le faire correctement. Des bribes de ma nuit dans cette chambre avec le cow-boy me revinrent morceau par morceau. Mon visage prit feu à ces souvenirs. Je me levai et me dirigeai vers la salle de bain, attrapant mon téléphone portable au passage.

— Je ne me rappelle pas grand-chose de ce que j'ai fait, dis-je en fermant la porte.

— C'est peut-être pour le mieux, dit Kelly en criant pour que je l'entende à travers la porte.

Je me regardai dans le miroir. J'avais un suçon dans le cou. Je posai mon téléphone sur le rebord des toilettes et remontai mes cheveux en une queue de cheval. Deux suçons. Un autre de l'autre côté. *Super. La dernière fois que j'en ai eu, je devais avoir quatorze ans.*

— Ouais, tu as sûrement raison, répondis-je.

Je me déshabillai et entrai dans la douche, me savonnant tout en essayant de me rafraîchir la mémoire. *J'ai rencontré le cow-boy vers environ neuf heures hier soir... comment il s'appelait déjà ? Mike ? Mick ? Puis nous sommes montés et avons... couché ensemble. Oui, nous avons très certainement couché ensemble.*

Je me touchai plus bas et remarquai que mes parties sensibles avaient l'air d'avoir beaucoup été 'utilisées', comme si j'avais passé un très bon moment la veille. Des flashs de lui nu, de lui avec un chapeau et un jean, de lui me tenant dans ses bras... ? Était-ce possible ? Tous mes souvenirs étaient chaleureux et me faisaient me sentir... aimée. Avais-je pris de l'ecstasy ? Avais-je été droguée ? Du diable si je pouvais me rappeler ce qui s'était passé ensuite, après que le sexe apparemment joyeux ait fait trembler mon monde.

Je me lavai les cheveux et fronçai les sourcils sous la concentration. *Où est-il maintenant ? Est-ce qu'il est parti après que nous ayons fait l'amour en disant, 'Salut, merci pour la partie de jambes en l'air' ? Où suis-je allée après ? Pourquoi n'étais-je pas là lorsque Candice était revenue ? Que faisais-je et avec qui ?*

Je n'avais pas les réponses, et cela me contrariait énormément, principalement parce qu'il me semblait que j'aurais *dû* me rappeler. Comme si quelque chose d'important s'était passé, peut-être plus que des relations sexuelles de fou.

Candice entra et s'assit sur les toilettes.

— Je me sens comme une vieille merde, dit-elle en claquant le rouleau de papier toilette pour essayer de le faire tourner sur lui-même. Il ne coopéra pas.

— Tu as l'air légèrement mieux qu'une crotte, cependant, dis-je, le diable s'emparant de ma langue pour torturer mon amie.

— Ouais, eh bien, dépêche-toi de sortir d'ici pour que je puisse prendre mon tour.

— N'y a-t-il pas une autre salle de bain dans cette suite chic ? demandai-je en rinçant l'après-shampooing de mes cheveux.

— Si, mais elle sent le vomi de Kelly, alors non merci.

J'essorai l'excès d'eau de mes cheveux et attrapai une serviette et l'enroulai autour de mon corps.

— Bon, voilà. J'ai fini.

Je sortis de la douche et la laissai à ses affaires. Lorsque j'entrai dans la chambre, je trouvai Kelly, debout près du pied de lit en train de regarder un petit morceau de papier.

— Qu'est-ce que c'est ? demandai-je en sortant des sous-vêtements de mon sac et en les enfilant sous ma serviette.

— Je ne sais pas.

Elle le retourna.

— Un genre de numéro de consigne, je pense.

Je la rejoignis et lui pris des mains. Il n'y avait rien d'autre qu'un numéro.

— Avons-nous laissé un bagage ou un manteau quelque part ?

Kelly secoua la tête.

— Je ne me rappelle pas l'avoir fait, mais je suppose que c'est possible.

Je mis le papier dans mon sac.

— Je vais le garder, au cas où.

Kelly haussa les épaules.

— D'accord. Je vais m'habiller. À quelle heure notre avion décolle-t-il ?

Je regardai le réveil sur la table de chevet.

— Dans trois heures. On ferait mieux de se dépêcher. Il faut que je mange quelque chose.

J'espérais que cela calmerait mon estomac. Je ne me rappelais pas avoir jamais eu une gueule de bois pareille.

— Ces margaritas ou quoi que ce soit d'autre, m'ont anéantie.

— Tequila, en anglais, se prononce *ta-kill-ya*, ce qui veut dire *'elles te tueront'*. Ce n'est pas une plaisanterie.

Kelly sortit de la pièce.

Je restai plantée là en silence pendant une seconde. Le sentiment persistant que le papier que Kelly avait trouvé était important ne voulait pas disparaître. Je retournai auprès du sac et je sortis le mot.

— D'où est-ce que tu sors ? lui demandai-je.

Le bout de papier ne répondit pas.

Décrochant le téléphone, je composai le numéro de la réception. Lorsqu'un homme à l'accent indien répondit, j'utilisai ma voix d'avocate qui vient de faire une découverte la plus naturelle possible.

— Bonjour. Salut. C'est Andie Marks, chambre... oh, vous savez déjà. Bon, eh bien, la raison pour laquelle je vous appelle, c'est que j'ai trouvé ce que je crois être un numéro de consigne dans ma chambre, et je me demandais si vous pouviez me dire ce que je vous ai demandé de garder... dans votre salle de bagages, peut-être ? La nuit dernière est un peu floue pour moi.

— Quel est le numéro de consigne, s'il vous plaît ?

Je lui lus et il me mit en attente.

Alors que j'écoutais la musique d'attente, un glapissement et un cri résonnèrent dans la salle de bain.

— Qu'est-ce qui s'est passé ? criai-je à Candice à travers la porte.

Je ne pouvais pas tirer plus sur le fil du téléphone pour aller la voir.

— Je suis désolée, Andie, vraiment désolée ! répondit Candice, la voix un peu étouffée.

— À quel sujet ?

— Merde ! Merde ! Merde ! J'ai accidentellement fait tomber ton téléphone dans les toilettes !

— Eh bien, sors-le ! criai-je.

Un sentiment d'effroi se glissa en moi. Tous les numéros de mes clients étaient là-dedans, ainsi qu'un million de courriels. Je les avais tous sauvegardés, mais cela signifiait que j'allais passer une journée entière sans contact avec mon bureau. Tu parles d'un cauchemar.

— C'est déjà fait !

Elle passa la tête par la porte.

— Mais je crois qu'il est mort. Je suis tellement, tellement désolée.

Elle avait l'air d'être sur le point de fondre en larmes.

J'étais sur le point de la faire culpabiliser, même si c'était de ma faute pour avoir laissé ce stupide téléphone sur le bord des toilettes, mais le type de la réception revint en ligne alors je me contentai de froncer sévèrement les sourcils et de lui faire un signe de la main.

— Madame, vous êtes toujours là ?

Il avait l'air plutôt nerveux.

— Oui, je suis toujours là.

Toujours là et maintenant doublement contrariée.

— Eh bien… il semble y avoir un léger problème.

Oui, il était effectivement nerveux. *Qu'est-ce j'ai bien pu laisser à la réception ? S'il vous plaît, faites que ce ne soit pas un fou.*

— Eh bien, des messieurs sont venus à la réception ce matin en insistant sur le fait qu'ils nous avaient laissé leurs bagages hier, mais ils étaient incapables de nous procurer leur numéro de consigne. Nous les avons autorisés à entrer dans la salle des bagages et, eh bien…

Je soupirai.

— Crachez le morceau. Je ne vais pas me mettre en colère.

Du moins je ne croyais pas que je le ferais.

— Eh bien, ils ont identifié ce qu'ils ont revendiqué être leurs bagages et nous les avons autorisés à les prendre.

— À quoi ressemblaient les sacs ?

Il chuchota quelque chose à quelqu'un à côté de lui avant de répondre.

— Quatre sacs polochon, madame. Genre sacs de sport.

Ce fut le 'madame' qu'il utilisa qui fit cliquer quelque chose dans ma tête.

— L'un d'entre eux portait-il un chapeau de cow-boy ?

— Oui ! En fait, ils en portaient tous un.

Je hochai la tête, la tristesse m'envahissant. Il était parti. Sans même un au revoir. Ou peut-être que si, mais je ne m'en souvenais pas.

— Ça va. C'était le sac de mon ami. Tout va bien, je ne suis pas en colère.

Il laissa échapper un soupir de soulagement.

— Oh, bien, bien, bien, ce sont d'excellentes nouvelles. Et pour la peine et le stress, s'il vous plaît, permettez-moi de vous offrir, à vous et vos invités, un bon pour un séjour gratuit d'une nuit avec nous.

Je haussai un sourcil en entendant ça.

— Je pars aujourd'hui.

— Il n'y a pas de limitation dans le temps. Vous reviendrez sûrement un jour, n'est-ce pas ?

Non.

— Bien sûr, peut-être. Je le prendrai lorsque je viendrai régler ma note.

— Merveilleux, parfait. Merci, mademoiselle Andie.

— Je vous en prie. Au revoir.

Je raccrochai le téléphone en regardant le ticket de consigne. Pourquoi cela me dérangeait-il tellement que le cow-boy ait pris ses valises et soit parti ? Je regardai la poubelle et tendis le bras pour jeter le ticket, mais à la dernière seconde, je ne le fis pas. Au lieu de cela, je marchai lentement vers mon sac et le fourrai dans la poche de côté.

Secouant la tête devant ma propre stupidité, j'entrepris de me préparer à partir. Notre vol décollait bientôt et nous avions un petit déjeuner à prendre et un taxi à réserver. J'ignorai les souvenirs obsédants qui me disaient qu'il y avait quelque chose dont je devrais me rappeler.

Chapitre 14

DEUX ANS PLUS TARD…

JE FRONÇAI LES SOURCILS devant la pile de messages sur mon bureau. Chacun était pire que le précédent, avec des numéros de téléphone manquants, des noms mal orthographiés, quelques fois avec tout *sauf* un nom. Je lus le dernier avec incrédulité tandis que j'appuyai sur le bouton de mon téléphone qui faisait clignoter celui de Ruby : *quelqu'un vous a appelé au sujet de quelque chose lié au fichier Blakenship.*

— Oui ? répondit une voix crispée.

— Rubes, pouvez-vous venir ici ?

— Mon nom est *Ruby*.

— D'accooooord. *Ruby*, pouvez-vous venir ici, s'il vous plaît ?

— Je serai là dans un instant.

Cet instant s'avéra être dix minutes, et j'étais prête à parier une boîte de beignets qu'elle avait fait semblant d'être occupée tout ce temps juste pour me faire attendre. Ces derniers temps, Ruby faisait tout ce qu'elle pouvait pour m'énerver. Cela devait cesser. Nous devions avoir la confrontation qui couvait depuis des mois. J'avais déjà trop de choses dont je devais m'occuper sans avoir à gérer ses conneries.

Elle se tenait à la porte, le dos si raide qu'elle avait l'air d'avoir une queue de billard dans ses grosses fesses. Elle ne se détendait plus à mes côtés désormais. Ce n'était plus que du travail, tout le temps. Je n'avais même plus le droit de l'appeler Rubes.

— Asseyez-vous, s'il vous plaît.

Je désignai les fauteuils en face de moi.

— Je préfère rester debout, dit-elle en relevant son menton encore plus haut.

Je soupirai bruyamment.

— Ruby, s'il vous plaît. Ne me faites pas encore perdre mon calme. J'ai eu une très longue journée et une très longue semaine également.

Une fausse expression contrite apparut sur son visage.

— Oh, je suis désolée. Suis-je celle à blâmer pour votre tempérament maintenant ? Je suppose que je suis également à blâmer pour avoir perdu au tribunal la motion de Goldman et pour l'excès de vitesse que vous avez eu sur votre trajet en venant au bureau la semaine dernière.

Elle croisa les bras devant sa taille ample.

— Que dois-je faire maintenant ? Des excuses ? Ou peut-être que vous voulez que je démissionne.

Elle haussa les sourcils avec encore cette fausse innocence sur le visage. Cela me donna envie de la gifler.

Ses mots me firent mal, me blessant profondément. J'attrapai la pile de messages qu'elle avait pris pendant mon absence.

— Vous êtes à blâmer pour beaucoup de choses, mais pour l'instant, je veux juste vous parler de ça.

Je décidai de garder la conversation au sujet des lettres jamais envoyées et formulaires mal rangés pour un autre jour. Elle n'était pas à prendre avec des pincettes lorsqu'elle était de mauvaise humeur et en ce moment, elle était vraiment de mauvaise humeur.

Elle ne dit rien, se contentant de faire le coup du silence méprisant.

— Ruby, s'il vous plaît, ne me faites pas vous le demander à nouveau. Venez à l'intérieur, fermez la porte, et asseyez-vous.

Elle hésita quelques secondes, juste pour me faire savoir qu'elle le pouvait et le voulait, puis elle fit ce que je lui avais demandé.

Une fois qu'elle se fut installée dans la chaise en face de moi, je laissai un peu de chaleur transparaître dans ma voix.

— Que se passe-t-il ? Pouvez-vous me le dire, s'il vous plaît ? Je ne peux pas supporter beaucoup plus de ce genre de stress, je dois être honnête avec vous.

Elle rompit le contact visuel avec moi et regarda un presse-papiers sur mon bureau.

— Je ne suis pas sûre de savoir ce que vous voulez dire.

— Ruby, s'il vous plaît, regardez-moi.

Elle regarda le plafond, clignant délibérément des yeux.

— Je veux savoir ce qui s'est passé.

— Vous avez pris un long déjeuner avec *Bradley*, dit-elle en haussant les épaules. Et beaucoup de personnes ont appelé alors que vous étiez partie. J'ai pris les messages. Je ne sais pas ce que vous voulez d'autre de moi.

Elle tapota ses longs ongles sur les bras du fauteuil.

— Êtes-vous obligée de dire son nom comme ça ? C'est mon fiancé, Ruby. Cela me blesse quand vous le dites avec un tel dédain.

Elle se tortilla un peu sur son siège mais ne répondit pas. Le tapotement de ses ongles reprit.

— Je ne parlais pas des messages, dis-je, bien que ce soit l'un des nombreux symptômes de notre problème. Je parle de ce qui se passe entre nous.

Elle finit par me regarder, haussant un sourcil arrogant.

— Nous ? Que voulez-vous dire ?

Elle me faisait encore une fois le coup du visage innocent.

Je voulais hurler, mais je me retins. La colère ne ferait que pousser Ruby à continuer, la rendant encore plus impitoyable envers moi que d'habitude.

— Je veux dire *nous*. Vous en tant que Ruby, et moi en tant qu'Andie. Nous nous entendions bien. J'adorais travailler avec vous et je pense que vous adoriez travailler avec moi. Mais depuis un bon bout de temps maintenant, les choses ne font que se détériorer.

Le ton de ma voix augmenta d'un cran.

— Et maintenant, nous en sommes à un point où je commence à penser que nous ne pouvons plus travailler ensemble.

Je lui fis mon meilleur regard suppliant. Il marchait vraiment bien sur les jurés.

Ses narines frémirent, mais elle ne dit pas un mot.

— Vous m'entendez, Ruby ?

Mon cœur se contracta sous la douleur du rejet. Ruby me détestait, mais je l'aimais et la respectais toujours. Elle avait été bonne envers moi autrefois. Sans elle, je ne sais pas comment je me serais débrouillée pour apprendre à naviguer dans le bourbier de la procédure civile. Elle était une experte dans son domaine, et je n'étais pas la seule jeune avocate qu'elle avait aidée à se fondre dans moule de la machine des contentieux. Mais maintenant, au lieu de m'aider, elle semblait passer chaque minute de sa journée à essayer de me mettre en colère en sabotant mon travail ou en le rendant deux fois plus difficile qu'il aurait dû l'être.

— Oui, je vous entends.

Elle me regarda enfin dans les yeux.

— La question est, est-ce que *vous* vous entendez ?

Je fronçai les sourcils. Ça, je ne m'y étais pas attendue.

— Je pense que oui.

Elle haussa très légèrement les épaules.

— Je pense que non.

— Expliquez-vous, dis-je, curieuse.

— Non merci.

Elle posa ses mains sur les accoudoirs comme pour se lever.

— Ce sera tout ?

Je pointai le fauteuil.

— Non. Ne vous levez pas. Je n'ai pas fini.

— Oh, et c'est toujours au sujet de ce que *vous* voulez, pas vrai ?

Voilà, maintenant nous avancions.

— Pas *tout* le temps, mais je suis l'avocate et vous êtes mon assistante. Qu'est-ce qui vous tracasse au sujet de cette relation ?

— Si vous parlez de celle où je suis votre assistante, alors rien ne me dérange. Rien du tout.

— Et si je ne parlais *pas* de celle où vous êtes mon assistante ?

J'allais un peu à la pêche aux renseignements, là. Je ne savais pas où elle voulait en venir, mais j'étais certaine de vouloir le découvrir. Si je pouvais arranger quoi que ce soit qui s'était brisé entre Ruby et moi, cela ferait de ma vie un lit de roses, surtout lorsqu'on considérait le nombre d'heures que je passais au bureau. Ou plutôt, presque un lit de roses. Oui, il y aurait encore quelques épines, mais je pouvais vivre avec *quelques* épines. Une femme devait vivre avec elles quand elle épousait un homme. Je l'avais accepté comme une simple réalité de la vie. Un mal nécessaire qui allait de pair avec la fréquentation d'un mec.

— Pas en tant que votre assistante ? clarifia-t-elle. D'accord, si vous parlez de nous en tant que deux femmes qui s'admirent mutuellement, alors c'est une autre histoire. Il y a beaucoup de choses qui me dérangent à ce sujet.

Cela me blessa. Je me vantais de mes aptitudes en relations humaines. J'étais connue comme la Faiseuse de Pluie dans l'entreprise, celle qui amenait à elle seule plus de clients que les autres partenaires juniors depuis les deux dernières années. Tout le monde m'aimait. J'étais invitée à toutes les soirées et les évènements de notre réseau.

— Comment ça ? demandai-je.

— J'aime mon travail.

Je réfléchis à sa réponse pendant quelques secondes, mais cette réflexion ne m'aida pas à soulager la confusion que je ressentais.

— Qu'est-ce que le fait d'aimer votre travail a à voir là-dedans ?

— Cela a *tout* à voir. Si je n'avais pas eu besoin de ce travail, vous n'auriez peut-être pas... fait les choses que vous avez faites ou c'est moi qui ne travaillerais plus ici.

Je laissai tomber mon visage dans mes mains, essayant de m'empêcher d'afficher la frustration qui tourbillonnait en moi. Je ne savais pas où elle voulait en venir, mais il était hors de question que je laisse tomber avant d'avoir compris. Elle me parlait enfin, après un an de silence imposé ou parfois même d'un manque de respect flagrant. Il était temps de mettre tout ça à plat.

Ma voix sortit étouffée alors qu'elle essayait de se frayer un chemin à travers mes doigts.

— S'il vous plaît, dites-moi de quoi diable vous parlez, Ruby.

— Vous voyez, c'est l'un des problèmes là. Votre bouche.

— Ma bouche ?

Je levai la tête et la regardai à nouveau. Elle pinça les lèvres et secoua la tête.

— Hum-hum. Je ne dirai rien de plus. J'ai besoin de ce travail.

— Êtes-vous en train de dire que vous avez l'impression que vous ne pouvez pas me parler parce qui si vous le faisiez, vous pourriez être virée ?

Elle me fit un sourire crispé.

— C'est exactement ce que je dis. Vous voyez, vous êtes une fille intelligente.

Elle se leva.

— J'ai des dossiers à classer, si cela ne vous dérange pas...

J'étais en colère maintenant.

— Cela me dérange. Asseyez-vous.

— Ne me parlez comme ça ! Je ne suis pas votre chien !

Son accent du sud apparut vers la fin de sa phrase, celui contre lequel elle avait travaillé dur afin qu'il ne s'entende pas lorsqu'elle était au travail, entourée d'avocats.

Je me levai, ma voix plus forte qu'elle aurait dû l'être.

— Je sais ça, Ruby ! Je sais que vous n'êtes pas mon chien ! Je vous demande simplement de vous asseoir et d'avoir une conversation civilisée avec moi pour changer !

La porte s'ouvrit et la tête de Bradley apparut.

— Des problèmes, chérie ? demanda-t-il sans jeter un regard à Ruby.

— Non.

Je lui fis signe de partir.

— Tout va bien. Donne-nous quelques minutes.

— Oui, bien sûr, dit-il en entrant dans la pièce.

Du coin de l'œil, je vis Ruby lever les yeux au ciel.

— Je voulais juste confirmer notre rendez-vous au Country Club avec le groupe Coral. Demain, sept heures précises. Nous ne pouvons pas nous permettre d'être en retard.

— Oui, je m'en souviens. C'est dans mon agenda.

— Très bien.

Il me fit son sourire de 'félicitation', celui qui me rendait habituellement toute chaude à l'intérieur, mais qui me donnait envie de le gifler à ce moment-là. Je me sentis immédiatement coupable. Une femme ne devrait pas ressentir ce genre de choses pour l'homme qu'elle allait épouser dans seulement deux semaines.

— Tu permets ? dis-je en essayant de ne pas paraître aussi agacée que je l'étais. Nous avons une petite réunion, là. Si tu dois me parler, je te rejoindrai dans une minute.

— Oh, tu veux que je sorte ?

Il regarda Ruby.

— Quel est le problème, Rube ? Vous avez encore bousillé quelque chose ?

Il lui fit son sourire de star de cinéma. Lorsque Candice et Kelly me parlaient encore, elles m'avaient dit que ce sourire était trop parfait. À l'époque, je les avais contredites. Aujourd'hui, en le voyant en quelque sorte harceler Ruby, je n'en étais plus tout à fait sûre.

Ruby s'était à moitié levée de son siège lorsque j'intervins.

— Bradley, allez, laisse-nous un peu tranquille, d'accord ?

Il leva les mains.

— Hé, c'est juste une blague. Allons, Mesdames, ayez un peu d'humour.

Il se retira de la pièce et franchit la porte à reculons avant de s'arrêter lorsque seule sa tête se trouvait encore dans le bureau. Sa voix passa de facétieuse à pragmatique.

— Ruby, sérieusement... faites-moi savoir quand elle se sera libre pour que je puisse venir la voir et discuter avec elle, d'accord ?

Elle ne lui fit pas l'honneur d'un regard. Bradley partit après m'avoir fait un clin d'œil, levé ses pouces et pointé le dos de Ruby du doigt. Il pensait probablement que j'allais la licencier. Dire que Ruby et lui ne s'entendaient pas était un euphémisme.

— Bon, où en étions-nous ? demandai-je.

— Je vous disais que j'étais très occupée et vous étiez sur le point de me laisser partir.

— Non, ce n'est pas là où nous en étions.

Je contournai mon bureau et vins la rejoindre, m'asseyant sur le fauteuil à sa gauche. Elle se détourna de moi, faisant face au mur de bibliothèque qui se trouvait à côté de mon bureau.

— Ruby, si vous vous inquiétez qu'être honnête avec moi vous fasse perdre votre travail, je veux que vous sachiez que cela n'arrivera pas. Je ne vous licencierais jamais pour avoir été honnête avec moi. De plus... les partenaires principaux vous aiment. Votre place ici est totalement protégée.

Elle tourna la tête lentement dans ma direction.

— Puis-je l'avoir par écrit ?

— Merde, Ruby, vous connaissez la loi aussi bien que moi. Votre travail est assuré. Allez, parlez-moi.

Elle soupira.

— Je ne veux pas vous perturber.

Son ton n'était plus aussi sévère. C'était la chose la plus gentille qu'elle m'avait dite en six mois et cela me donna de l'espoir.

— S'il vous plaît, si cela nous aide à aller au fond de ce gâchis, je ne m'inquiète pas. Perturbez-moi.

Elle me regarda longuement et sérieusement avant de pousser un très long soupir qui avait l'air vraiment triste.

Rien que ça, ça me donna envie de pleurer. Je ne voulais presque plus entendre ce qu'elle avait à dire maintenant en sachant qu'elle se préparait à m'asséner de très mauvaises nouvelles.

— D'accord, je vais juste le dire comme je le pense, parce que c'est quelque chose que vous avez besoin d'entendre. Et puisque vous ne parlez plus à vos amies, cette tâche repose maintenant sur mes épaules.

Elle serra les lèvres et se redressa. Puis elle regarda le plafond avant de murmurer :

— Seigneur Jésus, s'il vous plaît, pardonnez-moi d'être si audacieuse et honnête, mais vous savez que je le fais pour de bonnes raisons et mon cœur est pur.

Mon propre cœur rata quelques battements. Je fis également une prière de mon côté. *Cher Petit Enfant Jésus, donnez-moi s'il vous plaît la force de ne pas arracher la tête de Ruby, parce que j'ai le sentiment que je vais vouloir le faire avant qu'elle ait fini.*

L'expression du visage de Ruby était un mélange de compassion et de colère.

— Vous avez changé et pas pour le mieux, lâcha-t-elle.

Ses yeux s'écarquillèrent et elle cligna plusieurs fois des paupières. Un demi-sourire se forma sur ses lèvres.

— Eh bien, c'est sorti un peu sèchement, pas vrai ?

Elle se mit à rire nerveusement.

— Ce que je veux dire, c'est que depuis que vous êtes revenue du mariage de Kelly, vous avez changé. Votre vie entière a changé. Vous avez cessé de parler à vos amies, vous avez cessé de me parler, vous vous êtes mise avec ce *Bradley*…

— Et voilà, vous recommencez… vous dites son nom avec ce ton encore une fois. Vous savez que ça me fait grincer des dents, Ruby.

Le Petit Bébé Jésus m'avait abandonnée en ces moments difficiles. La tête de Ruby était déjà en danger d'être arrachée et elle venait tout juste de commencer.

Elle se pencha et me regarda droit dans les yeux.

— Avant, c'était *lui* qui vous faisait grincer des dents, vous vous rappelez ? Nous détestions toutes les deux cet homme.

Elle enfonça son doigt dans mon bras.

— Maintenant, le reste du monde le déteste et vous… vous couchez avec lui.

Sa lèvre se tordit de dégoût.

— Et maintenant, vous parlez de l'épouser ? Avez-vous perdu l'esprit, jeune fille ? Comment pouvez-vous vous infliger ça ? Il n'est pas assez bien pour vous. Il n'est même pas assez bien pour laver votre voiture.

Je me sentis honteuse, en colère et malade.

— Je l'aime, Ruby.

Je faillis m'étouffer avec ces mots. Ils ne voulaient pas sortir.

Elle fronça les sourcils.

— Oh saperlipopette. Vous n'aimez pas cet homme. Vous aimez l'idée d'être mariée à *un* homme. *N'importe quel* homme ferait l'affaire.

Mon visage prit une teinte rouge vif alors que je m'affaissai dans mon fauteuil.

— Je n'arrive pas à croire que vous me disiez ce genre de choses. Qu'est-ce qui vous en donne le droit ?

Elle attrapa mon poignet, tirant ma main sur ses genoux et me faisant pencher maladroitement en avant. Son discours se fit passionné.

— Je vais vous dire ce qui m'en donne le droit... Je tiens à vous, Andrea Lynn. Vous êtes une bonne fille. Vous êtes une grande avocate et une femme *forte*. Mais ce *Bradley* ? Je suis désolée, mais il ne fait qu'aspirer la vie hors de vous, ma fille. Il vous tient en laisse comme un toutou apprivoisé, et je ne vais pas m'asseoir et vous laisser vous attacher à lui pour la vie sans que vous sachiez dans quoi vous vous embarquez. Il est mon devoir en tant que votre amie de vous dire les choses que vous devez entendre. Et si vous voulez vous trouver une nouvelle assistante après ça, je comprendrai. Mais bonne chance pour en trouver une ici. Vous avez une sacrée réputation maintenant, vous savez.

Elle hocha lentement la tête comme la 'sage' du bureau.

J'essayai de retirer ma main, mais elle la tenait d'une poigne de fer.

Mon ton reflétait une fureur contenue.

— Je sais dans quoi je m'engage, Ruby. Je suis une adulte.

Les mots étaient amers sur ma langue, comme un fruit trop mûr.

— Vous êtes peut-être adulte à l'extérieur, mais à l'intérieur, vous êtes toujours une jeune fille en quête d'amour et qui prend de terribles substituts à la place. Pourquoi ne pouvez-vous pas voir ce que Candice, Kelly et moi voyons. Vous êtes intelligente, belle, forte... pourquoi devenez-vous sourde, muette et aveugle quand il s'agit des hommes ?

Je ris amèrement.

— Sensationnel. Un véritable tiercé gagnant de l'horreur. Merci pour ça.

— Non.

Elle secoua son doigt dans mon visage.

— Non, madame, vous n'allez pas jouer à ce jeu avec moi.

— Quel jeu ?

La culpabilité était presque écrasante ; elle m'avait démasquée en train d'essayer d'utiliser mes compétences pour régler les litiges sur elle – une amie, une femme que je respectais. J'étais désespérée et je ne voulais pas entendre ses vérités.

— Vous savez de quoi je parle. Ce jeu auquel vous jouez. Celui où vous devenez froide et calculatrice et où vous faites les choses que Bradley vous a enseignées. Il a une mauvaise influence sur vous, Andie. Une très mauvaise influence. Il vous a changée en une personne froide qui ne se soucie pas des sentiments des autres. Vous ne savez même plus ce qui est important.

Son expression et son ton devinrent un peu désespérés.

— Ne pouvez-vous pas le sentir ? Je sais que vous ne le voyez pas, mais ne pouvez-vous pas au moins le sentir ?

Je retirai ma main.

— Je sais ce qui est important. J'ai soigneusement élaboré un plan de vie qui guide mes actions depuis que j'ai quinze ans : aller à l'université, faire la fac de droit, devenir associée, me marier, avoir des enfants. C'est tout à fait normal. Toutes ces choses sont importantes et précieuses pour toute personne saine d'esprit. Cela prend tout son sens sur le papier.

Ruby fit une grimace.

— Non, mais vous vous entendez ? Votre vie ne peut pas être écrite sur du papier ! Les gens avec un cœur et un cerveau ne fonctionnent pas comme ça !

Je me levai.

— Bien sûr que je m'entends ! Je suis fière de ce que je dis, de ce que je fais et de ce que j'ai accompli ! Je suis la plus jeune associée junior que cette entreprise ait jamais eue. Je suis la Faiseuse de Pluie pour l'amour de Dieu !

Elle secoua la tête avec un air déçu.

— Non. Vous êtes une jeune fille qui a perdu son chemin. Un serpent dans l'herbe sifflant beaucoup de nouveaux vilains mots qu'elle a appris d'un autre serpent dans l'herbe.

Elle renifla de dégoût.

— Ce *Bradley*, c'est le Roi Cobra des serpents.

Elle se leva et me tourna le dos pour se diriger vers la porte. Juste avant de quitter mon bureau, elle m'envoya son dernier coup.

— Peut-être qu'avant de dire 'oui' au Roi Cobra, vous devriez vous poser ces questions: pourquoi toutes vos amies – ces filles *bien* – vous ont-elles abandonnée ? Pourquoi êtes-vous plus seule maintenant que vous ne l'avez jamais été auparavant ? Ne devriez-vous pas être remplie de joie et partager cette joie avec les autres quand vous êtes sur le point de vous marier, au lieu de faire une liste d'invités pleine d'étrangers ?

Elle secoua la tête.

— Votre mariage ressemblera plus à un enterrement, et je suis pour ma part certaine que je n'y assisterai pas.

La porte se referma derrière elle, et je restais là, au milieu de mon bureau avec des larmes coulant sur mes joues. Je n'avais pas voulu écouter

ELLE CASEY

toutes ses insanités. Je voulais juste savoir pourquoi elle faisait un travail horrible en tant qu'assistante et pourquoi elle avait cessé d'être mon amie. Au lieu de cela, je m'étais pris un tas de merde sur la tête et mon cœur se brisait en deux.

Je repoussai les chaises à leurs places, ignorant le fait que leurs pieds n'étaient pas dans les creux de la moquette où ils étaient habituellement. Faisant le tour de mon bureau, je secouai la tête avec dégoût. Ruby disait n'importe quoi. Bradley n'avait rien fait à part me faire avancer dans ma carrière et mon importance au sein du cabinet. Nous avions rejoint le Country Club ensemble et jouions au tennis chaque week-end avec d'autres couples. Nous mangions dehors tous les jours et avions même parlé d'emménager ensemble avant le mariage. J'avais refusé pour une raison stupide, mais je ne me souvenais plus laquelle. Bradley était le seul qui avait compris mon plan de vie et qui y adhérait complètement. Il était exactement comme moi : organisé, motivé, intelligent. Nous savions tous les deux ce que nous voulions et nous n'avions pas peur de faire ce qu'il fallait pour l'obtenir. Tant pis pour le reste du monde. S'ils ne comprenaient pas la valeur de la planification et de la motivation, qu'ils aillent se faire voir. Je n'avais besoin de personne d'autre que Bradley et de rien d'autre que la firme.

J'ignorai les douleurs physiques qui assaillaient ma poitrine à cette pensée.

La sonnerie de mon téléphone me dit que Ruby m'appelait. Je me penchai vers le coin de mon bureau et attrapai le combiné en m'attendant à des excuses. Je prévoyais d'être miséricordieuse et d'agir comme si les choses qu'elle m'avait dites ne m'avait pas coupée jusqu'à l'os. Alors, nous pourrions continuer comme avant, mais avec elle faisant un meilleur travail. Un sourire crispé s'installa sur mon visage.

— Oui ? dis-je, un orgueil froid remplissant ma voix.

— Ligne trois. Quelqu'un du palais de justice.

— Qui est-ce, Ruby ? demandai-je, instantanément irritée.

Elle avait un sacré culot de me refaire le coup de ses transferts d'appel de merde après notre petite discussion. Elle savait que j'avais au minimum besoin d'un nom, un département, et la référence de dossier. Seigneur, c'était quoi son putain de problème ?

La voix de Ruby était si calme, si décontractée, c'était comme si nous ne venions pas d'avoir une réunion houleuse deux minutes avant.

— Je ne sais pas qui c'est, dit-elle. Quelqu'un du département des licences de mariage.

— Oh.

Je fronçais les sourcils, ma colère se dégonflant comme une baudruche.

93

— Pourquoi est-ce qu'ils m'appellent maintenant ? Mon rendez-vous pour récupérer la licence n'est pas avant la semaine prochaine. Ils ne font jamais les choses à l'avance d'habitude.

Ruby se contenta de respirer dans le combiné.

— Passez-les-moi, dis-je, abandonnant l'idée d'avoir une conversation civilisée avec elle.

J'attendais qu'elle me passe l'appel, mon cerveau rempli de questions. Bradley était chargé de l'organisation de la restauration, et j'étais responsable de l'aspect légal et de la musique. Notre liste d'invités se composait surtout de nos plus gros clients et de nos collègues de travail, ce qui signifiait que nous ne pouvions pas nous permettre qu'il y ait des ratés ou des erreurs. Si je n'obtenais pas cette licence dans les temps, nous étions complètement foutus. Rien ne pouvait être reporté sans que l'on perde énormément d'argent et que cela nous cause de violents maux de tête.

L'appel fut connecté.

— Bonjour, ici Andie Marks. Que puis-je faire pour vous ?

— Bonjour, Madame Marks, je suis Latisha. Êtes-vous la personne qui a fait une demande de licence ? Annnnndrea... euh... Marks. Désolée, je n'arrive pas à lire votre écriture. Vous devriez vraiment vous appliquer pour des formulaires officiels.

J'ignorai ses remontrances. *Pff, bien sûr. Comme si un greffier du Palais de Justice, touchant le salaire minimum, allait pouvoir me donner des leçons sur la façon de remplir un formulaire. Levez la main si vous avez fait la fac de droit.*

— Oui, c'est exact. C'est moi.

— Et votre deuxième prénom est Lynn et votre numéro de sécurité sociale est le 078-05-1120 ?

— Oui, c'est exact également. Y a-t-il un problème ?

— Oui, c'est pour ça que je vous appelle. Vous avez mal répondu à une question sur le formulaire, alors j'ai besoin que vous passiez ici pour en remplir un autre et y inclure votre jugement de divorce. Je ne peux pas le traiter tant qu'il n'est pas complet, et sans ce jugement, ça ne marchera pas. L'ordinateur ne l'acceptera pas alors ce n'est même pas la peine que j'essaie. Et ne me demandez pas de le changer à votre place, vous savez très bien que cela ne fonctionne pas comme ça.

— Attendez... quoi ?

Mon cerveau avait des ratés, essayant de rassembler ses paroles absurdes dans une phrase qui pourrait signifier quelque chose pour moi.

La femme soupira bruyamment.

— Ne jouez pas. Sérieusement, je n'ai pas le temps de jouer à des jeux d'avocats aujourd'hui, d'accord ? J'ai quinze... non seize formulaires à traiter avant d'en avoir fini pour la journée, et si je ne les fais pas, mon supérieur mettra le nez dans mes affaires, vous voyez ce que je veux dire ?

— Oui, je vois... mais non, je ne joue pas. Je suis sérieuse. Je n'ai jamais été mariée de ma vie.

Un énorme trou se forma dans mon estomac, et ce trou se remplit de lave en fusion. *Cela ne peut pas être en train de m'arriver.* Bradley deviendrait complètement fou s'il y avait un pépin. Il avait prévu un enterrement de vie de garçon au golf, ses frères de la fraternité universitaire venant des quatre coins du monde pour y assister.

— Êtes-vous sûre de ne pas être mariée ? demanda-t-elle d'un ton sceptique.

— Absolument, dis-je en commençant être vraiment irritée contre cette imbécile du Palais de Justice qui n'avait visiblement fréquenté aucune école supérieure à part peut-être l'université des hamburgers de McDonald. Croyez-moi, je le saurais si j'avais épousé quelqu'un d'autre que mon fiancé.

— Vous n'êtes jamais allée au Nevada ? demanda-t-elle, un sourire diabolique dans la voix.

Mes oreilles brûlèrent alors que les souvenirs s'abattaient sur moi et menaçaient de me noyer dans la crainte. Je ne pouvais presque pas prononcer les mots. J'étais allée au Nevada. *Oh, bon sang*, j'étais *allée* au Nevada !

— Peut-être. Une fois.

— Quand ? Ce pourrait-il que ce soit il y a environ deux ans ?

Mon cœur battait comme un tambour, un rythme de basse très fort et rapide. Je pouvais littéralement sentir le pouls de mon cou sans même le toucher.

— Peut-être ?

Ma voix n'était capable que de croasser à ce moment-là. Il y a deux ans. C'était l'enterrement de vie de jeune fille de Kelly ! Non, cela ne peut pas être vrai !

— Il est dit ici que vous avez épousé un homme du nom de... Gavin MacKenzie, le dix avril deux mille onze. La signature correspond à celle que vous avez apposée sur le formulaire, peut-être un peu plus brouillon, mais c'est la même. Ce nom vous dit quelque chose ? Gavin MacKenzie ? Ça vient d'où ? C'est écossais ?

J'avais l'impression que mon cerveau et mon cœur allaient tous les deux exploser. Ma vision se brouilla et ma mâchoire se décrocha tandis que tout le sang quittait mon visage.

— Madame ? Vous êtes là ? demanda-t-elle, l'air ennuyé et lointain.

Le téléphone tomba de ma main et frappa le bureau. Une petite voix résonna sur mon sous-main.

— Madame Marks ? Vous êtes là ? Vous allez bien ? Allô ? Je vais raccrocher, vous savez. Je n'ai pas le temps pour ces jeux, je vous l'ai *déjà* dit.

La salle commença à tourner et je clignai plusieurs fois des yeux, essayant d'obtenir le retour de ma vision. Mais elle ne cessa de rétrécir, un long tunnel gris avec finalement une seule lumière de la taille d'une tête d'épingle au bout.

Ce fut la dernière chose que je vis avant de me réveiller sur le sol avec le visage inquiet de Ruby au-dessus de moi.

Chapitre 15

L'AVION ATTERRIT À L'HEURE DU déjeuner à Boise, Idaho, l'aéroport le plus proche de Baker City, Oregon. J'avais passé une nuit blanche hier dans mon appartement. J'avais dû parlementer après de Bradley pour ne pas aller avec lui au pub, lui disant que je devais assister à une réunion d'urgence avec un client hors de la ville que je ne pouvais pas reporter. Heureusement que nous travaillions dans différents services et qu'il n'était pas au courant de tous mes dossiers, sinon il aurait su que je ne racontais que des conneries. J'étais également contente que Ruby ne voie aucun problème à cacher des choses à *ce Bradley*. Elle avait été presque trop heureuse de me réserver un vol, un hôtel et une voiture. Mon sentiment de culpabilité se transformait doucement en ulcère, me dévorant de l'intérieur.

Le souvenir de Ruby appuyant sa poupée troll porte-bonheur dans ma main me fit faiblement sourire, ce qui apaisa un peu la douleur.

— Prenez ça, avait-elle dit après que je m'étais assise dans mon fauteuil comme un zombie et avais essayé d'expliquer l'énorme erreur que je devais aller arranger – dans l'Oregon qui plus est.

J'avais moins d'une semaine pour obtenir une annulation ou un divorce pour arranger le problème de la licence, sinon j'étais foutue. À nouveau célibataire. Le plan de vie aux oubliettes.

— Cela vous portera bonheur, m'avait-elle assuré. Je l'avais dans ma poche lorsque j'ai rencontré Michael, que Dieu ait son âme.

Elle avait renversé la tête en arrière pour fixer le plafond quelques secondes, un regard satisfait sur le visage.

Je ne lui avais pas demandé pourquoi elle avait une ridicule petite poupée en plastique dans sa poche lorsqu'elle avait rencontré son mari. C'était sans importance, et je devais préserver toute mon énergie uniquement pour les faits pertinents. J'avais fixé cette chose dans ma main, ses ridicules cheveux bleu et violet partant dans toutes les directions, et j'avais failli la fourrer dans mon bureau lorsqu'elle s'était retournée. Mais au lieu de ça, je l'avais jetée dans mon sac et amenée avec moi dans la course au fou.

Je soupirai bruyamment, à la recherche de panneaux pour me diriger vers les agences de location de voitures. Ce devait être une erreur ; ce n'était pas possible autrement. Comment aurais-je pu épouser un homme à Las Vegas et ne me rappeler de rien ? Ce genre de choses n'arrivait pas dans la vraie vie.

Seulement voilà, ça arrivait. Cela arrivait tellement souvent que je me retrouvais faisant partie de statistiques. J'avançais péniblement dans l'aéroport tandis que je me remémorais ce que j'avais découvert, mes pieds et mes jambes se déplaçant à travers la boue ou les sables mouvants virtuels. Je n'étais absolument pas motivée pour faire face à toute cette merde.

Après m'être relevée du plancher de mon bureau et avoir convaincu Ruby que je n'avais pas besoin d'ambulance, j'étais passée en mode recherche. Personne ne peut mener de recherche comme moi, personne... surtout lorsque j'étais si concentrée pour trouver une échappatoire. Alors que je faisais des recherches sur le nom de mon prétendu mari et les données essentielles fournies par le certificat de mariage qu'on m'avait faxé, j'étais tombée sur plusieurs articles de journaux au sujet des vingt-quatre chapelles qui pratiquaient le mariage express pour des gens qui avaient trop bu pour se souvenir de quoi que ce soit. L'une d'elles était celle dans laquelle j'étais entrée. Et il n'y avait aucun doute là-dessus ; j'y étais entrée. Ma signature sur le formulaire était réelle. Oui, elle était brouillonne. Oui, elle était tordue. Oui, elle était même pleine de bavures. Mais c'était définitivement la mienne.

Le panneau de la société de location de voitures Enterprise apparut au-dessus de ma tête. Ma main trembla tandis que je m'essuyai la lèvre supérieure. Il faisait plus chaud à Boise que je l'aurais cru à cette époque de l'année. Je longeai le couloir, traînant mon sac de voyage sur mon épaule.

Toutes mes recherches ne m'avaient pas permis de découvrir un fait important : si le mariage avait été consommé. Je n'étais même pas sûre de me souvenir *à quoi* ce Gavin MacKenzie ressemblait. Les ressources du cabinet d'avocats étaient considérables dans le domaine de la vérification des antécédents, mais je n'avais pas pu trouver une photo de ce type. Il n'avait même pas de PV impayés.

Je voulais pleurer de colère et de frustration. Tout ce gâchis allait à l'encontre de mon plan de vie. Si Bradley découvrait que je lui avais caché ça ou que j'avais fait quelque chose d'aussi stupide et irresponsable, notre mariage serait annulé. Et alors, je deviendrais une de ces filles : celles qu'on avait abandonnées devant l'autel. Hum. Tuez-moi dès maintenant. Mon titre de Faiseuse de Pluie me serait retiré peu de temps après. Qui voudrait faire un travail juridique avec une fille qui essaie de devenir bigame en cachette ? C'était effrayant la vitesse à laquelle les mauvaises nouvelles voyageaient dans notre ville. Personne ne me croirait si j'essayais de les convaincre que je ne savais pas que j'étais mariée. Même en tant qu'avocate plaidante qualifiée, j'étais certaine que c'était un argument que je ne serais jamais en mesure de rendre convaincant.

— Bienvenue chez Enterprise. Puis-je vous aider ? demanda l'homme au comptoir.

— Oui. J'ai une réservation.

Je lui tendis les papiers que Ruby m'avait donnés. Ils étaient tous très bien organisés et étiquetés. Elle était redevenue elle-même, me prenant même dans ses bras et m'embrassant lorsque j'avais quitté le bureau. Je suppose que c'était une petite consolation dans ma vie merdique. Elle ne m'avait même pas réprimandée lorsque j'avais employé cinq fois le mot commençant par P.

L'employé de l'agence de location tapa quelque chose sur son ordinateur, me donna des formulaires à signer, puis me remit des clés et une petite boîte noire.

— Voilà. Profitez bien de votre séjour dans la belle région de Boise. Avez-vous besoin d'un plan ?

— Non, je me servirai du GPS.

Je regardai le petit appareil qu'il m'avait donné, ne me sentant pas vraiment confiante sur sa capacité à faire le travail, mais j'étais très mauvaise avec des plans.

Il sourit et hocha la tête, me congédiant de façon évidente lorsqu'il tourna sa chaise et fit face à la direction opposée.

Je me rendis dans le parc de stationnement et trouvai la place notée sur le dossier de location. Je fronçai les sourcils devant la machine noire et jaune vif qui m'attendait. *C'est quoi ça ? Une tondeuse à gazon ?*

— Ça ne peut pas être ça, dis-je à personne.

J'étais la seule ici, alors je ne savais pas à qui je pensais parler, mais j'avais des milliers de conversations dans ma tête depuis les dernières vingt-quatre heures et je commençais à douter de ma santé mentale. Parler toute seule à haute voix n'était pas mieux, mais bon sang... autant changer de folie de temps en temps pour la garder vivace.

J'appuyai sur le bouton du porte-clés et les phares s'allumèrent une fois, preuve que ce n'était pas une erreur.

— Une *Smart* ? Vous plaisantez ?

Elle ressemblait à un patin à roulettes géant. Peut-être même pas si 'géant' que ça ; peut-être un patin à roulettes juste plus grand que la normale. En plus, conduire une voiture qui ressemblait à une guêpe géante sur une route de campagne n'était pas une très bonne idée pour une fille qui était allergique aux piqûres...

J'en discutai dans ma tête, me demandant si je devais aller marchander pour avoir une des cinquante autres voitures de taille normale qui se trouvaient là, mais abandonnai l'idée cinq secondes plus tard.

— Et puis merde, dis-je, contrariée au possible. Autant faire contre mauvaise fortune bon cœur, pas vrai ?

Ma voix avait un peu viré dans les tons hystériques, mais je ne pouvais rien y faire. J'arrivais à peine à me maîtriser, le stress étant presque suffisant pour me faire complètement craquer. Je n'arrêtais pas de m'imaginer Bradley en train de dire, 'Tu es mariée ? À un parfait inconnu ? À Las Vegas ? Alors que tu étais saoule ? Par un mec appelé Elvis ?'. C'était trop horrible pour l'envisager. Il me larguerait rien que pour l'avoir humilié devant ses clients, ses frères de la fraternité et ses parents. Il y avait tellement de gens qui attendaient de moi que je sois la fiancée parfaite.

Je jetai mon sac de voyage sur le siège passager et conduisis hors du parc de stationnement, souhaitant pouvoir me défouler et vraiment exprimer ma colère de façon bruyante et satisfaisante. Mais je constatai très rapidement qu'une Smart n'était pas du genre à 'décoller' ; elle n'était pas équipée pour faire grand-chose avec son moteur de tondeuse à gazon. Elle pouvait seulement m'amener d'un point A à un point B avec une petite quantité de carburant et presque aucune marge de manœuvre dans l'habitacle. J'avais l'impression d'être un clown dans une petite voiture de cirque. La seule chose qui me manquait était un peu de peinture sur le visage et de grandes chaussures souples. Au début, je pensais qu'il me manquait également un de ces klaxons à trompe que portaient les clowns, mais lorsque j'appuyai sur le volant, je me rendis compte de mon erreur. Oui, en effet. Les Smart sont équipées d'un klaxon à trompe de clown.

J'arrivai à Baker City, Oregon, près de deux heures plus tard et prenais possession de ma chambre d'hôtel. Assise sur le lit de la vieille chambre fatiguée, je fixai l'horrible papier peint. Le dossier posé à côté de moi sur la table de nuit était plein d'informations que je pourrais utiliser pour m'aider à trouver le mystérieux Gavin MacKenzie. Maintenant, il ne me restait plus qu'à trouver le courage pour l'utiliser. Je pourrais alors sortir, poser quelques questions à des inconnus, le traquer avec les indices qu'ils me donneront, et avoir cette conversation avec lui. Celle où je devrais lui demander s'il se souvenait avoir couché avec moi et accessoirement de s'être marié avec moi. Mon estomac était noué.

Chapitre 16

MON PREMIER ARRÊT FUT POUR le restaurant local. Baker City était une petite ville, alors je me disais qu'elle serait comme toutes les petites villes que j'avais vues dans les films. Tout le monde va au restaurant local pour prendre un café ou une tarte, pas vrai ?

Je m'assis au comptoir et commandai un décaféiné, tâtant le terrain avant de faire mon premier pas. Je fis l'impasse sur la tarte parce que je ne faisais pas confiance à mon estomac pour l'instant ; il était trop plein d'un grand contingent de papillons très anxieux. Mon téléphone sonna dans mon sac, mais je l'ignorai. Bradley ou qui que ce soit d'autre n'aurait qu'à attendre jusqu'à ce que j'obtienne quelques directions.

Mon premier défi était de trouver assez de courage pour poser les questions les plus ridicules que j'avais jamais posées de ma vie. Voilà comment je m'imaginais la conversation :

Moi : *Connaissez-vous Gavin MacKenzie ?*

Personne de la campagne : *Qui le demande ?*

Moi : *Sa femme.*

Personne de la campagne : *– regard vide –*

Il était impossible que j'arrive à le traquer sans une histoire. J'avais besoin d'une *bonne* histoire qui n'humilierait aucun de nous. Un bon gros mensonge. Je pris un sachet de sucre et le versai dans ma tasse tandis que j'évaluais mes options. *Je vais dire que je suis une avocate et que je le recherche pour un héritage.* Je fronçai les sourcils en regardant ma tasse de café puis pris la cuillère pour remuer le sucre. *Non, ça ne marchera pas. Ils vont vouloir savoir le nom des parents et je n'en ai aucune idée.* Je remuai, remuai, remuai. *Je vais dire qu'il a gagné de l'argent dans un concours. Non, c'est stupide. Que je suis… une journaliste de Maisons et Jardins ?* Je secouai la tête en attrapant plus de sucre. Je déchirai maladroitement le sachet, renversant les petits cristaux blancs sur le comptoir. *Je vais dire que je suis une parente qui vient d'une autre ville et que je retrace notre arbre généalogique.*

101

— Comment ça va par ici ? demanda une voix féminine.

La serveuse me fixait de l'autre côté du comptoir, attendant ma réponse.

Les mots s'envolèrent de ma bouche avant que j'aie pu les retenir.

— Je cherche Gavin MacKenzie, vous le connaissez ?

Oh, merde, est-ce qu'elle m'a demandé comment j'allais ou qu'est-ce que je faisais ? Ma peau prit une teinte rouge vif et je dus me retenir pour ne pas m'éventer le visage avec une serviette en papier. Je n'arrivais *pas* à croire que j'avais lâché ça comme ça. Qu'était-il arrivé à mon plan de la jouer cool ? Grr, je me déteste vraiment parfois.

— Bien sûr que je connais Mack. Tout le monde connaît Mack. Mais personne ne l'appelle Gavin à part sa mère et sa grand-mère.

Elle sourit, l'émotion joyeuse n'atteignant pas tout à fait ses yeux de biche bruns. Son badge disait qu'elle s'appelait *Hannah*. Elle était mignonne, même si ses cheveux blonds étaient un peu trop cuivré et sa peau un peu trop fardée. Elle devait être plus grande que moi de quelques centimètres et à peu près du même âge, peut-être deux ans de plus. La seule chose qui l'empêchait d'être une serveuse complètement 'cliché' était le fait qu'elle ne mâchouillait pas de chewing-gum. Elle me fit penser à une version campagnarde de Candice. Mon cœur se serra inconfortablement à la pensée de mon amie. Cela faisait trop longtemps que nous nous étions parlé. Je blâmais le travail, mais Ruby blâmait *ce Bradley*.

— Pouvez-vous me dire où je peux trouver… Mack ? demandai-je.

— Qui êtes-vous et pourquoi le cherchez-vous ?

Elle se tenait là, avec le pot de café à la main, la hanche arrogante, totalement prête à rester ici jusqu'à ce qu'j'avoue tout.

Mes oreilles me brûlèrent de honte en songeant au mensonge à venir.

— Je… euh… Andie. Et je le cherche pour pouvoir faire mon arbre généalogique.

— C'est quoi ? Un genre de projet scolaire ?

— Oui, dis-je, un mensonge prenant naissance dans mon esprit et se transformant rapidement en un feu rugissant de conneries. Je suis ce cours à l'université et nous apprenons à mettre sur pied notre arbre généalogique et sa famille… les MacKenzie… ils sont dans mon arbre. Je crois. Les MacKenzie de Baker City pour être exacte.

Une voix rocailleuse se fit entendre derrière moi, faisant se dresser mes cheveux sur ma tête de peur.

— *Luceo non uro !*

Je me retournai sur mon tabouret.

— Quo…!

Je cognai mon café en me tournant et en renversai sur ma main et le comptoir, mais je ne pris pas la peine de le nettoyer parce que j'étais trop occupée à m'inquiéter, craignant d'être dévorée par un homme-ours-porc géant.

— *Luceo non uro !* cria-t-il de nouveau avant d'éclater de rire.

Sa bouche était complètement recouverte par une barbe hirsute. J'entrevis des dents et une langue ce qui me rassura un peu. L'idée d'un homme-ours-porc édenté me faisait en quelque sorte plus peur que celui avec une bonne hygiène dentaire. Toutes mes cellules grises n'étaient visiblement pas connectées.

— Ouais, c'est ça, dit la serveuse en reniflant un peu.

Ma voix commença à fonctionner de nouveau et je me rendis compte qu'il n'était pas sur le point de m'attaquer ou me dévorer. Il se tenait juste là, à me regarder d'en haut et parlant latin. Il y avait même une petite chance qu'il me sourit, mais c'était impossible à dire avec la moquette brune qu'il portait comme décoration sur son visage.

Je m'éclaircis la gorge pour la faire redémarrer.

— Je suis désolée, vous disiez ?

Sa voix fut alors douce et lisse. Il aurait pu être conteur s'il ne grognait pas sur les femmes dans les restaurants.

— *Luceo non uro.* C'est la devise du clan MacKenzie.

— Le *clan* MacKenzie ?

Il pencha la tête.

— Vous savez ce qu'est un clan, pas vrai ?

Je lui fis mon sourire 'vous-plaisantez' le plus convaincant pour cacher mon ignorance.

— Bien sûr. Ne soyez pas ridicule. Je travaille sur ce projet.

— C'est ce que je vous ai entendu dire. Dans quelle université êtes-vous ? Cela m'a l'air d'un projet très intéressant.

Son ton était passé d'un homme-ours-porc à celui d'un universitaire cultivé.

Je me dis qu'il était fort possible que je sois tombée dans le même trou de lapin qu'Alice ou que quelqu'un avait illégalement glissé quelque chose dans mon verre au cours du vol.

— C'est juste une université communautaire. En Floride, là où je vis. C'est tout petit, je suis sûre que vous n'en avez jamais entendu parler.

— C'est possible… ou pas, dit-il en mettant ses mains derrière son dos et en commençant à se balancer doucement sur ses talons, dans l'expectative. Je ne le saurai pas tant que vous ne m'aurez pas dit le nom.

— L'université d'État de Palm Beach ?

— Vous me le demandez ou vous me le dites ? demanda-t-il.

Sa barbe bougea. Je pris le mouvement ascendant de la touffe de poils comme un sourire.

— Je vous le dis.

Je me retournai à moitié vers mon café, utilisant ma serviette en papier pour nettoyer mes dégâts.

— Alors, c'est quoi cette devise ?

— *Luceo*, qui signifie *brille*... *Non*, qui signifie... *non*... et *Uro*, qui signifie *brûler*.

— Brille sans brûler, dis-je pour moi-même.

Pourquoi cela me rappelait-il quelque chose ? Pourquoi avais-je l'impression de l'avoir déjà entendu quelque part ?

— C'est plutôt mignon, hein ? demanda Hannah.

C'était plus sexy que mignon pour moi, mais je lui souris et hochai la tête. Il fallait que je m'entende bien avec les gens du coin si je voulais régler ce problème le plus vite possible.

— C'est de là que vous venez ? demanda Hannah.

Elle posa la cafetière entre nous sur le comptoir.

— De Floride ?

Elle était en train d'ignorer au moins trois personnes qui lui faisaient signe pour avoir un peu de leur nectar caféiné.

J'acquiesçai.

— Oui, je vis là-bas. Je ne suis ici que pour mes recherches.

— C'est un sacré chemin pour des recherches alors que vous auriez pu vous contenter de téléphoner, dit-elle en mordillant sa lèvre inférieure tandis qu'elle essayait de se faire une idée de mes intentions.

Penser que la Barbie du restaurant était sur la piste de mes mensonges me rendit nerveuse. J'avais la nette impression qu'elle serait très heureuse de me coincer.

— Oui, eh bien, j'ai essayé d'appeler, mais il est difficile d'entrer en contact avec le groupe MacKenzie de cette façon, apparemment.

— Qui avez-vous essayé d'appeler ? demanda-t-elle.

Ses questions gagnaient en intensité, me rendant de moins en moins encline à y répondre.

— Je ne me rappelle pas. Je n'ai pas mes notes avec moi.

Des mensonges, des mensonges et encore plus de mensonges. Le sac à bandoulière en cuir à mes pieds contenait une poupée troll et tout ce que j'avais été en mesure de découvrir sur les MacKenzie. Malheureusement, la seule adresse que j'avais était une boîte postale en ville et un numéro de téléphone auquel personne n'avait jamais répondu.

— Pourquoi cherchez-vous Gavin ? demanda-t-elle.

Son ton avait pris un air possessif, et je réalisai que je pouvais très probablement me trouver en face de l'autre épouse de Gavin, puisque apparemment seuls les gens 'spéciaux' l'appelaient par son prénom. *Quelles sont les chances pour que j'aie posé le pied, dès ma descente de l'avion, dans un bon crottin de cheval ?* J'observai son expression un peu belliqueuse et je sus la réponse. *Probablement très bonnes.* Je regardai discrètement son doigt, mais n'y vis pas de bague. Je laissai échapper un soupir silencieux de soulagement, en espérant qu'elle et l'homme-ours-porc toujours derrière moi, ne remarqueraient pas combien cette conversation me rendait nerveuse.

— Je me rends chez les MacKenzie si vous voulez que je vous y emmène, déclara l'homme grizzly.

Je me retournai pour lui faire face, mais pas avant de voir la grimace sur le visage de Hannah.

— Vraiment ? Ce serait formidable. Je pourrais vous suivre dans ma voiture.

Il regarda par la fenêtre du restaurant et repéra immédiatement la Smart.

— Je ne vous le recommanderais pas, dit-il simplement.

Je m'imaginais prise au piège dans un véhicule avec cet homme et je décidai qu'il y avait des risques que j'étais prête à prendre et d'autres pas.

— Ça ira. Cette petite voiture a beaucoup de répondant... vous seriez surpris.

— Si c'est ce que vous voulez. Vous êtes prête à y aller ?

— Mais elle n'a même pas fini son café, s'exclama Hannah.

Elle avait l'air très contrarié.

— Je peux attendre, dit l'homme.

Je me levai.

— Ce n'est pas nécessaire. J'y ai mis trop de sucre de toute façon.

Je déposai un peu d'argent sur le comptoir, assez pour couvrir le café et un généreux pourboire.

— Merci, Hannah.

Elle fronça les sourcils.

— Comment savez-vous mon nom ?

Je regardai ostensiblement son badge.

— Euh, j'ai deviné ?

— Je vais vous surveiller, Abbie, dit-elle d'un ton menaçant en plissant les yeux.

— C'est *Andie*.

— Laisse tomber, Hannah Banana, dit l'homme-ours-porc en soupirant.

— La ferme, Boog ! Tu n'as plus le droit de me dire ce que je dois faire, compris ? Et arrête de m'appeler comme ça.

Je ramassai son sac, très heureuse de laisser la très malheureuse Hannah Banana derrière moi. Elle avait de toute évidence un problème avec les étrangers, il était donc temps pour moi de m'en aller. D'ailleurs, si j'avais de la chance et trouvais la maison des MacKenzie avant le dîner, je pourrais très probablement être de retour chez moi d'ici demain midi. Un sourire s'étendit sur mon visage alors que je me voyais résoudre ce petit problème et le mettre dans une petite boîte que personne ne trouverait jamais.

— Venez, suivez-moi. J'ai la camionnette bleue là dehors. Nous avons à peu près trente minutes de trajet.

Je m'immobilisai alors que j'enregistrai ses paroles.

— Trente minutes ? demandai-je.

Il ne répondit pas. Il se contenta de franchir la porte, me laissant libre de le suivre ou pas.

Chapitre 17

LA PREMIÈRE PARTIE DU TRAJET fut un jeu d'enfants. Quinze minutes de conduite souple et un temps magnifique me firent baisser les fenêtres et chanter à tue-tête. *Walking On Sunshine* passait à la radio et je criai les paroles de la chanson aussi fort que je le pus, me réjouissant de la sérotonine qui envahissait mon cerveau. *La vie est belle ! La vie est géniale !* J'étais sur la route, voyageant de nouveau vers mon plan de vie. Je me voyais dans l'avion avec mes papiers d'annulation signés sur les genoux et un sourire sur le visage. Il y avait même un cocktail sur mon plateau dans cette vision glorieuse. Peut-être même que je demanderais à être surclassée en première.

Alors que la chanson se terminait, l'homme-ours-porc, alias *Boog* quitta la route asphaltée à deux voies pour une avec une seule voie et en terre. Quoiqu'appeler ça une route était généreux. C'était plus un chemin qu'autre chose. Je fus contente de conduire une petite voiture de clown lorsque je vis ses gros pneus dépasser la largeur du chemin pour s'enfoncer dans les mauvaises herbes ses deux côtés du véhicule.

Cette allégresse se ternit plus rapidement que je l'aurais cru possible. Ma vie passa d'une promenade agréable aux 'Griffes de la Nuit' en cinq secondes. Un vrai cauchemar. J'étais tellement occupée à essayer de voir Boog à travers le nuage de poussière que sa camionnette dégageait que je ne vis pas vu l'énorme nid de poule sur la route. Ma roue tomba dedans et ne voulut pas en ressortir. Le véhicule se retrouva de guingois, le côté passager plus bas que le côté conducteur.

J'appuyai sur la pédale des gaz et la voiture bougea un peu, mais ensuite plus rien n'atteignit mes oreilles que le bruit des roues tournant dans le vide. La voiture de clown et moi étions foutues.

En levant les yeux, je vis la camionnette de Boog devenir de plus en plus petite. Il ne semblait pas considérer que les cratères de la route étaient une raison d'aller plus lentement qu'il l'avait fait sur la route à deux voies. J'appuyai sur le klaxon à trompe de la voiture de clown à plusieurs reprises pour attirer son attention, mais il ne sembla pas l'entendre. Il disparut bientôt dans un nuage de poussière.

Je sortis de la voiture et en fis le tour. Le pneu avant était à plat et reposait profondément dans le trou.

— Bon sang ! criai-je.

Je donnai un coup de pied dans la roue et me blessai l'orteil dans le processus.

— Aïe-aïe-aïe-aïe-AÏE ! hurlai-je en sautillant sur un pied, maintenant inquiète d'avoir non seulement cassé la voiture, mais également mon orteil.

Je sautais partout comme une folle en criant des jurons lorsqu'un cheval et son cavalier apparurent, sortant des arbres et buissons à proximité.

Chapitre 18

— J'AI L'IMPRESSION QUE VOUS AVEZ DES ennuis, dit l'homme sur le cheval.

Je n'arrivai pas à décider qui était le plus beau des deux. La robe du cheval était un patchwork de couleurs et l'homme avait un large torse et des cuisses épaisses, recouvertes par ces jambières en cuir que les cow-boys portaient par-dessus leur jean dans les publicités. Si je devais deviner, je dirais qu'il était plus jeune que moi de quelques années. Il me rappelait quelqu'un, mais je ne savais pas exactement qui. Je me dis que c'était peut-être un acteur que j'avais vu dans un de ces films indépendants il y avait quelque temps de ça. C'était un bon endroit pour les célébrités. Aucun paparazzi ne prendrait la peine de faire tout ce chemin dans ces terres désolées pour une stupide photo.

— C'est quoi comme voiture ? Une électrique ?

Il rapprocha son cheval, faisant le tour pour inspecter ma voiture de clown.

— Elle n'est pas électrique. C'est une Smart. Êtes-vous du clan MacKenzie, par hasard ?

— Peut-être, dit-il. Tout dépend de qui le demande.

Il descendit de son cheval, s'approcha de mon pneu à plat, s'accroupit et posa sa main dessus.

— Je m'appelle Andie, et je suis ici pour trouver Gavin. Est-ce que c'est vous ?

J'étais pratiquement sûre que ce n'était pas lui. J'aurais certainement reconnu quelque chose au sujet de l'homme que j'avais autorisé à m'emmener au Golden Palace et que j'avais *épousé*, pour l'amour de Dieu. Cet homme était un parfait inconnu pour moi.

Il se leva en regardant toujours le pneu, mais en secouant la tête.

— Non. Je ne suis absolument pas Gavin.

Il remonta sur son cheval en un mouvement souple, balançant sa jambe par-dessus la selle comme il le faisait chaque jour de sa vie. Avec un craquement du cuir usé, il se servit des rênes pour tourner la tête de la bête dans la direction où la voiture de Boog avait disparu. Il fit un bruit de cliquetis avec sa langue et planta ses bottes dans le ventre du cheval. Ce dernier s'éloigna en balançant sa queue.

Ma mâchoire se décrocha alors que mon cerveau enregistrait ce que je voyais. *Est-ce qu'il... est-ce qu'il s'en va ?* Je n'arrivai pas à croire qu'il s'éloignait, mais c'était exactement ce qu'il faisait, sans même un regard en arrière.

— Vous allez juste me laisser là ? demandai-je en élevant la voix.

Il ne répondit pas, alors je commençai à courir après lui.

— Hé ! Je vous parle ! Vous allez me laisser mourir ici ?

— La maison n'est pas si loin, dit-il calmement sans regarder en arrière. Vous ne mourrez pas.

Le gros arrière-train de son cheval fut le dernier espoir de transport que je vis sur cette route pendant l'heure suivante. Ce ne fut cependant pas la dernière chose *vivante* que j'y vis.

— Ahh ! Seigneur ! hurlai-je une demi-heure plus tard en sautant sur le côté au son d'un cliquetis provenant d'un tas de pierres à environ un mètre cinquante sur le côté de la route.

Ma voix passa d'un cri à un chuchotement lorsque quelque chose sortit d'une crevasse et commença à se faufiler vers la route.

— Un serpent à sonnette ?! C'est une plaisanterie ?

Mes chaussures à talons n'étaient pas l'idéal pour courir, mais elles devinrent tout de même des chaussures de course. Mon sac cognait contre ma hanche alors que je m'élançai sur la route sans me soucier du terrain accidenté et de mon orteil endolori, ne pensant qu'au fait que je raterai mon mariage si je devais me retrouver avec du venin de serpent dans les veines. Je pouvais tout à fait m'imaginer ballonnée et empoisonnée sur le bord de cette route, et cette vision me fit accélérer à une vitesse que je ne me serais pas crue capable d'atteindre avec des talons de sept centimètres.

Je tombai à genoux deux fois avant d'être suffisamment blessée pour avoir à ralentir. Chaque fois que je mordais la poussière, mon sac me frappait violemment, ce qui n'aidait pas.

— Bon sang, grognai-je en me penchant et me tenant la cheville alors que j'essayai de me redresser pendant que mon sac me frappait une fois de plus sur le côté de la tête.

J'avais tordu mon pied valide lorsque le devant de ma chaussure avait rencontré un rocher au lieu de la route de terre. Je regardai à travers la sangle de mon sac et soufflai pour écarter les cheveux de mon visage. Tout était de la même couleur ici – brun doré – et il était impossible de voir ce qui était une pierre, la route, ou une foutue crevasse.

— Ohhhh mmm rrrrr.

Je gémis comme une femme sauvage, essayant de forcer la douleur hors de mon pied et dans l'atmosphère. Ça ne fonctionna pas. J'essayai de boitiller en gardant ma chaussure, ça ne fonctionna pas non plus, alors je l'enlevai. Elle ne rentrait pas dans mon sac, alors je la gardai dans la main.

— Backer City *craint* ! criai-je aux serpents, araignées et arrière-train de cheval que j'avais rencontrés jusqu'à présent. Vivement que je quitte ce trou de l'enfer pour retourner sur la côte Est où vivent des gens normaux !

Je sortis la poupée troll de mon sac et la fixai.

— Tu es censée me porter chance, sale petit monstre.

J'arquai mon bras, prête à lancer la petite traitresse dans la poussière, mais à la dernière minute je me retins en pensant à la façon dont Ruby avait levé les yeux vers le ciel lorsque nous parlions de cette fichue chose. Elle ne me le pardonnerait jamais. Je recommençai à marcher, la poupée troll fermement tenue dans ma main.

Le soleil tapait sur ma tête et mon cou, me faisant souhaiter avoir apporté une crème solaire. Je pouvais sentir ma peau frire, la nausée me prenant en pensant à la douleur que je n'allais pas manquer de ressentir plus tard. Je mis mon sac au-dessus de ma tête pour me protéger temporairement pendant quelques minutes, mais je dus finalement abandonner. Il était trop lourd et j'avais ma stupide chaussure et le troll à transporter, ce qui ne me laissait qu'une main libre. Au bout d'un moment, je renonçai à porter le sac sur mon épaule et me contentai de le traîner dans la poussière derrière moi.

Ce fut lorsque j'eus atteint le point où j'estimai que mes chances de survies étaient inférieures à vingt-cinq pour cent que j'aperçus un bâtiment devant moi. Une maison, peut-être. Ou une grange. Il était difficile de le dire sous cette chaleur qui rendait ma vision floue. Quoi qu'il en soit, il avait un toit et probablement un robinet à l'intérieur.

— À boire, dis-je en pointant la maison de ma chaussure et en avançant en boitant péniblement.

J'entendis d'autres cliquetis derrière et à côté de moi, mais je ne pouvais plus courir loin d'eux, pas plus que je ne pouvais invoquer une limonade glacée par la seule force de ma pensée. Oh, que n'aurais-je donné pour un don pareil à ce moment-là. J'aurai tout bu d'une traite et probablement lancé le verre à tous les serpents sur la route, alignés derrière moi et attendant que je tombe une dernière fois.

Je parvins presque jusqu'à la porte de la clôture qui encerclait une grande parcelle de terrain autour de la maison lorsque je fis mon dernier voyage sur le sol. Mon orteil se prit sur un rocher, ou une crevasse ou quelque chose sur la route qui m'accueillit d'une manière très déplaisante. J'eus un avant-goût privilégié de ce que Baker City, Oregon, pouvait offrir. J'étais en train d'en recracher une bonne partie lorsque je roulai sur le dos au milieu de la route.

JE BRILLE MAIS NE BRÛLE POINT

Au-dessus de ma tête se trouvait un arc géant en bois avec une crête au milieu. Il y avait des flammes et une corde sculptée sur elle et trois mots latins : *Luceo non uro*.

Je les murmurai à voix haute.

— *Luceo non uro*. Brille sans brûler.

Je fermai les yeux et laissai dériver mon esprit, me souvenant d'un homme portant un chapeau de cow-boy et un jean avec une boucle de ceinture couleur laiton autour de sa taille. Cette phrase était la dernière chose que je me souvenais que cow-boy m'avait dite.

Je brille mais ne brûle point.

Chapitre 19

— EH BIEN, RAMASSE-LA, BON sang, dit une voix de femme. Qu'est-ce qui ne va pas chez toi, tu n'as pas été élevé comme ça !

— Oh, elle va bien. Elle en rajoute juste. C'est quoi cette chose dans sa main ?

— Regarde ses lèvres sèches, idiot. Elle est déshydratée et elle est blessée à la cheville ou à la jambe. Regarde son pied – Tss-tss celui sans la chaussure saigne.

La femme semblait très inquiète et attentive, contrairement à la voix masculine.

— Mack devrait être celui qui s'occupe d'elle. Elle est venue jusqu'ici pour lui, pas pour moi.

— Nous parlerons de tout ça plus tard, mais pour l'instant, je veux qu'on la sorte du soleil et qu'on l'amène dans le salon, *presto*. Et si tu fais encore montre d'impertinence, tu devras t'occuper tout seul du marquage pour les trois semaines à venir.

— Oh bon sang, M'man, tu n'as pas besoin de dire des insanités ! Je n'ai pas dit que je n'allais pas le faire, j'ai juste dit que ça devrait être à Mack de s'occuper de ses problèmes, pas à moi. Je suis fatigué de m'occuper de ses problèmes.

Le son d'un visage se faisant gifler me fit sourire dans mon état de demi-conscience.

— Ne me parle pas comme ça, Ian MacKenzie. Tu peux croire que tu es un homme adulte, mais je n'aurais aucun problème à aller chercher ma spatule pour te resservir une portion de barattage de cul nul, tu m'entends ?

Un soupir précéda un faible 'oui, madame'.

— Maintenant, fais ce que je t'ai dit de faire et sois gentil avec elle. Elle va penser que tous les MacKenzie sont une bande de sauvages demeurés.

— M'man ! dit l'homme en essayant de parler, mais riant à la place. Ce n'est pas gentil du tout ! Appeler tes enfants des sauvages attardés... Seigneur.

— Je le dis comme je le pense. Je vais t'attendre à l'intérieur. Bouge-toi.

Le bruit de pas écrasant des graviers s'affaiblit alors qu'elle s'éloignait, me laissant seule avec le sauvage attardé, Ian MacKenzie.

— Je vous vois sourire. Vous pouvez arrêter de jouer l'opossum avec votre minuscule ami aux cheveux violets et m'aider à lever votre gros cul du sol. C'est quand vous voulez.

Mes yeux s'ouvrirent d'un coup.

— Excusez-moi ? Est-ce que vous venez d'insulter mes fesses ?

Il haussa les épaules, le visage impassible.

— Je dis ce que je vois et je ne m'excuse pas.

Je voulais me lever maintenant pour lui resservir une bonne dose de ce que sa mère lui avait promis.

— Je n'ai pas besoin de votre foutue aide, dis-je en bataillant pour me lever.

Je frappai sa main tendue.

— Ne me touchez pas, espèce de sauvage attardé.

— Oh, c'est du joli. Rabaisser les personnes atteintes d'un handicap en utilisant leur état comme une insulte.

Il recula, me donnant beaucoup d'espace.

— Allez-y alors, occupez-vous de vous. Je vais me contenter de rester là et tirer sur le crotale derrière vous.

— Quoi ? hurlai-je en me retournant.

J'essayai de me reculer en même temps et la combinaison des deux mouvements que je n'étais malheureusement pas qualifiée à faire tout en portant un talon haut m'envoya une fois de plus au sol. Je traînai et rampai mon 'gros cul' sur la route pour mettre le plus de distance possible entre le serpent et moi.

— Où est-il ? demandai-je à bout de souffle, regardant désespérément d'abord dans les buissons, puis vers lui.

Le salaud riait.

— Il n'y avait pas de serpent, pas vrai ? dis-je alors que je comprenais son manège.

Il secoua la tête tout en se moquant de moi, des larmes venant à ses yeux.

— Merde, femme, vous pouvez vraiment détaler quand vous le voulez.

Je le frappai à la jambe et le cuir de ses jambières me fit mal à la main.

— Aidez-moi, crétin. Ma cheville est en vrille et maintenant, grâce à vous, mes vêtements sont ruinés.

Rien ne pourrait sauver cet ensemble, même pas le nettoyage à sec. Et je l'avais acheté le mois dernier dans ma boutique préférée. Ils devraient mettre un panneau à l'entrée de cette ville : *Baker City, l'endroit le plus poussiéreux sur Terre.*

Ian se pencha et me saisit sous les aisselles. Un coup sec et je fus sur pieds en face de lui. Bon sang, il était fort. Ses épaules faisaient au moins un kilomètre d'envergure.

— Mettez votre bras sur mon épaule, ordonna-t-il se baissant un peu et me tendant la main.

— Non.

Je repoussai sa main.

Il avait été sur le point d'avancer avec moi à ses côtés, mais il s'arrêta.

— Pourquoi non ?

Il se tourna vers moi. De près, je pouvais enfin avoir un bon aperçu de son visage. Il me semblait familier. *Ce doit être parce que j'ai accidentellement épousé son frère.*

— Gavin et vous êtes jumeaux ? demandai-je avant de pouvoir mettre un frein entre mon cerveau et ma bouche.

— Non, loin de là.

Il baissa à nouveau son épaule et la mit de force sous mon aisselle.

— Venez, je dois vous emmener à l'intérieur avant que ma mère me tanne la peau.

— Vous n'êtes pas un peu vieux pour ça ? demandai-je en décidant de ne plus refuser son aide.

Je n'arrivais même pas à marcher sans lui. Ce n'était pas tant à cause de la cheville tordue mais des coups de soleil.

Il éclata de rire.

— On voit que vous ne connaissez pas ma mère.

— Non, je ne connais aucun de vous.

Je boitillai à côté de lui, appréciant son support, mais refusant de l'admettre à haute voix.

— Si vous ne connaissez aucun de nous, alors pourquoi cherchez-vous Gavin ?

Je bataillai intérieurement, me demandant si je devais lui dire la vérité ou m'en tenir à mon histoire d'arbre généalogique. Cela semblait absurde d'avoir traqué Gavin jusqu'ici pour ce genre de projet, mais le mensonge était plus facile que d'avouer la vérité. Même ici, sur la terre de sa famille, à portée de main de mon but, la vraie vie était encore trop effrayante.

— Je fais des recherches pour un projet d'arbre généalogique et son nom est apparu. Je me contente de suivre une piste.

Je me dis que ce n'était pas entièrement un mensonge dans l'espoir d'apaiser le sentiment de culpabilité qui faisait rougir mon visage. Selon les registres du Nevada, je faisais officiellement partie de l'arbre généalogique des MacKenzie... j'étais sur la même branche que Gavin en fait. Si j'avais vraiment travaillé sur ce projet, tout cela serait logique. En quelque sorte. Sauf pour la partie où j'avais épousé quelqu'un sans en avoir le moindre souvenir.

— Hum. Ça a l'air intéressant, dit Ian sans avoir l'air d'en penser un mot. Vous êtes d'abord allée en Utah ?

— Pourquoi est-ce que je serais allée là-bas ?

J'inhalai brusquement lorsque mon pied toucha accidentellement le sol et frappa le bord de la route, le tordant encore une fois.

Ian ralentit pour m'accommoder et marmonna des jurons.

— Je croyais que c'était là-bas que se trouvaient tous les meilleurs dossiers sur la généalogie.

Puisque j'avais tout inventé depuis le début, je ne savais pas s'il disait la vérité ou pas, mais je me dis qu'il n'y avait pas de mal à aller dans son sens.

— Oui, eh bien, j'ai tout fait en ligne. Mais vous avez raison pour l'Utah. J'irais peut-être là-bas, après.

— Alors vous voyagez un peu partout dans le pays pour suivre les pistes de votre arbre ?

— Oui, quelque chose comme ça.

— Vous n'avez pas de travail ?

Nous avions atteint le porche et je souffrais maintenant d'une douleur lancinante à la cheville. Je me retournai pour lui faire face alors qu'il se tenait une marche plus basse que moi.

— Si, j'ai un travail. Je suis avocate.

Il renifla.

— Pourquoi est-ce que ça ne me surprend pas ?

— Vous voulez vraiment une réponse à cette question ? demandai-je, prête à la lui donner.

J'avais atteint les limites de ma patience avec cet imbécile.

— Qui est-ce ? demanda une voix masculine derrière moi.

Je me retournai et eus presque une crise cardiaque en voyant les yeux bleus brillants sous un chapeau de cow-boy en paille qui plongèrent dans les miens.

— Mack, dis-je dans un chuchotement étranglé, les souvenirs se précipitant sur moi comme un tsunami géant, me noyant sous un torrent d'émotions.

— Andie, répondit-il, le visage tordu par la colère.

Chapitre 20

— ÇA Y EST, VOILÀ QU'ELLE RECOMMENCE, dit Ian en me rattrapant alors que je partais en arrière.

Il me souleva comme un bébé et me porta dans la maison, me laissant tomber sur un canapé à quelques mètres de là.

Ma tête ballota alors que mon corps rebondissait sur les coussins. J'étais tellement étourdie que j'eus peur de vomir dans leur salon. Lorsque mon corps finit par s'installer dans une position immobile, je fixai le plafond, déglutissant à plusieurs reprises pour reprendre le contrôle de mon estomac et de ma gorge. *Ne vomis pas, ne vomis pas !*

Une femme qui avait l'air d'être dans la cinquantaine et vêtue d'une robe en jean bien usée apparut au-dessus de moi. Ses cheveux bruns teints étaient tirés en un chignon lâche et une paire de lunettes de soleil était posée sur le sommet de sa tête. Elle tenait dans sa main un verre rempli d'un liquide jaune fluorescent.

— Tenez ma chérie, buvez ça.

Elle s'assit sur la table basse à côté de moi.

— Qu'est-ce que c'est ? De l'antigel ? demandai-je, la voix pâteuse de fatigue et de nausées.

Elle hulula bruyamment puis sourit.

— De l'antigel ? C'est nouveau ça. On m'a accusé de beaucoup de choses, mais jamais d'empoisonner un invité avec un produit pour les automobiles. Allez, un peu de sérieux, buvez votre Gatorade. Vous êtes déshydratée.

Je souris faiblement.

— Oh. Gatorade. C'est bon.

Je posai la poupée troll sur le plateau et pris le verre d'une main tremblante, buvant la totalité de l'acidité aqueuse en cinq longues gorgées.

— Bien, dit-elle en tapotant mon bras et prenant le verre avant de se lever. Viens, Ian. Laissons cette jeune femme se réconcilier avec Mack.

— Je ne reste pas, dit une voix profonde venue de la porte d'entrée.

— Mais si, mon chéri, dit la femme en quittant mes côtés et se dirigeant vers Mack.

Je pouvais à peine le voir en inclinant la tête en arrière par-dessus les coussins. Il se tenait là, en jean et tee-shirt noir, son chapeau et sa boucle de ceinture proclamant au monde entier qu'il était un gars de la campagne. Le magnifique cow-boy que j'avais cru imaginer émergeait de mes rêves et de mes cauchemars, tel un spectre, un fantôme qui hantait non seulement mon passé, mais également mon présent, et probablement mon futur aussi.

La femme lui tapota le bras alors qu'il la regardait avec une expression indéchiffrable.

— Elle a fait tout le chemin d'on ne sait où, et d'après ce qu'on peut en voir, elle a beaucoup marché. Elle mérite au moins quelques minutes de ton temps.

— Elle a déjà eu quelques minutes de mon temps et c'était plus que suffisant, crois-moi.

— Eh bien, donne-lui-en d'autres, pour moi. Rends ta maman heureuse.

Elle quitta la pièce et traîna Ian avec elle. Ce dernier ne dit rien, se contentant de fixer son frère et moi pour une raison inconnue. Je sentais encore ses yeux faire des trous à l'arrière de ma tête alors qu'il disparaissait.

J'essayai de m'asseoir, mais à mi-chemin, ma tête recommença à tourner à cause de la déshydratation ou autre chose, alors je me rallongeai sur les coussins.

— Pourrais-tu te rapprocher un peu ? Je n'arrive pas vraiment à te voir là-bas.

Mon estomac était noué du fait de sa présence à mes côtés, mais j'avais déjà fait beaucoup trop de chemin et affronté trop des serpents, d'araignées, de saleté et un homme-ours-porc pour me laisser dépasser. Il était temps que je me reprenne, que je serre les dents et que j'en finisse. Je ne savais pas où était mon sac, mais il ne devait pas être loin ; j'étais parvenue jusqu'au portail de la propriété avant de l'abandonner. Ces papiers d'annulation étaient prêts, et la seule chose que j'avais à faire était de lui expliquer où il devait signer.

Mack fit quelques pas dans la pièce, s'arrêtant à moins de cinq mètres de moi. Il ne dit rien.

Mon cœur se serra en le voyant, tellement beau, au milieu de cette pièce. Je n'arrivais pas à me souvenir de tout ce qui s'était passé la nuit où nous nous étions rencontrés, mais je ne pourrais jamais complètement oublier son visage. Je m'en rendais compte maintenant. Lorsque je l'avais rencontré, j'avais trouvé qu'il était l'homme le plus magnifique que j'avais jamais vu ; mais aujourd'hui, je savais que je m'étais trompée. C'était *maintenant* qu'il était l'homme le plus beau que j'aie jamais vu. Les deux dernières années avaient été bonnes avec lui. Son visage était un peu plus marqué, son bronzage un peu plus foncé et son expression plus sévère. Mais ces yeux... ces yeux brillants étaient plus bleus que jamais. Ils perçaient ma poitrine et faisaient des trous dans mon cœur. Il était en colère et me faisait clairement comprendre que j'étais celle qui lui avait causé de la douleur. Il était probablement furieux que je le mette dans une position où il allait devoir expliquer à sa famille la chose insensée qu'il avait faite au cours d'un week-end fou à Las Vegas.

J'essayai de sourire, mais je sentais bien que ça ressemblait plus à une grimace. Mon visage ne semblait pas vouloir obéir à mes ordres à ce moment en particulier. Je renonçai à essayer lorsqu'un côté de ma bouche commença à se contracter.

— Je suis désolée d'être venue ici sans préavis, mais j'ai d'abord essayé de t'appeler.

Son sourire était incontestablement amer.

— C'est intéressant.

— En quoi ?

J'eus le sentiment qu'il y avait plus derrière cette remarque et je ne fus pas déçue lorsqu'il finit par s'expliquer une seconde plus tard.

— Je croyais que tu ne savais peut-être pas te servir d'un téléphone. C'est en tout cas ce que je me suis dit.

Je fronçai les sourcils.

— Quoi ? Bien sûr que je sais comment utiliser un téléphone. Le problème est que tu ne sais apparemment pas comment y *répondre*. J'ai appelé chez toi au moins dix fois au cours des deux derniers jours.

Je bataillai pour m'asseoir. *Il est hors de question que je me fasse insulter en position allongée.* Balançant mes jambes sur le côté du canapé, je fus enfin en mesure de présenter un aspect plus digne, luttant contre la nausée, mais déterminée à gagner. *Il est temps de passer aux choses sérieuses.*

— Écoute, je ne veux pas te faire perdre ton temps ou te causer des problèmes avec ta famille ou ton amie ou quiconque, mais je suis sur le point de me marier et nous avons un problème. Lorsque j'ai demandé une licence, j'ai découvert un petit problème avec les dossiers du Nevada. J'ai juste besoin de le régler et je débarrasserai le plancher pour toujours, je te le promets.

— Un petit problème. Avec un dossier.

Il le dit si froidement qu'il me fit tressaillir.

Je m'éclaircis la gorge et continuai, ignorant courageusement le langage du corps en face de moi qui me disait que j'avais un cow-boy très en colère sur les bras.

— Oui. Un problème. L'État du Nevada semble croire à tort que toi et moi sommes réellement *mariés*.

J'essayai de forcer un rire, mais ça avait plus l'air d'une oie qu'on étranglait alors j'arrêtai immédiatement.

— J'ai juste besoin que tu signes les documents que j'ai apportés afin que nous puissions régler ce problème.

— Les documents.

Il ne cessait de répéter ce que je disais comme un perroquet. C'était extrêmement agaçant. J'essayai de ne pas laisser transparaître mon irritation mais c'était pratiquement impossible.

— Oui. Les papiers d'annulation. Ou du divorce. J'ai apporté les deux.

Dieu merci, j'avais des avocats du Nevada dans mon réseau de connaissances que je pouvais contacter en privé. Il était impossible que je me serve des connexions de mon cabinet sans alerter chaque employé que j'étais mariée à un mec qui vivait dans l'Oregon. Quel gâchis cela serait. Non... garder le secret était la seule façon de gérer ça. Bradley ne devait jamais découvrir ce que je faisais ici. Il ne comprendrait pas. Je ne lui dirais qu'après plusieurs années de mariage, quand cela n'aurait plus aucune importance. Cela ne voulait pas dire que ça en avait aujourd'hui...

— Une série de documents n'était pas assez, il t'en fallait deux ?

Je me tortillai inconfortablement sur le canapé. Voilà venue la partie où je me sentais comme Andie la super-cochonne.

— Juste au cas où... tu sais...

— Non, je ne sais pas, dit-il très calmement. C'est pourquoi j'ai demandé.

Mon visage prit une teinte cramoisie.

— Si nous n'avons pas consommé le mariage, eh bien, nous pouvons tout simplement l'annuler. Mais si nous l'avons fait, alors un divorce est bien plus rapide.

Il me fixa, son visage virant lui aussi au rouge. À part que sa rougeur n'était probablement pas le résultat d'un embarras quelconque à en juger par la façon dont sa mâchoire se contractait alors qu'il me regardait fixement.

— Je ne vais pas signer, dit-il enfin, avant de se tourner pour partir.

— Comment ça, tu ne vas pas signer ?

Je n'étais pas certaine de comprendre ou même d'avoir bien entendu. Peut-être que ma longue exposition au soleil avait brûlé mes neurones.

— Je ne crois pas au divorce, dit-il.

Il sortit de la pièce et de la maison sans un mot, claquant la porte si fort derrière lui qu'il fit trembler les rideaux et des trucs en verre dans un vaisselier.

Je me levai pour lui courir après, mais retombai rapidement sur le canapé lorsque mes pieds s'emmêlèrent et menacèrent de me faire tomber la tête la première sur la table basse. Ma hanche frappa les coussins, m'envoyant un souffle d'air au visage. Je clignai plusieurs fois des yeux pour me ressaisir avant de me rasseoir convenablement.

— Par… l'enfer, dis-je dans la pièce vide.

Je ne savais pas du tout ce que je devais faire maintenant. Lui courir après ? Non, mes jambes ne voulaient pas coopérer. Lui crier dessus ? Non, il était déjà trop loin pour entendre quoi que ce soit. Attendre qu'il revienne ? Je ne pensais pas avoir d'autre choix.

Je m'adossai aux coussins et regardai dans le vide, mon cerveau tourbillonnant sous les implications qui découlaient de cette réaction inattendue. Jamais, dans tout ce que j'avais pu imaginer, avais-je prévu qu'il refuserait de signer les papiers. Le pire qui m'était venu à l'esprit avait été la présence d'une autre femme dans l'équation, et alors que cela m'avait mise mal à l'aise, ce n'était en rien comparable à l'horreur de la situation. Au moins, une petite amie jalouse ou même une seconde épouse lui auraient fourni la motivation pour signer les papiers.

Bon sang ! Que suis-je supposée faire maintenant ? Je regardai la pièce autour de moi sans vraiment la voir. Puis mes yeux tombèrent sur un groupe de photographies et mon cerveau se concentra sur l'un des visages que je voyais là-bas. Je glissai du canapé et rampai sur les mains et les genoux vers la table où étaient disposés les cadres des êtres chers de la famille, ne faisant pas confiance à mes pieds pour m'y conduire sans me faire tomber.

Je tendis la main et pris celui que j'avais repéré de l'autre côté de la pièce.

Je souris en voyant les visages et les postures adoptées par les personnes sur la photo qui me disaient que c'était quelque chose que je pourrais utiliser à mon avantage.

— Bam. Je te tiens maintenant, cow-boy.

Je reposai la photo encadrée et repartis en rampant vers le canapé, décidant que si je voulais prendre les choses en mains et avoir l'énergie dont j'avais besoin pour la bataille qui s'annonçait, je devais retrouver toutes mes forces. Une sieste était à l'ordre du jour, et le canapé était trop confortable pour ne pas en profiter. Je posai mes pieds endoloris sur le bord et me couchai sur le côté. J'attrapai la stupide poupée troll et la serrai dans mes mains sous ma joue en me disant que j'allais faire une sieste rapide. Les cheveux du troll chatouillaient mon menton, mais je laissai la poupée où elle était. C'était mon seul ami dans cet immense état plein de poussière, de serpents et de cow-boys en colère. *Je vais juste dormir un peu pour faire passer les vertiges et mettre en place mon plan d'attaque.* Tous mes procès avaient été gagnés suite à une combinaison de planification et de compétences. Je repartirais de Baker City avec les documents signés dans moins de vingt-quatre heures. Il fallait simplement que je sois au mieux de ma forme la prochaine fois que je verrais Mack afin de le convaincre que me refuser ce que je voulais était futile. Je lui ferais signer ces documents même si cela devait me tuer.

À un certain moment, je sentis quelqu'un s'approcher et poser quelque chose de lourd sur moi sous lequel je me blottis avec plaisir.

Je fus finalement réveillée par des bruits de vaisselle, des verres qui s'entrechoquaient et de l'argenterie qui glissait sur des assiettes. Des voix distantes me firent comprendre qu'un grand nombre de personnes se trouvaient proche de moi. Je mis la poupée troll sur la table basse et décidai d'aller enquêter.

Chapitre 21

JE ME LEVAI LENTEMENT EN M'ASSURANT de ne pas mettre trop de poids sur mon pied blessé et me glissai dans le couloir où je trouvais une salle de bain. Y entrant, je vidai ma vessie et fis ce que je pus pour arranger mes cheveux. C'était malheureusement un cas désespéré. Je n'avais pas de brosse pour les discipliner et lorsque je retirai l'élastique pour refaire ma queue de cheval, il se cassa.

— Bon sang.

Je le fixai en me demandant si je pouvais faire un nœud et essayer à nouveau.

— Coucou ? dit une voix de l'autre côté de la porte.

C'était la femme qui m'avait donné le Gatorade.

— Andie ? Vous avez besoin quelque chose ?

— Euh, non, merci. J'arrive tout de suite.

Je frottai un doigt mouillé sur mes dents, essayant de me débarrasser du goût amer du sommeil dans ma bouche et me lavai les mains. Avant de sortir, je jetai un dernier coup d'œil dans le miroir ; j'étais un énorme coup de soleil échevelé. Pourquoi Mack ne s'était-il pas précipité pour signer les papiers, était un mystère. Si j'étais lui, j'aurais fait tout mon possible pour me débarrasser de cette femme minable.

Je sortis de la salle de bain pour trouver la femme attendant patiemment dans le couloir.

— Vous voilà. Avez-vous bien dormi ? demanda-t-elle.

Mon visage rougit encore plus sous le coup de l'embarras.

— Je voulais seulement me reposer un peu pour me débarrasser de cette sensation de vertige, mais j'ai dû m'endormir.

Elle posa sa main sur mon épaule et me guida doucement mais fermement dans le couloir, dans la direction opposée à la salle de séjour.

— Vous étiez très bien installée. C'est tout à fait normal que vous ayez fait une sieste, et ce n'est pas un problème. Nous venons juste de nous asseoir pour dîner et je me suis dit que vous aimeriez vous joindre à nous. Je m'appelle Maeve, au fait.

Je m'arrêtai net dans mon élan.

— Dîner ? Avec votre famille ?

— Eh bien, oui, ma chérie. Nous mangeons en famille ici, tous les soirs, dit-elle avec un sourire chaleureux. C'est une sorte de tradition. Les garçons ont toujours été du genre à se ruer dehors avec des amis, pour le travail ou pour le reste, mais nous avons toujours insisté pour qu'ils prennent le dîner à la maison, tous à table sans télévision, ni téléphone, ni radio. Juste pour manger, parler et avec un peu de chance rire, mais parfois un peu crier également.

Elle me fit sourire ironique.

— C'est ce qui arrive avec tant d'hommes à la maison.

Je souris malgré ma panique.

— C'est bien. En tout cas, la partie où vous mangez tous ensemble.

— Ça nous plaît.

Elle me poussa pour me faire avancer, mais je ne bougeai pas.

— Je suis désolée, vous avez mal à votre cheville ou votre pied ? demanda-t-elle en les regardant avec inquiétude.

— Non, je ne sens presque plus rien. Mais je ne crois pas que je devrais dîner ici. J'apprécie votre invitation, mais je crois que je préfère manger un morceau en ville.

— Oh, non, j'insiste, dit-elle en me poussant plus fermement.

Je bougeai parce que le contraire aurait été impoli. En outre, il était possible que j'aie besoin que cette femme intervienne en ma faveur, alors me la mettre à dos serait sérieusement contre-productif.

— Je suppose, si ça ne vous dérange pas...

— Ça ne me dérange pas du tout. Je n'ai jamais su cuisiner pour moins de dix personnes.

— Dix ? croassai-je.

Plus nous nous rapprochions de la pièce, plus les voix devenaient fortes. *Il y a dix personnes là-dedans ?*

— Quelquefois. Ce soir, il n'y a que nous quatre, Boog et vous. Mais puisque j'ai encore fait à manger pour dix, nous aurons des restes pour le déjeuner de demain. J'espère que vous aimez les côtelettes.

Mon estomac choisit ce moment précis pour grogner comme un ours. Les côtelettes étaient l'un des péchés mignons que je me permettais une fois par mois dans un restaurant local qui se spécialisait dans une cuisine authentique au barbecue.

Elle se mit à rire.

— Je prends ça pour un oui. Allez. Je vous ai mise en face de Gavin.

Nous tournâmes au coin ensemble et mes pieds ralentirent alors que je voyais le spectacle qui s'offrait à mes yeux. Maeve et moi étions les seules femmes dans la pièce. Le reste de l'espace était occupé par des géants. Aucun d'entre eux ne pesait moins de quatre-vingt-dix kilos, et Boog lui-même en faisait le double, avec suffisamment de poils pour recouvrir deux Chewbacca, le personnage poilu de Star Wars.

Il était facile de voir de qui Ian et Mack avaient hérité de leur beauté. Ils étaient une combinaison parfaite de leurs parents, leurs grandes statures et leurs mâchoires carrées de leur père, et la couleur de leurs cheveux et le sourire de leur mère.

Dès qu'ils réalisèrent que j'étais dans la pièce, les sourires disparurent. La conversation s'arrêta et tous les regards se braquèrent sur moi.

Boog se retourna pour voir pourquoi le silence s'était fait. Il fut le premier à parler.

— Eh bien, la voilà. La Belle au Bois Dormant est ressuscitée.

Il rit et retourna ronger l'os qu'il tenait à la main.

Je me dirigeai vers le siège vide à côté de lui et me tins derrière lui.

— Ce n'est pas grâce à vous. J'ai apprécié que vous me laissiez là-bas pour mourir au milieu des serpents à sonnettes.

J'essayai de paraître fâchée, mais la nourriture avait l'air si appétissante et sentait tellement bon que je ne pouvais pas me concentrer suffisamment sur ma colère pour la rendre crédible.

— Si vous vous rappelez bien, je vous ai proposé de vous emmener...

Il se tourna pour me faire face et je fis mon possible pour ne pas être malade à la vue des bouts de côtelettes dans sa barbe. Il avait l'air d'un vrai sauvage et je me demandai à quoi la famille de Mack pouvait bien penser en l'acceptant à leur table.

Je regardai Mack de l'autre côté de la table puis détournai rapidement les yeux pour les poser sur la purée de pommes de terre lorsqu'il attira à nouveau mon attention. *Ces satanés yeux bleus. Pourquoi est-ce qu'ils ont un tel effet sur moi ?* J'avais l'impression d'avoir de la fièvre, ma peau devenant soudain sensible et la chaleur envahissant mon corps. Mon plan d'utiliser la fille sur la photo pour lui forcer la main me semblait maintenant fragile. Il n'avait pas du tout l'air d'un homme qui pourrait être facilement intimidé. Pourquoi me souvenais-je de lui comme de quelqu'un de plus décontracté ? Était-ce parce que j'avais été ivre ou parce qu'il avait changé ?

Je reportai mon attention sur Boog. Le regarder d'en haut derrière mon siège était comme prendre une douche froide, me permettant d'avoir de nouveau une emprise sur mes émotions.

— Oui, mais vous avez omis de mentionner quand vous me l'avez proposé que la route était tout droit sortie de Bagdad et ne convenait pas à une Smart.

Il renifla.

— Ces étrangers.

Prenant une bouchée de sa côtelette, il continua à parler, ne laissant pas le fait qu'il avait la bouche pleine de viande le déranger le moins du monde.

— J'ai des nouvelles pour vous... une Smart n'est pas adaptée pour conduire dans la région, même pas sur l'autoroute. Avec tous les 4X4 qu'il y a par ici, vous pourriez vous blesser si vous avez un accident. Vous feriez mieux de laisser les Smart là où elles appartiennent, sur le terrain de golf.

Mack remua dans son siège et je le regardai de nouveau. Je sentis la chaleur envahir mes joues alors que le muscle de sa mâchoire tressautait à quelques reprises. Je lui faisais autant d'effet qu'il m'en faisait, mais là où sa présence me faisait penser à des choses stupides qu'une femme sur le point de se marier ne devait pas penser, la mienne ne faisait que l'énerver. Je tirai ma chaise et me plaçai devant la table.

Boog poursuivit.

— La prochaine fois qu'un gentleman vous proposera de vous déposer, vous devriez accepter et ne pas vous conduire en femme de la ville aussi indépendante.

— Dès que j'en croiserai un, j'accepterai.

Je souris en prenant les bords de ma chaise et en la rapprochant de la table. J'étais tellement distraite par la réprimande de Boog et mon propre commentaire plein d'esprit que je m'assis plus haut que je l'avais prévu et mes fesses claquèrent sur le bois. Je rougis encore une fois, trop embarrassée pour regarder quiconque. Il y avait déjà au moins un type qui avait remarqué mon gros postérieur, mais maintenant toute la famille était au courant que mes fesses étaient trop lourdes pour leurs chaises.

— Bienvenue au ranch du Clan MacKenzie, dit le grand homme à la tête de la table, assis juste à ma gauche.

Je tournai la tête dans sa direction, heureuse de la distraction.

— Vous devez être le patriarche.

Je lui tendis la main.

— Je m'appelle Andie. Andie Marks.

Sa poigne était ferme et chaleureuse.

Je glissai un coup d'œil en direction de Mack juste à temps pour apercevoir sa mâchoire se contracter quelques fois alors qu'il serrait les dents, puis il mit une côtelette dans sa bouche et couvrit le bas de son visage ce qui me rendit impossible de dire ce qu'il ressentait.

— Je suis Angus, déclara le père de Mack. Mes garçons sont Gavin – qu'on appelle Mack – et Ian. Ma femme là-bas s'appelle Maeve, et voici M. Atticus Boegman, mais tout le monde l'appelle juste Boog.

Je fis un signe de tête à tout le monde.

— Ravie de vous rencontrer.

Certains pour la seconde fois. Mack faisait son possible pour agir comme s'il se moquait complètement que je sois assise directement en face de lui avec son hochement de tête désinvolte et son intérêt soudain pour l'agencement de ses petits pois dans son assiette. Je le regardai distraitement alors qu'il les poussait en différentes formations.

Angus me tendit un grand bol de purée avec de petites taches vertes et noires dedans.

— Alors, Andie Marks, dites-nous ce qui vous amène à Baker City. Je suppose que vous n'êtes pas d'ici.

Il sourit et je ne pus détecter aucune trace de moquerie dans son expression, malgré le fait que Boog avait fait un excellent travail pour me remettre à ma place en me faisant passer pour une fille maladroite de la grande ville. Ou peut-être que je n'avais pas eu besoin de lui pour le faire. Cela n'avait pas d'importance, de toute façon. J'étais hors de mon élément et certainement une étrangère. Plus vite je partirais d'ici, mieux ce serait pour tout le monde.

La question d'Angus m'envoya en mode panique. Je me servis des pommes de terre et les déposai dans mon assiette avec autant de concentration que je pus rassembler, essayant d'agir comme si je ne pouvais pas me servir et parler en même temps. Je devais gagner du temps et imaginer un plan. *Pourquoi suis-je à Baker City ?* Cela n'avait rien à voir avec la salle d'audience. Là-bas, je disais toujours la vérité, mais ici, en face de ce juge et jury, je devais décider si je continuais la mascarade de l'arbre généalogique ou si je devais dire toute l'histoire sordide.

Je jetai un coup d'œil à Mack et le surpris à secouer légèrement la tête, peut-être me dissuader de parler. Cela me rendit malade d'embarras et de honte. J'avais l'impression d'avoir été une mauvaise personne en craquant pour lui à Las Vegas, mais ce qui était pire, c'était combien cette idée me rendait malheureuse. Rien de tout cela n'avait de sens. Même être assise à cette table était complètement fou. J'aurais déjà dû être de retour à l'aéroport avec les papiers signés en main.

Angus attentait une réponse, aussi ouvrais-je la bouche et en laissai sortir quelques mots.

— Eh bien, vous avez raison, je ne suis pas d'ici. Je suis de Floride.

— La Floride ! s'exclama-t-il. Eh bien. Vous êtes loin de chez vous, n'est-ce pas ?

Il prit une côtelette et mordit dedans, les yeux pétillants de bonheur ou de satisfaction, il était difficile de le dire.

J'étais heureuse de voir qu'il mangeait beaucoup plus proprement que Boog. Je ne pus m'empêcher de lui rendre son sourire. Il était si gentil en dépit du fait qu'il était presque aussi grand qu'un grizzly et presque aussi intimidant.

— Oui, Baker City est bien loin de chez moi, et de plus d'une façon.

Tout le monde rit poliment, sauf Mack. Il se contenta de mâcher méthodiquement sa nourriture et de fixer la salière entre nous. Il était tellement beau que mon cœur se serra.

— Depuis combien de temps êtes-vous en ville ? demanda Maeve.

— Depuis aujourd'hui. Je suis arrivée à l'heure du déjeuner.

Je mis des petits pois dans mon assiette, la plus petite portion que je pouvais me permettre de manger. Les petits pois et moi n'étions pas en bons termes.

— Et qu'avez-vous vu jusqu'à présent ?

Elle me tendit un panier de petits pains, le passant sous le nez de Boog. Celui-ci s'en saisit dans la foulée sans s'arrêter une seconde de rogner l'os de sa côtelette.

— Eh bien, voyons... J'ai vu mon hôtel, le restaurant du centre-ville, eeeeet la route qui mène ici avec ses serpents et ses araignées.

— Vous n'avez encore rien vu de la région, s'exclama-t-elle. S'il vous plaît, ne jugez pas Baker City avec le peu que vous en avez vu. Cette ville est l'un des plus beaux endroits au monde.

Ian renifla de dégoût.

— Ignorez-le, dit Angus. Il n'est pas un fan du travail du ranch ou de Baker City ces derniers temps.

— On peut le dire, marmonna Ian en plantant sa fourchette au milieu d'un tas de petits pois.

Ils roulèrent partout comme s'ils cherchaient délibérément à échapper au harponnage.

— Ne l'énerve pas, Angus, s'il te plaît, dit Maeve en poussant un profond soupir. Ignorez-les, Andie. Il y a de la mauvaise humeur ce soir parce que nous avons beaucoup de travail supplémentaire en ce moment. Tout le monde ne sera que sourires et rires dans un ou deux jours, lorsque nous nous serons occupés de tous les veaux et que nous aurons notre pique-nique annuel.

— Je suis désolée d'avoir à manquer ça, dis-je en prenant une bouchée de la plus délicieuse purée de pommes de terre que j'aie jamais mangée de toute ma vie.

Je pris une autre bouchée et savourai les savoureux féculents, ignorant ma résolution de régime pré-mariage.

— Combien de temps comptez-vous rester ? demanda Angus en appuyant son avant-bras sur la table à côté de son assiette. Nous serions ravis de vous avoir ici pour le pique-nique. Des gens de toute la région y participent, beaucoup de familles et d'amis. C'est un véritable évènement.

Il pointa sa fourchette en direction de Mack.

— Vous aurez la chance de regarder mes garçons monter des chevaux sauvages. C'est quelque chose que vous ne voulez pas manquer.

Je déglutis et pris une gorgée d'eau avant de répondre parce que l'image de Mack en tenue complète de cow-boy en train de se démener sur le dos d'un cheval était étonnamment sexy.

— Je ne suis ici que pour un jour ou deux puis je rentrerai à la maison.

Je pris mon couteau et ma fourchette, me préparant à attaquer une côtelette.

— Mais merci de m'avoir invitée.

Je levai les yeux vers Mack, mon cœur ratant un battement lorsque je réalisai qu'il avait le regard fixé sur moi. Il détourna les yeux avant moi.

— Je croyais que vous alliez en Utah après ça, dit Ian d'un ton accusateur.

— Ian, dit Maeve d'un ton amical mais ferme, arrête ton numéro tout de suite avant de te mettre la rate au court-bouillon.

— Je ne fais que poser la question. C'est elle qui a dit qu'elle allait là-bas.

Il se renfrogna puis regarda son assiette. Il avait l'air plus jeune que son âge, il devait avoir environ vingt-six ans.

Je haussai les épaules.

— Peut-être que j'irai en Utah, peut-être pas. Je n'ai pas encore décidé.

Le regard d'Angus se posa sur mon assiette et une expression confuse apparut sur son visage. Je m'immobilisai à mi-chemin de ma côtelette, brusquement gênée.

Boog vit l'expression d'Angus et suivit son regard sur mes couverts.

— Qu'est-ce que vous faites ? demanda-t-il.

Je le regardai comme s'il était attardé en levant un peu mon couteau.

— Je m'apprête à couper ma viande ?

Il sourit en prenant avec les doigts une côtelette dans son assiette et mordit dedans comme un homme des cavernes.

— Ces étrangers, dit-il la bouche pleine.

Mack cligna plusieurs fois des yeux et sembla esquisser un sourire, mais ensuite son visage redevint un masque impassible et je fus à nouveau incapable de dire ce qui se passait dans sa tête. C'était plus que frustrant.

Je n'aurais probablement pas dû m'en soucier ; sa signature était la seule chose qui aurait dû m'intéresser. Mais à ce moment-là, je voulais savoir ce qu'il pensait plus que n'importe quoi au monde.

Je clignai à mon tour des yeux en essayant de me concentrer sur la raison de ma présence et mes prochaines noces. Mais essayer d'évoquer des images de Bradley ne sortait en rien Mack de ma tête. Tout ce que je réussissais à faire, c'était comparer les deux hommes et c'était un chemin vraiment stupide et dangereux à arpenter.

— Laissez-la tranquille, les réprimanda Maeve. Tout le monde n'aime pas manger avec les doigts.

Elle prit son couteau et sa fourchette et se mit aussi à couper la viande de ses côtelettes. Ce n'était pas naturel chez elle, je le voyais bien. Voyant combien elle faisait d'efforts pour me faire sentir que j'étais la bienvenue me donna envie de la prendre dans mes bras. Puis je me sentis coupable de ne pas être honnête avec elle et Angus. Ils n'avaient rien fait de mal et ne méritaient pas mes mensonges.

— Alors, j'ai cru comprendre que nous étions apparentés, d'une certaine manière, c'est ça ? demanda Angus.

Mack se racla bruyamment la gorge et prit son verre, se préparant à prendre une gorgée d'eau.

— Papa, pourquoi tu ne la laisses pas manger tranquillement ? dit-il sans même me faire l'aumône d'un coup d'œil.

— Je suis juste curieux, répondit Angus en agitant distraitement sa fourchette. Ian a mentionné le fait qu'elle faisait des recherches généalogiques. Qu'elle était venue ici à ta recherche, en fait.

Il se tourna vers moi.

— Pourquoi Mack en particulier ? Pourquoi pensez-vous que son nom est apparu dans votre recherche et pas le mien ?

Ma bouche s'ouvrit, mais les mots ne voulaient pas sortir.

— Euh... je ne sais pas ?

La culpabilité pesait lourdement sur moi. Je mentais à ces gens sympathiques et cela me fit perdre mon appétit.

— Et voilà qu'elle recommence, dit Boog. Elle pose une question au lieu de dire la réponse.

Il s'essuya la bouche et la barbe avec sa serviette avec de grands mouvements amples. Je lui fis signe pour lui montrer quelques endroits où il avait raté des miettes de nourriture en grimaçant à la vue de ceux-ci.

— Quoi ? J'ai raté quelque chose ? Faites-le pour moi, vous voulez bien ?

Il s'approcha de moi avec un sourire diabolique qui repoussa la barbe en broussaille de son visage, révélant une rangée de dents parfaitement blanches.

Je me reculai et lui fis un regard dégoûté, incapable de trouver une réponse adéquate.

— Boog, laisse-la tranquille, dit Maeve en essayant de ne pas rire, mais en échouant lamentablement. Vous devez excuser notre ami. Il adore taquiner les dames. C'est pourquoi il est si populaire en ville.

Je hochai la tête avec sagesse en me réinstallant sur mon siège.

— Oh, oui. Le bon vieux 'plonge dans ma barbe pour enlever les morceaux de nourriture oubliés'. C'est sexy. Je parie que les femmes font la queue à sa porte.

Angus laissa échapper un 'Wooop' sonore puis se mit à rire si fort qu'il commença à s'étouffer. Mack dut se précipiter sur lui et le frapper sur le dos plusieurs fois pour qu'il respire correctement et soit en mesure de parler à nouveau. Je restai sagement assise sur mon siège en essayant de ne pas jubiler trop ostensiblement pour avoir marqué un point contre l'homme-ours-porc.

Lorsque Mack rejoignit sa place, l'assemblée s'était finalement calmée et je savourai mon petit moment de triomphe pour avoir rabaissé le caquet de Boog, le goujat qui m'avait abandonnée dans la poussière au milieu des serpents.

— Elles font en effet la queue, dit Boog avec une moue boudeuse, ne voulant pas s'avouer vaincu.

Toute la tablée éclata de rire, y compris Mack et Ian. Mon cœur s'arrêta de battre devant l'expression de Mack. Je me souvins brusquement l'avoir vu comme ça à Las Vegas. Il avait été heureux avec moi alors. Et j'avais dû être heureuse avec lui moi aussi, sinon je ne l'aurais jamais épousé. Même ivre, j'avais dû être capable de détecter le vrai du faux. Le grand mystère n'était plus tellement pourquoi je l'avais épousé, mais pourquoi je ne m'étais pas souvenue de quelque chose de si important le lendemain et pourquoi il avait tout simplement disparu après avoir été légalement lié à moi. Avait-il oublié lui aussi ?

Je le regardai subrepticement alors qu'il discutait au sujet de quelque chose avec son père ; je n'avais pas entendu de quoi ils parlaient, trop perdue dans mes souvenirs pour y prêter attention. Il m'avait donné toutes les raisons de croire qu'il se *souvenait* de ce que nous avions fait et il semblait encore plus malheureux que moi à ce sujet. Peut-être cela avait-il quelque chose à voir avec la fille sur la photo. Je décidai à ce moment-là de le découvrir le plus rapidement possible. Je devrais probablement rester plus longtemps que je l'avais initialement prévu, mais cela vaudrait la peine d'en finir avec tout ça. Cette famille était comme une drogue, je pourrais facilement en devenir accro.

— Qu'en pensez-vous, Andie ? demanda Angus avec une lueur amusée dans les yeux.

— À propos de quoi ?

— À propos de Boog et de ces trucs de rencontre en ligne. Vous pensez qu'il pourrait attraper un poisson ou deux ?

J'ouvris grand les yeux et mon regard se fit distant alors que j'essayai d'imaginer ce que dirait son annonce.

— Je suppose qu'il y a des femmes que ça ne dérangerait pas de fréquenter…

Je jetai à Boog un regard en coin.

— … un mec comme lui.

— T'as entendu ça, Boog ? demanda Ian. Elle dit qu'il y a des filles qui accepteraient un rendez-vous avec Bigfoot.

— Oh, allez, dit Boog en laissant tomber un os dans son assiette. Vous savez que j'ai beaucoup à offrir à une femme. Je suis juste difficile.

Je reniflai et cachai ma bouche derrière une bouchée de petits pois tandis que la conversation continuait sans moi.

Je me sentais heureuse et un peu étourdie de faire partie de ce repas amical et bruyant jusqu'au dessert, lorsque mon regard croisa de nouveau celui de Mack. Et puis la raison pour laquelle j'étais assise à table en face de lui vint s'écraser dans ma réalité et effaça le sourire sur mon visage. Au lieu d'étourdie, je me sentais maintenant nauséeuse. Il était, tout simplement, l'homme le plus attrayant que j'avais jamais vu de toute ma vie. Une partie de cette attirance était évidemment due à son physique, mais l'autre était à cause de sa famille. Angus et Maeve étaient incroyablement gentils et accueillants, le type de personnes que je n'avais jamais personnellement rencontré. Peut-être que cette gentillesse était une caractéristique des gens de la campagne, mais j'avais toujours supposé que des personnes comme ça ne se trouvaient que dans les films.

La famille de Bradley était froide en comparaison. Ils souriaient, mais la chaleur n'atteignait jamais leurs yeux. J'avais perfectionné ce même sourire, et cette pensée me fit plus peur qu'autre chose. Ruby avait-elle raison ? Bradley avait-il une mauvaise influence sur moi ?

Je secouai la tête. Je devais m'endurcir face à leurs charmes et ne pas me sentir trop à l'aise ici, dans leur petit nid d'amour. Mack était lui-même bourré de défauts, et un joli visage ne signifiait rien lorsqu'on l'ajoute au reste. Il était de toute évidence un vrai trou du cul, au fond. Il devait l'être. Je veux dire, quel genre de mec enivrerait une fille au point qu'elle l'épouse, puis l'abandonnerait dans une chambre d'hôtel à Las Vegas ? Pas le genre de mec à qui je voulais être mariée, ça, c'est sûr.

Bradley était bien mieux que Mack quand il était question de mariage. Il était motivé dans son travail, compétitif et extrêmement social. Parfois, son emploi du temps était trop surchargé pour moi, mais c'était le prix que je devais payer pour être avec quelqu'un qui se concentrait pour évoluer dans le monde et se faire un nom. Bradley était parfait pour moi dans presque tous les domaines. *Non... dans tous les domaines. Il est parfait pour moi dans absolument tous les domaines.*

J'ignorai les doutes qui ne cessaient de frapper à la porte de mes pensées, insistant pour que je les laisse entrer afin qu'ils puissent s'exprimer. Je reculai ma chaise pour pouvoir sortir de la pièce et aller appeler Bradley. J'entendrais sa voix, lui dirais que je devais rester un jour de plus, et tout irait bien. Je serais à nouveau sur la bonne voie et concentrée sur mes objectifs.

Maeve posa une énorme tarte aux pommes sur la table, interrompant mon dialogue intérieur et ma sortie.

— Vous pouvez prendre votre tarte avec ou sans crème glacée à la vanille. Je vous recommande *avec*... Je l'ai barattée moi-même cet après-midi.

Je pris un air renfrogné devant le dessert. *Maudit sois-tu, tarte aux pommes.* Les tartes 'à la mode' – avec de la crème glacée – étaient mon dessert préféré de tous les temps. J'avais eu l'intention de passer mon appel et rentrer à mon hôtel, jusqu'à ce qu'elle pose le dessert et commence à parler de sa crème glacée faite maison. Qui faisait encore soi-même ses crèmes glacées ? Cela pourrait bien être ma dernière chance d'en manger.

Maeve fronça les sourcils.

— Vous n'aimez pas la tarte aux pommes ?

Mes yeux s'exorbitèrent et je me sentis embarrassée d'avoir été surprise à regarder fixement son dessert.

— Non ! Je veux dire, oui ! J'adore la tarte aux pommes. Désolée... J'étais juste en train de penser que je n'avais pas le temps d'en prendre un morceau et que je devais retourner à mon hôtel.

Elle me fit un large sourire.

— Bien sûr que vous avez le temps. Ça ne me prendra qu'une minute pour vous en servir une part.

— Elle a dit qu'elle n'avait pas le temps, M'man.

Mack regardait sa mère, pas moi. Cela me donna envie de lui envoyer un coup de pied sous la table. Je dus contracter les muscles de mes jambes pour m'empêcher de le faire.

Maeve fronça les sourcils dans sa direction.

— Ne sois pas impoli, Mack. C'est notre invitée. Si elle veut un morceau de tarte, je vais m'assurer qu'elle en ait un.

Se tournant vers moi, elle haussa les sourcils.

— Et en plus, vous pouvez très bien dormir ici ce soir.

Il fit une pause pour regarder son mari.

— N'est-ce pas Angus, mon amour ?

— Bien sûr qu'elle peut. Nous avons beaucoup de chambres ici, pour la famille.

Il hocha la tête une fois, comme si c'était un fait accompli.

Mon visage rougit à l'idée de dormir sous le même toit que Mack. Je l'avais fait une fois auparavant et regardez où cela m'avait menée.

— Non, ce n'est pas possible, mais je vous remercie beaucoup pour l'offre. J'ai un... rendez-vous téléphonique plus tard. Je dois retourner à mon hôtel pour ça.

Avec un peu de chance, ils ne me demanderaient pas à quelle heure était ce rendez-vous parce que je n'avais aucune idée de l'heure qu'il était actuellement.

— Nous avons des téléphones ici, déclara Angus.

Il avait reposé sa fourchette et me fixait, un peu de sa bonne humeur ayant disparu de ses yeux.

— Oui, mais... tous mes numéros sont à l'hôtel.

— Elle préfère visiblement rester à l'hôtel, dit Ian. Je ne sais pas pourquoi vous la harcelez alors qu'elle ne veut manifestement pas rester.

Nous répondîmes tous en même temps.

— Ils ne me harcèlent pas.

— Nous ne la harcelons pas !

Je me levai, incapable de supporter la tension que je causais.

— Vraiment, tout va bien. J'apprécie l'offre, mais je dois y aller.

Je choisis ce moment pour mettre tout mon poids sur mon pied blessé et me rendis compte trop tard que c'était une erreur.

— Ah ! Merde !

Chancelant sur le côté, je tombai contre Boog, une de mes mains giflant le côté de sa tête alors que je la tendais pour arrêter ma chute.

Il resta assis là, immobile, se contentant de cligner rapidement des yeux plusieurs fois.

— Je suis désolée, murmurai-je en sautillant sur mon pied valide pour reprendre mon équilibre.

Je tendis le bras et tapotai délicatement sa tête et son oreille.

— Ça a dû faire mal.

Ma propre main me picotait sous la force de l'impact.

— Oh, ça va, dit-il en ne faisant pas attention au fait que je m'agitais autour de sa tête tandis qu'il se coupait un gros morceau de sa part de tarte. Vous ne frappez pas fort du tout, même pour une fille.

Il continua à manger son dessert, ignorant les ricanements autour de la table.

— Bien sûr, vous venez juste de gifler l'homme qui est votre seul recours pour retourner en ville, ajouta-t-il.

— Je croyais que tu restais, dit Angus. Nous avons besoin de ton aide, Boog, tu le sais.

Il avait l'air stressé. C'était vraiment terrible par rapport à l'Angus heureux qui avait été si gentil durant tout le dîner.

— Je le sais, mais elle a laissé sa petite voiture dans un nid de poule sur la route, et je sais qu'elle ne peut pas monter à cheval, alors que veux-tu que je fasse ?

— Je peux la ramener, dit Mack en soupirant bruyamment.

— Non, fils, tu sais qu'on ne peut pas se passer de toi en ce moment.

Angus était en colère maintenant.

— Ça ne me prendra qu'une heure, dit Mack en repoussant son assiette.

Je me sentis mal. Me raccompagner posait apparemment un énorme problème.

— Ça ne fait rien, dis-je avec urgence. Je vais trouver une solution. Et un taxi ? Je peux prendre un taxi.

Maeve me fit un sourire apitoyé.

— J'ai bien peur que le service de taxi de la ville ne laisse parfois à désirer. Mais j'essaierai de les appeler, si vous voulez.

Je hochai la tête.

— Ce serait formidable. Je suis désolée de vous causer autant de problèmes.

Je fixai mon gâteau. Sa croûte de sucre satiné et ses pommes brunes et chaudes avaient un peu perdu de leur attrait. Je n'étais pas sûre que mon estomac puisse gérer tout ce bonheur.

— Aucun problème, je vous assure, dit Maeve. Que diriez-vous de manger cette tarte pendant que je vais passer l'appel ?

Je hochai la tête, ne me faisant pas confiance pour parler. Pour une raison que j'ignorais, j'avais envie de pleurer. Ces gens étaient si gentils avec moi. Je me demandais ce qu'ils feraient si je leur disais la vérité. Ils me mettraient probablement à la porte et me diraient de rentrer à pied, tant pis pour les serpents à sonnettes.

— J'ai fait la pâte moi-même, avec du vrai beurre. Vous m'en direz des nouvelles.

Maeve me fit un clin d'œil et quitta la table.

J'osai un regard en direction de Mack. Il mangeait consciencieusement son dessert, les yeux rivés sur sa tâche. Il n'avait aucune intention de me révéler ce qu'il pensait, c'était évident. C'était un miracle que je l'aie rencontré à la table de blackjack cette nuit-là. Il aurait dû se trouver à celle du poker ; il était probablement très bon à ce jeu avec cette capacité à cacher ce qu'il pensait. J'ignorais complètement ce qui se passait dans sa tête, et pourtant j'avais passé la soirée à l'étudier subrepticement.

— Qu'est-ce qui est si important à propos de ce coup de fil ? demanda Ian. Des trucs d'avocats ?

Je levai brusquement les yeux vers lui. Il souriait, pensant clairement qu'il avait compris que je mentais. *Petit con.*

— Oui. Des trucs d'avocats.

— Vous êtes avocate ? demanda Angus. Quel genre d'avocate ?

— Avocate plaidante.

— Elle aime pinailler. Pourquoi est-ce que cela ne me surprend pas ? demanda Ian.

— Ferme-là, Ian, dit Mack.

— Et pourquoi tu n'essaierais pas de me la fermer, Mack ?

Ian laissa tomber sa fourchette bruyamment dans son assiette et jeta sa serviette à côté d'elle.

Mack l'imita et se leva, sa chaise raclant le sol derrière lui.

— Allez, viens. Il y a longtemps que je ne t'ai pas botté les fesses. On dirait que ça devient urgent.

— Les garçons, asseyez-vous, dit Angus en soupirant et en secouant la tête.

Il semblait relativement indifférent à l'idée que ses deux fils adultes se battent.

— Ils sont toujours à couteaux tirés pendant le M et C.

— M et C ? demandai-je.

Les deux frères sourirent diaboliquement, d'abord à leur père puis à moi, dieux jumeaux – si semblables et pourtant si différents – faisant s'arrêter mon cœur pendant deux pleines secondes. Adorable ? C'était le nom des MacKenzie.

— 'M et C'. C'est juste un petit nom qu'on emploie pour marquage et castration dit Ian.

Mon estomac se retourna, toutes les visions de la splendeur des MacKenzie s'évanouissant pour être remplacées par des images de peaux brûlées et des parties génitales tranchées.

— Vous faites réellement ce genre de trucs ?

— Oui, nous faisons réellement ce genre de trucs, répondit Angus en souriant patiemment. Tout comme tous les éleveurs du monde entier. Viens, Boog, dit-il en se levant. J'ai quelque chose à te montrer. Toi aussi Ian. Je te mets sur les queues.

— Je préfère les têtes, dit Ian, sa bonne humeur disparue.

Il sortit de la pièce avec son père et Boog sur ses talons.

La voix d'Angus s'estompa alors qu'il atteignait le porche.

— Eh bien, lorsque tu seras le responsable, tu pourras être où tu veux. Ce soir, je te mets sur les queues.

Mack et moi fûmes laissés seuls dans la salle à manger. J'ouvris la bouche pour parler, mais il se tourna pour les suivre avant qu'un seul mot ne soit sorti, me réduisant efficacement au silence. Je poussai un soupir de frustration et mis mes mains sur mes hanches. Gêne et douleur me donnèrent le courage de parler, même s'il était clair qu'il ne s'intéressait pas à ce que j'avais à dire.

— Tu vas t'en aller sans rien dire ?

Le fait qu'il agisse comme si cette situation pouvait être ignorée me rendait folle. *Comment peut-il être si détaché et décontracté à propos de tout ça quand je ne suis même plus sûre de ma place dans ce monde ?*

— J'ai du travail à faire.

Il ne me regarda pas ; il se contenta de fixer les portes en verre qui donnaient sur le porche, tirant distraitement une casquette de baseball bien usée de sa poche arrière.

— Oui, eh bien je dois aller à un mariage, alors si ça ne te dérange pas, j'aimerais te parler de notre divorce.

ELLE CASEY

Le dernier mot resta presque coincé dans ma gorge. L'idée de divorcer d'un homme tel que lui ne semblait pas juste, ce qui était complètement fou, ridicule et stupide. Mais je ne pouvais plus lutter contre le sentiment que je pouvais changer le fait que quelque part, pour une raison que je ne comprenais pas encore, j'avais épousé cet homme seulement quelques heures après l'avoir rencontré.

Il me fit face, posant ses mains sur le dos de sa chaise et laissant la casquette pendre au bout de ses doigts. Son ton devint arrogant.

— En fait, je ne pense pas que nous ayons besoin d'un divorce.

Je haussai un sourcil.

— Ah oui ? Pourquoi ça ?

Il haussa les épaules.

— Parce que je ne crois pas que nous soyons mariés. Pas de mariage, pas de divorce.

Je reniflai. J'étais peut-être indécise quant à mes sentiments ou mes émotions, mais je connaissais parfaitement toute la paperasse juridique. Il était impossible de nier ce qui était écrit noir sur blanc même si nous le voulions.

— Oh, nous sommes mariés, crois-moi.

— C'est toi qui le dis.

Je me hérissai, levant le menton d'un air de défi.

— C'est l'État du Nevada qui le dit, ainsi que ta signature sur la licence de mariage.

Espèce d'imbécile borné de cow-boy sacrément sexy. Pourquoi faut-il qu'il soit aussi sexy ?

— Ça pourrait être un faux.

Ma mâchoire se décrocha sous l'accusation que ses mots impliquaient.

— Pourquoi *diable* voudrais-je imiter ta signature sur un document de mariage alors que je ne te connais même pas ?

Ses yeux plongèrent dans les miens.

— Je pense que la question que tu devrais te poser, c'est pourquoi m'épouser en premier lieu si tu ne me connaissais pas ?

La pièce fut plongée dans un silence de mort. Une horloge à coucou commença à résonner dans pièce voisine, le claquement de la porte du petit oiseau précédant chacun de ses cris.

Coucou !
Coucou !
Coucou !
Coucou !
Coucou !
Coucou !

137

Mack avait raison, tout comme ce foutu coucou. Nous devions être tous les deux complètement fous pour faire ce que nous avions fait à Las Vegas. Ma tarte menaçait de faire une autre apparition déplaisante, mon estomac brûlant d'embarras, de colère, et de quelque chose de très proche de la tristesse. Nous étions fous deux ans plus tôt. *Fous d'amour.* Les mots hantèrent mon âme et refusèrent d'être à nouveau ensevelis dans l'obscurité.

— Comme je te l'ai dit, continua-t-il d'une voix plus douce, j'ai du travail. On pourra peut-être parler plus tard.

Il m'abandonna dans le salon, des larmes brillant dans mes yeux.

Chapitre 22

— AH, MA CHÉRIE, QUEL EST LE PROBLÈME ? DEMANDA Maeve en entrant dans la pièce et s'arrêtant à côté de moi.

J'essuyai rapidement mes larmes.

— Oh, rien. J'ai reçu du poivre dans mon œil.

Elle se recula d'un air confus.

— Du poivre ? Comment vous êtes-vous débrouillée pour avoir du poivre dans l'œil ?

Je fis un signe de la main pour écarter le sujet et essayai de la distraire.

— Vous avez trouvé un taxi pour moi ?

Elle secoua tristement la tête.

— Non, je suis désolée, mais je suppose qu'ils sont tous pleins en ce moment.

Elle fit le tour de la table pour ramasser la vaisselle et les restes de nourriture. Elle me laissa seule dans la salle à manger, emportant tout dans la cuisine.

J'attrapai quelques assiettes et je la suivis en boitant sur tout le chemin de peur de mettre encore une fois tout mon poids sur mon pied.

— Les taxis sont pleins ? Que voulez-vous dire par 'pleins' ?

— Ils n'ont que quelques voitures et ils s'en servent pour toutes sortes de choses. Je crois que ce soir, il y a un bal au lycée, alors ils vont être occupés toute la nuit à faire la navette pour les enfants.

— Waouh, dis-je.

Quelles sont les chances pour que la seule fois où j'ai besoin d'un taxi à Baker City, il y ait un bal en même temps ?

— C'est une petite ville comparée à ce à quoi vous êtes habituée, dit-elle sans avoir l'air contrarié le moins du monde. Il faut prendre le bon comme le mauvais.

— Eh bien, mis à part ce merveilleux dîner et son dessert, je n'ai encore rien vu du 'bon'.

Je regrettai les mots dès qu'ils sortirent de ma bouche. Je blâmai Mack pour m'avoir rendue folle et m'avoir fait oublier mes bonnes manières. Lui et Ian, deux petits pois énervant dans une même cosse.

— Oh, ce n'est pas si mal que ça.

Il y avait un sourire dans sa voix.

Je poussai un soupir de soulagement en constatant qu'elle n'avait pas mal pris mes paroles inconsidérées.

— Vous n'avez vu que l'hôtel et la route qui mène ici, et croyez-moi, ce n'est pas une façon de juger de notre petite ville. Vous allez passer la nuit ici, et demain je préparerai pour vous et Mack un bon déjeuner. Il pourra vous amener faire une balade et vous montrer un peu des collines et quelques-uns des endroits les plus agréables. De cette façon, quand vous rentrerez chez vous, vous aurez une belle image des MacKenzie de Baker City pour vos recherches.

— Une balade ? Comme sur un cheval ?

— Sauf si vous préférez un véhicule à quatre roues, répondit-elle en entassant les plats à côté de l'évier.

— Je ne sais même pas ce que c'est, mais des roues me paraissent mieux que des pattes de chevaux.

— En fait, nous préférons les chevaux. Ils ne coûtent rien en essence, de sorte qu'ils sont mieux pour notre porte-monnaie et pour l'environnement. Et ils peuvent aller n'importe où. Il y a des endroits qui ne peuvent être atteints qu'à dos de cheval et je suis sûre que Mack voudra vous les montrer.

Elle me regarda et me fit un clin d'œil.

— Vous raterez la moitié du plaisir si vous n'êtes pas sur un cheval.

— Je me ferais probablement tuer si j'essayais de monter à cheval.

L'idée était à la fois excitante et terrifiante. J'avais toujours été fasciné par ces bêtes, mais je n'avais jamais pensé qu'elles feraient un jour partie de ma vie. En ce qui me concernait, les chevaux étaient pour les films et les chaînes de rodéos bizarres à la télévision.

— Vous n'êtes jamais montée sur un cheval auparavant ? demanda-t-elle comme si elle n'arrivait pas à croire qu'une telle chose soit possible.

— J'ai été assez près pour en toucher un, une fois.

— Je sens qu'il y a une histoire là-derrière. Que s'est-il passé ?

Je fis courir mon doigt le long du bord du comptoir et me perdis dans le souvenir d'une grange dans un camp d'été lorsque j'avais dix ans.

— Je me souviens avoir pensé qu'il était beau. Énorme. Fier ou quelque chose comme ça. La personne avec qui j'étais m'a dit de le caresser sur le nez. Quand j'ai finalement eu le courage de le faire et que j'ai tendu ma main, il a brusquement levé la tête et hennit si fort que j'ai fait pipi dans mon pantalon.

Maeve éclata d'un rire musical.

— Oh, Andie, c'est désopilant. Quel âge aviez-vous ?

— Neuf ou dix ans. Assez grande pour me rappeler avec clarté l'humiliation d'avoir mouillé mon pantalon à un âge où une fille n'est plus censée le faire.

Je retirai ma main du comptoir et la mis maladroitement derrière moi. J'avais l'impression d'être à nouveau cette jeune fille qui avait mouillé son pantalon.

Elle me tapota le bras d'une main savonneuse.

— Ne vous inquiétez pas. Mack ne laisserait jamais un vieux cheval méchant vous faire perdre vos eaux. Vous serez comme un coq en pâte avec lui.

Elle me tendit une assiette humide.

— Ça vous dérangerait d'essuyer ça pour moi ?

Elle fit un signe du menton en direction d'un torchon sur le comptoir.

Je lui pris l'assiette des mains en fronçant les sourcils.

— Vous n'avez pas de lave-vaisselle en Oregon ?

— Bien sûr que si, il y en a partout, mais nous sommes des gens simples. Cela ne me dérange pas de faire la vaisselle à la main. Je trouve ça relaxant.

Je frottai le torchon sur l'assiette jusqu'à ce qu'elle grince. Je souris en voyant mon reflet sur la surface blanche. Il y avait quelque chose d'agréable à effectuer une tâche routinière en compagnie de quelqu'un à qui vous aimiez parler. C'était en effet presque comme une détente ou de la méditation. Maeve avait quelque chose en elle qui me donnait l'impression que je pouvais être moi-même dans cette cuisine. Jetant un coup d'œil à son profil, je me demandai si elle me détesterait si je lui racontais ce que Mack et moi avions fait à Las Vegas. Je me sentis triste de penser qu'elle le pourrait, ce qui était stupide parce que je serais partie dans un jour ou deux et que je ne les reverrais plus jamais, elle et Angus. Ou Mack.

Mon estomac se contracta désagréablement. Pourquoi la pensée de ne plus jamais le revoir me faisait-elle mal physiquement ? J'aurais dû pousser un soupir de soulagement. Bradley n'apprécierait certainement pas de me savoir ici, et encore moins le fait que je passe du temps avec un mec comme Mack. Mon fiancé n'était pas stupide. Il détecterait tout de suite que quelque chose n'allait pas. Cela faisait partie de son 'instinct de tueur'... il pouvait sentir les émotions sous-jacentes chez les gens comme un requin pouvait sentir une goutte de sang dans l'océan. C'était ce qui faisait de lui un brillant avocat ; il allait toujours au fond des choses, même lorsque les gens face à lui faisaient tout leur possible pour garder leur secret.

J'eus un haut-le-cœur en réalisant que les chances pour que Bradley reste ignorant de tout ce gâchis étaient très, très minces. Je me demandais si ses sentiments pour moi étaient assez forts pour me pardonner. Je me demandais aussi si cela m'importait vraiment, et cela m'effraya plus que n'importe quoi d'autre.

— Dans le placard là-bas, sur votre droite, dit Maeve sans lever les yeux de sa tâche.

Je rangeai l'assiette, laissant la porte ouverte, car une autre était sur le point de la rejoindre.

Nous restâmes dans la cuisine, faisant la vaisselle dans un silence confortable pendant cinq minutes avant que la question qui flottait entre nous soit posée.

— Alors, parlez-moi un peu de ces recherches que vous faites, Andie.

Je lui jetai un regard, mais l'expression sur son visage ne montrait rien d'autre que de la curiosité et son dévouement à sa tâche de lavage. Elle était passée aux plats et à l'argenterie.

— Eh bien, je faisais des recherches et je suis tombée sur... quelque chose qui m'a dit que je pourrais avoir des liens avec un MacKenzie, alors je me suis dit que je pourrais venir ici et voir si c'était vrai.

Mes doigts tremblaient sous le stress de ne donner que des demi-vérités. Elle ne méritait pas qu'on lui mente. Elle n'avait rien fait de mal.

— C'était quel genre de recherches exactement, Andie ?

Je décidai qu'un peu de vérité était de mise. C'était la seule façon pour moi de continuer à parler ; les mensonges se coinçaient dans ma gorge.

— Eh bien, en fait, je vais me marier.

Elle arrêta de frotter la casserole qui se trouvait dans l'évier devant elle et attendit mes prochains mots.

— J'étais en train de remplir la demande de licence de mariage et le palais de justice m'a présenté ce document, alors j'ai décidé qu'avant de me marier, j'allais venir ici et voir de quoi il retournait.

Mon rythme cardiaque s'était accéléré, me faisant respirer plus vite. Dans peu de temps, j'allais donner l'impression d'avoir couru un kilomètre si je ne me contrôlais pas mieux. *Calme-toi, imbécile !*

La main de Maeve se déplaçait en de lents mouvements circulaires autour de la casserole.

— Vous allez vous marier.

— Oui. Dans l'est. Dans un peu plus d'une semaine.

— Cela fait longtemps que vous êtes ensemble ?

Elle renversa la casserole pour en nettoyer les parois et le fond.

— Presque deux ans. Suffisamment longtemps.

Elle me regarda brièvement, un petit sourire aux lèvres.

— Ce n'est pas comme si on pouvait quantifier ce genre de choses.

— Oh, moi oui.

Maintenant j'étais en terrain connu. Nous passions d'une discussion sur le clan MacKenzie à mon plan de vie. Maeve avait l'air d'une personne assez terre-à-terre. J'étais sûre qu'elle allait comprendre où je voulais en venir.

Elle s'arrêta à nouveau de frotter et se tourna vers moi.

— Vraiment ? Vous avez un calendrier pour l'amour ?

— Eh bien... oui. En quelque sorte. Je veux dire, je n'ai pas de calendrier. Bon, d'accord, peut-être que *j'ai* un calendrier, mais pas dans ce sens.

Je commençai à m'énerver en essayant de m'expliquer.

— Je ne vous juge pas, Andie, j'essaie juste de comprendre.

— Non, je le sais. C'est juste que c'est difficile à expliquer. Vous voyez, depuis mon adolescence, j'ai ce plan.

— Hmmm-hmmm...

Elle hocha la tête tout en rinçant la casserole.

— Et dans ce plan, j'ai décidé que je devais atteindre certains objectifs lorsque j'aurai vingt-et-un ans, puis vingt-sept, vingt-neuf et enfin, trente-cinq ans.

Je pris la casserole qu'elle avait rincée et la posai sur le comptoir en m'y appuyant pour sécher l'intérieur.

Elle eut un petit rire.

— Vous avez arrêté votre plan à trente-cinq ans. Est-ce que c'est là que vous prendrez votre retraite ?

— Non, lui répondis-je en lui rendant son sourire, heureuse qu'elle ne se moque pas trop de moi. C'est l'âge auquel j'arrêterai d'avoir des enfants.

— Alors, que se passe-t-il quand vous n'atteignez pas un de vos objectifs ?

— Je ne sais pas. Ce n'est pas encore arrivé.

Je lui souris en y ajoutant un peu de fierté.

— Je ne sais pas pourquoi je suis si axée sur ces buts. Atteindre mes objectifs me donne l'impression d'avoir réussi ma vie. Comme si tout allait bien se passer.

Elle s'attaqua aux couverts tout en me parlant.

— Y a-t-il eu un moment dans votre vie où les choses ne se passaient pas bien ?

Une sonnerie stridente résonna dans mes oreilles. Les battements de mon cœur étaient si forts que je craignis qu'elle les entende.

— Peut-être les choses étaient-elles un peu chaotiques quand j'étais jeune. Mais c'était il y a longtemps.

Je m'éclaircis la gorge pour en faire sortir le chat. Je n'avais jamais pensé que je parlerais de mon enfance avec qui que ce soit. Jamais.

Elle resta silencieuse pendant un moment. Lorsqu'elle parla, ce fut d'un ton doux qui me donna envie de pleurer.

— Parfois, quand nos vies sont hors de contrôle, la seule chose qui nous fait nous sentir en sécurité, c'est de contrebalancer dans la direction opposée. Pour contrôler le moindre détail.

— Peut-être, dis-je, pas certaine d'être d'accord avec son analyse.

Mon plan de vie était le résultat de plusieurs années de perte de temps, le résultat d'une série de mauvais choix. Une fois que j'ai eu un plan de vie en place, j'ai commencé à prendre des décisions intelligentes – des décisions qui équivalaient à des investissements dans mon avenir. Mis à part un mariage d'ivrogne dans la chapelle de l'amour d'Elvis, mon plan de vie m'avait bien servi. J'étais totalement en voie d'être mariée dans les délais.

— Alors, parlez-moi un peu de votre fiancé, dit-elle, en s'éloignant heureusement de la discussion de mes objectifs.

— Eh bien, il s'appelle Bradley. Il a deux ans de plus que moi et nous sommes très compatibles.

Elle sourit de nouveau.

— Compatible. Cela semble romantique.

Je la poussai gentiment du coude.

— Ça l'est. Sérieusement. Nous travaillons dans le même bureau, nous sommes tous les deux avocats. Il est très motivé et a des objectifs. Il a les mêmes idées sur la réussite que moi. Il veut avoir deux enfants, un garçon et une fille, exactement comme moi. Il est allé à Yale, et ses parents sont avocats aussi. Nous nous harmonisons parfaitement.

— Vous l'aimez ?

Je laissai accidentellement tomber la poignée de fourchettes que je venais juste de ramasser pour les essuyer. Sa question me rendit instantanément grincheuse.

— Bien sûr que je l'aime.

— Je me posais la question parce que vous n'avez pas mentionné cette partie.

— Je l'aime vraiment. Vraiment.

J'avais l'impression d'être en train de me convaincre moi-même, mais ce n'était pas nécessaire. Bien sûr que j'aimais Bradley. Lui et moi formions un couple parfait.

— Qu'est-ce que vos amies pensent de lui ? demanda-t-elle.

Je m'arrêtai net dans ma collecte des fourchettes et me tournai à moitié pour la regarder.

Elle termina de rincer l'évier et coupa l'eau avant de me regarder elle aussi.

— Ai-je dit quelque chose de mal ? Suis-je trop indiscrète ?

Son visage se décomposa.

— Je suis désolée. Angus me dit tout le temps que je fouine trop.

Je posai ma main sur son bras et le serrai doucement.

— Non, ce n'est pas grave. C'est simplement un point douloureux, en fait.

Je soupirai, mon esprit se repassant les réactions de mes amies face au comportement de Bradley.

— La vérité, c'est qu'aucune de mes amies ne l'aime. Même ma secrétaire au travail le déteste.

— Et pourquoi pensez-vous qu'elles aient réagi comme ça ? demanda-t-elle en posant son chiffon et prenant le torchon de mes mains pour finir d'essuyer les couverts.

Je haussai les épaules en m'appuyant contre le comptoir.

— Il peut être arrogant. Je le détestais moi-même deux ans auparavant. J'avais même l'habitude de me moquer de lui dans son dos.

Je fronçai les sourcils.

— C'est vraiment terrible, n'est-ce pas ?

— Comment êtes-vous passé de l'aversion à l'amour puis au mariage ? Ça me semble être un grand pas.

Je n'avais pas vraiment de réponse à cette question. Refaire dans ma tête le chemin qui m'avait poussé vers Bradley me fit grincer des dents. Après deux ans à avoir mis tout mon amour dans une relation, j'avais été larguée par Tommy d'une façon froide et insensible. J'étais alors allée à Las Vegas et avais vécu une aventure sauvage avec un inconnu sexy. Puis j'étais rentrée chez moi avec la ferme intention de remettre ma vie sur les rails. Bradley avait semblé se fondre parfaitement dans le moule et il m'avait invitée à sortir alors que je me sentais seule et perdue. Le timing avait été parfait, du moins l'avais-je pensé à l'époque. Pourquoi n'avais-je pas examiné tout ça de plus près auparavant ? Avais-je été tellement concentrée sur mon plan de vie que quelque chose m'avait échappé ?

— Je ne sais pas. Cela peut paraître idiot, mais je crois... je crois que cela a commencé quand je suis rentrée de Las Vegas.

— Las Vegas ?

— Oui.

Je ne la regardai pas. Je fixai le sol, perdue dans mes souvenirs. Ils étaient bizarrement parfaitement clairs, comme s'ils s'étaient produits la semaine précédente. C'était la première fois en deux ans que cela m'arrivait.

— Ma meilleure amie Kelly allait épouser un entrepreneur de pompes funèbres.

— Un entrepreneur de pompes funèbres ? dit Maeve en riant comme si je plaisantais.

— Oui, sérieusement, elle allait se marier avec Matty, l'entrepreneur de pompes funèbres. Donc, mon autre meilleure amie, Candice, avait organisé un enterrement de vie de jeune fille à Las Vegas. Je sortais avec un type nommé Tommy à l'époque et j'avais vraiment beaucoup de travail, donc je ne voulais pas y aller, mais elles m'ont fait culpabiliser pour que je cède. Du moins, Ruby l'a fait.

— Qui est Ruby ? Une autre amie ?

— Non. Oui. Les deux à la fois. Elle est mon assistante, mais elle est aussi comme une mère, une voisine de palier et une amie, le tout mélangé dans une grande boule de feu.

— Elle a l'air drôle.

Je hochai la tête, me réchauffant au souvenir de nos dernières heures ensemble. Cela avait été tellement mieux que l'année que nous venions de passer.

— Oui, elle l'est. Elle est si impertinente. Mais elle est sincère et honnête et également la meilleure secrétaire juridique de la profession.

— Probablement très précieuse pour une avocate surchargée, suggéra Maeve.

— Oui, absolument. Elle est non seulement utile, mais aussi persévérante. Et elle m'a fait culpabiliser, avec l'aide de Candice, pour que j'aille à Las Vegas, alors j'y suis allée.

— Ça a l'air amusant. Une nuit entre filles à Las Vegas.

Elle lança des chaussures dans ma direction. Elles ressemblaient à des mocassins.

— Tenez, mettez ça. Allons faire une promenade.

Je glissai mes pieds dans le cuir confortablement usé et la suivis dehors par la porte arrière et sur l'escalier du porche, en ne boitant que légèrement maintenant. Ma cheville allait beaucoup mieux. L'air était assez chaud pour que je n'aie pas besoin d'un chandail, mais Maeve m'en donna un que je mis sur mes épaules.

— Alors, racontez-moi Las Vegas, dit-elle. Je n'y suis jamais allée.

Je marchais à côté d'elle sur un chemin, nous dirigeant vers des beuglements de vaches.

— Eh bien, c'est bruyant et il y a des lumières partout toute la journée et toute la nuit. Et il y a cet air d'excitation, comme si tout pouvait arriver et tout *allait* arriver.

Je ne pus empêcher un sourire de fleurir sur mon visage.

— C'est une sorte de lieu magique en un sens.

— Qu'avez-vous fait là-bas ? Joué ? J'ai entendu dire que les buffets étaient fabuleux.

— Nous n'avons vu aucun buffet, mais nous avons joué. Ou devrais-je dire, j'ai joué. Mes amis se sont retrouvés presque toute la nuit dans la chambre. Je suppose que ce n'était pas vraiment une nuit entre filles à la fin.

— Elles ont passé toute la nuit dans la chambre sans vous ?

Son sourire se désintégra pour être remplacé par une expression inquiète.

Merde. Pourquoi est-ce que je lui raconte tout ça ?

— Euh, oui. Je suis restée seule pendant un certain temps cette nuit-là, mais c'était bien.

C'était mieux que bien. J'avais de la compagnie. Mon cœur se serra à ce souvenir.

— Vous avez dit que vous aviez joué. À quoi avez-vous joué ?

Je déglutis difficilement. Les questions de Maeve commençaient à ressembler à un interrogatoire, mais ce n'était pas à cause de quelque chose qu'elle faisait. Elle ne faisait que se rapprocher de trop près de la partie où son superbe fils était entré en scène.

— J'ai joué au blackjack.

— Oh, c'est le jeu favori de Mack. Il est allé à Las Vegas avec son frère il y a deux ans, pour l'enterrement de vie de garçon d'Ian, en fait. Il a gagné plus d'un millier de dollars... qu'il a utilisés pour acheter un nouveau cheval. Vous savez ce qui est drôle, maintenant que j'y pense...

Elle se tourna vers moi avec une expression étrange sur le visage pendant quelques secondes. Puis elle sourit et le regard bizarre disparut.

— Hé, peut-être que vous étiez là-bas en même temps.

J'essayai de sourire, mais mes lèvres tremblaient trop. Heureusement, le soleil était dans ses yeux alors qu'il se couchait derrière l'horizon, me faisant penser qu'elle ne pouvait pas très bien me voir.

— Peut-être, dis-je.

Maeve soupira.

— Ce fut un moment difficile pour mes garçons.

La tristesse dans sa voix me rendit extrêmement curieuse, mais je ne me sentais pas de l'interroger pour obtenir des informations quand il était très possible que mes interactions avec Mack avaient pu influer sur la situation. Il avait passé au moins une partie de la nuit avec moi. S'il s'était rendu là-bas dans le but de célébrer la dernière nuit de son frère en tant que célibataire, Ian avait dû être furieux qu'il ne soit pas avec lui. *Peut-être que Ian sait ce qui s'est passé. C'est peut-être pourquoi il est si désagréable avec moi.*

J'étais sur le point de lui demander des détails lorsque nous prîmes un virage sur le chemin et tombâmes sur un énorme groupe de vaches, de clôtures et d'hommes, et ces hommes étaient en train de faire des choses qui rendaient les vaches très nerveuses.

Chapitre 23

MAEVE ME FIT SIGNE DE M'ASSEOIR avec elle sur une clôture qui nous donnerait une bonne vue sur ce qui se passait sans pour autant être suffisamment proche pour gêner les hommes dans leurs actions. Je grimpai à côté d'elle avec un peu de difficulté, ma cheville n'étant pas très heureuse de soulever mon poids comme ça. Une fois que nous fûmes installés, Maeve commença à m'expliquer ce que nous observions.

— Tous ces veaux doivent être vaccinés, marqués et castrés avant qu'ils ne deviennent trop gros, c'est pour cela que les hommes travaillent si tard et que Boog est là pour nous aider. Nous avons plusieurs centaines de têtes à traiter et c'est un travail épuisant.

Les animaux assez petits étaient conduits sur un chemin entre des clôtures de métal sous les encouragements d'Ian, vers une petite surface clôturée où Mack les attendait. Lorsque le veau arrivait dans cette zone, Ian fermait l'entrée afin de le piéger le veau dans une petite cage entourée de barres en fer. Mack tirait des leviers pour piéger leur tête et leur corps.

Mon cœur bondit dans ma gorge alors que je regardais Mack déplacer un autre levier qui tourna le veau tout entier sur le flanc dans l'engin. Ce spectacle de force brute était inattendu et passionnant dans une sorte de pur désir animal.

— Oh mon Dieu, murmurai-je à demi, incapable de détacher mes yeux. Que fait-il ?

— Il met le taurillon en position afin qu'ils puissent faire leur travail sur lui. Cette cage de métal dans laquelle il se trouve maintenant s'appelle un couloir de contention. Croyez-le ou pas, cela calme la plupart des veaux de se retrouver comme ça là-dedans.

— Quel genre de 'travail' vont-ils faire sur lui ?

— Vous allez voir...

Mack ouvrit une petite porte près du cou du veau. Ian arriva en même temps et saisit la patte arrière du veau, la tirant pour la mettre droite.

Angus arriva ensuite avec quelque chose dans la main et se tint au-dessus du cou du veau.

— Que fait Angus ?

Il va le vacciner puis le marquer.

— Ça fait mal ? demandai-je, prête à pleurer au nom de l'animal.

— La vaccination ? Non, pas du tout. Il l'injecte sous la peau, comme le vétérinaire le fait avec un chat ou un chien. Le marquage peut faire un peu mal. Habituellement, ils se contentent de rester étendus là, mais parfois ils braillent un peu ou donnent des coups de pied. C'est normal. Après, ils se lèvent et se déplacent comme si rien ne s'était passé. Ce sont de vrais petits durs. C'est la castration qui fait le plus mal, mais pas autant que vous pourriez le penser.

— Qui fait cette partie ? demandai-je en sentant mon estomac se retourner encore une fois.

— Boog. Il est payé en testicules, et il est aussi doux et qualifié qu'on puisse l'être. Nous avons de la chance de l'avoir et les animaux en ont aussi.

J'avalai avec effort, ma voix soudain tendue.

— Je pense que j'ai mal compris. J'ai cru vous entendre dire que vous le payiez avec des *testicules*.

Elle rit et tapota mon genou.

— Non, vous avez bien entendu. Vous verrez pourquoi bien assez tôt.

Je ne répondis pas parce que j'étais tout à fait sûre de ne jamais comprendre comment des testicules pouvaient être considérés comme un salaire. En outre, la contredire serait une perte de temps ; il était évident qu'ils avaient des valeurs différentes ici.

Le veau se débattit un peu puis sembla renoncer, abandonnant sa volonté à celle des hommes qui le tenaient. Les muscles de l'avant-bras de Mack fléchirent sous sa peau et ses cuisses bombèrent à travers son jean sous l'effort de renverser le veau et d'assurer le fonctionnement de la machine. Il portait une casquette de baseball à la place du chapeau de cow-boy et réussissait à paraître encore plus sexy que je l'aurais cru possible. Je devais être malade ou quelque chose. Chaque fois que je le regardais, je me sentais étourdie et de mauvaise humeur.

— Quel est le problème, Andie ?

Maeve me fixait.

— Oh, je me disais juste qu'il se pourrait que j'aie de la fièvre ou quelque chose. Je me sens un peu étourdie.

— C'est probablement l'idée de la castration. Ce n'est pas exactement une conversation d'après-dîner, pas vrai ?

Angus se déplaça avec quelque chose au bout d'une corde et s'arrêta au bas du dos de l'animal.

— Que fait-il maintenant ? Et est-ce que je veux le savoir ?

— Il va le marquer. Certains éleveurs utilisent des étiquettes d'oreille, mais ça devient un problème quand les animaux montent trop haut dans les montagnes. Il y a beaucoup de branches ou de choses auxquelles elles s'accrochent et ensuite on a des problèmes de mouches. De plus, elles sont faciles à retirer pour les voleurs. Le marquage est facile, rapide et moins susceptible de causer des problèmes plus tard, alors c'est ce que nous faisons.

Angus pressa le bout du fer sur le côté supérieur de la hanche du veau. Un énorme nuage de fumée monta pour entourer la tête d'Angus, ce qui me rendit reconnaissante de n'être pas assez proche pour sentir les poils et la chair brûlés.

— Pauvre bébé, murmurai-je, mes mains se serrant en poings.

Je les pressai devant ma bouche, incapable de détacher mes yeux de l'opération. Angus se leva et se déplaça, dégageant la vue.

— Nous prenons soin de nos animaux et le marquage en fait partie, expliqua Maeve avec de la fierté dans la voix. Sans ça, ils seraient facilement volés, et les gens qui volent les animaux ne prennent généralement pas très bien soin d'eux.

Je voulais être en colère contre Mack pour avoir tenu le veau et permettre qu'il soit blessé comme ça, mais le fait était que j'aimais les hamburgers. Mon sens de l'équité et de la responsabilité me disait que j'avais tort de haïr le processus et les participants alors que j'étais une bénéficiaire consentante de tout ça.

— Je suppose que si vous faites de votre mieux pour les animaux lorsqu'ils sont sous votre responsabilité, alors c'est le mieux que vous pouvez faire.

— Nous suivons la méthode Temple Grandin autant que nous le pouvons. Nous sommes de grands croyants.

— Temple Grandin ?

— C'est une brillante scientifique qui a fait beaucoup pour contribuer à l'industrie du bétail et de l'élevage. Vous devriez consulter ses idées en ligne. C'est une femme assez incroyable.

— Doooonc... elle a des règles ou un truc comme ça sur la façon de faire les choses ?

— Pas de règles à proprement parler. Vous voyez, elle est autiste et a une sensibilité particulière du monde autour d'elle, un peu comme les vaches en fait. Elle est donc en mesure de voir le monde à travers leurs yeux, une chose que les éleveurs n'ont jamais été capables de faire dans le passé. Dans notre monde, les bovins sont un moyen de parvenir à une fin. Du moins, c'est comme ça que cela fonctionnait. Mais grâce à sa perspicacité et sa contribution, nous avons été en mesure de trouver des moyens de rendre la vie des animaux aussi agréable que possible tout en les élevant pour la nourriture. C'est un équilibre délicat, mais nous aimons à penser que nous faisons les choses comme il faut.

— Ça a l'air fascinant.

Et je ne mentais pas. Je n'avais jamais entendu parler d'une telle chose, et le fait que ce soit une femme qui essaie de comprendre les vaches au profit des éleveurs était stimulant rien que d'y penser. C'était un monde d'hommes, ici. Cette Temple devait mener une bataille acharnée. J'admirais les femmes de tête en général, alors je me fis une note mentale pour la chercher sur Google plus tard.

— C'est fascinant, ça l'est vraiment. Je vous suggère de commencer avec le film qui a été fait à son sujet. C'est puissant. Je vous garantis que vous aurez besoin de mouchoirs en le regardant. Son travail a fait que beaucoup de têtes ont pensé différemment par ici. À commencer par Angus il y a plusieurs années de ça et le mouvement se développe chaque année. À l'heure actuelle, plus de la moitié des bovins dans notre région sont élevés en utilisant des méthodes qu'elle a découvertes et enseignées.

— C'est... incroyable. Vraiment, je le pense.

— Oui, Temple est une personne incroyable. Brillante et compatissante. Elle nous rappelle que les animaux méritent notre respect, une vie décente et une mort indolore. C'est le moins que nous puissions faire. J'ai assisté à une de ses conférences. C'était un tourbillon d'énergie et d'informations. Elle est une véritable boule de feu. Elle vous rend fière d'être une femme éleveur.

Maeve regarda l'opération et hocha la tête en silence.

Une boule prit naissance dans ma gorge qui ne voulait pas disparaître. Je me tournai vers les hommes et regardai alors que Boog se penchait sur les pattes arrière de l'animal, près de son estomac.

— Il castre le taureau maintenant, déclara Maeve d'une voix douce. Cette partie leur fait mal, mais Boog est bon et il est rapide. Ce sera fini dans une minute.

— Pourquoi font-ils cela ?

— Cela rend l'animal beaucoup moins agressif envers les hommes et les autres bêtes, donc c'est une question de sécurité. Et ça rend également leur viande meilleure. Ils sont vendus comme nourriture, donc c'est une chose importante.

Je hochai distraitement la tête, mon attention concentrée sur Boog. Je ne pouvais pas voir exactement ce qu'il faisait, mais après environ une minute, il se redressa et laissa tomber ce qu'il tenait dans un seau à ses pieds.

— Qu'est-ce que c'était ? demandai-je.

— Les testicules. Il va les faire frire plus tard et les manger. Nous en aurons au pique-nique alors vous pourrez les goûter.

Elle me regarda.

— Vous allez y venir, j'espère.

— Vous avez dit que c'était dans deux jours, mais je serais partie d'ici là.

Je laissai passer le commentaire sur la dégustation des testicules parce qu'il neigerait en enfer avant que ce genre de choses passe mes lèvres.

— Il semble que vous travaillez beaucoup d'heures, concentrée que vous l'êtes sur votre plan de vie et tout ça.

Son changement de sujet me déconcerta un peu.

— Euh... oui, je travaille très dur. Au moins soixante heures par semaine.

— Waouh, ça fait beaucoup. À quand remontent vos dernières vacances ? Peut-être que vous en avez besoin.

Je dus y réfléchir pendant un petit moment.

— Je suppose que c'était il y a quelques années. Et ce n'était pas vraiment des vacances.

— Votre voyage à Las Vegas ?

Je hochai la tête.

— Oui. Je n'y étais que pour une journée et demie et... je n'ai pas fait grand-chose.

Sauf me marier. Grr ! Un autre mensonge. Quand cela s'arrêtera-t-il ? Je me sentais vraiment mal face à toutes mes demi-vérités.

— C'est aussi la dernière fois que mes garçons sont sortis de la ville. Eh bien, ce n'est pas tout à fait exact. C'est la dernière fois que Mack est allé quelque part. Ian est parti pendant quelque temps et il avait l'intention de prendre des vacances, mais c'est tombé à l'eau.

— C'est dommage. Où devait-il aller ?

— À Hawaii.

Maeve sourit, mais ce n'était pas un sourire heureux ; il y avait trop de tristesse en lui.

— Hawaii semble sympa.

Mon ton était indiscret, mais je m'en fichais. J'étais curieuse. Si quelqu'un avait besoin de vacances, c'était bien Ian. Faire du surf ou de la plongée l'aiderait peut-être à changer d'attitude.

— Il n'était pas vraiment emballé par Hawaii. Il n'aime pas beaucoup la plage, mais c'était le rêve de Ginny d'y aller, alors il a accepté.

— C'est sa femme ?

Maeve poussa un profond soupir.

— Non, Ginny allait être sa femme, mais ils ont fini par annuler le mariage quelques jours avant qu'il soit censé avoir lieu.

— Oh, ça craint.

Mack s'était rendu à Las Vegas pour célébrer ce futur mariage. Cela me donna un sentiment de malaise de savoir que j'avais été là juste avant la grande rupture.

— C'était terrible. Un moment très éprouvant pour tout le monde, mais surtout pour Ian, bien sûr. Il ne s'en est toujours pas remis.

— Est-ce la raison pour laquelle il est...

Je levai mentalement les yeux au ciel. J'avais failli dire *un con grossier*. Pour le coup, ça aurait été moi la conne grossière... oui, c'est moi, la nana assise ici, complètement insensible aux sentiments de la dame qui avait probablement pleuré toutes les larmes de son corps à cause de ce petit évènement d'abandon au pied de l'autel.

Elle me tapota le bras.

— C'est pourquoi il est si *tranchant* – c'est comme ça que je qualifie son caractère. Il n'était pas comme ça avant. Il y a un garçon doux sous toute cette douleur.

— Je vais vous croire sur parole. J'en ai eu des aperçus.

Elle se leva comme si elle se débarrassait de ses souvenirs.

— Venez, allons voir ça de plus près.

Je la suivis et descendit de la clôture, pas certaine de vouloir regarder de plus près, mais répugnant à me montrer impolie avec une si gentille dame qui prenait beaucoup de peine pour que je me sente à l'aise. Si les choses avaient été différentes entre nous, je suis sûre que nous aurions pu être amies. Elle me rappelait un peu Ruby.

Elle alla se placer à la porte près de l'endroit où ils faisaient entrer les veaux un par un. Je me tins à côté d'elle, à quelques mètres de Mack. Il se tourna sur le côté, me donnant une superbe vue de son visage de profil, et je ne pus m'empêcher de le fixer.

— Combien en reste-t-il ? demanda Maeve.

Angus lui répondit sans la regarder.

— Environ une centaine, plus ou moins.

— Aurez-vous fini demain ?

— Peut-être. Peut-être pas. Ça dépend.

Elle hocha la tête. J'étais curieuse de savoir de quoi ça dépendait, mais pas assez pour le demander. J'avais déjà appris beaucoup plus sur l'élevage du bétail que je l'aurais souhaité.

J'essayai d'être en colère face à ce que je voyais – la douleur des animaux et les pratiques presque barbares du marquage et de la castration – mais je n'arrivais pas à ressentir cette émotion. Au lieu de cela, tout ce que j'arrivai à ressentir, c'était de l'admiration et de l'envie. Maeve avait clairement indiqué qu'ils faisaient de leur mieux pour faire de l'élevage de bovins destinés à la nourriture une opération humaine, respectueuse de l'animal et de ses sensibilités. J'étais jalouse du travail d'équipe rempli d'amour que j'avais vu ici, et des rapports faciles qu'ils entretenaient.

Comparant ce qui se passait ici avec ma vie à la maison, je réalisai que mon monde arrivait loin derrière. Le cabinet d'avocats était un environnement très concurrentiel où les gens n'attendaient qu'une chose, semble-t-il : que moi et toutes les autres personnes, nous fassions un faux pas. Les échéances étaient strictes et omniprésentes, et la charge de travail était énorme. Le petit démon sur mon épaule me frappait sur le côté de la tête, me rappelant que ma vie personnelle n'était pas beaucoup mieux. Pour une raison qui m'échappait, être honnête avec moi-même était vraiment facile ici, en dépit de tous les demi-mensonges que je racontais à Maeve.

Chaque fois que j'allais quelque part avec Bradley, je devais constamment faire attention à ce que je disais, l'expression sur mon visage et l'image que je renvoyais. Ici, j'avais le sentiment que ça n'avait pas d'importance ; les MacKenzie m'apprécieraient si j'étais gentille et respectueuse, et c'est tout. Peu leur importaient les vêtements que je portais, quelle école j'avais fréquentée, combien je gagnais d'argent par an, ou combien d'heures j'avais facturées le mois dernier. Ils ne se souciaient que de moi et de la façon dont je traitais les gens.

Cela me rendit triste de les imaginer découvrant ce que j'avais fait avec Mack et les mensonges que je leur avais dit à ce sujet. Ils penseraient que j'avais utilisé Mack, puis l'avais laissé tomber comme une vieille chaussette. Ils me diraient de quitter leur ranch et de ne jamais revenir. Je réalisai, alors que je me tenais en face de la clôture dans la soirée éclairée par le crépuscule, que je voulais être aimée par eux, même si je savais que je ne les reverrais jamais. L'idée qu'ils me détestent pour quelque chose que je ne me rappelais pas avoir fait me fit physiquement mal.

— Je vais aller préparer votre chambre. J'ai juste besoin de mettre des draps sur le lit, dit Maeve en s'éloignant de la clôture.

— Je vais vous aider, dis-je.

— Non, restez. Je viendrais vous chercher lorsqu'elle sera prête. Je crois que les garçons aiment avoir un public.

Elle hocha la tête dans leur direction et je suivis son regard. Ian fléchissait son bras droit, essayant d'obtenir de son frère qu'il compare ses biceps avec lui. Mack secoua la tête et se détourna.

Je hochai la tête sans même regarder Maeve, fascinée pour une raison étrange par la scène en face de moi. Quatre cow-boys – ou plutôt trois cow-boys et un Chewbacca – étaient rassemblés à l'intérieur d'un corail dans lequel un veau courait en donnant des coups de patte. Le petit gars était apparemment très heureux maintenant qu'il était libre de leur machine, même s'il y avait laissé ses testicules. Ian continuait à faire des effets de bras. Mack secouait la tête en riant un peu. Boog et Angus parlaient tranquillement de quelque chose. Si j'avais eu un appareil photo, j'aurais pris cinquante photos d'eux. C'était comme la couverture d'un magazine. L'article dirait : la vie d'un ranch au cœur de la vallée de la montagne de Baker City, Oregon... Idyllique. Je levai les yeux sur les sommets qui entouraient la ville. Ils étaient majestueux, à peine visibles maintenant dans la lumière déclinante.

Chapitre 24

LE BÉBÉ VEAU ERRA DANS ma direction et s'arrêta à la clôture, interrompant mes pensées. Ses grands yeux bruns se fixèrent sur moi et se verrouillèrent sur les miens. Je n'aurais pas pu détourner le regard même si je l'avais voulu. Mais je ne le voulais pas. Il était beau. Je cherchai des signes de détresse sans en trouver aucun. Je tendis la main, voulant vraiment toucher son front, mais étant un peu effrayée. Peut-être qu'il allait secouer brusquement la tête, meugler dans ma direction et me faire mouiller mon pantalon.

Une longue langue rose sortit de sa bouche et lécha mon doigt.

— Oh mon Dieu, dis-je en riant et un peu prise par surprise.

On aurait dit du papier de verre.

— En voilà un petit monstre audacieux.

Il secoua plusieurs fois la tête de haut en bas comme s'il acquiesçait joyeusement et était d'accord avec moi. Ses longs cils le faisaient ressembler à une jolie petite fille vache.

Je souris, frottant son nez rose humide avec ma main. Sa langue sortit à nouveau et s'enroula autour de mon index, le tirant dans sa bouche. Je hoquetai, pensant que j'étais sur le point de perdre mon doigt au profit de 'Jaws', le veau tueur, lorsqu'il commença à le sucer à la place. C'était un peu brouillon et sa succion était diablement puissante au point que je me demandai s'il était possible d'avoir un suçon sur le bout du doigt.

— C'est un mignon petit bougre, pas vrai ? demanda Mack.

— Oui. Il suce mon doigt comme si c'était le pis d'une vache.

Je ris un peu devant le ridicule de la situation. Le veau ne s'arrêta pas une seconde. Il était trop heureux à l'idée de trouver un peu de lait dans ma main pour se soucier du grand méchant cow-boy qui venait derrière lui.

— Ils sont comme des petits cochons. Ils mangeraient toute la journée si on les laissait faire.

Il poussa la tête de veau et mon doigt sortit avec un 'pop'.

156

Je regardai mon index libéré et vit qu'il était recouvert de bave de veau. Une partie de ma bonne humeur s'envola.

— Beurk. Ce n'était pas une si bonne idée.

Mack tira un bandana de sa poche arrière et le posa à plat dans sa main. Il attrapa mon doigt mouillé et fit lentement glisser le doux tissu bleu pour le sécher.

— Affamés et baveux. Tous autant qu'ils sont.

Je voulais trouver quelque chose de drôle à dire pour lui répondre d'une manière à la fois cool et décontractée. Mais je n'y arrivais pas parce qu'il me touchait. Ce petit bout de tissu entre nous n'était pas suffisant pour empêcher mes sentiments de prendre le dessus sur mon bon sens.

— Nous devons parler, dis-je d'une voix étranglée.

Il était si proche que je pouvais voir les petites rides sur la peau autour de ses yeux qui m'indiquaient qu'il souriait beaucoup quand je n'étais pas là.

— Nous le ferons, répondit-il doucement.

Me fixant par-dessus le rail supérieur, il remit le bandana dans sa poche tout en posant son autre main sur la clôture à quelques centimètres de la mienne. Mon regard tomba sur la main bronzée et les doigts épais qui étaient énormes par rapport aux miens. Je devins obsédée par la pensée que je pourrais bouger ma main un peu vers la droite et le toucher... si j'avais été audacieuse et stupide, et prête à risquer de jeter mon plan de vie à la poubelle.

Je fermai les yeux et comptai lentement jusqu'à trois pour reprendre le contrôle de moi-même. Ma main resta là où elle était. J'avais travaillé sur mon plan de vie depuis bien trop longtemps pour le jeter aux orties si facilement.

— Quand penses-tu que nous pourrons parler ? le pressai-je. Je dois vraiment bientôt rentrer chez moi.

J'essayai de choisir entre pleurer et sourire après que mes mots soient sortis. Il était si près et pourtant si loin. Je n'aurais même pas dû vouloir être proche de lui, mais je le voulais et ce n'était rien d'autre qu'un pas vers un désastre. Jusqu'à maintenant, j'avais pensé que la seule chose qui m'empêchait de me marier avec Bradley était un morceau de papier et une signature. Maintenant, je commençais à penser qu'il y avait peut-être beaucoup plus que cela.

— Nous parlerons demain. Je dois me remettre au travail.

Il se retourna pour partir, sa main glissant du rail.

Je l'attrapai et la retins.

— Pourquoi pas plus tard ce soir ?

J'avais peur, si j'attendais trop longtemps, de faire quelque chose de totalement stupide qui ruinerait tout ce pour quoi j'avais travaillé si dur. Il y avait quelque chose à propos de cet endroit qui m'embrouillait la tête et me faisait oublier ce qui était important, y compris l'avenir que j'avais prévu pour moi.

Ses doigts s'enroulèrent autour des miens et saisirent doucement ma main pendant quelques secondes avant de la relâcher.

— Je vais travailler jusqu'à minuit, alors je serai trop fatigué après. Rejoins-moi après mes corvées demain matin.

— À quelle heure ? demandai-je, haïssant d'avoir l'air si désespéré et anxieuse d'en finir.

Au lieu de penser que c'était la chose la plus intelligente à faire, le presser pour qu'il signe les papiers du divorce me paraissait froid et sans cœur. Je devais avoir de la fièvre. J'étais malade. Une maladie du cœur.

— Neuf heures.

Il se dirigea vers les autres hommes.

J'aurais pu argumenter, mais j'eus soudain une très belle vue de son dos et cela me rendit momentanément sans voix. C'était comme un chien distrait par un petit animal. *Un écureuil ! Un beau cul !* Je me dis qu'il fallait que je trouve où était la salle de gym dans cette ville. Si je devais rester quelques jours, il allait falloir que je fasse des exercices. Il était évident qu'il en faisait.

Rester quelques jours ? Ça sortait d'où, ça ?

Mon esprit tournait dans tant de directions différentes que je ne savais plus s'il fallait en rire, pleurer, ou manger un testicule de veau frit.

— Vous êtes prête ? demanda Maeve en arrivant derrière moi.

Je sursautai de surprise, tirée de mes étranges pensées par son arrivée inattendue.

— Oui.

Ravie de la distraction, je la suivis dans la maison. Une partie de moi était soulagée de s'éloigner de Mack. Le voir me faisait perdre ma concentration, oublier ce que j'étais censée faire, et même oublier Bradley. Mais une autre partie de moi souhaitait que Maeve ne soit pas revenue si tôt. Regarder Mack travailler me faisait quelque chose. Je ne savais pas exactement ce que c'était, mais c'était agréable. Il me suffisait de toucher ses doigts pour ramener des souvenirs chaleureux et dangereusement sensuels. Tellement de mes souvenirs étaient désagréables, le genre que je ne voulais jamais voir me revenir. Cela rendait les bons encore plus spéciaux.

— Je vous ai mise au bout du couloir face à Mack. Normalement, il loge en ville, mais dernièrement, il est revenu dans son ancienne chambre. Cela lui permet de gagner des heures de sommeil en n'ayant pas à se déplacer.

— Il vit seul ?

Mes poings se serrèrent alors que j'attendais sa réponse. Je ne savais pas ce que je voulais que cela soit. N'importe quelle réponse compliquerait les choses.

— Non, il a un colocataire. Je pense que c'est une autre raison pour laquelle il vient si souvent ici ces derniers temps.

Je fus à nouveau prise de vertiges et une mélancolie m'envahit pour quelque chose qui n'avait pas de sens. Pourquoi avais-je pensé qu'il serait encore célibataire après deux ans depuis notre rencontre ? Il était magnifique, intelligent, venait d'une bonne famille et dirigeait un ranch. Il était plus qu'un bon parti ; il était… *mon mari*. Colère et jalousie se déversèrent sur moi, menaçant de me faire fondre en larmes. *Cette fille sur la photo. C'est elle. C'est avec elle qu'il vit.*

Maeve grimpa les marches pour entrer dans la maison, puis l'escalier de l'entrée, me donnant le temps de me ressaisir. Au moment où elle recommença à parler, j'étais redevenue normale – confuse et en colère contre moi-même.

— Nous prenons normalement un morceau sur le pouce et du café avant d'aller un peu travailler, puis nous nous asseyons tous ensemble et avons un vrai petit déjeuner vers huit heures et demie.

— Mack et moi allons discuter vers neuf heures. Je suppose que ce sera donc après le petit déjeuner.

— Oh, c'est bien.

Elle marcha dans un couloir et s'arrêta devant une porte ouverte.

— Nous y voilà. La salle de bain est juste là dans le couloir, et si vous avez besoin de quoi que ce soit, vous pouvez soit taper à la porte de Mack ou venir me trouver dans ma chambre en bas, à côté de la salle à manger.

Je suis sûre que tout ira bien.

Mon visage devint rouge alors que je m'imaginais en train de taper à la porte de Mack. *Comme si cela allait jamais arriver.* J'entrai dans la chambre, remarquant mon sac posé au pied du lit et la poupée troll sur la table de nuit. *Bien. Je vais appeler Bradley et me remettre les idées en place.* En voyant tous les souvenirs de baseball sur les murs, je me rendis vite compte où j'étais.

— C'est la chambre d'Ian, dis-je.

— Oui, comment avez-vous deviné ?

Son sourire me dit que je n'avais pas besoin de répondre.

— C'était une superstar au lycée, mais il n'était pas intéressé pour continuer au collège. Nous n'avons jamais pu comprendre pourquoi. Il avait des offres.

— Je ne veux pas le mettre dehors.

Tout ce dont Ian avait besoin, c'était d'une raison supplémentaire de ne pas m'aimer.

— Non, il ne dort plus ici. Cette chambre est vide depuis quelques années maintenant.

Il y avait plusieurs photographies dans la pièce, sur lesquelles il manquait quelqu'un. La personne qui manquait avait été coupée grossièrement à coups de ciseaux. Je saisis la plus proche qui se trouvait sur la commode. Ian avait l'air d'avoir dix ans de moins, un visage frais et il n'était pas aussi grand ni aussi costaud qu'aujourd'hui. Il avait un bras passé autour d'un garçon plus grand que lui et l'autre posé sur un espace vide où une personne s'était trouvée.

— Ça semble avoir été une rupture douloureuse, dis-je en reposant le cadre.

— Ginny. Ils étaient ensemble depuis toujours. Fiancés puis... eh bien... plus fiancés. Cela s'est terminé lorsqu'il est revenu de Las Vegas.

Je m'avançai dans la chambre.

— Que s'est-il passé ? À moins que ce soit trop personnel ?

Elle soupira. Je lui jetai un coup d'œil par-dessus mon épaule. Elle s'appuya sur le chambranle tandis qu'elle croisait les bras et fixait le tapis.

— J'aimerais le savoir. Ian n'est pas très ouvert au sujet de ses relations et de ce qu'il fait en dehors du ranch. Je ne suis même pas sûre que Mack le sache. Je sais qu'Angus n'en sait rien.

Elle se redressa et laissa tomber les bras le long de son corps.

— Enfin, c'est comme ça. C'est fini et ils sont tous les deux passés à autre chose du mieux qu'ils ont pu.

Elle me donna un bref sourire pour essayer de dissimuler la tristesse qui l'avait envahie.

— Avez-vous besoin d'autre chose ?

— Une serviette peut-être ?

Je détestais la mettre dans l'embarras, mais je sentais que j'avais des particules de poussière de Baker City dans toutes les fissures et crevasses de mon corps. Une douche serait la bienvenue. Peut-être que ça laverait également ma confusion. Mon incapacité à pousser Mack pour qu'il signe les papiers était certainement due à l'épuisement.

Elle se frappa légèrement le front.

— Je suis désolée. Évidemment que vous avez besoin d'une serviette. Dans la salle de bain, sous le lavabo. Prenez celle que vous voulez. Il y a un peignoir sur la porte, un petit blanc que nous réservons aux invités. N'hésitez pas en vous en servir aussi. Je l'ai lavé l'autre jour.

— Je ne veux pas voler le peignoir de quelqu'un.

— Il ne va à aucun de mes hommes, alors vous n'avez pas à vous inquiéter pour ça.

Elle frappa deux fois le chambranle du plat de la main.

— Alors bonne nuit, Andie. Ravie de vous avoir rencontrée, et je vous verrais demain matin.

— Oui, merci pour tout. À demain matin.

Je fermai la porte derrière elle et allais m'asseoir sur le lit. Balayant les murs et les étagères de la pièce du regard, je comptai pas moins de douze photos sur lesquelles le visage de Ginny était coupé. Je me demandais à quel point le voyage à Las Vegas avait foiré la vie de Ian, tout comme il l'avait fait pour Mack et moi. Je me dis également que nous nous porterions tous mieux si ce voyage n'avait pas eu lieu.

Je m'allongeai sur le lit et passai en revue les effets qu'avait eus Las Vegas sur ma vie : sans Las Vegas, je n'aurais pas eu à dissoudre ce mariage. Sans Las Vegas, je n'aurais pas eu à venir dans ce no man's land rempli de serpents à sonnettes et de la poussière jusqu'à la gorge dans le dos de Bradley. Sans Las Vegas, je ne serais pas assise dans la chambre d'un étranger à regarder sa vie qui partait en lambeaux. Sans Las Vegas, je serais en train de dîner dans un club très privé avec Bradley, en train de parler à un groupe désintéressé de soi-disant amis du prix des fleurs et des pâtisseries. Sans Las Vegas, je n'aurais pas rencontré Mack. Je ne l'aurais pas vu assis là, je n'aurais pas joué au blackjack avec lui, pris l'ascenseur jusqu'à ma chambre avec lui, et eu des relations sexuelles de fou avec lui. Sans Las Vegas, je ne me serais pas mariée avec un étranger en chapeau de cow-boy. Je roulai sur le côté avec un long soupir triste et pris la poupée troll sur la table de nuit et la coinçai sous mon menton.

Alors, pourquoi, mais pourquoi, je n'avais pas l'impression que Las Vegas avait été une erreur ? Et pourquoi avais-je le sentiment que c'était la seule chose intelligente que j'avais faite au cours des dix dernières années ?

Chapitre 25

DES BRUITS DE BOTTES CLAQUANT dans l'escalier me réveillèrent. Je m'assis brusquement en essayant de comprendre où j'étais et ce qui se passait. Baissant les yeux sur moi, je vis que j'étais encore toute habillée, non seulement par des vêtements, mais également la couche de sueur et de poussière sur tout le corps qui s'était transformée en un amas inconfortable et collant. La poupée troll était serrée dans mon poing. *Oh, merde. J'ai oublié d'appeler Bradley.* Je posai la poupée sur la table de nuit et attrapai mon sac sur le lit pour en sortir mon téléphone. *Mort. Merde. Et j'ai laissé mon chargeur dans la chambre d'hôtel.* Un sentiment de soulagement me parcourut, et cela me fit peur en réalisant que c'était parce que j'étais heureuse d'avoir une excuse valable pour ne pas appeler. Je n'avais aucun désir de lui parler et ce n'était pas uniquement parce que je ne voulais pas qu'il sache ce que je faisais. Tout ce à quoi je pensais était à quel point il détestait Ruby et combien de mon côté je l'aimais et la considérais comme une amie. Quelqu'un qui n'aimait pas Ruby avait quelque chose qui ne tournait pas rond. *Pourquoi n'avais-je pas pensé à ça auparavant ?*

Une porte s'ouvrit quelque part et se referma ensuite doucement. Je sortis du lit et me dirigeai sur la pointe des pieds vers l'entrée de ma chambre. J'ouvris la porte et jetai un œil dans le couloir, mais ne vis personne. Il y avait de la lumière sous la porte en face de la mienne. Maeve avait dit qu'Ian ne passait plus la nuit dans la maison et que la chambre parentale était au rez-de-chaussée, donc ce devait être Mack que j'avais entendu. Je rentrai ma tête dans ma chambre et me tins là, écoutant les sons pour connaître ses intentions. Je voulais utiliser la salle de bain, peut-être même prendre une douche tardive pour pouvoir dormir confortablement, mais s'il avait besoin de l'utiliser, je ne voulais pas interférer.

Après que plusieurs minutes se soient écoulées, je regardai à nouveau dans le couloir. La lumière ne brillait plus sous sa porte. Ma vessie n'allait pas m'autoriser à me défiler, alors je quittai ma chambre et parcourus le couloir sur la pointe des pieds en essayant de ne pas faire le moindre bruit. Une fois dans la salle de bain, je fermai la porte et la verrouillai.

Une serviette rose et moelleuse était sous le lavabo et plusieurs savons et shampooings se trouvaient sur le bord de la baignoire, m'assurant que je pourrais me débarrasser de la crasse de Baker City. Je me déshabillai rapidement et entrai dans la douche, mais yeux se fermant automatiquement sous le jet chaud qui me recouvrit et chatouilla ma peau. Le liquide coulait sur mes cheveux épais et s'infiltrait sur mon cuir chevelu, me donnant la chair de poule.

Je choisis le gel douche qui sentait la rose et en versai une quantité généreuse dans ma main. Je l'avais déjà bien fait mousser sur mes jambes et mes pieds lorsque j'entendis un bruit derrière le rideau. Cela semblait venir de trop près pour ne pas être à l'intérieur de la salle de bain, mais j'étais certaine d'avoir verrouillé la porte. Je m'immobilisai.

— Qui est là ? dis-je doucement.

La porte se ferma. *Oh mon Dieu ! Qu'est-il arrivé à ce foutu verrou ?*

Je croisai mes mains savonneuses sur mes seins. J'étais glissante et couverte de bulles, la pomme de douche placée bien derrière moi et dans une position qui n'aurait pas pu rincer mon corps prématurément. Auparavant, cela avait été une bonne chose, maintenant plus tellement.

— Il y a quelqu'un ? demandai-je.

J'aurais dû saisir le bord du rideau et vérifier par moi-même, mais je ne pouvais pas bouger. L'idée que je me trouvais nue dans la douche tandis qu'un homme était de l'autre côté du mince rideau était à la fois effrayante et sensuelle. Il n'y avait qu'une seule personne qui pouvait être là. Mais il ne ferait pas ça... entrer par effraction dans une salle de bain verrouillée alors que je m'y trouvais, nue. *N'est-ce pas ?*

— Tu as dit que tu voulais parler.

Sa voix était profonde, mais pas forte et elle s'enroula autour de moi comme des chaînes et me tint captive. J'aurais dû m'enfuir. J'aurais dû être en colère et offensée. Mais je ne l'étais pas et les mots ne voulaient pas sortir de toute façon.

— Je suis... Je suis dans la douche.

Je fermai les yeux, gênée que ce soit le mieux que je pusse trouver. J'aurais dû lui crier de foutre le camp.

— Je peux le voir. Mais je dois faire une course demain matin après mes corvées, alors j'ai pensé que tu voudrais parler maintenant plutôt que d'attendre un autre jour.

Je hochai rapidement la tête ; son raisonnement était parfaitement logique... sauf que j'étais nue sous la douche et que c'était le milieu de la nuit.

— D'accord.

J'hésitai, mes mains toujours sur ma poitrine.

— Mais tu ne regardes pas.

— Très bien. Même si je t'ai déjà vu complètement nue *et encore plus*.

J'entendis un mouvement et me reculai un peu vers l'eau. Le savon que j'avais étalé sur ma nuque coulait pour se retrouver entre mes fesses. Les bulles qui glissaient sur mes parties sensibles et Mack se trouvant de l'autre côté du rideau donnèrent à tout cela une atmosphère érotique. Même mes propres mains sur mes seins donnaient une charge sexuelle à la scène.

Je m'avançai et jetai un coup d'œil à travers le rideau. Il était torse nu et sans ses bottes, portant un jean taille basse déboutonné et s'appuyant contre le comptoir. Je déglutis difficilement, essayant de me concentrer sur ma réponse au lieu de son large torse, ses abdominaux, ses épaules musclées et son adorable visage.

— Qu'est-ce que ça veut dire... *et plus encore* ?

Il haussa les épaules, m'envoyant un sourire paresseux et sexy.

— *Et plus encore* signifie que tu étais nue, j'étais nu, et nous faisions au corps nu de l'autre des choses qui ne laissent plus rien à l'imagination. Je sais ce qu'on ressent à l'intérieur de toi.

Ses lèvres s'incurvèrent encore plus et je me souvins à ce moment précis de ce que j'avais ressenti lorsque sa langue s'était trouvée entre mes jambes.

Je refermai le rideau pour cacher mon visage brûlant et couvris ma poitrine avec mes mains.

— Waouh.

C'était tout ce que je pouvais dire. Aucun autre mot ne me venait à l'esprit. Mes oreilles bourdonnaient et mes jambes étaient si faibles que j'eus peur de m'effondrer. Je m'accrochai au porte-savon d'une main pour être sûre que je ne le ferais pas.

— Je suis désolé... est-ce que c'est trop audacieux pour toi ? demanda-t-il.

Il était visiblement parfaitement à l'aise avec tout ça, ne montrant aucune autre émotion qu'un léger amusement dans la voix.

— Peut-être, admis-je.

Sans aucun doute. Bon sang, comment arrive-t-il à me transformer en vierge effarouchée juste en se tenant devant moi en jean et en flirtant un peu ? C'est quoi mon foutu problème ? Est-il vraiment en train de flirter ?

— Je ne vois pas pourquoi ça devrait être trop audacieux, puisque tu prétends que nous sommes mariés. Les gens mariés font tout le temps les choses que nous avons faites.

Maintenant, nous étions en terrain connu. Argumenter était quelque chose que je pouvais faire, surtout quand j'avais une preuve pour me soutenir.

— Nous sommes mariés, ne t'en déplaise, et oui, c'est vrai, les personnes mariées font ces choses. Mais quand nous les avons faites, nous n'étions pas encore mariés, donc techniquement, le mariage n'a jamais été consommé. Et maintenant, je suis fiancée à quelqu'un d'autre alors...

Je voulais terminer cette phrase avec une menace mais les mots ne voulaient pas passer mes lèvres. Cela aurait été des mensonges et j'avais déjà suffisamment menti pour la journée

— Alors quoi, tu es fiancée, donc je devrais m'effacer ?

— Oui, dis-je en levant le menton.

C'était plus facile quand il ne disait que les mots et je n'avais qu'à acquiescer. *Froussarde.*

— Et je ne devrais pas me rapprocher de la douche, pas vrai ?

Sa voix ne venait plus de la zone du lavabo. Sans avoir entendu ses pas, je savais qu'il était debout juste de l'autre côté du rideau. Mes mamelons étaient douloureux de savoir qu'il n'avait qu'à tendre le bras pour me toucher.

— Non, dis-je à mi-voix. Tu ne devrais pas venir plus près.

— Et je suppose que je ne devrais pas me déshabiller et entrer dans la douche avec toi.

— Non, en aucun cas, dis-je, la respiration haletante, fière que mes mots me servent enfin à nouveau mais honteuse d'admettre que j'espérais qu'il allait les ignorer.

J'étais une mauvaise personne. Tout ce que le petit ami ma mère avait prédit se révélait exact. Menteuse. Salope.

Il ne répondit pas. J'attendis quelques secondes son prochain commentaire, mais aucun ne vint.

— Mack ? Tu es encore là ?

Le rideau s'ouvrit et je criai, en état de choc.

— Ahh ! Oh mon... *bon sang* !

Je croisai les bras sur mon corps dans plusieurs positions différentes, faisant tout mon possible pour me dissimuler.

— Que fais-tu, espèce de maniaque ?!

Il se tenait là, debout au milieu de la salle de bain ; complètement nu, son sexe pointant droit vers moi comme un missile.

Il sourit largement.

— Je rentre dans la douche avec ma femme présumée.

Il fit un pas vers moi, me coinçant sous le jet qui coulait à grandes eaux.

— Espèce de... !

L'eau s'engouffrait dans ma bouche, me faisant parler comme une sirène folle. Je la repoussai tout en essayant d'argumenter.

— Tu ne peux pas venir ici ! Je suis nue !

— En effet, tu l'es, dit-il en refermant le rideau derrière lui.

Puis il se tourna vers moi et posa une main sur ma taille.

Je la tapai vivement.

— Ne me touche pas ou je crie !

J'aurais pu pousser le rideau sur le côté et sortir. J'aurais pu lui donner des coups de pied ou lui envoyer du savon dans les yeux. J'aurais pu échapper à son emprise de multiples façons, mais je n'en utilisai aucune. Je restai là, l'eau coulant sur ma tête, mon visage et mes épaules tandis qu'il se rapprochait, espérant qu'il allait à nouveau me toucher. C'était mal, très mal, mal d'être ici avec lui et de vouloir cela, mais le nier serait ridicule. Des émotions aussi fortes étaient impossibles à nier.

— Crier pourrait être amusant. Si tu veux vraiment, *vraiment*, que j'arrête de te toucher, je le ferais. Je te le jure.

Il posa son autre main sur mon autre hanche, ses doigts s'y enfonçant et m'encourageant à venir vers lui.

— Mais si tu veux que je *continue* à te toucher, tout ce que tu as à faire, c'est dire 's'il te plaît' et je le ferai. Je te toucherais toute la nuit. Tu n'as qu'à demander.

Il ne souriait pas. Il me faisait une promesse, c'était clair.

Nous étions suffisamment proches pour que son érection pointe contre mon estomac. Il changea de position pour la faire reposer sur le côté contre mon ventre et me tira encore plus près.

J'étais trop abasourdie pour parler. Une partie du savon était encore sur ma peau et ses mains en avaient récupéré un peu. Ses doigts glissaient dans mon dos en direction de mes fesses, massant la peau avec des caresses appuyées et autoritaires. Une humidité chaude provenant de mon corps lubrifia mes replis, presque comme une libération, comme si la passion avait attendu d'être libérée depuis le moment où j'avais posé les yeux sur lui aujourd'hui.

— Nous ne devrions vraiment pas faire cela, dis-je dans un murmure rauque, en regardant les cheveux qui s'humidifiaient autour de son visage et bouclaient aux extrémités.

— Pourquoi ? demanda-t-il en baissant la tête pour lécher mon oreille.

Ma peau fut recouverte de chair de poule sur tout un côté, rien qu'avec un contact aussi simple que celui-là.

— Parce que... dis-je contre sa poitrine, mes mains quittant leurs positions de protection et se baissant pour se poser sur ses bras,... je suis fiancée.

À un homme dont je ne me soucie pas tant que ça, apparemment. Je suis une horrible personne.

Il m'attira violemment contre lui, son sexe se pressant contre mon ventre.

— Non, tu ne l'es pas, gronda-t-il dans mon cou. Tu es mariée. Avec moi. Nous étions là avant, pas lui.

Ses biceps se contractaient fortement sous mes doigts. Ils étaient plus gros que je m'en rappelais. Plus épais.

— Il n'y a rien de mal à coucher avec ton mari, insista-t-il.

Je gémis, incapable d'arrêter le son de sortir. Il m'offrait son pardon même si ce n'était pas à lui de me le donner et je le laissais m'influencer de toute façon.

Ses lèvres passèrent de mon oreille à ma bouche, laissant une traînée de baisers en chemin. Je déplaçai ma bouche vers la sienne, impatiente, avide, plus que prête et disposée à sentir ses lèvres sur les miennes. Mais alors qu'elles étaient sur le point de se rencontrer, il s'éloigna. Nous nous touchions à la taille, mais son torse était penché en arrière maintenant, laissant mes seins seuls et lourds, les mamelons douloureux du besoin d'être sucés et roulés entre ses doigts.

Il se tint là, à me regarder.

— Que fais-tu ? demandai-je.

— J'attends que tu me dises les mots.

Mes narines frémirent et mon menton se leva d'un air mutin.

— Non.

Je posai ma main sur son torse et le poussai, mais il ne bougea pas.

— Non, quoi ?

— Je ne vais pas te supplier. Tout ça est mal.

Il m'attrapa par la nuque avec une main et força mes lèvres sur les siennes, ouvrant ma bouche et envoyant sa langue épaisse envahir la mienne. Mes bras s'enroulèrent autour de son cou tandis que je poussai mes hanches contre les siennes. Je soupirai dans sa bouche. *Eh bien, tu parles de résistance.*

Le savon sur mes seins rendait les mouvements contre lui si faciles, si mouillés et glissants. Tout ce que j'avais à faire maintenant, c'était de positionner le bas de mon corps jusqu'à ce que je trouve le doux soulagement qu'il était – je le savais – le seul à pouvoir m'offrir. Des souvenirs de son corps lourd sur le mien assaillirent mon esprit, me faisant admettre que rien n'avait jamais été aussi bon depuis cette nuit à Las Vegas.

— Dis-le, gronda-t-il contre mes lèvres.

— Non, grognai-je en retour. Je ne le ferai pas.

Ce que nous faisions était mal. Je n'allais pas aggraver les choses en le suppliant. Dans un coin de mon esprit, je me disais que si je ne le suppliais pas, je pourrais blâmer la passion et la confusion de mon cerveau embrouillé chaque fois que Mack était dans le même espace que moi. Je ne pouvais pas m'en empêcher. Je ne pouvais pas être blâmée. J'étais juste une pauvre petite cochonne qui ne pouvait pas contrôler sa libido.

Il attrapa une de mes cuisses et la souleva, l'accrochant à sa hanche. Il guida son sexe vers mes replis et je pleurai presque de joie lorsque le contact se fit. Il fit glisser le gland de haut en bas, le déplaçant le long et autour de mon entrée, donnant de petites impulsions vers l'avant pour me tourmenter lorsqu'il atteignait le centre.

— Juste quelques mots, c'est tout ce dont j'ai besoin, dit-il.

Sa voix était si calme et assurée. Elle était exaspérante dans sa tonalité, comme s'il traitait une affaire. Il se contrôlait parfaitement et je peinais à me contenir. La seule chose que je pouvais faire, c'était de refuser de supplier, mais sinon, j'étais partante. Et tant pis pour mon plan de vie.

Il mit son autre main sur le bas de mon dos et m'attira vers lui tandis qu'il tenait son sexe prêt avec l'autre main. La pointe glissa sans aucune résistance, entièrement recouverte de l'humidité glissante que la douche n'avait pas réussi à laver.

— Oh mon Dieu, dis-je en m'agrippant à ses épaules et baissant sur l'endroit où nous nous rejoignions. Que se passe-t-il ?

— Je vais entrer en toi maintenant, dit-il.

Je levai les yeux pour voir une expression féroce peser sur moi. Ses narines étaient dilatées et sa mâchoire était serrée. Ses yeux bleus étaient brûlants de passion, ses cheveux trempés et pendant sur son front. Je fus emportée par tout cela – l'humeur sombre, le défi, la présence imposante de cet homme qui avait envahi ma douche, mes parties sensibles, saisissant ce qu'il voulait et exigeant que je rende les armes. Juste quelques mots. C'était tout ce qu'il demandait.

— Non, dis-je.

Mais nous savions tous les deux que je ne le pensais pas.

Son sexe entra lentement en moi, si lentement. Je crus qu'il allait s'arrêter, un vague souvenir de notre dernière rencontre me disant que c'était la façon dont il opérait... mais il ne s'arrêta pas. Il continua, me remplissant jusqu'à ce qu'il ne reste plus rien.

Je me pressai contre lui maladroitement, essayant de m'approcher aussi près de lui que je le pouvais. La douche était trop petite et il n'y avait nulle part où s'accrocher. J'attrapai le rideau lorsque Mack se retira avant de s'enfoncer de nouveau en moi, et réussis à faire tomber le tout sur nos épaules.

Il repoussa le plastique sur le côté et ne s'arrêta pas, ne laissant ni l'eau ni le chaos altérer son rythme. Et tout le temps qu'il plongea en moi, il ne détourna jamais le regard ; il me fixait comme s'il voulait démontrer quelque chose. Et je sentais cette chose à chaque poussée. Il prenait possession de moi, ruant au nez du plan que j'avais eu avant de venir ici. Il était aux commandes, pas moi.

Il accéléra la vitesse de son rythme, nos corps humides faisant des sons de gifles lorsqu'ils se réunissaient. Ça m'était égal. L'acte était encore plus érotique en sachant que nous faisions des dégâts et que nous étions bruyants.

Alors que je sentais une chaleur s'installer entre mes jambes et envahir tout mon être, je ressentis soudain le besoin de protester. Personne ne m'avait jamais fait me sentir comme ça et c'était mal. Ça devait être mal. Cela rendait mes expériences avec les autres hommes ennuyeuses et fausses. Il allait tout gâcher.

— Nous devons arrêter. Nous ne devrions pas...

Il me donna sa réponse en la martelant avec chaque poussée.

— Tu. Es. Ma. *Femme.*

Le dernier mot sortit comme un grognement.

Je m'accrochai à lui, ne me souciant plus que ce soit bien ou mal. Tout ce que je voulais, c'était que cette sensation continue pour toujours. Je m'inquièterais des conséquences plus tard.

Il s'arrêta brusquement alors qu'il était entièrement enfoui en moi et se pencha. Coupant l'eau, il mordit mon cou en même temps.

— Aïe ! couinai-je. Que fais-tu ?

— Sors de la douche, dit-il en se retirant d'un mouvement souple et rapide.

Je me sentis immédiatement vide et abandonnée.

— Quoi ?

Mon cerveau allait dans environ cinq directions différentes, complètement embrouillé quant à ce qu'il faisait.

Il sortit de la douche, son érection complètement engorgée.

— Dehors. Mets tes mains sur le comptoir et penche-toi.

Mes yeux s'écarquillèrent un peu, mais je ne le contredis pas ; j'étais bien au-delà de tout ça maintenant. Je sortis en évitant prudemment le rideau et fis ce qu'il m'avait dit. Je lui tournai le dos, l'air frais me faisant frissonner. Mes tétons durcirent alors qu'il s'approchait derrière moi et que je me penchais.

— Que fais-tu ? chuchotai-je en regardant le lavabo.

C'était une question stupide. Nous savions tous les deux ce qu'il faisait. Je jouais à l'innocente victime tandis qu'il avait le rôle du conquérant. Cela apaisait ma culpabilité.

— Chut. Contente-toi de te tenir là, et lorsque tu seras prête à dire 's'il te plaît', nous finirons. Jusqu'à ce que ça arrive, tais-toi pendant que je te touche.

Ses grandes mains se faufilèrent sur le devant de mon corps et glissèrent sur les côtés de mes seins, les prenant dans ses paumes et les pressant une fois qu'elles atteignirent leur centre. Mes mamelons étaient entre ses doigts et il les pinça tout en serrant mes seins à plusieurs reprises. Un faible gémissement s'échappa de ma gorge et je fermai les yeux, perdue dans les sensations arrachées de ma poitrine qui se propageaient vers d'autres endroits sur mon corps, me rendant plus humide que jamais. Mon ventre palpitait avec la nécessité de le sentir en moi, caressant, glissant.

Son érection était entre mes fesses. Je me poussai vers lui en espérant qu'il finirait ce qu'il avait commencé. Une main quitta ma poitrine pour diriger son sexe. Il était entre mes jambes maintenant, et comme il se penchait pour pincer à nouveau mes mamelons, il se glissa entre mes cuisses, vers le comptoir. C'était assez proche pour me tourmenter, mais pas suffisant pour me donner une quelconque satisfaction. C'était exaspérant.

— Tu me tortures, dis-je en basculant la tête en arrière contre lui tandis qu'il laissait tomber ses lèvres sur mon cou et le suçait.

Il mordit puis embrassa. Il lécha et suça à nouveau tout en pressant mes seins. Je mis mes mains sur le mur de chaque côté du miroir pour lui donner un meilleur accès.

— La torture peut cesser si tu le souhaites. Il te suffit de dire 's'il te plaît'.

Je secouais langoureusement la tête, refusant une fois de plus.

— Jamais.

J'avais l'air et me sentais ivre.

Il laissa tomber une main, puis le bout de son sexe taquina mon entrée.

— Ne dis jamais jamais, bébé. Jamais.

— Jamais, murmurai-je, coincée dans une sorte de pays des merveilles où il me remplissait presque de nouveau.

Je savais déjà ce que j'allais ressentir et je mourrais d'impatience de revivre cette expérience.

Il appuya sur le bas de mon dos et entre mes omoplates pour me forcer à me pencher plus en avant. J'obtempérai avec empressement, ouvrant plus largement mes jambes et offrant mes fesses en sacrifice. Il vint alors vers moi, frottant le gland autour de mes replis, le rendant mouillé et glissant.

— C'est si bon, dit-il. Et ton cul. Mon Dieu que j'aime ton cul.

Il serra une mes fesses puis lui donna une claque. La piqûre fut plus agréable qu'elle aurait dû l'être.

— Il est trop gros, dis-je en baissant la tête et me poussant légèrement vers lui, le suppliant silencieusement de me pénétrer.

Cette attente était en train de me tuer.

— Voyons ça.

Il m'attrapa par mes hanches et se poussa à l'intérieur de mon entrée glissante, m'attirant contre lui pour s'enfouir complètement dans ma chaleur.

— Oh, mon Dieu, oui.

ELLE CASEY

Il serra mes hanches.

— Ce cul. *Mmm* !

Il claqua ma fesse une fois de plus avant de me saisir à nouveau les hanches en appliquant un mouvement de va-et-vient. Ses bras se pliaient et se détendaient, bougeant le bas de mon corps pour glisser d'avant en arrière toute sa longueur dans mon fourreau.

— Oh non, bébé.

Le mouvement de ses bras s'accéléra tandis qu'il balançait ses hanches en suivant leur rythme.

— Ce cul est parrrrrfait comme il est.

Ses testicules frappaient mon clitoris, me faisant gémir d'un plaisir inassouvi. Je baissai une de mes mains pour me toucher et il s'arrêta de bouger.

— Non. Laisse tes mains où je peux les voir, siffla-t-il en m'attrapant le poignet.

Il força ma main à se poser sur le bord du lavabo et la poussa, ne la lâchant pas jusqu'à ce que mes doigts s'accrochent au rebord du comptoir.

Il recommença alors à me marteler, serrant mes hanches dans une poigne de fer et me forçant à rester là où il le voulait. J'étais à sa merci, à mi-chemin du plaisir et la plupart du temps frustrée, tout en adorant qu'il prenne les commandes et me fasse faire des choses que je prétendais ne pas vouloir faire.

— Touche-moi, demandai-je.

Il me martela plus fort, nos corps claquant plus bruyamment sous l'impact.

— Supplie-moi, me contra-t-il.

— Non, répondis-je, mais avec beaucoup moins de conviction cette fois.

Le plaisir s'amplifiait et son membre devenait plus grand, plus épais. Il était proche. Nous étions tous les deux proches. Mais il allait y arriver en premier.

— Dis-le, grogna-t-il. Je ne vais pas pouvoir tenir plus longtemps.

Il respirait difficilement.

— Seigneur, ton cul est incroyable. *Bon sang* !

Mon clitoris pulsait de plaisir, gonflé au maximum et suppliant d'être touché. Mon cerveau tourbillonnait sous les conséquences de mon acte. Nous baisions comme des animaux dans la salle de bain de ses parents alors que j'étais censée être déjà rentrée en Floride. Mais son corps avait l'air d'être fait pour moi et nous nous emboîtions comme si nous ne faisions qu'un. C'était ce que je voulais. Rien d'autre au monde ne comptait en ce moment, à part trouver ma libération avec cet homme à l'intérieur de moi.

J'étais à bout de souffle, à peine capable de faire sortir les mots.

— S'il te plaît, Mack, s'il te plaît. D'accord ? S'il te plaît.

Ma reddition fut complète avec ces simples mots.

— S'il te plaît, dis-je à nouveau, gémissant presque.

Il se retira d'un coup sec et me retourna brusquement.

— Quoi ? m'écriai-je, pensant que je m'étais faite avoir.

Je n'eus pas le temps de comprendre ce qu'il comptait faire. Il me souleva et m'assit sur le lavabo, écarta mes jambes, et enfonça à nouveau son sexe en moi.

Maintenant, nous étions face à face, les yeux dans les yeux, et nez à nez. Ses yeux bleus plongeaient dans les miens, la passion et l'émotion impossible à rater.

— Tu es ma femme, dit-il à seulement quelques centimètres de moi, son souffle chaud vacillant sur mes lèvres. Tu m'as épousé à Las Vegas il y a deux ans.

— Oui.

— Et je suis ton mari.

Je hochai la tête, des larmes glissant de mes yeux.

Il serra les dents et grogna.

— Et ceci, c'est nous en train de consommer notre mariage.

Il s'enfonça en moi et me rapprocha en me poussant par le bas de mon dos, s'assurant que je sois parfaitement collée contre la base de son sexe. Il commença à se balancer, frappant en moi et me remplissant, me faisant basculer en quatre poussées énergiques.

— Oh, Mack ! criai-je en m'accrochant à ses épaules.

— Ahh ! Putain ! rugit-il, penché sur moi et me pilonnant, ses cheveux chatouillant mon nez tandis qu'il mordait mon épaule.

Je plantai mes ongles dans son dos pendant que je chevauchai les vagues de l'orgasme. Juste au moment où je pensais que j'en avais terminé, il se poussa encore une fois en moi et m'envoya à nouveau dans un autre spasme de plaisir. J'étais perdue et je ne voulais pas revenir. J'étais étourdie et confuse, errant dans un kaléidoscope de couleurs, ne sachant plus où ni qui j'étais.

Il passa ses bras autour de moi, me tenant dans ses bras puissants. Il frissonna à plusieurs reprises, la respiration haletante dans mon oreille comme un taureau furieux. Je laissai l'émotion m'emporter au loin, entendant seulement les bruits de sa respiration et rien d'autre. C'était réconfortant. Et dangereusement séduisant.

Après ce qui sembla être une éternité, lorsqu'il s'arrêta enfin de bouger et que mon corps cessa de me trahir, mes cris de passion se transformèrent en gémissements avant de se dissoudre en larmes.

Il prit une profonde inspiration et détacha ses dents de ma peau, appuyant son front dans mon cou en poussant un profond soupir.

— Je t'aime, dit-il simplement, son souffle chatouillant mon oreille.

Mon cœur se serra douloureusement dans ma poitrine.

— S'il te plaît, ne dis pas ça, murmurai-je, les larmes menaçant de couler à nouveau.

— Ouais, dit-il d'une voix rendue rauque d'émotion. Je comprends.

Il retira son sexe ramolli de moi et se retourna, la main déjà sur la porte.

— Où vas-tu ? demandai-je, ma voix révélant de la douleur et de la confusion.

Je m'affaissai contre le miroir.

— Loin. Je te parlerai demain à neuf heures.

Et il partit. La porte se referma derrière lui, me laissant seule dans la salle de bain témoin de notre passion débridée. Je restai assise là pendant longtemps, réalisant enfin ce que l'on ressentait lorsque son cœur se brisait. Je pensais que je le savais. Lorsque Tommy avait rompu avec moi par message et que d'autres personnes m'avaient laissé tomber quand j'étais enfant, cela m'avait fait mal. Beaucoup. Mais j'avais eu tort au sujet de ces moments douloureux. Oui, ils avaient meurtri mon cœur. Mais ce que je ressentais maintenant ? C'était une vraie douleur. C'était un vrai chagrin d'amour.

Je sus sans aucun doute possible que l'homme qui passait cette porte pour signer les papiers de divorce était le seul qui pourrait me faire sentir de cette façon, et cela me causa un chagrin comme aucun autre. Je me souviendrais de ce voyage à Baker City, Oregon, en sachant que Gavin MacKenzie était l'homme qui avait brisé mon cœur en mille morceaux. Et j'allais simplement le laisser faire. Je n'avais pas d'autre choix.

Je descendis du lavabo et me déplaçai lentement vers la douche pour raccrocher le rideau, mon cœur engourdi par la douleur. Je me rinçai, sursautant lorsque mes doigts touchèrent les parties maintenant trop sensibles entre mes jambes. Tout était encore épais et gonflé et, alors que j'essayai de tout faire disparaître en me rinçant, je me rendis compte pour la première fois que nous avions eu des relations sexuelles sans protection.

Oh, Seigneur, est-ce que je pourrais être encore plus stupide ? Je fixai le plafond alors que des larmes s'échappaient de mes yeux et coulaient dans mes oreilles. *Qu'est-ce que je vais faire, maintenant ?*

Chapitre 26

JE NE SAIS PAS COMMENT JE RÉUSSIS à dormir. Peut-être était-ce à cause de l'épuisement dû au soleil ou des torrents de larmes que j'avais versées, toujours est-il que mes yeux ne s'ouvrirent que bien après neuf heures. Je sautai hors du lit et me glissai dans mes vêtements sales. Courant dans l'escalier après un rapide coup d'œil dans le miroir, j'allais d'une pièce à l'autre à la recherche de Mack. La nuit dernière avait été une erreur. Je devais le lui dire. Je devais lui dire que nous devions abandonner ces attentes irréalistes et vivre les vies pour lesquelles nous étions nés. La sienne était ici, et la mienne à l'autre bout du pays. Nous étions totalement incompatibles.

— Eh bien, bonjour, soleil, déclara Angus, appuyé contre le comptoir et buvant ce qui ressemblait à une tasse de café.

Il pointa du doigt une machine à côté de l'évier.

— Servez-vous. Les tasses sont dans le placard au-dessus.

Je m'y dirigeai et sortis une tasse.

— Mack est-il par-là ? demandai-je en me versant une tasse de café noir.

Aujourd'hui j'allais faire l'impasse sur la crème et le sucre ; j'avais besoin de caféine pure dans mes veines.

— Non. Il est allé en ville.

Je me retournai.

— Mais... nous avions un rendez-vous.

Angus rit.

— Nous ne prenons généralement pas de rendez-vous par ici.

— D'accord, eh bien nous avions un accord pour nous rencontrer à neuf heures pour que nous puissions parler.

— À propos de votre truc sur la généalogie ?

Je hochai la tête en prenant une gorgée de mon café. Selon mon cerveau dérangé, hocher la tête n'était pas exactement un mensonge.

— Vous pouvez me poser des questions si vous voulez. Je suis disponible pendant la prochaine demi-heure, et je suis un MacKenzie.

— N'avez-vous pas des veaux à dé-testiculer ?

Il rit de nouveau.

— Non, pas tout de suite. J'ai besoin de Mack pour cela et il a dû s'en aller.

— Où est-il allé ? Savez-vous quand il sera de retour ?

Angus regarda dans sa tasse en fronçant un peu les sourcils.

— Je n'en suis pas sûr.

Je pouvais dire qu'Angus mentait, mais il était sans doute vrai que rien de tout cela n'était mes affaires. J'étais juste la fille qui essayait de se détacher du magnétisme animal de Mack pour revenir à sa vraie vie.

— Y-a-t-il une chance que quelqu'un puisse me conduire en ville pour que je puisse prendre mes numéros de téléphone, mon chargeur et d'autres choses ?

— En fait, toutes vos affaires sont dans le hall d'entrée. Boog les a apportées tôt ce matin.

Je posai ma tasse sans dire un mot et je sortis de la cuisine pour me diriger vers la porte d'entrée. Ma mâchoire se décrocha à la vue de toutes mes affaires posées là sur le sol. Comment diable... ?

Angus se tenait derrière moi.

— Votre voiture a été remorquée au garage. Vous avez un essieu tordu. Cela va prendre un peu de temps pour le réparer. Puisque vous n'avez aucun moyen de transport, nous nous sommes dit que vous aimeriez avoir vos affaires pour le temps que vous passerez ici. Boog connaît la fille à la réception de l'hôtel, alors elle l'a laissé entrer dans votre chambre.

Je me retournai pour lui faire face, incertaine de ce que j'allais dire. L'expression de son visage arrêta les paroles qui étaient sur le point de voler hors de ma bouche. Il avait l'air... triste.

Je fronçai les sourcils, en pleine confusion. Tout cela n'avait aucun sens.

— Ouais... alors... je vais aller dans la grange. Maeve sera dans la cuisine dans quelques minutes. Elle est allée ramasser des œufs.

Il m'abandonna, debout au milieu du l'entrée.

Je laissai tout où c'était, sauf mon chargeur de téléphone que je ramenai dans la chambre d'Ian où je le branchai immédiatement. Dès qu'il y eut assez de jus pour alimenter mon téléphone, je regardai mes messages. Il y en avait quatre de Bradley, un de Ruby et un de Candice. Je ne pris pas la peine de vérifier mes messages vocaux. Je lus le message de Candice en premier.

Candice : *J'ai entendu dire que tu étais dans l'Oregon ??? Appelle-moi. Chienne.*

Candice : *Bon, tu sais que je plaisantais en te traitant de chienne, pas vrai ? Appelle-moi. Chienne.*

Je souris en appuyant sur son numéro. Bradley pouvait attendre. Le bureau pouvait attendre. Je n'avais pas parlé à ma meilleure amie depuis des mois.

— Bonjour ? C'est vraiment toi ? dit Candice en criant presque.

— Oui, c'est bien moi.

Je ne savais pas jusqu'à ce moment-là à quel point sa folie m'avait manquée.

— Et tu m'appelles de l'Oregon et Bradley n'est pas avec toi, c'est ça ?

— Ouais, c'est ça.

— Ouiiiiii !!!

Le téléphone tomba et j'entendis un fort 'bang' puis des bruissements.

— Oups, désolée, dit-elle, maintenant un peu à bout de souffle. Je viens de perdre les pédales pendant une seconde. Est-ce que tu as annulé ? Est-ce que tu cours après deux lièvres ?

— De quoi parles-tu ?

— Ruby m'a tout raconté. Allez, crache le morceau. Comment est-il ? Est-ce qu'il t'a saluée avec son chapeau de cow-boy quand tu t'es présentée ?

Mon cœur battait la chamade.

— Attends une seconde, Candice. Comment sais-tu tout ça ? Personne n'est au courant, pas même Ruby. Tout ce qu'elle a fait, c'est organiser mon voyage.

Elle renifla.

— Bien sûr. As-tu oublié pour qui tu travailles ?

— Euh... non.

Qu'est-ce que mon cabinet d'avocats avait à voir avec tout cela ?

— Ruby. Tu travailles avec Ruby. Ruby sait tout, Ruby voit tout, Ruby me dit tout. Ruby a le mot de passe de tes dossiers informatiques.

Je fermai les yeux et soupirai, y mettant toute ma frustration, mon inquiétude et mon sentiment d'impuissance.

— Es-tu fâchée ? Ne sois pas fâchée contre elle. Elle t'a juste fait une bonne grosse faveur, crois-moi.

— Qu'est-ce qu'elle a fait ?

Les mots pouvaient à peine sortir.

— Rien. Elle l'a juste dit à Kelly et moi pour qu'on puisse... tu sais... aider si nécessaire.

Je posai une main sur mon front.

— Crois-moi, ton aide est la dernière chose dont j'ai besoin.

— S'il te plaît, ne raccroche pas, supplia-t-elle. Tu es finalement de retour et je ne serais pas capable de le supporter si tu me larguais à nouveau.

— Te larguer ?

Je me redressai. Tour cela n'avait aucun sens.

— Oui. Me larguer.

Elle était apparemment certaine de ce qu'elle disait.

— Depuis que tu as commencé à sortir avec *ce Bradley*, tu as largué toutes tes amies. Ou peut-être n'as-tu pas remarqué que tu n'avais plus aucun ami normal dans ta vie ?

Mettre Candice dans la catégorie des gens normaux était comme mettre Ruby dans la catégorie des gens timides respectueux de la confidentialité, ce qui était un tas de conneries.

— J'ai remarqué que toi et moi n'avons pas déjeuné ensemble depuis des lustres.

— Des lustres ? Tu peux dire un an, mon amie. Une putain d'année entière. Et maintenant, voilà... tu m'as fait jurer ! Tu m'as fait rompre mon vœu de ne pas jurer cette semaine. J'espère que tu es heureuse. Quoi qu'il en soit, assez de tout ça... parle-moi de ton homme.

J'eus envie de pleurer.

— Il n'est pas mon homme. J'attends de lui qu'il signe les papiers du divorce.

— Alors tu l'as vraiment épousé, chuchota-t-elle. Oh mon Dieu, c'est tellement romantique !

Elle cria à nouveau, mais heureusement pas dans mon oreille cette fois-ci.

Lorsqu'elle revint au téléphone, je clarifiai :

— Ce n'est pas romantique. C'est horrible. Horriblement horrible.

Des larmes envahirent mes yeux.

— Oh, ma chérie, qu'est-ce qui ne va pas ? Pourquoi pleures-tu ?

— Je ne pleure pas, insistai-je en essuyant les larmes sur mes joues. Je suis juste frustrée.

— Parle-moi. Dis-moi ce qui se passe. Je suis sûre que je peux aider.

— Tu ne peux pas, tu ne peux vraiment pas. C'est juste... très compliqué.

— Dis-moi ! Je suis bonne pour conseiller les gens. Je peux t'aider à tout décompliquer, je te le promets. S'il te plaît-s'il te plaît-s'il te plaît-s'il te plaît-s'il te plaît ?

Elle m'eut à l'usure avec ses supplications, et j'avais vraiment besoin de soulager ma poitrine de ce secret. Cela me tuait de ne pas avoir quelqu'un qui me mette un peu de plomb dans la tête.

— D'accord, ça va. Apparemment, je l'ai épousé il y a deux ans, après que tu nous aies laissés et que nous ayons eu des relations sexuelles de fou.

— Oh, mec. Vous avez dû faire des trucs assez incroyables pour que tu acceptes d'épouser ce gars.

— Je sais, pas vrai ? Je n'ai aucune idée de ce qui s'est passé cependant, parce que le jour suivant, il avait disparu.

— Où est-il allé ?

— Je n'en ai aucune idée ! J'ai trouvé un ticket de consigne dans la chambre et j'ai appelé la réception. Ils ont dit qu'il était venu, avait pris ses bagages et était parti. Je n'ai jamais plus entendu parler de lui, donc je ne sais rien d'autre.

— Et puisque tu ne te souvenais pas de l'avoir épousé, tu n'as rien fait.

— Exact. Je veux dire, j'étais un peu triste qu'il n'ait pas appelé ou quoi que ce soit, mais je suis passée à autre chose. Tu sais, j'ai dû m'occuper de ce truc avec Tommy et puis... eh bien, la vie a repris ses droits.

Elle renifla.

— Tu veux dire que ton stupide *plan de vie* a repris ses droits. Quand vas-tu jeter cette chose dans la déchiqueteuse et te concentrer sur ta vraie vie ? La vie non scénarisée ?

— Je ne sais pas, dis-je d'une voix faible.

— Eh bien, c'est un progrès ! C'est la première fois que je t'entends considérer passer du côté de la force obscure. Bravo ! Peut-être que l'Oregon est bon pour toi, après tout.

J'éclatai de rire.

— La force obscure ?

— Oui, dit-elle avec conviction. Ce maudit plan de vie n'a fait que te conduire sur le mauvais chemin depuis le premier jour. La force obscure.

— Il m'a fait entrer à l'université et à l'école de droit.

— Certes, il t'a fait entrer à l'université qui est l'endroit où toi, Kelly et moi nous sommes rencontrées, mais à part ça, bouh ! Qu'est-ce que l'école de droit a fait pour toi à part devenir une chienne analytique au cœur froid ?

Je faillis m'étouffer d'indignation.

— Hé. C'est inadmissible ! Même venant de toi, Candice.

— Hé ! Je te donne simplement l'amour vache dont tu as eu besoin pendant des années. Maintenant, écoute-moi, parce que je sais que je vais bientôt être coupée. Ça va être dur, mais tu as besoin de l'entendre. Tu as un très mauvais goût quand il s'agit des hommes parce que tu essaies toujours de les faire entrer dans un moule. Tu tombes amoureuse d'un potentiel, pas de la réalité. Tu es attirée par des caractéristiques que tu as couchées sur le papier plutôt que par l'homme réel qu'il y a en dessous. Arrête de mettre les hommes dans des catégories. Arrête de faire des listes et d'évaluer les hommes à partir d'elles ! Tommy était un vomi et Bradley est un sandwich d'étron. Il ne se soucie pas de toi ; il se soucie uniquement de ce que ses amis *pensent* de toi. Il est odieux, et un jour il sera radié du barreau parce que je parie qu'il triche. Je parie qu'il prend des raccourcis. Tu es trop bien pour lui et tous les autres connards avec qui tu es sortie. Mais peut-être pas ce cow-boy. Peut-être que ce mec est le bon.

Elle termina d'une voix plus douce.

— Il avait l'air vraiment gentil quand je l'ai rencontré.

J'avais commencé à pleurer à mi-chemin de sa tirade et maintenant j'étais assise là, complètement engourdie. La douleur était terrible, non pas tant parce que les mots venaient de la bouche de quelqu'un qui m'importait, mais parce qu'ils étaient tous vrais. Je savais qu'ils étaient vrais, mais je savais aussi que je n'étais pas assez forte pour faire quoi que ce soit à part les ignorer.

— Merci d'avoir appelé, Candice. Je dois partir maintenant.

— Oh, non, pas de ça ! Hors de question que je vive une autre période de sécheresse de l'amitié ! Parle-moi. Dis-moi ce que tu penses à cette seconde !

— Je pense que je dois y aller.

— Non. Je ne l'accepte pas. Essaye encore.

Je poussai un long soupir tremblant.

— Je ne sais pas ce que tu veux de moi, Candice.

— De l'honnêteté. Dis-moi maintenant, en toute honnêteté, ce que tu ressens pour ce cow-boy. Quel est son nom, au fait ?

— Il s'appelle Mack. Et ce que je ressens pour lui ? Je ne sais pas. C'est confus.

— Fais-moi une liste. Tu aimes les listes.

— Tais-toi.

— Non, je suis sérieuse. Une liste. Vas-y.

— Très bien. Tu veux une liste ? La voilà : Sexy. Séduisant. Intelligent. Sexy. Attirant. Convainquant. Musclé. De bonne famille. Sûr de lui. Poli. Sexy.

— J'ai l'impression qu'il y a une bonne dose d'alchimie entre vous.

Je pouvais dire qu'elle souriait au ton de sa voix.

Je pris une autre inspiration tremblante, effrayée d'admettre ce que j'avais fait, mais sachant que c'était pertinent. Je voulais vraiment me confesser au Père Candice.

— Dis-moi ce que tu ne me dis pas, insista-t-elle.

— Tu lis dans les pensées maintenant, aussi ?

— Oui. Je l'ai toujours fait. Tu as couché avec lui ?

— À Vegas ? Oui.

— Non, idiote, en Oregon. Ne joue pas avec moi. J'ai une couleur et une coupe dans dix minutes.

— Eh bien vas-y. Je dois appeler Bradley. Il m'a laissé une tonne de messages.

— Je peux sauter dans un avion et être là dans moins de six heures.

Elle me menaçait

— *Non.* Reste où tu es. J'ai déjà assez de mal à jongler avec tout ce qui se passe ici. Je n'ai pas besoin de t'ajouter à l'équation.

— Dis-moi alors. Tu as encore couché avec lui, pas vrai ?

— Promets-moi que tu ne crieras pas dans le téléphone.

— Ouiiiiiii !!! Tu l'as fait, espèce de cachottière !

Elle riait aux éclats, probablement au milieu de son salon.

— Oui. La nuit dernière. C'était incroyablement érotique et pas la bonne chose à faire et... merde, Candice ! Je ne sais pas ce que je fais !

Je me sentais et donnais l'impression d'être au le bord de la folie.

— Bien sûr que tu le sais ! Tu suis ton cœur et ton vagin à la place de ta tête pour changer ! Bravo ! Il était temps. Bon sang, quand nous étions à Las Vegas, j'ai pensé que tu avais enfin compris. Mais alors nous sommes rentrées, et tu as directement remis ta tête dans ton cul. Ruby, Kelly et moi pensions que tu étais perdue. Mais maintenant, tu es de retour, bébé, tu es de *retour* ! Ne nous abandonne pas maintenant. Il y a trop de choses à venir.

— Trop de quoi ?

Je souriais à travers mes larmes. Candice avait un tel sens de la formule.

— Trop de bonheur, ma chérie. Je pense que ce cow-boy pourrait te rendre heureuse. Pourquoi ne lui donnerais-tu pas une chance ?

— Je ne peux pas, chuchotai-je en regardant les photos sur les étagères d'Ian.

— Pourquoi pas ?

On aurait dit qu'elle allait pleurer avec moi.

— Parce que je pense qu'il a une petite amie. Je pense que c'est sa colocataire.

— Eh bien, déclara Candice, son moral remontant à nouveau, elle doit s'en aller. Tu étais là la première, tu es sa femme.

— Ce n'est pas aussi simple.

— Bien sûr que si. S'il avait une petite amie qui comptait pour lui, aurait-il couché avec toi la nuit dernière ?

— Peut-être pas. Ou peut-être qu'il a couché avec moi pour me donner une leçon.

— Une leçon ? Une leçon de quoi ?

— Je ne sais pas. Il semblait en colère contre moi dès qu'il m'a vu.

— Est-ce qu'il se rappelait que vous étiez mariés ?

— Oui, je pense.

— Mais il était en colère contre toi, même s'il a disparu et ne t'a jamais appelé.

— Oui.

ELLE CASEY

— Mmmm... Eh bien, pourquoi tu ne l'as jamais appelé ? Tu n'étais pas un peu curieuse de savoir pourquoi il avait disparu ?

Je haussai les épaules, assise seule dans la chambre d'Ian, essayant de me rappeler de ce jour deux ans auparavant dans la chambre d'hôtel.

— Je ne pouvais pas.

— Tu ne pouvais pas quoi ?

— L'appeler. Je n'avais pas son numéro.

— Tu es sûre ? Tu étais dans les vaps la moitié de la nuit. Tu étais dans les vaps pendant tout le foutu mariage. Il a certainement ajouté son numéro sur ton portable, mais tu n'aurais pas pu t'en souvenir non plus, pas vrai ?

Mon visage me brûla tout comme mon estomac.

— Je... je ne me souviens pas d'avoir vu un numéro inconnu dans mon téléphone.

— Pfft. Tu as à peu près un million de numéros sur ton téléphone. Tu n'as même pas songé à chercher à son nom ?

Un souvenir me revint en mémoire.

— Je ne pouvais pas !

— Pourquoi ?

— Parce que tu as fait tomber mon foutu téléphone dans les toilettes, tu ne te rappelles pas ?

J'agrippai les draps en ayant l'impression que je pourrais les déchiqueter avec mes ongles.

— Oh, merdouille. Je m'en rappelle. Oh miiiiiiince. Et tous tes contacts ont dû être chargés sur un nouveau téléphone quand tu es retournée à ton bureau.

— Sauf celui qui avait été ajouté à Las Vegas, puisqu'il n'était pas sur ma liste de secours au bureau, dis-je tristement. En supposant qu'un numéro ait été ajouté à Las Vegas.

— Je suppose que tu as une mission, alors, déclara Candice. Tu dois lui demander s'il t'a donné son numéro. Peut-être que tu étais censé l'appeler, et quand tu ne l'as pas fait, il est devenu fou.

— Mais pourquoi ne lui aurais-je pas donné mon numéro ? S'il voulait me parler, il aurait pu m'appeler, pas vrai ?

— Tu ne le sauras jamais si tu ne lui demandes pas.

Une voix inconnue parla doucement à côté de Candice.

— Merde, je dois y aller. Ma prochaine cliente est là. Nous en reparlerons plus tard. Promets-moi de ne pas disparaître !

— Je te le promets.

Je voulais me blottir dans le lit et dormir toute la journée. C'était un gâchis royal, et maintenant je me rendais compte que par-dessus le marché, j'avais presque littéralement jeté mes meilleures amies à la poubelle. Quand les choses avec les hommes tournaient mal, les copines étaient les seules qui pouvaient les améliorer. Pourquoi les avais-je quittées pour Bradley ?

— Bien. Courage, ma belle ! Nous allons arranger ça. En attendant, je vais mettre Kelly au courant et faire le point avec Ruby.

— Non ! Je ne sais pas ce que Ruby fait là-bas, mais Bradley ne doit pas savoir ce qui se passe ici !

— Euh, il se pourrait que ce soit trop tard pour ça. Je dois y aller, bébé d'amour. À plus !

La ligne fut coupée.

Chapitre 27

MES DOIGTS TREMBLAIENT ALORS QUE je composais le numéro sur mon téléphone. Si Ruby avait tout dit à Bradley, c'en était fini pour moi. Pas seulement mon plan de vie, mais également mon travail. Je m'étais construit une réputation de professionnelle et dure au labeur, et la rumeur que je m'étais mariée avec un homme que je ne connaissais pas à Las Vegas au cours d'une soirée d'ivresse détruirait tout ça. Pouf. Six ans à la poubelle. Retour au point de départ avec aucun plan pour continuer et de la honte pour tout bagage.

Je n'attendis même pas que la réceptionniste termine son introduction à l'entreprise.

— Jackie, pouvez-vous me passer Ruby ? C'est Andie et c'est un peu une situation d'urgence.

— Bien sûr, Andie, ne quittez pas.

Il n'y avait aucune indication qu'elle sache ce que je vivais dans son timbre, mais cela ne voulait rien dire. Jackie était aussi professionnelle que possible. Elle pourrait être la témoin de l'assassinat du président et elle serait encore assise là, avec un regard vide sur son visage et agissant comme si de rien n'était.

J'attendis ce qui sembla être une éternité avant que la connexion se fasse.

— Andie ?

Mon cœur sombra. La voix était trop profonde pour être celle de Ruby.

— Oui ... couinai-je, à peine plus qu'un murmure.

— Andie, c'est Bradley. Où diable es-tu ?

Il avait l'air à la fois inquiet et en colère.

Je déglutis difficilement.

— Quasiment au milieu de nulle part. Où es-tu ?

Je voulais me frapper sur le front. *Vraiment ridicule, Andie !*

— Que veux-tu dire, où je suis ? Je suis au travail, où tu devrais être.

— Mais pourquoi réponds-tu au téléphone de Ruby ?

— J'ai entendu que c'était toi et j'ai intercepté l'appel. Je ne sais pas pourquoi tu l'appelles et pas moi. Quelque chose se passe, Andie, et je veux savoir ce que c'est.

Je pouvais entendre la voix de Ruby dans le fond maintenant, et elle n'avait pas l'air heureux. Dieu merci pour Ruby.

— J'ai juste besoin de parler à Ruby au sujet de certains documents et je t'appellerai après. Mon téléphone était mort et mon chargeur n'était pas disponible, c'est pour ça que je n'ai pas appelé.

Et j'étais avec un autre homme. *Ahhh ! C'est horrible. Je vais aller en l'enfer pour ça. Je dois me confesser.* Mes oreilles chauffaient à l'idée de tout avouer, mais c'était la seule façon de gérer ça maintenant. Mentir était mal et injuste et ce n'était pas qui j'étais.

Bradley n'était pas heureux.

— Ruby menace de m'empaler sur son stylo, donc je dois y aller. Appelle-moi immédiatement, Andie, je suis sérieux. Dès que tu en as fini avec elle.

— D'accord, je t'appelle dès que j'en ai fini avec Ruby. Je te le promets. Nous devons parler.

— Tu as sacrément raison que nous devons le faire. Tenez.

Il passa le téléphone et la voix de Ruby résonna dans l'écouteur.

— Je vais déposer une plainte, Bradley. Vous m'entendez ? Une plainte officielle. Vous êtes allé trop loin.

Bradley répondit, mais je n'entendis pas ce qu'il dit.

— Ruby ?

— Oui, Andie, je suis là. Non mais vous pouvez croire le culot de cet homme ? Prendre mes appels sur mon téléphone et mettre son nez dans mes affaires ? Il va payer pour ça. J'en ai jusque-là avec lui.

— Ruby, calmez-vous. Vous ne pouvez pas faire un rapport à ce sujet. Il est en colère contre moi, c'est de ma faute.

Ruby poussa un profond soupir.

— Quand allez-vous apprendre que vous n'êtes pas responsable de la conduite des hommes que vous fréquentez ? C'est un grand garçon. Il prend ses propres décisions.

— Je ne l'ai pas appelé depuis plus de vingt-quatre heures. Il était inquiet, surtout quand la première personne que j'ai appelée n'était pas lui.

Sa voix baissa d'un ton.

— Bravo ! Est-ce que ça veut dire que vous allez enfin vous débarrasser de ce triste sire ?

— Non. Peut-être. Merde, Ruby, je ne sais pas. Ce n'est pas la raison pour laquelle j'ai appelé.

Mes mains tremblaient tellement, je serrai celle qui ne tenais pas le téléphone dans un poing et frappai le lit avec à quelques reprises.

— Mmm-mmm-mmm, vous n'avez toujours pas nettoyé cette langue, je vois.

— Arrêtez. Sérieusement. Êtes-vous allez sur mon ordinateur et avez-vous regardé mes fichiers ?

Silence.

— Ruby, je sais que vous l'avez fait. J'ai déjà parlé à Candice. Qu'avez-vous vu ?

— Eh bien…

Elle s'arrêta là.

— Allez, Ruby. Je n'ai pas toute la journée.

— Très bien. J'ai vu votre…

Elle baissa la voix pour chuchoter bruyamment.

— … licence de mariage.

Elle éleva de nouveau la voix.

— C'est vrai ? Vous avez vraiment fait ça ?

Les larmes menacèrent de couler.

— Oui, je l'ai vraiment fait. Je ne sais pas à quoi je pensais, mais j'ai épousé un parfait étranger il y a deux ans à ce stupide enterrement de vie de jeune fille où vous m'avez fait aller, et maintenant je suis ici, essayant de régler ce gâchis avant mon mariage avec Bradley.

— Vous me blâmez pour ça ?

— Non. J'ai juste rajouté ça pour vous faire culpabiliser.

Elle renifla.

— Peuh, comme si ça allait marcher. Je suis fière de l'avoir fait. Je suis *ravie* de l'avoir fait. Tout ce qui peut aider à se débarrasser de *ce Bradley* est une bonne chose.

— Écoutez, Ruby, il n'a rien fait de mal, d'accord ? Il a été un bon petit-ami. J'étais prête à l'épouser… bon sang de bonsoir.

— *Étais* prête à l'épouser ? Au passé ?

Elle recommençait à me crier dessus en chuchotant.

Je secouai la tête et pris une profonde inspiration, de nouveau prête à sangloter.

— Je ne sais pas ce que je vais faire. Je dois parler à Bradley, et je dois parler à Mack. Ce n'est plus vraiment de mon ressort à ce stade. Mon plan de vie tourbillonne au fond des toilettes pendant que nous parlons.

— Qui est Mack ? Votre mari ?

Mon cœur fit une embardée au mot 'mari'. Mack est mon mari. L'idée me donna des frissons et m'envoya également des monceaux de crainte.

— Oui. Il l'est.

— Oh mon cher Seigneur… c'est un problème, n'est-ce pas ? Voulez-vous que je commence les annulations ? Peut-être pourrez-vous récupérer certains de vos dépôts de caution.

— Non ! Non, n'annulez rien. Contentez-vous de me transférer sur la ligne de Bradley, s'il vous plaît. Et Ruby ? S'il vous plaît, de dites rien à personne. Candice, ça va, mais personne d'autre ne doit savoir. Cela détruirait tout au bureau.

— Oh ne vous inquiétez pas, petite fille. Vos secrets sont en sécurité avec moi.

Je levai les yeux au ciel.

— Oui, c'est ça. Au revoir, Rubes. On se parlera plus tard.

— S'il vous plaît, ne quittez pas, dit-elle d'une voix professionnelle de secrétaire avant de me transférer sur la ligne de Bradley.

Chapitre 28

— BRADLEY.

CE SEUL MOT EXPRIMAIT tout. Fort. Ferme. Pas de quartier. Il ne s'était jamais soucié de qui il piétinait pour obtenir ce qu'il voulait. C'était ce qui m'avait attirée vers lui finalement, qu'il ne s'excuse pas pour qui il était. Il était tellement motivé et se contrôlait parfaitement. J'avais été jalouse de ça pendant une longue période jusqu'à ce que je le devienne moi aussi. Maintenant, je savais que ça avait été une erreur. Je m'étais perdue quelque part en chemin, tout comme j'avais perdu mes deux meilleures amies et le respect de ma collègue, Ruby.

Il était temps d'arrêter de détruire ma vie.

— Salut, c'est moi, Andie.

La ligne resta silencieuse pendant si longtemps que je crus qu'on avait été coupés.

— Bradley ?

— Je suis là. J'attends juste tes explications.

Sa voix était si froide que cela me fit mal. Je l'avais blessé. C'était quelquefois un connard, mais cela ne voulait pas dire qu'il méritait d'être trompé ou qu'on lui mente.

— J'ai quelque chose à avouer. Quelque chose de gros.

— Tu es avec un autre mec, pas vrai ? Depuis combien de temps cela dure-t-il ?

Je soupirai, essayant de rassembler le courage d'être totalement et complètement honnête. Je vis mon avenir s'écrouler en petits fragments juste devant mes yeux, mon plan de vie, et toute la solidité et la sécurité qu'il offrait, disparaître dans le vent. Mon avenir était désormais un nuage de poussière flottant pour boucher les narines de quelques étrangers...

— Andie, je ne vais pas attendre l'oreille collée à ce téléphone jusqu'à la fin des temps. J'ai du travail.

— Désolée. Je suis juste... ce n'est pas grave.

Je m'éclaircis la gorge. Il était temps de faire ce qui était juste.

— Tu te rappelles lorsque nous avons commencé à nous fréquenter ?

— Bien sûr. J'essayais de sortir avec toi depuis des mois. Obtenir ton premier 'oui' a été une véritable victoire.

Je souris tristement.

— Je pense... il se pourrait que j'aie dit oui pour des raisons qui n'étaient pas nécessairement les bonnes.

— Qu'est-ce que ça veut dire ? Allons-nous parler à coups d'énigmes maintenant, Andie ? Parce que je n'ai ni le temps ni la patience pour ça.

Typiquement Bradley. Il me faisait une faveur en étant un peu brutal. J'avais besoin de finir tout ça très vite.

— Il y a deux ans, je suis allée à Las Vegas avec Candice et Kelly.

— Les bimbos.

— Non, Bradley. Ce ne sont pas des bimbos.

— Je ne suis pas d'accord. Quoi qu'il en soit, tu disais...

— Je suis allée à Las Vegas avec mes deux meilleures amies. Et pendant que j'étais là-bas, quelque chose s'est passé.

— Tu as rompu avec Tommy et tu t'es envoyé en l'air. Ce n'est pas grave, Andie, les gens font ça tout le temps.

La façon dont il me dit cela me donna une impression bizarre, comme s'il était sur la défensive au lieu de comprendre. Je ne m'en préoccupai pas parce que toute cette histoire sordide devait sortir et que j'étais sur ma lancée.

— Oui, eh bien, il y a plus que ça.

— Quoi ? Tu es tombée amoureuse du type ? Tu veux retourner avec lui ? S'il te plaît, c'est un tas de conneries. Tu es avec moi depuis deux ans, Andie. J'ai investi deux longues années de ma vie professionnelle et personnelle avec toi. Sais-tu ce que sont deux années de ma vie, Andie ? Elles sont comme des années de chien. Multiplie-les par sept et c'est le temps que nous avons passé ensemble. Quatorze ans, c'est trop long pour jouer à des jeux. Il suffit de me le dire directement, parce qu'en ce moment, je ne sais pas ce que tu essaies de dire.

Des années de chien ? Depuis quand notre relation se mesure-t-elle en années de chien ?

— J'essaie de te l'expliquer, mais tu n'arrêtes pas de m'interrompre.

Il m'irritait maintenant, me faisant voir quelques-unes des choses que Ruby voyait en lui, me rappelant des faits qui me dérangeaient à son sujet avant que nous ne commencions à nous fréquenter.

— Je suis désolé, dit-il, atténuant un peu son côté pédant. S'il te plaît, continue. Je vais attendre jusqu'à ce que tu aies terminé avant de faire un nouveau commentaire.

— Merci. Comme je le disais... je suis allé à Las Vegas. Tommy avait rompu avec moi par message alors que je m'y rendais, comme tu t'en souviens. J'étais vraiment ivre et j'ai rencontré ce gars appelé Gavin. Il est de l'Oregon, et oui, nous avons eu des relations sexuelles. Et ensuite, la seule chose dont je me rappelle, c'est de m'être réveillée dans la chambre d'hôtel à côté de Candice et Kelly dans l'autre chambre. Le mec était parti depuis longtemps et je ne l'ai jamais revu ni entendu parler de lui depuis.

— Et ?

— Et, lorsque j'ai fait la demande pour notre licence de mariage la semaine dernière, j'ai découvert qu'il y en avait déjà une avec mon nom dessus dans le Nevada.

— Quoi ? Qu'est-ce que ça veut dire ?

— Cela signifie que je l'ai épousé. Je me suis mariée avec un inconnu.

— Tu as dit que tu l'avais baisé.

— Eh bien, je n'ai pas exactement dit ça, mais oui, c'est l'idée.

— Alors ce n'était pas un inconnu. Et tu es avec lui maintenant aussi, non ?

— Oui. Je suis venue ici pour lui faire signer les papiers du divorce.

— D'accord, très bien. Donc, fais en sorte que ce trou du cul signe les papiers et puis ramène tes fesses ici. Nous avons un mariage à mettre sur pied.

Je tins le téléphone à bout de bras et le regardai, n'en croyant pas mes oreilles. Comment pouvait-il être si désinvolte ? Je fronçai les sourcils. Probablement parce qu'il ne connaissait pas encore le pire. *Respire profondément. Tu peux le faire.*

— As-tu entendu ce que je t'ai dit ? demandait-il lorsque je remis le téléphone à l'oreille.

— Oui, mais... je ne crois pas que ça va arriver.

— Que veux-tu dire pas 'ça ne va pas arriver' ? Nous planifions ça depuis six mois ! Les gens ont déjà leur billet d'avion. Des billets non remboursables.

— Je sais, mais... je suis désolée, Bradley... je... merde.

Je pressai mes doigts sur mon front et fermai les yeux.

— J'ai encore couché avec lui. Hier soir.

Je laissai échapper un énorme soupir.

— Je suis tellement, tellement, tellement désolée. Tu ne mérites pas cela. Je suis une vraie salope, je sais.

Je dus déglutir plusieurs fois pour empêcher la bile de remonter. Admettre être une salope avec aucune morale était un pas vers la déchéance pour moi. Je m'étais attendue à ce que cela me lave en quelque sorte, mais au lieu de ça, je me sentais sale.

— Es-tu allée là-bas pour faire ça ?

Son ton s'était considérablement calmé, ce qui était encore plus effrayant que l'aurait été sa colère.

— Non, bien sûr que non. Je suis venue ici pour divorcer, c'est tout.

— C'est intéressant, tu ne trouves pas ? Que tu sois allée là-bas pour obtenir un divorce et qu'au lieu de ça tu te retrouves en train de le baiser ?

— Bradley, s'il te plaît, ne fais pas ça.

Je poussai un soupir tremblant.

Ça n'allait pas être joli-joli. Je le méritais, alors je restai assise, me préparant pour la tempête qui allait arriver. Mon châtiment.

— Pourquoi ? Pourquoi ne devrais-je pas tout simplement le dire comme je le pense ? C'est ce que tout le monde va dire. Bradley n'a pas pu garder sa femme. Elle a épousé une espèce de plouc dans l'ouest et l'a quitté devant l'autel.

— Personne ne va dire quoi que ce soit, parce que les seuls qui sont au courant sont toi, moi, lui et Ruby.

— Oh, je parie que Ruby danse une putain de gigue en ce moment.

Je pouvais imaginer Bradley en train de passer ses mains dans ses cheveux sous la frustration. Il faisait ça quand il était contrarié et seulement lorsque personne ne pouvait le voir.

— Non Bradley. Elle est peut-être heureuse que nous rompions, mais elle ne se réjouit pas du fait que je t'ai fait du mal.

— Rompre ? Nous ne rompons pas. Ne sois pas ridicule.

J'en lâchai presque le téléphone.

— Quoi ?

— Tu m'as bien entendu. Nous allons nous marier. Tout cela ne change rien.

— Tu es fou ? Bien sûr que ça change les choses !

Je ris d'une façon un peu hystérique.

— Ça n'a pas à changer quoi que ce soit.

Il passa de la colère à l'avocat convaincant de la salle d'audience en l'espace d'une demi-seconde.

— Écoute, soyons honnête... nous sommes parfaits l'un pour l'autre. Nous avons tous les deux les mêmes objectifs, la même motivation, la même réputation.

Je voulais contester le dernier point mais il continua de parler.

— Bon, tu as fait une erreur. Nous en faisons tous. J'en ai fait quelques-unes. C'est la vie. Mais une fois qu'on aura prononcé nos vœux, nous savons que tout ça s'arrêtera. Nous serons monogames, dédiés aux objectifs de notre couple. On s'investit encore cinq ans dans l'entreprise, puis nous pourrons soit continuer si les primes sont importantes, soit ouvrir notre propre cabinet. À ce moment-là, nous pourrons prendre avec nous la moitié de nos clients. Puis tu pondras un gosse ou deux, nous achèterons une maison dans le Colorado pour la saison de ski, et *bam* ! On est parés.

— Tu as tout prévu, hein ?

Ma voix s'affaiblit et je me détestais pour ça. Il m'offrait un moyen de m'en sortir. Un pardon général pour tous mes péchés. Et moi, en retour, je devrais lui offrir la même chose. Je me demandai quels pouvaient être ses péchés compte tenu de la magnanimité dont il faisait preuve. J'étais sûre de ne pas vouloir le savoir.

Il avait l'air excité maintenant. Presque attachant d'une certaine manière.

— Oui, j'ai tout prévu. C'est pour ça que tu m'aimes, pas vrai ? Le plan de vie, bébé. C'est toi qui m'as fait connaître ce truc. Suis-je ou ne suis-je pas le *seul* mec qui peut vraiment apprécier le plan de vie ?

Je hochai tristement la tête.

— Oui, tu l'es. Et c'est pourquoi je pense qu'il faut que nous rompions.

— Quoi ? Pas question. Non, je ne l'accepte pas. Nous ne rompons pas. Se séparer n'est pas une option.

— Bradley, ne rends pas les choses plus difficiles qu'elles ne le sont. Sérieusement. J'ai complètement foiré... trop pour que ce soit réparable. Tu mérites mieux que moi. Je ne t'aime pas comme je le devrais. J'en suis venue à t'admirer et à regarder au-delà de tes défauts, mais ce n'est pas suffisant.

— On n'épouse pas quelqu'un parce qu'on l'*admire*. Tu m'aimes, Andie. Tu me l'as répété des milliers de fois. Et tu as accepté de m'épouser.

— Je ne pense pas que je savais ce qu'était l'amour quand je te l'ai dit.

— Jusqu'à présent ? Jusqu'à ce que tu baises ce plouc ? S'il te plaît.

— Ce n'est pas un plouc. Écoute, je dois y aller.

— Je viens, Andie.

Mon cœur s'arrêta de battre pendant trois secondes.

— Non ! Ne viens *pas* ici, Bradley.

— Soit tu rentres à la maison pour qu'on puisse célébrer ce mariage, soit je viens. Ne t'inquiète pas... je suis sûr de pouvoir convaincre ce mec de signer les papiers du divorce une fois que nous serons face à face.

— Bradley, *non*. Je ne plaisante pas. Ce n'est pas négociable. Nous en avons fini. Je suis désolée de te le dire au téléphone, parce que je sais combien ça craint, mais je suis sérieuse. Nous n'allons pas nous marier et tu ne peux pas venir ici.

— Tu n'es pas toi-même, Andie. Tu as subi beaucoup de stress et c'est de ma faute. J'en prends l'entière responsabilité ; pour avoir mis toute la planification sur tes épaules et t'embêter avec des... trucs. Mais je ne vais pas laisser mon investissement sur toi et sur nous tomber à l'eau. Je réserve un billet. Je te verrais demain.

— NON !

Mon cri fut en vain. Il avait déjà raccroché.

— Merde, merde, merde, merde, gémis-je en tapant désespérément sur les touches de mon téléphone. Allez, Ruby, décroche, décroche, décroche...

Bonjour, vous êtes sur la boîte vocale de Ruby, assistante de Maître Andrea Marks...

— Je raccrochai et composai le numéro de Candice.

Salut, c'est Candice, vous savez quoi faire ! BEEP !

Je jetai le téléphone sur le lit.

— Merde !

— Je peux vous aider ?

Maeve se tenait à la porte et je ne savais pas depuis combien de temps elle était là.

Chapitre 29

ESSUYANT RAPIDEMENT LES LARMES DE mes joues, je levai les yeux vers Maeve qui se tenait dans l'embrasure de la chambre d'Ian.

— Oh, salut. Je ne vous avais pas vue.

Je m'éclaircis la gorge pour en sortir le chat.

— Je reviens juste de ma collecte des œufs. Je dois aller en ville pour prendre des choses pour le pique-nique. Vous voulez venir avec moi ?

Son expression ne me donna aucune indication afin de savoir si elle avait entendu ma conversation ou pas.

Je regardai autour de la pièce puis mon téléphone, la menace de Bradley pesant lourdement sur mon esprit. *Que faire s'il vient vraiment ici ? Comment pourrait-il me trouver ? Je suis au milieu de nulle part.*

Sous-estimer sa détermination serait une erreur, je le savais. Il fallait que je sois sur le chemin du retour vers la côte Est avant son arrivée ici. Ce serait la seule façon d'éviter une énorme scène horrible.

— Je pense que je ferais mieux de rester ici, dis-je. J'ai besoin de parler à Mack.

— Eh bien, Mack est en ville, donc si vous voulez lui parler, il vaut mieux venir avec moi.

Elle quitta la pièce avant que j'aie eu le temps de répliquer. La conversation que Mack et moi avions besoin d'avoir n'était pas de celle à engager avec sa mère à proximité, mais l'idée d'attendre qu'il se montre au ranch je ne sais quand était encore moins attrayante. Si je le trouvais dans la ville, peut-être que je pourrais le persuader de m'emmener dans un endroit privé où nous pourrions enfin mettre fin à cette chose le moins douloureusement possible.

J'attrapai mon sac, glissai mes pieds dans les mocassins que Maeve m'avait prêtés la veille, et suivis le bruit de ses pas en bas de l'escalier.

— Je vais juste enfiler d'autres vêtements, dis-je.

— Je serai à l'extérieur, répondit-elle depuis le porche.

J'attrapai mon sac de voyage sur le sol et sortis un tee-shirt et un short, les enfilant dans la salle de bain. Je brossai mes dents et fis ce que je pus avec mes cheveux avant de rejoindre Maeve à l'extérieur.

— Vous avez une voiture ? demandai-je alors que je marchai dans l'allée, me dirigeant vers une camionnette dans laquelle montait déjà Maeve.

— Nous en avons plusieurs ici, mais je suppose que vous pouvez dire que celle-ci est à moi. C'est celle que je conduis le plus souvent.

Je m'arrêtai à la porte du passager, mes doigts posés sur la poignée.

— J'aurais probablement dû vous demander de me ramener au lieu de Boog, hein ?

C'était la seule façon pour moi pour de la réprimander sans agir en imbécile.

— Vous auriez pu demander, mais j'aurais dit non, malheureusement.

Elle claqua la portière et tendit le bras pour attacher sa ceinture de sécurité.

— Je ne peux pas conduire au crépuscule. J'ai des problèmes de vision la nuit.

Elle me sourit tristement tandis que je montais à côté d'elle.

— Oh. Eh bien, c'est gênant...

Je mis ma ceinture de sécurité et regardai le tableau de bord. Il y avait de la poussière partout. Je serrai mes mains sur mes genoux pour ne pas essuyer. Au lieu de cela, je m'occupai en sortant la petite brosse de mon sac et démêlant les nœuds de mes cheveux.

— Non, pas vraiment.

Elle mit le contact et le moteur rugit à la vie.

— Quand je sors le soir, je suis toujours avec Angus ou l'un des garçons, de toute façon. Je préfère quand ils conduisent. Comme ça, je peux juste me contenter de regarder le paysage.

Elle recula dans la cour et tourna sur le chemin de terre menant à la porte d'entrée de la propriété.

Je levai un sourcil, mais ne fis aucun commentaire sur le soi-disant paysage, refusant de laisser ma mauvaise journée ruiner la sienne. Pour autant que je sache, tout le paysage se composait de buissons et de saleté. Il n'y avait pas grand-chose à voir, sauf peut-être les montagnes au loin.

— Hé ! dit une voix du côté de la maison au moment où nous atteignîmes la porte.

Maeve arrêta la camionnette et descendit ma fenêtre. Boog venait de l'avant où tous les véhicules étaient garés.

— Où allez-vous ? demanda-t-il.

— En ville. À l'épicerie. Tu as besoin de quelque chose ?

— Je ne me plaindrais pas si vous pouviez me rapporter du tabac à mâcher.

— Je vais voir ce que je peux faire, promit Maeve.

La fenêtre remonta alors que Boog sortait un téléphone portable de sa poche et commençait un appel avant de revenir sur le côté de la maison et hors de vue.

Nous roulâmes sur la route de terre qui m'avait presque tuée la veille, les amortisseurs de la camionnette ne faisant pas grand-chose pour empêcher mes dents de s'entrechoquer ; j'avais mal à la tête le temps que nous arrivions sur la route principale.

— J'espère que vous pourrez rester pour le pique-nique. C'est un grand évènement pour la famille, et puisque vous avez un lien avec les MacKenzie quelque part dans votre lignée, ce serait bien pour tout le monde de vous rencontrer. Nous avons des MacKenzie qui viennent d'autres comtés, et pas seulement de la région.

Super. Encore plus de gens pour assister à ma honte.

— Je ne peux vraiment pas. Je dois retourner au travail dès que possible. Après avoir parlé à Mack, je me mettrai en route.

Maeve fronça les sourcils mais ne répondit rien.

Après un petit moment, le silence commença à me ronger.

— Alors, vous savez pourquoi Mack a dû aller en ville ?

J'essayai de paraître aimable et décontractée.

— Il m'avait dit que nous pourrions avoir une conversation à neuf heures, alors j'étais un peu surprise d'apprendre qu'il n'était pas là.

— J'ai une petite idée, mais je n'en suis pas certaine.

Je me mordis la lèvre.

— J'espère que ce n'était pas une urgence. Je veux dire quelque chose de mauvais.

Je grinçai des dents devant mon manque total de finesse.

Maeve ne sembla pas le remarquer.

— Il a juste quelques trucs à régler en ville qu'il avait remis à plus tard. Je suppose qu'il a décidé qu'il était temps de s'en occuper et qu'il a voulu le faire tout de suite.

— Avec Hannah Banana ?

Et voilà. J'avais plongé la tête la première. Et maintenant que ma bouche avait une fois de plus réagi avant mon cerveau, j'allais devoir vivre avec les conséquences. J'attendis la réponse de Maeve, les nerfs en pelote.

Elle me regarda avec attention avant de se retourner pour faire face au pare-brise.

— Comment êtes-vous au courant pour Hannah ? Mack vous en a parlé ?

Je haussai les épaules.

— Je l'ai vue au restaurant quand j'y suis allée hier pour prendre un café, et puis j'ai vu les photos d'elle et Mack dans votre salon. J'ai simplement fait le lien.

Cette stupide jalousie me rongeait. Auparavant, le fait qu'Hannah faisait partie de la vie de Mack avait juste été un soupçon, quelque chose que je comptais utiliser pour lui forcer la main pour signer les papiers. Maintenant, c'était toute autre chose. *Est-ce qu'il l'aime ? Veut-il l'épouser ? Pourquoi dois-je m'en soucier ?*

Maeve soupira profondément.

— Hannah est... comment puis-je dire ça gentiment...

Elle serra les lèvres pendant quelques secondes.

— Hannah s'est accrochée à l'idée qu'elle et Mack formeraient un couple depuis l'âge de quatorze ans.

— Ça fait...

Je m'arrêtai pour estimer le nombre d'années.

— Très longtemps, finit Maeve pour moi. Et pendant toutes ces années, Mack ne lui a jamais rendu ses sentiments.

— Mais ne vivent-ils pas ensemble ?

— Oui, mais pas comme un couple.

Je reniflai. Les mères pouvaient être si naïves.

Maeve fronça les sourcils et me regarda pendant une fraction de seconde.

— Non, vraiment. Je ne suis pas au courant de tout ce qu'ils font dans l'intimité, mais je connais mon fils.

Je hochai la tête évasivement, n'en croyant pas un mot. Maeve y croyait, mais c'était juste la naïveté d'une mère, ce qu'elle désirait être vrai. Un homme comme Mack et une femme amoureuse de lui depuis plus de dix ans ne pouvaient pas vivre ensemble et ne rester qu'amis. Il aurait dû la repousser avec un bâton, et il était bien trop gentil pour faire ça.

Je secouai la tête, luttant contre les larmes. Évidemment. J'avais eu le meilleur sexe de ma vie avec un homme qui était déjà revendiqué, et l'éducation sexuelle qu'il m'avait fournie avait été suffisante pour me faire comprendre que l'homme avec qui j'avais prévu de me marier n'était pas pour moi. Ou peut-être qu'il l'était. J'étais peut-être mieux avec un mec froid, calculateur et absolument sûr de savoir combien je correspondais à son mode de vie.

Plus rien n'avait de sens. J'étais complètement perdue. Les papiers du divorce dans mon sac pouvaient être un ticket pour mon bonheur ou pour ma perte ; je n'avais aucun moyen de le savoir. Investir dans une boule magique lorsque nous arriverions en ville paraissait être le meilleur plan d'action à ce stade. Lui demander de résoudre mes problèmes me mettrait probablement sur une meilleure voie que je pourrais le faire par moi-même.

— En grandissant, Hannah était toujours à traîner autour de mes garçons. Elle les a regardés faire leurs rodéos lorsqu'ils étaient plus vieux, est allée à tous leurs évènements sportifs... mais pas une seule fois Gavin ne

ELLE CASEY

lui a accordé d'attention. Il ne la respectait pas, c'est ce qu'il m'a dit. Elle a épousé un autre homme – un ami de Gavin – et ça s'est mal terminé il y a quelques mois. Alors il lui a offert un endroit où loger. Il l'a fait à la demande de son ami, pas à celle d'Hannah. Il l'a fait parce qu'il est un ami loyal.

— Mmm hmm, dis-je en regardant par la fenêtre.

Maeve poussait un couteau dans ma poitrine à chaque mot. Ensuite, elle allait sans doute me dire comment ils avaient dû partager une chambre, tout ça parce que Mack était un bon ami. Un véritable saint en jean moulant et chapeau de cow-boy.

— Vous devriez lui en parler. Il vous expliquera.

— Il n'a pas besoin de m'expliquer quoi que ce soit, dis-je en essayant de ne pas laisser la tristesse transparaître dans ma voix. Cela n'a rien à voir avec moi.

— Vous en êtes sûre ?

Maeve s'était arrêtée dans la ville à un feu rouge. Elle me regarda avant d'avancer vers l'intersection dégagée.

— J'en suis sûre, répondis-je en sachant très bien que ce n'était pas vrai.

Mack et Hannah avaient beaucoup à faire avec moi. Il était mon mari, mais il appartenait à la fille qui l'aimait depuis la moitié de sa vie, pas à celle qui ne pouvait même pas se rappeler qu'elle l'avait épousé. M'immiscer entre eux ne serait pas juste. Du bon sexe ne faisait pas une bonne relation et d'ailleurs, nous étions opposés dans tous les domaines. C'était un cow-boy et j'étais avocate. Il vivait dans la poussière et moi sur l'asphalte. Il montait à cheval et je conduisais une Smart avec un klaxon de clown.

Maeve se gara dans un parking.

— Voici l'épicerie. Venez avec moi. Nous allons faire quelques courses avant de nous rendre sur le lieu d'approvisionnement pour la fête.

Je sortis de la camionnette et je la suivis, mes yeux fixés sur le sol en face de moi alors que je réfléchissais à ma situation. Je ne vis Hannah que lorsqu'elle fut pratiquement sur moi.

Chapitre 30

— EH BIEN, SI CE N'EST PAS L'ÉTRANGÈRE. Quel plaisir de vous voir ici. Comment allez-vous, Annie ?

Hannah venait à notre rencontre dans un minuscule short en jean et un chemisier rouge noué sur le ventre à la Daisy Duke, abandonnant son caddie près d'une pile de livres disposés près de la porte d'entrée du magasin. Il ne lui manquait plus que les couettes ; au lieu de ça, ses cheveux bouclés étaient détachés. Ils avaient l'air moins 'cuivrés' que la dernière fois que je l'avais vu, ce qui laissait supposer qu'elle avait passé un bout de temps chez le coiffeur. Je jetai un coup d'œil à ses pieds chaussés de jolies petites bottes de cow-boy multicolores. D'où je venais, on se serait moqué d'elle dans cette tenue de péquenaude. Mais ici, toute cette mise en scène la faisait ressembler à une chanteuse de country. Une très jolie en plus. Peut-être même sexy aussi. Mon cœur se serra en la voyant soudain à travers les yeux de Mack. Elle représentait le fantasme vivant de tous les cow-boys. Elle savait probablement également faire des tartes. Je serais incapable d'en faire autant. J'étais du genre à les acheter et les décongeler.

— Elle s'appelle *Andie*, pas Annie, corrigea Maeve.

Elle avait l'air faussement calme et décontractée d'être approchée par la jeune femme dont nous venions de parler dans la camionnette d'une manière pas très élogieuse.

Hannah arracha ses yeux de moi pour regarder Maeve qui se tenait à moins d'un mètre d'elle.

— Oh, bonjour, M'am Maeve, je ne vous avais pas vue. Vous servez de guide à notre visiteuse ?

Je jetai un coup d'œil nerveux aux alentours immédiats, me demandant si Mack faisait les courses avec elle. Une partie de moi voulait le voir parce qu'il m'avait complètement enivrée avec son sex-appeal, mais l'autre partie de moi – celle qui avait un cerveau qui fonctionnait – voulait que quelques États nous séparent. Surtout avec Hannah Banana dans les parages qui posait ses jalons et me donnait l'impression d'être une publicité pour le magazine de la parfaite nunuche avec mon tee-shirt tout simple, mon short et mes mocassins empruntés.

— Oui, je suppose qu'on peut dire que je suis son guide touristique, dit Maeve en me souriant. Nous venons juste nous approvisionner pour le pique-nique.

Elle se tourna avec un visage beaucoup moins souriant vers Hannah.

— Tu vas venir cette année, je suppose.

Hannah fit un sourire tellement énorme qu'on aurait dit qu'elle essayait d'avoir le rôle du Joker dans Batman. Même ses yeux se mirent à briller.

— Je ne manquerais ça pour rien au monde. Je suis venue à chacun d'eux depuis que je suis une gamine. J'aime faire partie de la famille MacKenzie.

Mes narines frémirent et les griffes de la jalousie sortirent avant que je puisse penser à les rétracter.

— Vous êtes une MacKenzie ? Officiellement, je veux dire.

Le sourire d'Hannah se crispa légèrement.

— Je le suis par osmose. J'ai passé toute ma vie aux côtés de Mack, alors oui, on peut dire que je suis une MacKenzie.

Je ravalai la première réponse qui me vint à l'esprit et en laissai échapper une qui m'éviterait de rentrer chez moi sans que mes yeux ne soient arrachés par une serveuse jalouse.

— C'est chouette.

Elle leva son menton en l'air.

— Ça l'est, en fait. Mack est vraiment un type bien. Allez-vous rester longtemps en ville ? Peut-être que nous pourrions déjeuner ensemble un de ces jours.

Maeve poussa son caddie en avant.

— Andie, je vais aller voir ces cookies dont je vous ai parlé si vous voulez venir.

Des cookies ? Quels cookies ? La compréhension me frappa une seconde plus tard et je saisis l'excuse que m'offrait Maeve.

— Oui, j'arrive.

Je m'éloignai en regardant Hannah par-dessus mon épaule.

— Je ne vais rester ici qu'un jour ou deux, donc je ne vais faire l'impasse sur le déjeuner. Mais merci de l'avoir proposé.

— Je ne vous verrai pas au pique-nique ?

La lueur d'espoir dans ses yeux était impossible à rater.

— Non. Je dois repartir travailler.

— Oh, quel dommage. Rentrez bien, alors !

Elle fit tourner son caddie et le poussa dans la première allée à vive allure. J'étais pratiquement sûre qu'elle allait ajouter à sa liste de courses une bouteille de champagne et un gâteau pour qu'elle puisse fêter mon départ avec classe.

— Merci pour l'excuse, dis-je à Maeve alors que j'arrivais près de son caddie.

Nous tournâmes dans l'Allée Cinq.

— Je vous en prie. Hannah, cette pauvre fille égarée, a tendance à parfois dire n'importe quoi.

— Quoi... ? Vous voulez dire que vous n'avez pas encore signé les papiers pour adopter la pauvre Hannah ?

Maeve gloussa.

— Non. Certainement pas. C'est une gentille fille quand elle veut l'être, mais elle a ses griffes plantées si profondément dans le bras de mon garçon que ça me donne parfois des sueurs froides. Mais je ne suis que 'la maman', donc je dois garder mes opinions pour moi.

— Peut-être que Mack devrait simplement céder, suggérai-je, me sentant triste à cette idée, mais songeant que je devais faire preuve de maturité à ce sujet. Elle semble lui être vraiment dévouée.

Maeve arrêta de pousser le chariot.

— Céder et aller avec une fille pour laquelle il n'a pas de sentiment ? Que fera-t-il lorsque la femme qui lui est destinée arrivera ? Ça promet beaucoup de malheur, si vous voulez mon avis, dit-elle en secouant la tête et en reprenant sa marche. Non merci. Ce n'est pas ce que je veux pour mes garçons. La vie est trop courte pour se contenter des seconds choix.

— Peut-être qu'elle est la bonne pour lui, cependant. Elle semble le croire en tout cas.

— Juste parce qu'une personne est obsédée par l'idée de quelque chose ne veut pas dire que ce soit ce qui lui faut.

Elle ralentit et commença à étudier les rayons à la recherche de quelque chose de précis.

— Malheureusement, les gens obsédés sont également sourds, muets et aveugles la plupart du temps, et il est souvent inutile d'essayer de les aider à voir la lumière. Mack est trop gentil. Il a du mal à dire ce qui doit être dit parfois.

Ses mots résonnaient comme les cloches du Big Ben dans ma tête. Qu'elle le réalise ou pas, elle ne parlait pas uniquement d'Hannah. Elle parlait également de moi et de ma stupide obsession pour mon plan de vie. Pourquoi avais-je mis tant de moi-même dans l'idée que je pouvais suivre un scénario soigneusement prédéfini ?

Je connaissais la réponse. Tout comme Maeve l'avait dit la veille, parfois, quand la vie d'une personne est tellement hors de contrôle et effrayante, la seule chose qui peut lui donner un sens est la structure. Ma vie en tant qu'adolescente avait été un tel gâchis que j'avais fait ce que j'avais à faire pour m'en sortir sans perdre l'esprit. Je m'étais créé une autre réalité afin de pouvoir survivre lorsque survivre était tout ce que je pouvais espérer.

J'expirai lourdement. Aussi dur que j'avais travaillé à l'empêcher de se produire, mon passé se débrouillait encore pour jeter une ombre sur mon présent.

— Pourquoi ce gros soupir ? demanda Maeve en atteignant le bout de l'allée des cookies.

Elle attrapa deux boîtes d'une étagère et les tint en me faisant un clin d'œil.

Je lui en pris une des mains et regardai l'étiquette, ne comprenant pas vraiment ce qu'il y avait à voir.

— J'étais en train de penser à ma mère.

J'étais perdue dans mes souvenirs et j'avais commencé à parler sans réaliser ce que je disais. Merde. Trop tard pour reprendre mes paroles. Je détestais partager mon passé avec les gens. C'était gênant et me faisait sentir inférieure face à des gens de qualité comme Maeve et sa famille. La honte brûla mes joues rosies.

— Vous êtes proche d'elle ?

Elle prit les cookies de ma main et les mit dans le caddie, ne remarquant pas que j'étais troublée ou ignorant poliment ma détresse. Quelle qu'en soit la raison, je lui en étais reconnaissante.

Je regardai le rayon des céréales en face de nous, feignant de m'intéresser à un des petits déjeuners sucrés.

— Non, nous ne sommes pas proches du tout. Nous l'étions quand j'étais jeune, mais elle a rencontré un mec qui... s'est immiscé entre nous. Je ne lui ai pas parlé depuis des années.

— Oh, quel dommage.

Maeve avait vraiment l'air de penser ce qu'elle disait et qu'elle ne se contentait pas d'être polie.

— Où est-elle ? Vit-elle près de chez vous ?

— Non, en fait, elle vit plus près de chez vous que de chez moi. À Seattle, la dernière fois que j'ai entendu parler d'elle.

— Eh bien, pourquoi ne vous arrêteriez pas pour lui rendre visite avant de retourner dans l'est ? demanda Maeve en posant une main sur mon bras. Peu importe ce qui s'est passé, je suis sûre qu'elle aimerait vous voir. Les enfants ne cessent jamais de manquer à leurs parents, même quand ils vivent juste dans la ville d'à côté.

Je grimaçai.

— Non merci. Ce n'est pas quelqu'un avec qui je veux passer du temps.

J'en frémis presque, mais je me retins. Pas la peine de sortir du placard ces squelettes particuliers. Je me ridiculisais déjà bien assez comme ça.

Maeve baissa sa main.

— C'est dommage.

Elle poussa le caddie en avant et tourna le coin, tapant violemment dans quelque chose.

— Oh ! haleta-t-elle, puis la surprise se transforma en colère. Hannah, que fais-tu à rôder par ici ?

— Rôder ? Je ne rôde pas. Je fais juste mes courses !

Hannah Banana était l'image même de l'innocence, ses sourcils si hauts qu'ils atteignaient pratiquement la racine des cheveux.

— Vraiment ? dit Maeve en regardant ostensiblement le caddie d'Hannah.

Le chariot était entièrement vide, et Hannah avait déjà parcouru les trois quarts du magasin. Je me sentis nerveuse, me demandant combien de ma conversation avec Maeve elle avait surpris.

— Oui, vraiment. Je suis ici pour acheter de la viande pour le barbecue de ce soir. J'ai invité l'ancienne bande. Mack, Ian, Ginny et moi.

Maeve renifla.

— Tu organises une soirée ou un enterrement ?

Hannah en resta un instant bouche bée avant de se reprendre.

— Qu'est-ce que c'est censé vouloir dire ?

Maeve secoua la tête, manœuvrant son caddie pour contourner celui d'Hannah.

— Rien. Rien du tout. En as-tu parlé avec mes garçons avant d'organiser tout ça ? Parce que nous avons encore beaucoup de travail avec les veaux.

— Pas encore, mais je suis sûre qu'ils viendront. J'ai une surprise pour eux.

Son sourire arrogant me donna envie de la gifler. J'avais la nette impression qu'elle pensait que son influence sur les hommes MacKenzie était plus forte que celle de leur mère. Je ne les connaissais pas très bien, mais je savais que ce n'était absolument pas le cas.

Je rattrapai Maeve juste à temps pour la voir lever les yeux au ciel. Elle se dirigeait déjà dans le rayon suivant.

— Bon, eh bien, profite bien de ta petite sauterie, dit-elle sans un regard en arrière.

Hannah me regarda, un sourire mielleux étirant ses lèvres alors qu'elle parlait assez fort pour que tout le magasin l'entende.

— Je vous aurais bien invitée, Angie, mais j'ai vraiment un petit appartement et Mack n'aime pas beaucoup traîner avec des étrangers. Il aime rester entre amis, vous voyez ?

Elle pencha la tête de côté comme si elle attendait que je lui réponde.

Je m'arrêtai à mi-chemin dans l'allée.

— C'est *Andie*, pas Angie. Si vous m'aviez invitée, j'aurais de toute façon décliné. Je quitte la ville aujourd'hui, après avoir parlé à Mack.

— Ah, pas de chance. Bon, eh bien, bon retour.

Elle agita des ongles en acrylique poli dans ma direction et poussa son caddie, disparaissant au bout de l'allée.

Maeve marmonnait toute seule lorsque je la rattrapai.

— Je peux faire quelque chose pour vous ? demandai-je en tenant légèrement le bord du caddie.

— Non, j'en ai presque terminé ici. Je viens de prendre le dernier ingrédient pour mes fameuses barres au citron. Allez, sortons d'ici avant que je dise quelque chose de stupide à quelqu'un que je devrais ignorer. Je prendrai le fromage sur le chemin.

Nous nous dirigeâmes vers l'avant du magasin par l'allée réfrigérée et payâmes pour nos courses. Maeve refusa de me laisser contribuer.

— Vous êtes notre invitée, et les invités ne payent pas.

Elle m'avait pourtant offert au moins deux repas chez elle et j'en aurais probablement un de plus avant de partir.

Le bonheur de sa générosité ne dura qu'environ cinq secondes. Alors que nous nous dirigions vers la porte, je remarquai une silhouette familière qui arrivait à grandes enjambées vers l'avant du magasin. Sa démarche était impossible à rater.

— Il est là, dit Maeve en lui faisant signe de s'arrêter. Mack !

L'homme au chapeau de cow-boy tourna la tête et sourit. Puis il me vit et le sourire disparut.

Mon dieu, il est tellement magnifique que ça devrait être illégal. Dix mille papillons élurent domicile dans mon estomac et commencèrent un petit rodéo lorsque les souvenirs de ce que nous avions fait la nuit précédente me revinrent en mémoire.

Chapitre 31

— QU'EST-CE QUE TU FAIS ICI ? demanda Maeve en serrant son fils dans ses bras.

Il me jeta un coup d'œil en répondant.

— J'avais des paquets et des courses à faire. Et vous, qu'est-ce que vous faites ici ?

— Des provisions pour le pique-nique. Mais n'avais-tu pas un rendez-vous avec Andie ce matin pour parler de son projet ?

Mack cacha très bien sa surprise.

— Euh, ouais. Mais il fallait que je fasse cet autre truc en premier.

— Eh bien, voilà ce que je te propose… pourquoi ne la ramènerais-tu pas pour que je puisse aller acheter ce qui me manque pour la fête et que je fasse un saut au pressing ? Elle va s'ennuyer avec moi toute la matinée et je crois qu'il faut qu'elle retourne travailler. Il vaudrait mieux que vous fassiez ce que vous avez à faire le plus vite possible, pas vrai ?

Elle tapota sa joue puis posa sa main sur mon avant-bras.

— Je vous verrai au ranch, ma chérie.

Je souris.

— Au ranch. J'ai toujours voulu dire ça.

— Eh bien, allez-y.

Elle attendit devant moi.

— D'accord. Je vous verrai au ranch, Maeve.

Je ne pouvais pas m'empêcher de sourire.

— À la revoyure.

Elle s'éloigna et nous laissa là, Mack arborant une mine impassible.

— Qu'est-ce qu'elle vient de dire ? demandai-je.

— À la revoyure.

Il se détourna du magasin.

— Bon, eh bien viens avec moi, je vais te raccompagner au ranch.

— Qu'est-ce qu'à la revoyure veut dire ?

Je trottais derrière lui dans mes mocassins sexys.

Il se dirigea vers un 4X4 rouge et flambant neuf, pressant le bouton sur son porte-clés pour ouvrir les serrures.

— Cela signifie à très bientôt ou quelque chose comme ça.

— Hum. Je n'ai jamais entendu cette expression auparavant.

— C'est un peu une expression de pecnot. Probablement pas ta tasse de thé.

Je me hissai dans le 4X4 à l'aide d'un marchepied qui était fixé sur le côté.

— Je ne dirais pas ça.

Je dus redescendre quand une de mes chaussures tomba. Je l'attrapai avec ma main et me contentai de la porter. Tout en attachant ma ceinture de sécurité, je le regardai grimper dans le 4X4, attendant qu'il me regarde.

Il évita soigneusement de regarder dans ma direction, agissant comme s'il était très occupé avec l'ajustement des rétroviseurs et la vérification de la circulation. Il ne répondit pas non plus.

Mon travail était facilité. Mack était un auditoire captif, incapable de m'éviter qu'il le veuille ou non. Il fallait juste que j'arrive à le faire parler. Mon cœur battait la chamade et l'adrénaline courait dans mon sang. Tout en moi me soufflait de me précipiter à la maison et d'oublier que tout ceci était arrivé, sauf une petite partie de mon cerveau qui me disait qu'il fallait que nous en finissions avec tout ça. Avant Bradley. Avant que ma vie ait complètement implosé. Je m'imaginais déjà le cauchemar d'une annulation de mariage et le renvoi de tous les cadeaux déjà reçus. Heureusement, j'avais l'impression que cela ne dérangerait pas Ruby de m'aider à m'occuper de la deuxième partie. Elle ferait probablement une fête de rupture en l'honneur de Bradley. La question à laquelle je n'avais même pas encore commencé à répondre était ce que j'allais faire de moi une fois que tout cela serait fini. Quelque chose me disait que la vie selon le plan de vie d'Andie n'allait plus être suffisante.

Je fis semblant de tousser pour lancer la conversation.

— Donc... nous étions censés nous rencontrer ce matin à neuf heures pour discuter. J'ai l'impression que tu m'évites.

Oh, super ! Tu avais besoin de commencer par ça ? Bien joué, Andie ! Je voulais me donner des claques pour être si agressive. Ce n'était pas le meilleur moyen d'obtenir quoi que ce soit de Mack. Il était trop fier pour ça. La seule raison pour laquelle je me trouvais assise à côté de lui dans son 4X4, c'était parce que sa mère l'y avait obligé.

Il sortit du parking et s'engagea sur la rue principale.

— Je ne t'évite pas. En fait, je fais exactement le contraire, mais comme tu ne peux pas lire mes pensées, je ne suis pas surpris que tu aies tout compris de travers.

— Tu aurais pu me dire quelque chose.

Je dus retenir la moue qui voulait se dessiner sur mon visage. Mack semblait toujours avoir cet effet sur moi, celui où j'oubliais que j'étais une femme d'affaires professionnelle qui aurait dû être au-dessus d'émotions stupides comme la déception et les sentiments meurtris.

— Tu dormais et tu avais eu une dure journée. Je me suis dit que ce serait gentil de te laisser dormir plutôt que de te réveiller, juste pour te donner un message.

— Je parie qu'il y a du papier et un stylo dans ta maison. Tu aurais pu me laisser un mot.

— Trop impersonnel.

Je secouai la tête en signe d'incrédulité.

— Et disparaître sans rien dire ne l'est pas ?

Un petit sourire apparut avant qu'il puisse le cacher.

Je pointais son visage d'un doigt.

— C'était quoi ça ?

— C'était quoi, quoi ?

— Ce sourire ! Je t'ai vu sourire, n'essaie pas de le cacher. Tu aimes ça, pas vrai ?

— J'aime quoi ?

Il était l'innocence personnifiée.

— Me torturer, voilà quoi.

Je grognai maintenant. Je n'avais jamais été autant hors de mon élément et à mon désavantage que je l'étais maintenant. Je détestais être une telle lavette. Si nous étions dans une salle d'audience, j'aurais déjà mis Mack à genoux et le juge secouerait la tête en le prenant en pitié. Mais dans son véhicule, portant les pantoufles de sa mère et mon ancienne tenue du dortoir d'étudiante, j'étais celle qui était ridiculisée. Et le plus triste, c'était que c'était de ma faute.

Il ne dit rien pour le nier. Son petit sourire disparut pour laisser place à nouveau à son expression impassible.

Nous roulâmes en silence pendant un moment, mon stress augmentant à chaque kilomètre parcouru jusqu'à ce que je n'en puisse plus.

— Écoute, toute plaisanterie mise à part, j'ai besoin de te parler. C'est vraiment important.

— Alors, parle. Je suis assis juste à côté de toi.

— J'ai vraiment besoin que tu signes ces papiers.

— Non.

Je poussai un bruyant soupir frustré. Je m'étais attendue à tourner en rond, mais pas à un refus catégorique. Il était temps de changer de tactique...

— Tu ne m'aimes pas, Mack.

— Comment peux-tu savoir qui j'aime ou n'aime pas ?

— Tu ne me connais même pas ! Comment dans ces conditions pourrais-tu m'aimer ? C'est tout simplement... stupide. Idiot, même.

Il me je ta un coup d'œil, le regard sombre.

— Je te connais bien mieux que tu le crois.

Ses sourcils se froncèrent alors qu'il se concentrait sur la route et les jointures de ses mains blanchirent sur le volant.

— Ah oui ? Permets-moi d'en douter.

Personne ne connaissait le 'vrai moi'. Pas même Bradley. Les gens qui disaient que l'on pouvait être soi-même avec son âme sœur ne me connaissaient pas. S'ils m'avaient connue, ils auraient changé leur point de vue sur cette petite pensée heureuse. Certaines choses valaient mieux ne pas être dites, et certains passés valaient mieux rester où ils étaient.

— D'accord, qu'est-ce que tu penses de ça... je sais que tu as grandi dans le nord-est et que ton père est parti quand tu étais très jeune. Je sais que ta mère a fréquenté un tas d'hommes qui étaient de grands fêtards, avant de s'installer avec celui qui a finalement abusé d'elle. Je sais que tu as craint pour ta vie pendant des années, et que tu as fini par convaincre ta mère de le quitter lorsque tu étais au lycée, mais qu'elle est retournée avec lui dès que tu es entrée à l'université. Je sais qu'il l'a presque tuée une fois et que tu as assisté à toute la scène.

Il fit une pause et me regarda pendant quelques secondes.

— Comment je m'en sors jusqu'ici ?

Mon rythme cardiaque creva le plafond et ma bouche devint aussi sèche que le désert. *Comment peut-il connaître tous mes secrets ? Est-ce qu'il lit dans les pensées ? A-t-il vérifié mes antécédents ?*

Il continua à déballer mes secrets sans attendre de réponse de ma part.

— Je sais que tu as commencé à mettre en place ton... plan de vie... je crois que c'est comme ça que tu l'appelles, lorsque tu avais quinze ans et tu l'as suivi à la lettre depuis cette époque. Sauf pour ce petit voyage à Las Vegas, tout le reste a été fait selon tes plans. Tu n'as fréquenté que des hommes qui rentraient dans le moule et voulaient les mêmes choses que toi. Et lorsqu'ils cessaient de rentrer dans tes plans, tu les larguais et te mettais en quête d'un autre candidat.

— Ce sont plutôt eux qui me larguaient, marmonnai-je.

Mes oreilles brûlèrent de honte. Je me sentais à nouveau comme cette adolescente à l'hôpital, signant des formulaires que je n'avais pas pris le temps de lire, disant aux médecins de faire tout leur possible pour la sauver.

— Larguer, se faire larguer... ce n'est que de la sémantique. Je n'ai pas encore fini. Donc, lorsque ce type t'a demandé de l'épouser et que tu as vérifié toutes les cases pour t'assurer qu'il correspondait bien et que tu as réalisé que c'était le cas, tu as dit oui. Et c'est là que tu as enfin décidé de me passer un coup de fil et de t'occuper du petit problème que tu avais créé deux ans auparavant.

Je levai mon bras et le posai sur le rebord de la fenêtre, ma main opposée enfoncée dans le siège à côté de ma cuisse gauche. J'avais l'impression d'avoir été attaquée, sauf qu'il le faisait d'un ton de voix normal, sans un soupçon de malice. Si le 4X4 avait été arrêté, j'aurais probablement sauté.

Ma voix était tremblante lorsque je fus de nouveau en mesure de parler.

— Je n'ai commencé aucun problème, tu l'as fait. Et comment sais-tu tout ça sur moi ? Tu m'as espionnée ?

Il eut un rire amer.

— Pas du tout. Je ne savais même pas où tu étais jusqu'à ce que tu arrives en ville à ma recherche. Lorsque Boog m'a appelé et t'a décrite en me disant ce que tu avais dit à Hannah, j'ai su que c'était toi. C'est la première fois que je me retrouve près de toi en deux ans.

Il n'avait pas l'air content du tout.

— Cela n'explique pas comment tu connais mon histoire personnelle. Je ne la partage pas avec n'importe qui. Pas même avec mes meilleurs amis.

— Bien sûr que tu le fais. Tu l'as partagé avec moi.

Il avait l'air fier, le salaud.

— Non, je ne l'ai pas fait.

Ma voix monta dans les aigus sous la panique.

— Est-ce que tu me traites de menteur ?

Il me regarda alors qu'il tournait sur une autre route.

— Non, je dis juste que... tu dois faire erreur ou quelque chose. Je ne partage mon passé avec personne, pas même avec de beaux cow-boys.

— Eh bien, tu l'as partagé avec moi. Et je ne suis pas juste un mec. Je suis ton mari. C'est le genre de chose qu'on partage avec son mari.

Il me regarda une fois de plus.

— Tu ne l'as pas partagé avec le mec à qui tu t'es fiancée, pas vrai ?

— Tu veux bien arrêter de dire ça ? dis-je alors que de la sueur apparaissait sur ma lèvre supérieure et sous mes bras.

— Dire quoi ?

— Que tu es mon mari, grinçai-je.

Il faisait preuve d'un tel calme à ce sujet, comme si sa main ne planait pas au-dessus du bouton rouge vif de ma console qui déclencherait tous les missiles nucléaires que je gardais sous clé.

— La vérité te dérange tant que ça ?

— Non, la plaisanterie me dérange beaucoup. Tout ça n'est qu'une énorme plaisanterie, tu ne le comprends donc pas ?

Je haletai, l'oxygène n'arrivant plus jusqu'à mon cerveau. *Étourdie. Je suis étourdie. Pourquoi suis-je aussi étourdie ?*

Les muscles de ses bras tressautèrent un peu.

— Non, je suppose que je ne comprends pas. Explique-moi.

Il pila sur le chemin de terre qui avait assassiné ma Smart.

Je levai ma main gauche et commençai à faire des mouvements de haut en bas alors que j'expliquai. Il devait absolument comprendre, parce que s'il ne le faisait pas, j'allais imploser. Ma voix monta encore plus dans les aigus, se rapprochant de l'hystérie à chaque phrase.

— Bon, Mack... voilà ce qu'il en est. Il y a deux ans, je me suis faite larguer par un mec et je me sentais vulnérable. J'avais trop bu, je t'ai rencontré et tu étais... toi... et je me suis laissée emporter. Nous nous sommes tous les deux emportés, je suppose, puisque tu ne sembles pas du genre à sortir d'un chemin tout tracé toi non plus. Le lendemain, je me suis réveillée, tu avais disparu et je suis rentrée chez moi. D'accord ? Tu comprends maintenant ? La vie a continué pour *nous deux*, pas seulement pour moi. J'ai commencé à fréquenter Bradley, tu as commencé à sortir avec Hannah, et maintenant nous voilà, deux ans plus tard, ayant besoin d'un divorce.

Je pris une profonde respiration et la relâchai, essayant de libérer une partie du stress. J'avais l'impression que ma tête allait exploser.

— J'ai bien peur que tu oublies une partie de l'histoire, là, Maître.

Une voix traînante campagnarde aromatisa un peu ses paroles et me donna envie de le frapper derrière la tête d'une manière très violente.

— Je ne pense pas, dis-je en serrant les dents.

— Je sais que si.

Son téléphone sonna et il l'attrapa, fronçant les sourcils devant l'écran. Il le posa sur le siège et l'ignora. Je baissai les yeux et vis le nom d'Hannah.

— Pourquoi ne lui réponds-tu pas ? C'est ta petite amie, et j'ai l'impression qu'elle n'aimerait pas d'être ignorée.

— Elle n'est pas ma petite amie. Je ne sais pas qui t'a dit ça, mais tu ne devrais probablement plus écouter cette personne.

— C'est Hannah qui me l'a dit, et je suppose que le fait que tu vives avec elle a été une sorte de bonus.

Il souffla, en colère.

— Tu ne devrais plus écouter Hannah. Et je ne vis pas avec elle. Elle vit avec moi, temporairement, puisque je faisais une faveur à un ami, mais ça s'arrête aujourd'hui. Elle a fait ses bagages et elle est prête à partir.

Je ris amèrement.

— J'ai l'impression que tu as oublié de lui préciser ce petit détail. Elle est amoureuse de toi, tu sais.

— Conneries. Elle est amoureuse du ranch de ma famille, de notre argent, de mon 4X4 et très probablement de mon petit frère, mais elle n'est certainement pas amoureuse de moi.

— Si elle l'était, tu sortirais avec elle ?

— Bon sang, non. Elle n'est pas mon genre.

Je trouvais cela très difficile à croire puisque le style Daisy Duke était le genre de tous les gars de la campagne et qu'elle s'en rapprochait vraiment.

— Quel est ton genre alors, si ce n'est pas Daisy Duke ?

Il prit quelques secondes avant de répondre.

— Forte tête. Intelligente. Belle. Drôle. Bonne au blackjack. Peut-être un peu plus conservatrice qu'Hannah Banana.

Il me regarda en souriant diaboliquement.

— J'aime un peu de mystère chez mes femmes. Je pense que les paroles de la chanson le disent le mieux : *'Une dame dans la rue, mais un phénomène dans le lit'*.

Je le frappai fort sur le bras, le visage brûlant.

— Tais-toi. Je ne suis pas ton genre. Et je ne suis un phénomène nulle part.

Il tendit le bras et prit ma main dans la sienne, l'attirant contre sa jambe.

— Je suis ton genre aussi, tu sais.

— Non, tu ne l'es pas.

J'essayai de retirer ma main mais il la tenait dans une poigne de fer.

— Bien sûr que si. Je suis instruit, sexy – tu l'as dit toi-même alors il ne sert à rien d'essayer de le nier – j'ai le sens des affaires et je peux te faire hurler comme personne d'autre ne le peut.

Il souleva ma main et la posa sur le dessus de sa jambe, très près de son entrejambe.

Mon cœur battait la chamade dans ma poitrine maintenant, j'eus l'impression que j'allais commencer à haleter comme un chien dans une seconde. *Contrôle-toi, Fido ! Ce n'est qu'un mec !*

Je tirai ma main avec plus d'insistance cette fois, et il la lâcha.

— Le sexe n'est pas de l'amour. Ne te méprends pas en pensant que c'est la même chose.

Des souvenirs de ma mère me revinrent en mémoire. Elle avait toujours un air rêveur après avoir passé la nuit dans son lit avec son petit ami, mais cela n'avait jamais empêché ce dernier de lui fracasser le visage plus tard.

— Tu n'es pas elle, Andie. Tu n'es pas ta mère.

— Tais-toi ! Tu n'as pas le droit de parler d'elle !

Mes cris résonnèrent dans le petit espace de la cabine du 4X4 ce qui me fit mal aux oreilles. Mon visage rougit d'embarras d'avoir perdu mon sang-froid.

— Désolé d'avoir crié. Ne... ne parle pas d'elle, s'il te plaît. Elle est hors limites.

— Il me semble que tu ferais mieux de parler d'elle plutôt que de prétendre qu'elle n'existe pas, mais je vais laisser tomber pour l'instant.

Il tendit le bras et posa sa main sur la mienne, caressant le côté de celle-ci avec son pouce.

— J'ai arrangé quelque chose pour nous afin que nous puissions faire une petite promenade à cheval cet après-midi.

— Une promenade ? Où ? demandai-je, la suspicion guidant mes émotions. Je ne veux pas faire de promenade avec toi.

Les mots étaient sortis, mais les sentiments n'étaient pas là pour les renforcer.

— Jusque dans les collines. Je pense que nous avons besoin d'intimité pour pouvoir parler de tout ça et arranger les choses. Je sais que tu as un plan de vie à suivre et tout, donc il n'y a aucune raison de retarder encore plus tout ça.

Je n'arrivais pas à dire s'il se moquait de moi ou s'il était triste.

— Je suis étonnée de t'avoir rencontré cette nuit-là, dis-je.

— Ah bon ? Pourquoi ?

— Parce qu'avec ton visage impassible, je parie que tu aurais pu te faire beaucoup d'argent à la table de poker au lieu de celle du blackjack.

Il sourit, envoyant une vague de désir directement dans ma poitrine et entre mes jambes.

— J'aime jouer au poker de temps en temps, mais je m'échauffe toujours avec un peu de vingt et un en premier.

Il tapota ma main avant de reposer la sienne sur le volant.

— Je suis content de l'avoir fait cette nuit-là, je peux te l'assurer.

Je ne dis rien, ne sachant pas s'il avait changé ma vie pour le meilleur en jouant au blackjack cette nuit-là, ou s'il m'avait vouée à une vie de misère.

Chapitre 32

JE M'ASSIS SUR LE PORCHE, attendant que Mack fasse le tour. Il m'avait dit qu'il allait s'occuper de notre transport. Je m'appuyai contre les poteaux qui maintenaient le toit du porche, mes pieds reposant sur les marches. Mon esprit vagabonda alors qu'une brise fraîche faisait voleter mes cheveux autour de mon visage, chatouillant ma peau.

Je ne pouvais pas me rappeler de la dernière fois que je m'étais assise comme ça, au soleil ; et avais laissé mes pensées vagabonder. C'était agréable, ce qui me donna envie que Mack ne revienne pas trop vite. En ce moment, j'aurais volontiers payé beaucoup d'argent pour que le temps s'arrête et que je puisse rester assise là en me contentant de respirer, sans me soucier de Bradley, Hannah ou de mon avenir. Tout cela était un vrai gâchis.

Me repasser en tête les choses que Mack m'avait dites dans le 4X4 m'aidait à reconstituer ce qui s'était passé à Las Vegas. Tout n'avait pas encore de sens, mais certaines choses s'éclaircissaient. De toute évidence, la première chose qui avait mal tourné avait été mon absence totale de maîtrise. L'énergie sexuelle de Mack était comme un aimant, m'attirant et me faisant faire des choses stupides comme oublier mes plans et toutes les choses que j'avais sacrifiées pour laisser le passé derrière moi et atteindre mes objectifs. Rien que l'idée d'abandonner ce qui équivalait à l'œuvre de ma vie me faisait une peur insensée, comme si je devais flotter pour toujours dans le vent sans aucune direction – une absence totale de contrôle. Et pour couronner le tout, en l'espace d'environ six heures, Mack m'avait en quelque sorte convaincue de décharger tout mon passé douloureux sur ses épaules pour me soulager. Les squelettes qui vivaient dans mon placard étaient sortis pour danser dans l'air chaud de la nuit de Las Vegas.

En plus, il continuait à agir comme si être marié avec moi n'était pas la pire chose qui lui soit arrivée. Il avait dit le mot commençant par A pendant que nous étions en train d'avoir des relations sexuelles sous la douche, mais ce genre de déclaration ne pouvait pas être prise au sérieux. Donc il n'était pas amoureux, mais il n'était pas non plus pressé de divorcer. Que voulait-il exactement ?

Un petit sourire se dessina sur mes lèvres. Qu'il m'aime était trop ridicule pour le considérer comme faisant partie de ma réalité. Les gens ne tombaient pas amoureux d'inconnus. Les inconnus pouvaient être n'importe quoi, n'importe qui, avec un nombre illimité d'horribles bagages que personne ne voudrait porter. Comment pouvait-il savoir que je n'étais pas un tueur en série, une mère de huit enfants ou déjà mariée ? Il ne pouvait pas. Les gens intelligents ne faisaient pas des choses stupides comme se marier dans une chapelle ouverte vingt-quatre heures sur vingt-quatre par un homme appelé Elvis. C'était ce que faisaient les gens irresponsables qui n'avaient rien à perdre.

Pas vrai ?

Je soupirai en dessinant un cœur dans la poussière à côté de moi. Regardant en arrière et voyant les choses du point de vue de ce porche, je n'étais pas sûre d'avoir eu beaucoup à perdre à l'époque. Deux ans auparavant, je venais tout juste d'être larguée par Tommy le Vomi, j'étais en lice pour une place convoitée de partenaire junior dans une entreprise qui suçait toute vie hors de moi, et m'apprêtais à dire adieu à mes amitiés de toujours pour un autre mec. Cela n'était décidément pas quelque chose vers quoi on pouvait souhaiter se diriger.

Toutes mes idées grandioses de qui j'étais étaient tombées en morceaux lorsque j'avais reçu ce document du département des registres d'état civil de l'État du Nevada. Apparemment, des gens intelligents et responsables pouvaient parfois faire des choses stupides comme se marier sur un coup de tête ; ou alors, j'étais au moins dix fois plus bête que ce que je pensais l'être.

Le problème n'était pas tellement que je l'avais fait, mais que, pour la première fois depuis que j'avais eu connaissance de tout cela, je me demandais ce qui était pire : se marier à un étranger à Las Vegas ou écrire le script de ma vie et espérer être heureuse à la fin de la production. Ma vie était comme une pièce de théâtre avec des acteurs, des scènes et des dialogues que j'avais écrits, avec un 'ils furent heureux jusqu'à la fin de leurs jours' que je ne pouvais même pas visualiser. Au lieu de travailler vers une vision claire du bonheur, j'avais avancé la tête baissée, me déplaçant en direction de... rien. Un gros nuage de fumée au travers duquel je ne pouvais rien voir. Je répétai ce mantra dans ma tête : réussite, réussite, réussite... Mais où était le bonheur ? Où était l'amour ? Et pourquoi n'avais-je pas compris cela avant ?

Alors que je restais assise sur ce porche en essayant de m'imaginer dans mes vieux jours, tout ce que mon cerveau me renvoyait était une image d'un Mack vieillissant assis à table avec moi, me souriant de cette façon qui me donnait l'impression qu'il savait tout de moi. Aujourd'hui, en regardant en arrière, le plan que j'avais établi pour moi-même me semblait non seulement stupide, mais également terne. Vide. Sécurisant, mais à la fin, très *très* dangereux, car il pouvait me faire perdre complètement le véritable moi. *Qui suis-je devenue ? Et pourquoi ce ridicule et poussiéreux paradis des serpents me fait-il repenser entièrement ma vie ?* Peut-être que j'avais été mordue par ce serpent en fin de compte. *Est-ce que leur poison peut faire ça à une personne ?* Je regardai l'arrière de mes chevilles à la recherche des doubles perforations révélatrices.

— Prête ?

La voix de Mack me parvint de la cour.

Je me sortis la tête des nuages et le fixai, lui et son moyen de transport. Lorsque ma voix revint, elle m'échappa un peu.

— Putain, hors de question, Mack, couinai-je en secouant la tête. Excuse mon langage, mais cela ne risque pas d'arriver.

Il sourit en tenant les deux jeux de rênes dans ses mains.

— Bien sûr que si. Tout va bien se passer. Viens ici que je puisse te faire la courte échelle.

Il se tenait entre un cheval brun avec une crinière noire et un blond avec une jolie crinière de couleur crème.

Peu importait combien il – ou elle – était beau, il n'était pas question que je monte là-dessus.

— Fais-toi *toi-même* la courte échelle. Je ne monte pas sur un cheval. Ces trucs mordent. Apporte-moi un quatre-roues ou peu importe comment tu les appelles.

— Impossible. Il n'y a plus d'essence.

Il souriait toujours, manifestement très content de lui.

J'ignorai la beauté de ce visage, refusant de le laisser me charmer pour m'entraîner dans ma mort.

— Tu mens, dis-je en le fixant.

Il perdit le sourire et revêtit son expression innocente de l'agneau qui vient de naître.

— Non. Il est aussi à sec qu'un os. Allez, je t'ai amené une vieille rosse.

Il fit un geste du menton pour désigner le brun.

— Elle ne pourrait pas ruer même si elle le voulait, et je te promets qu'elle ne le voudra pas. Et elle ne mord pas non plus.

Son coude vint saluer les dents du blond qui baissait la tête vers sa taille. Il n'avait pas l'air de lui avoir fait mal, mais il avait efficacement bloqué ses mouvements.

— Ha ! Celle-là vient juste d'essayer de te mordre !

Je reculai un peu, m'assurant que j'avais une grande marge de manœuvre si cette bête décidait de venir après moi. Elle était énorme, dominant Mack qui était sacrément grand lui-même.

— Celle-là est fougueuse, je l'avoue. Mais c'est moi qui vais la monter et toi, tu monteras sur sa maman, alors tout ira bien. Croix de bois... dit-il en traçant un X sur sa poitrine.

— Ton cœur est de l'autre côté.

— Je sais, dit-il en me faisant un clin d'œil.

Il leva une main où deux de ces doigts avaient été croisés.

— J'ai couvert mes arrières, au cas où.

Je restai bouche bée devant sa désinvolture face à mes craintes bien fondées.

— Tu n'as pas besoin de me tuer avec un cheval, tu sais. Tout ce que tu as à faire, c'est signer les papiers.

Lorsqu'il me regarda d'un air interrogateur, je m'expliquai.

— Des gens meurent sur ces choses tous les jours.

— Pas sur mes chevaux.

Il me tendit la main.

— Allons, ma femme. Viens faire un petit tour avec moi. Permets-moi de te montrer toutes les choses qui te manqueront quand tu retourneras dans l'Est et que tu me laisseras ici avec un cœur brisé.

Mon cœur fondit un peu à ce moment-là et j'étais sûre qu'il ne pourrait plus jamais être complètement froid. Ce n'était pas tant ce qu'il avait dit, mais la façon dont il l'avait dit. Il passait si facilement du cow-boy fort et sexy au lover boy au cœur tendre, qu'il me donnait des vertiges. Il me rendait même peut-être un peu ivre d'amour.

Je me levai, attrapant sa main avec humeur et la mine renfrognée, faisant mon possible pour ne pas tomber sous son charme.

— Tu ne vas pas avoir de cœur brisé, espèce de grand imbécile.

Il mit ses mains sur ma taille et se pencha, mettant ses lèvres près de mon cou et de mon oreille.

— Il est déjà meurtri.

Puis, il me souleva d'un coup, me faisant couiner de crainte.

Le cheval sur lequel il me posa ne broncha pas, mais l'autre sauta sur le côté et fit des bruits de reniflements dans notre direction. De mon nouveau point de vue du haut du cheval immense, je pouvais voir que le blond était très agité.

— Oh mon Dieu, murmurai-je, oubliant tout le reste. Je suis sur un cheval !

Mes muscles fessiers se contractèrent tellement que tout mon corps se souleva d'au moins sept centimètres. La sueur perla sur tout mon corps et mon cœur doubla son rythme.

— Détends-toi, dit-il en ajustant un étrier et y insérant mon pied une fois qu'il eut fini.

Il contourna le cheval et fit de même de l'autre côté.

— Elle est aussi douce qu'un bébé. Tu n'auras rien à faire. Elle va suivre ma jument partout où elle ira et tout ce que tu auras à faire, ce sera de profiter de la vue.

Je reniflai.

— Ouais, c'est ça.

Mes mains et mes cuisses tremblaient.

Il revint sur ma gauche et mit les rênes dans mes mains, laissant ses doigts sur les miens. Il me fixa tandis qu'il me donnait un cours accéléré.

— Si tu veux aller à gauche, bouge tes mains comme ça.

Il tira les lanières en cuir sur la gauche.

— Le mors dans sa bouche et les rênes sur son cou et sa tête lui feront savoir ce que tu veux faire. Si tu veux aller à droite, prends les rênes et fais ça... tu vois ?

Il tira dans la direction opposée, tendant le bras par-dessus le cheval pour faire sa démonstration, attendant que je hoche la tête pour continuer.

— Si tu veux t'arrêter, il te suffit de tirer doucement vers toi. Pas trop fort, elle a une bouche sensible. Essaye de ne pas lever les rênes en haut, garde-les au niveau de la taille. Lorsque tu veux repartir, desserre les rênes et donne-lui un petit coup de talon ou serre-la entre tes jambes, puis fait claquer ta langue et elle avancera.

— Je croyais que j'allais me contenter de te suivre et que je n'aurais rien à faire.

De la sueur commença à couler dans mon dos. La chaleur n'avait rien à y voir ; c'était tout simplement dû à une bonne vieille peur paralysante.

— Je te donne des instructions au cas où, m'expliqua-t-il.

— Au cas où *quoi* ?

Ma voix sortit beaucoup trop aiguë, mais je n'arrivais pas à la contrôler.

Il ne répondit pas jusqu'à ce qu'il soit lui-même sur le dos de son cheval.

— Au cas où mon cheval rue et me jette à terre et me mette K.O.

— Quoi ?!

Il me lança un sourire malicieux et tira brusquement ses rênes vers la gauche tout en donnant des coups de talons à son cheval et en lui parlant.

— Allez, ma fille.

J'étais tellement occupée à le regarder s'éloigner que je n'étais pas du tout préparée à ce que ma monture le suive. Elle balança sur le côté puis en arrière tandis qu'elle bougeait pour suivre le cheval de Mack et je dus m'accrocher au pommeau de la selle devant moi pour ne pas tomber. Les rênes tombèrent sur son cou et pendirent mollement sur les côtés.

— J'ai perdu les machins !

Le terme exact ne me revenait pas dans la panique.

— Quels machins ? cria-t-il sans se retourner.

— Les trucs en cuir ! Les rênes !

— Rattrape-les.

Je m'agrippai à la selle d'une main comme si ma vie en dépendait et tendait l'autre pour saisir le nœud qui tenait les deux lanières ensemble. Aussitôt que je les récupérai, je tirai dessus, soucieuse de reprendre le contrôle de ma monture.

Le cheval ne cessa pas d'avancer.

Je paniquai en regardant Mack s'éloigner de plus en plus, effrayé que mon cheval se mette à courir pour le rattraper et me fasse tomber sur mes pauvres fesses. Je tomberais probablement sur un serpent et avec la chance que j'avais, ledit serpent serait en train de se dorer au soleil avec les crocs en l'air. Mon corps tout entier se raidit, prenant la forme d'une planche de peur palpable.

Le cheval s'ébroua et commença à marcher à reculons.

Je tirai un peu plus sur les rênes, essayant de l'arrêter, mais il ne voulait pas m'écouter. Il n'arrêtait pas d'aller de plus en plus vite dans le mauvais sens.

— Mack ! hurlai-je. C'est cassé ou quelque chose comme ça ! Ça va à l'envers ! Comment est-ce que tu le remets dans le bon sens ?!

Il se tourna sur sa selle et se mit à rire.

J'étais partagé entre rire avec lui et pleurer ; tout mon corps tremblait, même mes lèvres.

— Arrête de serrer les cuisses et relâche les rênes. Tu lui dis d'aller en arrière avec tous tes signaux contradictoires !

J'écartai immédiatement mes cuisses de ses côtés, étendant mes jambes loin du cheval, un peu comme la perche d'un funambule. Je laissai tomber les rênes sur son encolure et me tins de nouveau au pommeau avec les deux mains. Je me serais laissée glisser pour me sauver de ce cauchemar sur pattes si j'avais pensé que je pourrais atterrir sans me rompre le cou.

Le cheval commença à avancer et trotta vers l'endroit où attendait Mack. L'essentiel de mon derrière fut poussé vers le haut de la selle par deux muscles fessiers très tendus.

Il ne put plus respirer pendant un petit moment en raison de son fou rire. Moi, d'un autre côté, j'étais en sueur et de mauvaise humeur, me demandant ce qui m'avait possédée d'écouter cet idiot et monter sur ce monstre alors que je savais très bien que ce serait une erreur. Il pouvait charmer un serpent s'il le voulait.

— Peut-on rentrer maintenant ? Je pense que j'ai vu suffisamment de paysages.

Mack se pencha et saisit les rênes de mon cheval, tirant l'animal à côté du sien.

— Viens ici, ma fille, dit-il en enroulant sa main autour de mon cou et me tirant plus près de lui.

Il se pencha et m'embrassa directement sur la bouche.

Je couinai contre ses lèvres, craignant trop de tomber pour apprécier leur chaleur.

— Je te tiens, dit-il en mettant son bras autour de ma taille pour me stabiliser.

Mon cheval bougea sous sa selle, mais ne s'éloigna pas.

Cette fois, je le laissai m'embrasser brièvement avant de le repousser. C'était trop agréable pour ne pas le faire.

— Tu vas me faire tomber, dis-je en le poussant loin de moi.

Il sourit, toutes sortes de bonheur illuminant ses yeux. Cela me fit penser à une douceur sucrée et de la vulnérabilité, choses que je ne montrais jamais à personne. Des choses que j'avais bannies de mon répertoire depuis longtemps. *Il est plus courageux que moi.*

— Je pense que tu vas très bien t'en sortir sur une selle, finit-il par dire.

J'essayai de le frapper, mais il était trop loin.

— Je pense que lorsque je descendrai enfin de cette chose, je te tuerai. J'espère que tu cours vite.

J'attrapai les rênes qui reposaient sur l'encolure du cheval et les tins dans une poigne légèrement moins tremblante.

— C'est une promesse ? Parce que si c'en est une, je peux courir très lentement pour te donner une chance de m'attraper.

Il me fit un clin d'œil et fit claquer sa langue, envoyant son cheval en avant et me laissant de nouveau derrière. Il me parla sans regarder en arrière.

— Mets du mou dans les rênes, mais ne tire pas dessus. Repose tes pieds dans les étriers, mais ne serre pas le cheval avec tes jambes. Il suffit de faire semblant que tu es à cheval sur une bûche. Trouve ton centre d'équilibre.

— À cheval sur une bûche, grommelai-je doucement entre mes dents. Pourquoi ne vas-tu pas en chevaucher une, gros malin.

Je rassemblai les rênes et je m'imaginai chevauchant une stupide bûche sur une stupide rivière tumultueuse, laissant pendre mes stupides pieds chaussés de mocassins.

Le cheval se mit à avancer au lieu de reculer, et après un moment, je fus surprise de trouver son allure calme et reposante. Le mouvement de bascule opéra bientôt sa magie sur moi, baissant ma pression artérielle et dispersant les images de mort qui avaient encombré mon esprit. Je pris une profonde inspiration puis expirai, laissant échapper toute la tension qui s'était accumulée. Comme mes fesses n'étaient plus aussi dures que de la pierre, je m'installai un peu plus bas sur ma selle et je finis pas trouver le fait de monter à cheval presque agréable.

Nous fîmes notre chemin à travers des arbres et des tas de rochers, progressant régulièrement vers une chaîne de montagnes à proximité. Assise sur le grand cheval, je pouvais voir tout ce que je ne pouvais normalement pas apercevoir lorsque j'étais à pied, le panorama s'étalant devant nous comme une peinture impressionniste faite entièrement dans les plus belles nuances de vert, brun et bleu de la nature.

Aucun de nous ne parla, ce qui rendait plus facile pour les sons de l'Ouest sauvage de nous atteindre et distraire mon esprit normalement occupé avec des mots : le cri d'un faucon ; le vent qui soufflait à travers les branches ; le cuir de la selle qui grinçait et craquait ; les pas des chevaux sur les rochers et qui écrasaient les végétaux... *swish, clop, swish, swish, clap, crac... swish, clop, clop, crac.* Un aboiement nous annonça l'arrivée d'un des chiens du ranch qui courut devant nous et prit la tête sur le chemin.

Les paroles de Maeve me revinrent, comment elle aimait laisser les hommes conduire afin qu'elle puisse profiter du paysage... combien elle trouvait que Baker City était l'un des plus beaux endroits sur Terre. Je l'avais alors contredite en pensée, mais en ce moment je ne le faisais pas et je savais que je ne le ferais plus jamais. Bien sûr, tout était sauvage et indompté ici, mais cette beauté farouche était quelque chose que je n'avais jamais vu auparavant dans la vraie vie, la vie dans les villes et leurs banlieues. *Majestueux* fut le mot qui me vint à l'esprit alors que j'observais le paysage autour de moi. *Un lieu spirituel.* Il était logique que les Amérindiens aient choisi de s'installer dans cette région. Je me sentais vraiment connectée à la Terre.

C'était fou de me sentir de cette façon alors que j'étais une fille de la ville dans mon cœur, mais le nier ne m'avancerait à rien. La partie irrationnelle, émotionnelle de mon cerveau pourrait prétendre que je souffrais d'une dépression nerveuse à cause de mes projets de mariage détruits ou des retombées qui m'attendaient en rentrant, mais le côté rationnel et pleinement fonctionnel de mon cerveau ainsi que mon cœur me disaient la vérité : que cet endroit n'était pas seulement une ville sur une carte. C'était un foyer – un lieu où une personne pourrait être elle-même et s'entourer de gens qui l'aimaient, la respectaient et riaient avec elle.

Avec cette prise de conscience vint la compréhension que parfois, vous ne pouvez pas apprécier la vraie beauté d'une chose tant que vous n'en avez pas fait l'expérience par vous-même ; aucun mot, aucune photo ne pourrait faire l'affaire. Et aucun plan ne pourrait y arriver. Parfois, nous devons nous laisser porter par le vent et voir où nous nous retrouverons.

Je soupirai à la fois de bonheur et de mélancolie. Le vent m'avait portée à Baker City, Oregon, et j'y avais trouvé une place dans le monde où je pourrais très probablement découvrir la paix pour la première fois de ma vie. Mais cet Eden était habité par l'une des plus grosses erreurs que j'avais faites dans ma vie, et à cause de cela, je devais le quitter.

Il y avait juste trop de négativité qui entourait cette situation pour envisager de rester : un mariage d'ivrogne qui avait été négligé pendant deux ans ; une petite amie serveuse qui n'était peut-être pas une petite amie, mais qui avait l'air plutôt certaine d'en être une ; un jeune frère en colère qui nous blâmait – ou pas – Mack et moi, pour ses projets de mariage qui avaient échoué ; et le fait que j'ouvrais mon cœur à cet étranger et partageais avec lui les morceaux de ma vie que j'avais essayé d'oublier depuis plus de dix ans. C'était sans espoir.

Chapitre 33

— TU ES AFFREUSEMENT CALME LÀ DERRIÈRE. À quoi penses-tu ?

La question de Mack me fit sursauter et sortir de ma rêverie, et me rappela que j'étais assise trop haut au-dessus de la terre. Mon corps se raidit pendant quelques secondes avant que je puisse avoir à nouveau le contrôle de moi-même.

— À rien.

Mieux vaut laisser les choses telles qu'elles sont, pas vrai ? Parfois, la vérité avait juste besoin de rester dans l'obscurité. Le problème, c'était que j'avais l'impression que si je cachais la vérité à tout le monde, je devais aussi me cacher et je n'étais pas une fan de l'obscurité.

— Je n'y crois pas une seconde. J'ai l'impression que tu es toujours en train de penser à quelque chose.

— À quoi penses-tu, toi ? demandai-je, en essayant de diriger la conversation sur des sujets plus sûrs.

Il me jeta un regard en coin.

— Je pense à combien je veux te voir nue à nouveau.

Mon visage rosit.

— Sois sérieux.

— Je le suis.

Il se tourna pour regarder droit devant lui et je me retrouvai de nouveau à fixer ses larges épaules.

— Ce n'est pas uniquement ce à quoi je pense, mais c'est en haut de la liste.

Je soupirai, me sentant triste parce que je voulais aussi le revoir nu et à la lumière du jour pour changer, mais ça serait stupide. Le sexe ne ferait que compliquer encore plus les choses.

— Nous n'allons pas le refaire, d'accord ? Les deux fois que nous l'avons fait étaient toutes les deux des erreurs.

— Deux fois ? Eh bien, tu n'es pas très bonne en maths, pas vrai ?

— Qu'est-ce que ça veut dire ?

— Eh bien, selon mes calculs, ça s'approche plus de cinq ou six fois. Non pas que je comptais ou quoi que ce soit.

— Quoi ? Tu es fou.

Je me demandais ce que j'avais oublié de cette nuit-là en plus de la partie où nous avions été mariés par Elvis.

— Crois-moi, je n'oublie pas ce genre de choses.

Je grognai.

— D'accord. Avec combien de femmes as-tu couché ?

Il se retourna et sourit.

— Tu es jalouse ?

— Non

Peut-être. Oui.

Il haussa les épaules.

— Pas beaucoup. Je suis difficile.

— J'ai du mal à le croire.

Il arrêta son cheval. Le mien continua d'avancer jusqu'à ce qu'il soit à côté du sien.

— C'est vrai, dit-il d'un ton beaucoup plus sérieux. Je ne couche pas à droite et à gauche.

— Tu as couché avec Hannah.

C'était totalement au hasard, mais j'attendis sa réponse en retenant ma respiration.

— Non, je ne l'ai pas fait.

Il avait l'air offensé.

— Qui t'a dit ça ? Je n'ai jamais couché avec cette fille et je ne le ferai jamais.

Je haussai les épaules.

— Je l'ai entendu quelque part en ville.

Sa mâchoire était contractée alors qu'il fixait un point droit devant lui. Je me dis que puisque je l'avais déjà contrarié, autant continuer sur ma lancée.

— Tu as couché avec Ginny.

Là aussi c'était totalement au hasard. Il reçut ce coup-là en plein cœur.

Il talonna son cheval et le lança au galop, nous laissant, moi et ma monture, derrière. Cela ne plut apparemment pas à celle-ci parce qu'elle se lança à leur poursuite. Elle n'allait pas vite, mais son allure était suffisamment rapide pour que je me transforme en pop-corn humain, ballottée sur ma selle. Mon fessier frappait l'assise en cuir encore et encore, faisant les bruits les plus embarrassants de ma vie… *Flop ! Flop ! Flop ! Flop !* Mes cris sortirent en rythme avec chaque rebond.

— Ah-oh-ah-oh-ah-oh-ahhh ! Mack ! A-ah-oh-a-ttend !

222

Mes dents claquèrent les unes contre les autres lorsque j'arrêtai de parler, me donnant mal à la tête.

Mon derrière fit le yoyo le long d'une piste venteuse entourée d'arbres puis dans une prairie à la lumière aveuglante pleine de fleurs sauvages, avant de finalement ralentir. Mack s'était immobilisé, son cheval se tenant juste à la lisière du champ. Il se laissa glisser le long du dos de l'animal et commença à déboucler des sacoches qui étaient attachées à la partie arrière de la selle. Mon cheval s'approcha à côté du sien puis baissa brusquement la tête, arrachant les rênes de mes mains.

Je le regardai, me demandant s'il avait vraiment couché avec la fiancée de son frère. Je n'avais jamais pensé que c'était le cas et je ne savais pas pourquoi je l'avais dit. Mais sa réaction m'avait rendue doublement curieuse et me fit également me demander si je ne m'étais pas trompée dans mon jugement. Il ne semblait pas du genre à faire quelque chose comme ça... quelque chose comme ce que j'avais fait en couchant avec lui alors que j'étais fiancée à Bradley. *Seigneur, je suis une horrible personne. Pourquoi aurait-il envie d'être avec moi ? Est-ce parce qu'il est lui aussi un tricheur ?* L'idée même me rendait malade pour une raison étrange. Je voulais qu'il soit une meilleure personne que moi.

— Tu peux descendre maintenant si tu veux, dit-il sans me regarder.

— J'adorerais, répondis-je d'un ton sarcastique.

Il arrêta ce qu'il faisait et fixa sur moi des yeux orageux.

— Alors, qu'est-ce qui t'en empêche ?

— La chute de deux étages vers une mort certaine.

Je regardai ostensiblement le sol.

Il retourna à son déballage, m'ignorant complètement. Je serrai les dents tandis qu'il sortait une couverture épaisse puis quelques sacs bruns remplis de choses quel je ne pouvais pas voir. Ça ressemblait à un pique-nique qui serait beaucoup plus apprécié sur le sol.

Mon cheval fit quelques pas en avant, la tête toujours baissée pour pouvoir attraper une bouchée d'herbe. Mack s'occupait, mettant la couverture sur le sol et y déposant des choses dessus. Je m'accrochai un moment au pommeau de la selle avant de finalement renoncer à attendre son aide. Penchée sur l'avant de la selle tout en m'agrippant toujours fermement au pommeau comme si ma vie en dépendait, je balançai ma jambe droite par-dessus le dos du cheval et glissai sur son côté jusqu'à la terre ferme.

Étonnamment, j'atterris sur mes pieds et non pas sur mes fesses, ce qui était une bonne chose lorsqu'on considérait combien elles étaient endolories à ce moment-là.

J'avançai dans le champ, laissant Mack derrière moi en me sentant un peu seule et perdue à la pensée qu'il n'était pas aussi parfait que ce que j'avais voulu croire. Lorsque j'eus traversé la moitié de la prairie, je m'arrêtai et regardai autour de moi. Des papillons voletaient parmi les pétales des fleurs sauvages qui se trouvaient à mes pieds et au-delà. Des oiseaux gazouillaient dans les arbres à proximité. Des peluches de pissenlits ou de quelque chose de blanc et doux flottaient dans l'air. Mon émerveillement était complet. Si les fées existaient, elles vivaient certainement dans cet endroit.

J'entendis des bruits de pas derrière moi, mais c'étaient ceux d'une race à deux jambes alors je ne me retournai pas. Mack s'arrêta à mes côtés, regardant fixement les fleurs avec moi.

— J'ai apporté un pique-nique.

— J'ai vu ça.

Ma gorge était endolorie de larmes contenues. Je refusai de pleurer pour un mec qui n'avait pas été à la hauteur de mes attentes incroyablement élevées. Même s'il était mon mari.

— Je n'ai pas non plus couché avec Ginny.

— C'est bien. Pour Ian.

Je dissimulai mon soulagement, laissant échapper très calmement un long soupir par le nez. Il n'était pas un tricheur. Pourquoi c'était important pour moi – étant moi-même une tricheuse – n'avait aucun sens... mais c'était le cas.

— Mais j'ai provoqué leur rupture.

Je me tournai pour le regarder. Son expression était torturée.

— Que s'est-il passé ?

Maintenant, au lieu de me sentir en colère ou soulagée, je me sentais triste pour lui. Il était clair que cela lui avait fait mal.

Il baissa les yeux, ses mains pendant hors de ses poches.

— Quand nous sommes allés à Las Vegas et que j'ai disparu pratiquement toute la nuit avec toi, cela a plutôt énervé les gars. Ils m'ont cherché toute la nuit, chose que j'ai découverte plus tard. Quand nous sommes revenus, il s'est dit en ville que j'avais disparu et qu'ils avaient tous pensé que c'était avec une femme.

— Qu'est-ce que cela a à voir avec Ginny ?

— J'y arrive.

Il soupira en regardant au loin.

— Ginny était dans un magasin en ville et a entendu quelqu'un parler de la façon dont l'enterrement de vie de garçon d'Ian avait été un fiasco parce qu'un des participants avait disparu avec une femme et provoqué une grande agitation. Elle a demandé de qui ils parlaient et personne n'a pu lui dire.

— Pourquoi pas ?

— Parce que je leur avais demandé à tous de jurer de garder le secret. Ils l'ont fait – ils ont gardé leurs bouches fermées – pour moi. La plupart du temps, en tous cas.

— Quoi ? Je suis désolée, mais je suis complètement perdu. Sommes-nous encore en train de parler de Ginny ?

Il poussa un profond soupir.

— Oui, d'une manière détournée, nous le sommes. Ce qui s'est passé, c'est que les gars m'ont trouvé dans le hall où je t'attendais et ils m'ont emmené récupérer nos affaires, et nous sommes rentrés à la maison. Sur le chemin du retour, je leur ai tout dit et je leur ai fait jurer de ne rien dire à âme qui vive. Je voulais faire une surprise à nos parents quand je t'aurais présentée.

Sa voix était rauque à la fin.

— Je ne comprends pas. Je suis désolée, Mack. Je sais que j'ai l'air d'une idiote et j'ai vraiment l'impression d'en être une, mais je pense qu'il me manque des parties de l'histoire.

Il me regarda avec une expression torturée.

— Tu ne te rappelles vraiment pas, pas vrai ?

— Non, je le jure devant Dieu, je ne me rappelle pas.

Je mis ma main dans la sienne beaucoup plus grande et la serrai doucement.

— Je suis sûre que ce n'est pas parce que je ne ressentais pas vraiment ce que j'ai ressenti à ce moment-là. C'est juste que... j'avais beaucoup trop bu, je crois.

Il hocha la tête une fois et se dirigea vers les chevaux en me tirant gentiment avec lui. J'essayai de récupérer ma main, mais il raffermit son emprise.

— Tu veux que je te raconte l'histoire telle que je m'en souviens ? Du début à la fin ?

— Oui, dis-je. S'il te plaît, fais-le. Et je rajouterai ce dont je me souviens.

L'anticipation d'apprendre la vérité était grande, mais la crainte que je n'allais pas aimer ce que j'allais entendre l'était encore plus.

Chapitre 34

— VIENS T'ASSEOIR SUR LA COUVERTURE avec moi et nous parlerons pendant que nous mangerons le déjeuner que ma mère a préparé pour nous.

— Oh, elle nous a préparé un déjeuner ? C'est tellement mignon.

Je n'avais jamais utilisé ce terme pour parler de mères, mais il y avait quelque chose chez Maeve qui faisait que c'était le seul mot qui lui convenait.

— Elle t'aime beaucoup.

J'avais honte à ce sujet... la faire m'aimer alors que j'allais briser le cœur de son fils.

— Comment pourrait-elle m'aimer ? Elle ne me connait même pas.

— Je pense qu'elle peut voir combien tu comptes pour moi, et cela représente quelque chose pour elle.

Je n'avais pas de réponse à ça, alors je gardai la bouche fermée. Je voulais que ce soit vrai, aussi invraisemblable que cela puisse paraître.

Je m'installai sur la couverture et Mack fit quelque chose pour attacher les chevaux de façon à ce qu'ils puissent manger eux aussi. Il me rejoignit et s'allongea sur le côté près de moi alors que je m'asseyais avec les jambes croisées. Je pris un long brin d'herbe à proximité et jouai avec lui tandis qu'il me racontait son histoire, gardant les yeux sur ma tâche pour qu'il puisse raconter notre passé commun sans se sentir gêné.

— Bon, alors voici de quoi je me souviens. J'étais assis à m'occuper de mes propres affaires aux tables de blackjack, essayant de gagner un peu d'argent pour le donner à mon frère pour son cadeau de mariage. Lui et Ginny avaient l'intention d'aller à Hawaii et il devait piocher dans une grande partie de ses économies.

— Ta mère me l'a dit.

— J'avais gagné presque mille dollars quand une jolie petite nana dans une robe moulante est arrivée et a renversé un verre sur moi.

— Coupable.

Je levai un doigt pendant quelques secondes avant de le laisser retomber. Je réalisai que j'aimais être appelée une jolie petite nana dans une robe moulante.

— Après avoir passé un peu de temps avec elle et ne pensant à rien d'autre que la connaître mieux dans tous les sens du terme, nous sommes allés dans sa chambre où c'est ce que j'ai fait. J'ai appris à la connaître, et pour la première fois de ma vie, j'ai eu l'impression d'être avec quelqu'un avec qui je pouvais vraiment me détendre. Avec qui je pouvais être.

Il roula sur le dos et croisa ses mains derrière sa tête.

— Cela semble fou de dire ça à haute voix, mais je me souviens très bien avoir pensé que tu étais la femme de ma vie lorsque je t'ai vue assise à la table de blackjack.

Il tourna la tête pour regarder dans ma direction et je levai mon visage pour lui rendre son regard.

— Peut-être même avant. Quand tu as renversé ce verre sur moi... Je pense que je l'ai su à ce moment-là.

Ses yeux bleus perçants me transpercèrent, envoyant une onde de chaleur directement dans mes veines pour réchauffer tout mon corps.

— C'est fou, dis-je d'une voix légèrement essoufflée. Cela n'arrive pas dans la vraie vie.

— Ça arrive dans la mienne.

Il regarda le ciel.

— Quoi qu'il en soit, j'ai craqué pour toi comme une allumette dans un brasier et nous avons fait l'amour, ce qui n'a servi qu'à confirmer ce que je savais déjà.

Il eut un étrange sourire sur son visage.

— Et puis nous sommes restés allongés et nous avons parlé.

Il donnait l'impression de ne pas y croire lui-même.

— Tout ce que tu me racontais me parlait à un niveau très profond.

Il me regarda de nouveau.

— Tu pourrais trouver ça difficile à croire, mais je n'ai généralement pas de conversation comme ça avec les gens.

Je souris tristement.

— J'ai en effet eu cette impression.

J'aimais savoir que j'étais spéciale dans sa vie, mais je détestais savoir que ce n'était que temporaire. Cela craignait encore plus qu'autre chose de toucher du doigt qui vous pourriez être et savoir que vous deviez vous en détourner avant que ça ne se dégrade. Se montrer à la hauteur des attentes des autres commençait à ressembler à la voie qui menait à la destruction de mon âme.

— Alors j'ai eu cette folle idée... sous mon chapeau... et je t'ai demandé de partir à l'aventure avec moi. Nous sommes allés dans un bar où j'ai flirté outrageusement avec toi et où je t'ai demandé de m'épouser.

Je déglutis avec difficulté.

— Vraiment ? Tu me l'as vraiment demandé ?

— Ouais. Je me suis mis à genoux avec une fleur qu'un mec m'avait vendu et tout.

— Oh, mon Dieu, j'aimerais me souvenir de cette partie.

J'avais envie de pleurer.

— Ouais, c'était assez mauvais. Mais j'ai en quelque sorte réussi à te convaincre que c'était un bon plan, et nous sommes partis à la chapelle. Nous avons dû faire la queue pendant un certain temps. Je devais continuellement te rappeler que nous n'étions plus dans une chambre d'hôtel.

Je laissai tomber ma tête dans mes mains.

— Je ne suis pas sûre de vouloir entendre cette partie.

— Pourquoi pas ? C'est la meilleure partie.

Il souriait de nouveau, je pouvais le dire au ton de sa voix, mais je refusai de le regarder.

— Qu'est-ce que j'ai fait ?

— Tu ne pouvais pas t'empêcher de poser les mains sur moi. J'ai dû les enlever de mon pantalon une dizaine de fois.

— Oh, Seigneur... pas étonnant que tu voulais m'épouser !

J'essayai d'empêcher des images de pénétrer dans ma tête, mais ça ne fonctionnait pas.

Il tendit le bras et tira sur une de mes mains.

— Viens par ici. Tu es beaucoup trop loin.

Je retirai ma main.

— Non, reste loin de moi. Je suis trop embarrassée.

Il se redressa et passa ses bras autour de moi, me tirant vers le bas avec lui jusqu'à ce que je me trouve en partie à côté de lui et en partie au-dessus de lui. Je ne le combattis pas du tout, le laissant simplement me forcer à être câlinée.

— Tu n'as aucune raison d'être embarrassée. C'était la meilleure nuit de ma vie et pas uniquement parce que tu m'appelais King Dong.

Je ris. Je ne réussis pas à m'en empêcher.

— Oh, je suis tombée bien bas.

— Chut, je ne t'ai pas encore raconté toute l'histoire.

— Alors, raconte. Et essaie de sauter les passages où je m'humilie encore et encore.

— Je vais essayer, mais ce sont les passages les plus amusants. Ce qui vient après ne sont que les parties tristes de l'histoire.

Mon cœur se serra dans ma poitrine.

— Raconte.

Il resta silencieux pendant un moment et je ne le pressai pas. J'étais suffisamment occupée en imaginant notre nuit ensemble pour avoir besoin qu'il continue tout de suite.

— Où en étais-je ? finit-il par demander.

— Nous faisions la queue dans la chapelle.

— Ah, oui, d'accord. Donc, notre tour vint, mais nous n'avions pas de bague. Ils ont offert de nous en vendre une, mais tu as dit que nous n'en avions pas besoin. Nous avons prononcé nos vœux puis nous avons signé les papiers.

— Ai-je envie de connaître les vœux ?

— Ils étaient très créatifs.

— Ne me dis pas. Je ne veux pas savoir.

J'essayais d'empêcher que mon humiliation soit totale.

— Tu es sûre ?

— Oui. Dis-moi le reste de l'histoire.

— Très bien, après que l'acte ait été accompli, j'ai finalement jeté un coup d'œil à mon téléphone et j'ai vu une cinquantaine de messages de mon frère et ses amis. Pendant que nous attendions qu'ils nous rejoignent, nous avons parlé de ce que nous allions faire.

— Que veux-tu dire ?

— Nous avons parlé de notre avenir.

— Oh !

— Tu comptais retourner dans ta chambre et rester avec tes amies, puis m'appeler le lendemain matin. Tu m'as dit que tu voulais te refaire une beauté ou quelque chose comme ça. Laisser tes seins respirer était une autre de tes préoccupations, je crois. Je devais retourner avec mon frère pendant les quelques heures qui nous restaient avant de devoir repartir, et puis reprendre contact avec toi d'abord par téléphone.

— Et puis quoi ? Nous allions vivre séparés tout en étant un couple marié ? Cela ne ressemble pas à un plan très intelligent ou une chose à laquelle j'aurais adhéré, même en étant ivre plus que de raison.

— Moi non plus. Mais sur le coup, ça paraissait tout à fait logique. Nous avions tous les deux bu, donc même si je savais parfaitement ce que je faisais, il se pourrait que j'aie eu quelques pensées fantaisistes à ce moment-là.

— Des pensées fantaisistes. Hum.

— Ouais. Quoi qu'il en soit, nous sommes arrivés à ton l'hôtel et je t'ai laissée à la porte de ta chambre en te disant de me rejoindre en bas plus tard. Quand je suis arrivé dans le hall, mon frère était déjà là en train de fulminer. Il était énervé que j'aie raté toute la nuit avec lui et ses copains, et le fait qu'il avait perdu tout son argent au jeu n'arrangeait rien. Nous avons récupéré nos sacs à la consigne et il est allé à l'aéroport, mais je suis resté à l'hôtel, dans l'attente de ton appel.

— Je ne t'ai pas appelé.

— Non, dit-il calmement. Tu ne m'as pas appelé.

Ses bras se resserrèrent autour de mon corps.

— Combien de temps as-tu attendu ?

— Jusqu'à l'heure du déjeuner. Plusieurs heures. J'ai fini par appeler le numéro que tu m'avais donné, mais ce n'était pas le tien.

— C'était celui de qui ? demandai-je, perplexe.

— Je n'en ai aucune idée. Un type nommé Deacon n'a pas arrêté de me répondre.

— Tommy Deacon ? demandai-je d'une petite voix.

— Ouais. Quelque chose comme ça. Tu le connais ?

— C'était mon ex.

Je levai les yeux pour fixer le ciel, mon visage virant à nouveau au rouge flamboyant.

— Oh bon sang. Je suis vraiment stupide. Je t'ai donné le numéro de mon ex par erreur.

— Tu es sûre que c'était une erreur ? demanda-t-il.

Il me regardait de nouveau avec son expression indéchiffrable.

— Bien sûr que c'en était une, répondis-je sans vraiment y croire moi-même.

Peut-être qu'une partie de moi s'était mariée avec lui à cause du rejet récent et trop froid de Tommy. Il n'y avait rien de plus opposé à un rejet qu'une demande en mariage après tout. Tu parles d'un rebond.

— Le dernier avion allait partir, donc je devais m'en aller. Je suis allé dans ta chambre pour voir ce qui se passait et j'y ai trouvé la femme de ménage en train de nettoyer. Tu étais déjà partie.

— Tu as cru que je t'avais laissé tomber, pas vrai ?

— Plus ou moins. Au début, je ne voulais pas le croire, mais tu n'étais pas dans ta chambre, tu m'avais donné un faux numéro de téléphone et enfin, quand je suis allé à la réception, ils ont confirmé tu avais réglé ta note. Et je n'ai plus jamais entendu parler de toi. Tu ne m'as pas appelé une seule fois. Crois-moi, j'ai surveillé mon téléphone comme un faucon pendant des semaines. Des mois.

Je tendis le bras et pris sa main.

— Candice, la fille avec qui j'étais venue et que tu as rencontrée, a fait tomber mon téléphone dans les toilettes ce matin-là quand j'étais dans la douche. Ma carte SIM a été détruite. J'ai dû acheter un nouveau téléphone et une nouvelle carte, et charger tout le listing de secours que j'avais enregistré sur mon ordinateur. C'est pourquoi je ne t'ai pas appelé.

Il leva ma main afin de pouvoir la voir et commença à jouer avec mes doigts.

— M'aurais-tu appelé quand tu es rentrée chez toi... si ton téléphone n'était pas tombé dans les toilettes ?

— Oui. Peut-être.

Je dus y réfléchir pendant quelques secondes.

— Je n'en suis pas sûre. Je ne me souvenais pas que nous nous étions mariés. Et quand je suis rentrée... je suppose que j'ai juste essayé de reprendre ma vie en main. De la remettre sur les rails.

— Tu as dit que tu avais un plan. Tu en as beaucoup parlé cette nuit-là.

— Oui, dis-je en souriant amèrement. Mon plan de vie. Je pensais que c'était la réponse à toutes mes questions, mais maintenant je commence à croire qu'il a détruit toutes mes chances de bonheur.

— Tu n'as que vingt-sept ans.

Je poussai un peu sa main avec la mienne.

— Comment connais-tu mon âge ?

— Je sais que tu es née un quatre juillet et que tu considères que tous les feux d'artifice sont en ton honneur. Tu es enfant unique. Ta mère vit à Seattle et à un certain moment, elle a passé beaucoup de temps avec des hommes qui ont fait de toi une personne très malheureuse. Et je sais que tu as utilisé ce plan de vie pour mettre ta vie sur la bonne voie et te diriger dans une direction qui te faisait te sentir bien dans ta peau.

Mon estomac se contracta de peur. Avoir quelqu'un qui me connaissait si bien était terrifiant. Pourquoi était-il toujours avec moi ? Pourquoi ne m'avait-il pas dit de foutre le camp de sa vie ?

— Tu sais beaucoup de choses. Et tu te souviens également de beaucoup. Je sais que cela semble horrible, mais les seules choses dont je me souvenais de toi, c'était tes yeux, ton visage et ton chapeau. Oh, et la boucle de ceinture que tu portais.

— Eh bien, c'est mieux que rien, je suppose.

Il sourit tristement, ce qui me donna envie de me gifler.

— *Luceo non uro*, dis-je, bataillant pour trouver quelque chose qui le ferait se sentir mieux.

Pour atténuer le mal que je lui avais causé.

— Je me suis souvenue de ces mots. Et puis, quand je les ai vus sur le portail de ton ranch là-bas, je me suis souvenue m'être réveillée dans ma chambre ce matin-là sans toi. Je pensais que tu m'avais quittée.

— Je brille, mais ne brûle point. C'est tellement vrai.

— Comment ça ? Qu'est-ce que ça veut dire ?

— Littéralement ? *Luceo non uro* signifie *je brille, mais ne brûle point*. Pour moi cependant, cela signifie que j'ai le choix. Je dois équilibrer le mauvais avec le bon ; faire en sorte d'éviter les choses qui pourraient me brûler ou laisser des cicatrices, mais pouvoir m'approcher assez près de la chaleur pour sentir la vie et en faire vraiment l'expérience. Jusqu'à ce que je te rencontre, je n'avais jamais vraiment embrassé cette idée. Je traversais ma vie en étant simplement là, mais sans vraiment la ressentir et sans m'impliquer activement pour qu'elle en vaille la peine. Et puis il y a eu toi, et soudain cela prenait tout son sens. Cette nuit-là, j'ai attrapé ce que Dame Fortune m'offrait et j'ai vécu. Je brillais ce soir-là, ça, c'est sûr. J'étais plus lumineux que le Strip de Las Vegas.

— Et regarde où ça t'a mené.

J'étais tellement triste d'avoir en quelque sorte été impliquée dans le fait qu'il ait été brûlé par ma négligence.

— Brûlé.

Je fis passer mon pouce sur sa main, souhaitant pouvoir effacer la douleur pour lui.

— Je ne le regrette pas, dit-il en levant ma main pour me baiser les doigts. J'ai peut-être ressenti une brûlure pendant un certain temps, mais tu es là maintenant. Si je n'avais pas fait ce que j'ai fait, nous n'aurions pas cette seconde chance. Je me sens brillant, pas brûlé.

Je lui retirai ma main et m'assis, mes larmes prêtes à couler.

— Ce n'est pas une seconde chance, Mack. Ça ne peut pas en être une.

Il s'assit à côté de moi et m'attira contre lui en passant son bras autour de mes épaules. Posant sa tête contre la mienne, il parla d'une voix basse.

— Si, ça peut l'être. Nous sommes toujours mariés. Pourquoi ne pourrions-nous pas tenter le coup pour le faire fonctionner comme un vrai mariage ?

J'eus l'air et me sentis désespérément paniquée.

— Peut-être parce que nous vivons à l'autre bout du pays l'un de l'autre ?

— Ce n'est que de la géographie.

— Mais j'ai un travail et une vie.

— Eh bien alors, je viendrai vivre avec toi.

Je levai la tête pour le regarder, mon cœur battant la chamade dans ma poitrine.

— Tu abandonnerais tout ça pour moi ?

Je regardai la prairie et les montagnes au loin. Le paradis sur terre.

— Bien sûr. En un battement de cœur.

Des larmes jaillirent de mes yeux. C'était une situation tellement intenable.

— Je ne pourrais jamais te laisser faire ça.

— Bien sûr que si.

Il se leva et me prit par les mains, me tirant pour que je me mette debout. Une fois que je fus en face de lui, il me prit dans ses bras.

— J'irais vivre dans un parc à roulottes au milieu des marais du Mississippi si cela signifiait que je pouvais être avec toi et nous donner une chance.

— Ça a l'air sordide, dis-je en riant tristement contre sa poitrine.

— Tu as raison. Mais j'essayais juste de te faire comprendre. Peu importe où je me trouve, du moment que je suis avec toi.

Je choisis d'aborder un sujet plus terre-à-terre afin de reprendre les rênes de mon cœur qui s'emballait.

— Mais où travaillerais-tu ? Il n'y a pas de ranchs là où je vis.

— J'ai un MBA en finance. Je suis sûr que je pourrais trouver un emploi sans trop de problème. Je m'occupe de la gestion de ce ranch depuis des années, et ce n'est pas une mince affaire. Cela se traduit par toutes sortes d'autres travaux.

Mes larmes se mirent en pause et je basculai un peu le haut de mon corps en arrière pour pouvoir le regarder.

— Tu as un MBA ? Où l'as-tu eu ?

Il me fit un sourire triste.

— C'est important ?

— Non.

Je répondis automatiquement sans réfléchir parce que c'était la chose polie à dire, mais après mûre réflexion, je réalisai que ça n'avait pas d'importance parce que nous ne pouvions pas être ensemble de toute façon. Qu'il ait un MBA ne changeait rien.

— Qu'en est-il de ton frère ? Tu ne m'as pas dit comment son mariage s'imbriquait dans toute cette affaire.

Mack me relâcha et se tourna pour qu'on se tienne côte à côte, entrelaçant nos doigts et passant mon bras sous le sien.

— D'accord, désolé... je me suis un peu laissé distraire. Où en étais-je ? Ah oui. Le retour... je suis rentré de Las Vegas après avoir fait jurer à Ian et ses amis le secret. Mais l'histoire s'est propagée que l'un de nous avait passé la nuit avec une fille et avait en quelque sorte gâché la fête.

— Qui en a parlé ?

— Je n'en suis pas certain, mais je pense que Boog est impliqué. Il n'était pas là, mais il était au téléphone avec tout le monde avant et après. C'est un peu la commère du village.

— Boog ?

Je n'arrivais pas à y croire.

— Ouais, Boog. Ce mec est une vraie commère. Il rend ma mère folle.

— Mais l'histoire n'était pas complète. Pourquoi les bavards n'ont-ils pas dit que c'était toi ?

— Oh, ils l'ont dit par la suite. Mais la personne qui l'a glissé à Ginny ne l'a pas précisé, ou elle n'a pas fait attention à cette partie. Alors elle a flippé en pensant qu'Ian l'avait trompée et elle s'en est prise à moi.

— À toi ? Pourquoi à toi ?

— Je ne sais pas. Je suppose qu'elle s'attendait à ce que je le surveille puisque c'est mon petit frère. Elle m'a confronté chez moi. Je l'ai faite rentrer parce qu'elle faisait une scène sur le perron. Elle était hystérique, et quand j'ai essayé de lui dire que ce n'était pas lui mais moi, elle ne m'a pas crue. Elle a dû penser que j'essayais de le couvrir.

— N'aurait-elle pas pu tout simplement lui demander ? Pourquoi était-ce à toi de t'occuper de ce genre de choses ?

— Je suppose que quand elle l'a découvert, elle a essayé d'appeler Ian et d'en discuter, mais il ne voulait pas lui en parler. Il était sur la défensive quand elle est allée le voir et l'a accusé d'avoir déconné au cours du voyage, et il a refusé de lui parler. Ils avaient l'habitude de se disputer souvent comme ça – elle devenait hors d'elle et il se refermait comme une huître et ne lui parlait plus. Il ne gère pas bien les hurlements, et elle passait son temps à hurler. Puis il n'a plus répondu à ses appels. Quand elle est arrivée chez moi, elle avait décidé qu'il avait couché avec une autre femme et que nous faisions tout pour le lui cacher. Je crois qu'elle avait une vengeance en tête.

— Qu'est-ce que tu veux dire ?

— Elle s'en est prise à moi. Comme dans 'elle m'a fait du rentre dedans'.

— Oh ! Waouh. Qu'est-ce que tu as fait ?

— J'ai essayé de m'en débarrasser.

— Tu as réussi ?

Je n'étais pas sûre de vouloir entendre sa réponse.

— Oui, j'ai réussi.

Il fronça les sourcils.

— Tu crois vraiment que je suis le genre de type à coucher avec la fiancée de son frère ?

Je secouai la tête.

— Non. Je n'ai jamais pensé ça de toi.

J'étais tellement soulagée qu'il ne soit pas ce genre de type que j'en étais étourdie.

Il soupira en regardant au loin.

— Quoi qu'il en soit, les gens l'ont vue arriver toute hystérique et entrer dans ma maison pendant un certain temps. Ils l'ont dit à Ian. Il m'a demandé ce qui s'était passé et je lui ai dit. Les petites villes aiment les ragots.

Il poussa un profond soupir.

— C'est une chose que je ne regretterai pas en partant d'ici.

— Tu lui as dit ?

Il hocha la tête, la mâchoire contractée.

— Ouais. Je lui ai dit. Je me suis souvent demandé depuis si j'aurais dû garder tout ça pour moi, mais je suis content de ne pas l'avoir fait. Même si Ian a été blessé, ça ne change pas le fait que les mensonges sont comme de l'acide. Ils rongent tout au bout du compte – ton intégrité, ton cœur... ton âme. Ça n'en vaut pas la peine.

J'acquiesçai.

— Qu'est-ce que ton frère pense de tout ça ?

— Il a été très en colère contre moi pendant longtemps. Il ne m'a pas parlé pendant des mois.

— Mais ce n'était pas de ta faute.

— Je suis celui qui a disparu cette nuit-là à Las Vegas et d'où est partie la rumeur. Ginny a fait une erreur en n'entendant qu'une partie d'une conversation et en laissant tout ça prendre de telles proportions, mais si je n'avais pas fait ça, rien de tout cela ne serait arrivé.

— Mais elle a eu tort de te draguer. Je veux dire, voyons ! Elle ne mérite aucune excuse.

— Disons simplement qu'elle a montré son vrai visage ce jour-là. Ian ne lui a jamais pardonné. Il a annulé le mariage, déchiré les billets de la lune de miel et lui a envoyé les morceaux.

— Et il va mieux maintenant ?

— Non. Il survit, au jour le jour, buvant beaucoup trop et faisant beaucoup trop la fête en ville. Il déteste cet endroit. Il avait un boulot qui l'attendait à Portland en tant qu'architecte dans une nouvelle entreprise. Son premier boulot après la fac. Mais après le coup de Ginny, il n'a pas pu faire face. Il a tout foutu en l'air, y compris ses plans pour l'avenir... il ne fait que chevaucher autour du ranch et boire presque toutes les nuits avec ses copains. Il est sur la mauvaise pente, mais pour le moment, il n'accepte l'aide de personne. Boog garde un œil sur lui pour nous, mais c'est tout ce que nous pouvons faire.

— Je me sens mal.

Mon cœur se serra pour eux deux et leurs parents. Il était évident qu'ils souffraient tous. Cela me rendait triste de savoir que j'avais quelque chose à voir avec ça.

— Pourquoi est-ce que tu te sens mal ? Ce n'est pas ta faute.

— Ça l'est. Sans moi, tu serais resté avec eux toute la nuit et il n'y aurait pas eu de rumeur. Pas de rumeur, donc pas de fiancée en colère et pas de 'fricotage dans l'arrière-salle'.

Il se tourna vers moi et poussa mon épaule de manière à ce que je lui fasse face.

— Oh, tu es comme l'araignée qui m'a attiré dans sa toile et je n'avais pas le choix en la matière ? Je peux dire à tout le monde que je ne suis qu'une innocente victime ?

Évidemment, dit comme ça, c'était stupide, mais je n'étais pas encore prête à repartir sans prendre ma part de responsabilité.

— Oui, c'est ce qui s'est passé. Je t'ai attiré dans ma toile.

Je m'approchai de lui et le pris dans mes bras.

— Je portais un soutien-gorge push-up cette nuit-là et cette robe moulante avec des talons hauts. Tu es tombé droit dans mon piège. Tu n'avais aucune chance.

Il me serra à son tour contre lui et se pencha pour respirer la peau de mon cou.

— Tu as raison à ce sujet. Une fois que je t'ai vue, je n'ai plus eu le choix. J'étais perdu. Je ne veux aucune autre femme après toi.

Ses mains glissèrent sur mon dos et agrippèrent mon postérieur tandis que nous levions nos visages pour nous regarder dans les yeux.

La combinaison de son toucher, de ses paroles, et la façon dont il me regardait avec tant d'amour illuminant ses yeux faisaient que tout mon système dérailla.

— Nous allons recommencer, n'est-ce pas ? demandai-je doucement alors qu'une certaine partie de mon corps s'humidifiait instantanément.

Il me fit un sourire malicieux.

— Oh que oui nous allons recommencer !

Et puis il m'allongea sur le sol.

Chapitre 35

LE POIDS DU LOURD CORPS de Mack me pressa contre la terre molle sous la couverture. Son souffle était doux et sa bouche insistante, la surface irritante de sa lèvre supérieure rasée me faisait frissonner en glissant sur la peau sensible de mes lèvres et de mon cou. Son chapeau bascula et tomba dans l'herbe à côté de ma tête.

— Et si quelqu'un nous voit ? demandai-je en sentant son désir croissant s'appuyer sur ma jambe.

— Il n'y a personne ici à part toi, moi et les chevaux, et ils ne se soucient pas de ce que nous faisons aussi longtemps que nous les laissons manger en paix.

Son sourire paresseux arrêta mon cœur.

— Détends-toi et laisse-moi t'aimer.

Il baissa la tête et embrassa le creux de mon cou, tirant sur l'encolure de mon tee-shirt pour exposer ma peau et m'embrasser là également.

Je fermai les yeux et laissai courir mes doigts sur son dos, aimant la façon dont ses muscles se contractaient et se détendaient tandis qu'il me couvrait de son affection. C'était un homme tellement fort. Je me sentais en sécurité avec lui. Excitée rien qu'en pensant à lui.

— Tu aimes ça ? demanda-t-il en enfouissant son nez contre mon oreille, me donnant des frissons.

— J'aime tout ce que tu fais, dis-je doucement. Tout est incroyable.

— Lève-toi.

— Quoi ?

Le brouillard qui avait commencé à envahir mon esprit se dissipa rapidement, me laissant perplexe.

— Lève-toi et enlève tes vêtements pour moi. Déshabille-toi, femme sexy, je veux regarder.

Je gloussai.

— Ouais, c'est ça.

Mon visage me brûla à la pensée qu'il me voie en plein jour comme ça.

— Non, je suis sérieux.

Il se pencha et déposa un baiser sur mes lèvres, les forçant à s'écarter et poussant sa langue chaude à l'intérieur. Mes mamelons durcirent instantanément. Je tendis les bras à tâtons alors que mes yeux se fermaient, mais il repoussa délicatement mes mains sur le côté et s'éloigna. J'ouvris les yeux et fis la moue.

— Non. Je veux te voir nue, insista-t-il.

Il s'assit et plia les jambes au niveau des genoux, en laissant tomber une sur le côté et en laissant l'autre à la verticale afin que j'ai une vue parfaite de son entrejambe engoncé dans son jean. Il posa ses avant-bras sur son genou et me fit un clin d'œil, levant son menton dans un geste d'encouragement.

— Vas-y.

— Je veux te voir nu, répondis-je en le défiant d'un sourire.

— Toi d'abord.

Il fit bouger ses sourcils de haut en bas dans une promesse de jeu à venir.

Je me sentis soudain pleine d'énergie sans que je sache pourquoi. Audacieuse. Je me levai de la couverture et me tins à quelques pas de là.

— De quoi devrais-je me débarrasser en premier ?

Mes joues brûlaient encore d'embarras et d'anticipation, son regard concentré et grave provoquant une rougeur qui se propagea également sur ma poitrine et mon cou. Il était tellement magnifique, assis là dans son jean et son tee-shirt en ayant l'air si insouciant et inconscient de ses charmes. Ses cheveux étaient ébouriffés, rebiquant sur les bords à cause de la chaleur et de la sueur. Ne pas poser mes mains sur lui me demanda un effort monumental.

— Les chaussures, ordonna-t-il. Enlève-les.

Je lançai les affreux mocassins et ils allèrent voler au-dessus de sa tête.

Il sourit.

— Ton haut. Montre-moi ce que tu as.

Je fis passer mon tee-shirt par-dessus ma tête et le laissai glisser le long de mon bras pour qu'il tomber à mes pieds. Une humidité prit naissance entre mes jambes quand il posa sa main sur son entrejambe pour essayer de s'ajuster. Je n'avais jamais été excitée avant par l'idée d'un homme se touchant, mais oui, je l'étais maintenant. Énormément.

— Soutien-gorge.

Il s'allongea de côté sur la couverture, s'appuyant sur un coude pour qu'une main soutienne sa tête pendant que l'autre caressait le devant de son jean. Le renflement en dessous était impossible à rater. Je haussai un sourcil en entendant son ordre. J'avais pensé que le short serait le suivant à disparaître. Je haussai les épaules. S'il voulait me voir torse-nue, qui étais-je pour le contredire ? Tendant les bras derrière moi, je détachai la seule chose qui empêchait mes seins d'être exposés au monde entier. Je ne m'étais jamais retrouvée sans vêtements à l'extérieur auparavant et je m'attendais à détester ça, mais alors que l'air touchait ma peau, je me sentis soudain libre et sauvage ; comme si je prenais un risque et en aimais chaque seconde.

— Seigneur, tu as un superbe coffre.

Je ris.

— Un beau *coffre* ? Waouh, c'est sexy. Je suis quoi, un meuble ?

C'était en quelque sorte sexy de désigner mes parties féminines d'une manière si masculine. Je mis mes mains sous mes seins, les soulevant un peu et frottant les derniers vestiges de chaleur.

— Mieux vaut arrêter de faire ça, dit-il alors que son visage s'assombrissait et que ses mains s'immobilisaient sur son jean.

Les muscles de sa mâchoire se contractèrent. Il ressemblait à un lion envisageant d'attaquer sa proie.

Mes mains se figèrent.

— Pourquoi ? demandai-je tout en connaissant déjà la réponse.

Je voulais juste l'entendre prononcer ce que l'expression sur son visage affichait déjà.

— Parce que je n'en ai pas encore fini avec ce strip-tease, mais si tu continues ainsi, je vais te sauter dessus.

Je ne pouvais pas arrêter de sourire.

— Très bien, dis-je en laissant retomber mes mains. Quelle est la suite ?

— Ton short. Mais tourne-toi. Je veux voir ce cul.

Je me retournai un peu trop brusquement, perdant légèrement mon équilibre et gloussant alors que je m'occupai des boutons. Une fois ma tâche accomplie et mon short en route vers le sol, glissant sur la partie la plus charnue de mon anatomie, je le regardai par-dessus mon épaule.

Il était hypnotisé, me fixant avec sa main frottant lentement son entrejambe. Peut-être aurais-je dû être choquée par son comportement flagrant de macho, mais au lieu de ça, cela m'excita au-delà des mots. La pensée qu'il soit tellement excité rien qu'en voyant mon corps nu était époustouflante. Je m'étais toujours déshabillée dans le noir, consciente de mes défauts. Avec lui dans cette prairie lumineuse, j'avais l'impression d'être une déesse du sexe.

Le short toucha le sol à mes pieds et je l'enjambai.

Je lui tournais le dos, ne portant rien d'autre que ma petite culotte.

— Quelle est la suite ? demandai-je, ma voix résonnant dans la clairière en face de moi.

J'entendis un bruissement et avant que je puisse réagir, il se retrouva à genoux derrière moi. Son visage était contre le bas de mon dos, l'embrassant tandis qu'il se tenait à mes hanches avec ses mains puissantes. Mes jambes tremblèrent alors que ses doigts épais accrochaient le haut de ma culotte et la descendaient lentement.

— Je veux... Je veux...

J'essayais d'utiliser des mots pour exprimer mes désirs, mais ils n'arrivaient pas à se former correctement dans ma tête. Chaque fois que j'essayai de formuler une pensée cohérente, il léchait ma peau puis l'embrassait – parfois avec la légèreté d'une plume et d'autres avec une force qui laisserait une marque – me laissant une fois de plus dépourvue de sens.

— Que veux-tu, femme sexy ?

Il me retourna par les hanches, me forçant à lui faire face.

Je baissai les yeux sur son visage, enfouissant mes mains dans ses cheveux sur les côtés de sa tête, faisant courir mes doigts dans la masse épaisse et ondulée.

— Je veux... toi.

Mon visage était rouge de passion. Le voir tout habillé sans rien entre sa bouche et le bas de mon corps nu était suffisant pour me faire avoir une crise cardiaque.

Il s'approcha, enroulant ses bras dans mon dos et se penchant vers moi. Je hoquetai lorsque sa langue toucha mes replis, se faufilant à l'intérieur sans hésitation pour m'inonder de sa chaleur humide.

— Que fais-tu ? murmurai-je en regardant sa tête, la sentant bouger sous mes mains tandis qu'il vénérait mon corps.

Mes jambes tremblèrent de plus belle et je passai de retenir mon plaisir à me retenir tout court. Je serais tombée sans ses épaules puissantes pour me soutenir.

Je gémis alors que sa langue trouvait mes endroits les plus sensibles et mes replis enflèrent sous le besoin. Une humidité glissante s'accumula, ce qui augmenta mon désir de sentir plus de lui entre mes jambes.

— Mack... s'il te plaît.

Il se pencha en arrière et parla d'une voix dangereuse.

— Allonge-toi.

Mon souffle s'altéra lorsque je réalisai que les choses étaient sur le point de devenir sérieuses. C'était ce dont mon corps avait besoin... de le sentir en moi, me remplissant, m'amenant sur le chemin où je finirais en hurlant et perdue.

Je rassemblai ce qui restait de mes esprits et fis ce qu'il m'avait demandé, le contournant pour me coucher sur la couverture. Je m'allongeai sur le dos, mes seins s'étalant vers mes côtes. J'ouvris les jambes et pliai un peu les genoux, attendant de voir ce qu'il allait faire. Ma main se déplaça vers mes replis où je touchai l'humidité qu'il avait causée.

Il se leva et enleva son tee-shirt d'un mouvement rapide, révélant l'ondulation des muscles saillants. Il ne dit rien. Il avait l'air en colère, mais je savais que ce n'était pas cette émotion qui traversait son esprit et son cœur alors qu'il se tenait devant moi. La passion ressemblait beaucoup aux ténèbres chez lui. Cela fit bouillir mon sang.

Ses bottes, ses chaussettes et son pantalon furent les suivants. C'était tout ce qu'il avait porté pour notre petit pique-nique et maintenant, en plein soleil, j'étais finalement en mesure d'apprécier pleinement l'homme que j'avais épousé dans toute sa gloire musclée. Les ombres des courbes de ses muscles mettaient en évidence leur structure dense. Même sans le dur travail physique qu'il faisait au ranch, il aurait encore eu un corps à tomber par terre, mais avec la gestion des bovins venaient de grandes récompenses, et j'avais l'impression d'être la fille la plus chanceuse au monde de pouvoir en profiter dès à présent.

Et ma chance ne s'arrêtait pas à son physique parfaitement bien bâti. Son sexe était également une merveille, sa longueur et sa largeur n'étant pas quelque chose qui aurait normalement fonctionné ; comment son membre réussissait-il à s'adapter à mon corps était une sorte de miracle. Il s'érigeait fièrement devant lui, rendant parfaitement clair ce qu'il voulait faire. J'écartai un peu plus largement les jambes et passai mon doigt sur mon clitoris, le faisant brûler de désir.

— J'aime quand tu fais ça, dit-il d'une voix rauque.

— J'aime encore plus quand c'est toi qui me le fait, répondis-je sans jamais le quitter des yeux.

Il sortit un préservatif de la poche de son pantalon et le mit. Lorsqu'il eut fini, il s'avança lentement, son membre engorgé se balançant à chaque pas. Il se pencha, attrapa mon poignet et l'éloigna de mes replis pour le poser sur un point au-dessus de ma tête.

— Je vais faire l'amour à mon épouse maintenant, dit-il d'une voix grave et douce, porteuse d'une promesse sexy que j'étais prête à le supplier de tenir.

Un frisson me parcourut l'échine d'être appelée comme ça... épouse... et d'être promise à cette joie, même si c'était mal. Même si je n'aurais pas dû l'encourager à me voir de cette façon.

— Nous ne devrions pas, dis-je dans un dernier et faible effort pour l'aider à me laisser partir.

J'étais si mauvaise pour faire ce qui était bien. Mon cœur n'y était tout simplement pas. Je voulais tout ; je voulais l'avoir pour moi et vivre ce moment pour le reste de mes jours.

— Foutaises.

Il lâcha ma main et inclina son sexe pour entrer en moi, utilisant sa main pour le guider. Une fois en position, il mit ses mains de chaque côté de moi et plongea son regard profondément dans mes yeux.

J'eus le souffle coupé lorsqu'il entra en moi, ma tête tombant sur le côté tandis que mille sensations m'envahissaient et que l'anticipation de ce qui allait arriver augmentait.

— Ne détourne pas les yeux, dit-il. Regarde-moi.

Je tournai mon visage pour faire ce qu'il demandait. Ses yeux bleus lumineux plongèrent dans les miens, gonflant mon cœur d'une émotion écrasante. Il bougea en moi, lentement, dedans et dehors, sans jamais détourner le regard.

Je baissai les paupières alors que la passion enflait dans mon corps.

— Ouvre les yeux, Andie, regarde-moi. Je veux te voir jouir.

Je forçai mes paupières à s'ouvrir même si elles voulaient oublier sa beauté. Je n'avais jamais regardé un homme me faire l'amour, et c'était trop intense. Trop tout. Parce que c'était Mack.

Des larmes apparurent alors même que mon désir augmentait.

Son rythme s'accéléra et ma poitrine rebondit tandis que ses coups devenaient plus insistants, plus rapides. Il ne rompit jamais le contact visuel avec moi, même si son visage montrait l'extrême contrôle qu'il exerçait sur son désir. Il se retenait pour moi, attendant pour que je puisse jouir avec lui. Je soulevai encore plus les hanches, le prenant plus profondément en moi.

J'étais fascinée. Il marquait mon cœur au fer rouge, me montrant qu'il allait m'aimer que je le veuille ou non, et que j'étais à lui et à personne d'autre. Personne n'avait jamais insisté pour m'aimer comme ça avant. Les larmes coulèrent de mes yeux jusqu'à mes oreilles tandis que l'orgasme se formait. J'étais au bord du précipice d'un grand abîme, un endroit où je pourrais facilement me perdre et ne jamais retrouver mon chemin.

— Je t'aime, Andie Marks MacKenzie. Je ne vais pas te laisser partir.

Je sanglotai, mais ne détournai pas le regard. De la sueur coula de son cou et atterrit sur mes seins, chatouillant ma peau en glissant vers mes côtes. Je soulevai mes jambes et plaçai mes mains sur ses fesses pour pouvoir l'enfoncer plus profondément en moi. Je voulais sentir chaque centimètre de lui remplir le besoin que j'avais de lui. Je ne pouvais pas m'en empêcher. Nous étions en train de ne faire plus qu'un, et je ne voulais pas manquer ça. Ce serait la seule et unique fois de ma vie que j'aurais ça. Aucun homme ne pourrait jamais se mesurer à la norme que venait de fixer Mack.

Son expression devint orageuse. Ses sourcils se rapprochèrent et ses lèvres se serrèrent en une ligne mince. La sueur perlait sur son front et coulait de son visage sur le mien. Il gémit, son corps se déplaçant rapidement, son membre s'épaississant.

ELLE CASEY

La sensation d'être étirée et le glissement facile jusqu'au plus profond de mon être, combinés à son intense concentration et ses mots d'amour... c'était trop. Trop pour mon corps et trop pour mon âme.

Les sensations de chaleur et de flottement entre mes jambes où nos corps étaient joints prirent la relève, laissant tous mes réticences, mes doutes et mes soucis derrière moi. Je m'accrochais à lui alors que je criai son nom sans cesser de pleurer.

— Regarde-moi ! grogna-t-il en descendant sur ses coudes et prenant chaque côté de ma tête dans ses grandes mains.

J'étais piégée dans sa vie, son visage à quelques centimètres du mien.

— Je ne peux pas ! Je ne peux pas ! soufflai-je, mon visage se tordant sous l'effort de gérer en même temps le chagrin et l'orgasme.

Il écrasa ses lèvres sur les miennes puis se raidit, son corps tout entier devenant rigide pendant une seconde avant qu'il commence à me marteler avec des coups durs et rapides. Sa bouche se durcit contre la mienne, me forçant à tourner la tête.

— Andie ! *Bon sang*, Andie !

Il soufflait contre mon visage comme un train de marchandises tandis qu'il jouissait en moi.

S'il dit autre chose, je ne l'entendis pas. J'étais partie trop loin pour entendre ou dire quelque chose de concret ; tout ce que je pouvais faire, c'était ressentir. J'étais en train de me noyer. L'amour, la douleur, l'espérance et un sentiment de perte se mélangeaient dans un grand tourbillon d'émotion.

— Mack ! criai-je en m'accrochant à son dos avec chaque once de force qu'il me restait, convulsant sous lui jusqu'à ce que les sensations deviennent insupportables.

Mes cris se transformèrent en larmes silencieuses que je laissai couler.

Il s'effondra sur moi, m'étouffant avec son poids et me distrayant de ma tristesse. Quand j'arrivai au point où j'eus des difficultés à respirer, il roula sur le côté, se dégageant brusquement de moi. Je tendis la main et le giflai doucement sur le visage.

— C'était pour quoi ? demanda-t-il en tendant le bras pour essuyer les larmes de mes joues.

— C'est pour m'avoir quittée et avoir été si méchant.

Il m'attrapa tandis qu'il roulait sur le dos, m'entraînant avec lui. Je me retrouvai couchée sur sa poitrine, baissant les yeux sur lui et son visage rougi par la passion.

— Tu es celle qui va me quitter et être méchante, pas moi.

Je fronçai les sourcils, le cœur meurtri par ses paroles.

— Ne dis pas ça.

Partir semblait si mal ; cela me tuait de m'imaginer dans un avion en train de m'éloigner d'ici.

— Reste.

Il repoussa gentiment une mèche de cheveux de mon visage.

— Au moins jusqu'au pique-nique. Je veux que tu rencontres la famille avant de t'en aller.

Savoir qu'il avait accepté mon départ comme quelque chose d'inévitable me fit mal. La masochiste en moi voulait qu'il continue à se battre pour que je reste. Je suppose que je ne nous avais pas encore fait assez de mal.

Je soupirai.

— Je ne sais pas si c'est une bonne idée.

— Bien sûr que c'en est une. Qu'est-ce qu'un jour de plus changera ? Reste. Ma grand-mère veut te rencontrer et ma mère a besoin de ton aide.

Je regardai ses yeux bleus sournois en fronçant les sourcils.

— C'est un coup bas, Mack.

Il haussa les épaules sans sourire.

— Je suis prêt à utiliser tout ce que je pourrais trouver pour te garder ici.

Je soupirai encore une fois, ne voulant pas les décevoir, lui, sa mère et sa grand-mère. C'était une bonne excuse pour retarder mon chagrin un jour de plus.

— Très bien. J'irai au pique-nique, mais c'est tout. Après ça, je dois rentrer.

Ce que j'allais faire une fois arrivée était encore un mystère. La seule chose que je savais, c'était que je n'allais pas me marier avec Bradley. Ce petit rendez-vous dans la prairie avait confirmé cette décision dans mon esprit.

Mack se dégagea et se leva avant de me tendre la main.

J'y glissai la mienne et le laissai me remettre sur mes pieds.

— Que faisons-nous maintenant ? demandai-je en m'appuyant contre lui tandis qu'il m'entourait de ses bras sans les serrer.

Il baissa la tête et me donna un rapide baiser sur les lèvres.

— Maintenant, on joue à chat.

Je fronçai les sourcils en me raidissant, pas certaine d'avoir bien compris.

— Quoi ?

— Tu m'as entendu.

Il sourit et me repoussa avant de me donner une légère tape sur les fesses.

— C'est moi le chat. Tu ferais mieux de commencer à courir.

Je ris pendant une seconde.

— De quoi est-ce que tu parles ?

Une sensation de chatouillement prit naissance dans mon ventre alors que je l'imaginais en train de me poursuivre.

Un de ses sourcils se souleva dans un défi diabolique.

— Tu ferais mieux de courir. Si je t'attrape, tu seras jetée dans le lac qui est juste derrière ces arbres. Et je dois te prévenir... il est plutôt froid à cette époque de l'année.

Une bonne dose d'adrénaline courut dans mes veines et je m'élançai sans un regard en arrière pour lui. Les chevaux levèrent la tête comme je courais sans me soucier des serpents qui pourraient m'attendre dans les herbes hautes, sachant seulement que je devais m'éloigner de cet homme complètement fou qui allait me transformer en bâtonnet de glace humain.

J'entendis le martèlement de ses pas derrière moi, ce qui me fit crier et rire en même temps. Des gloussements hystériques sortirent de ma poitrine et se répercutèrent dans la prairie.

— Je t'ai eue ! cria-t-il en saisissant mon bras.

Je me dégageai d'une torsion et courus autour de lui, hurlant lorsque je le vis se mettre en position accroupie, ses muscles se bandant en préparation de l'attaque.

— Non, Mack ! *Non* !

Je volai par-dessus l'herbe et les fleurs, mon cœur s'emballant et mes bras s'agitant dans tous les sens.

— Si ! grogna-t-il en m'attrapant par la taille par-derrière et me soulevant dans ses bras.

Il traversa la prairie et les arbres en me portant, me serrant si fort contre lui que tout ce que je pouvais faire était de lutter en silence, à peine capable de bouger mes bras ou des jambes.

— S'il te plaît, ne me jette pas dans le lac, suppliai-je, le pensant vraiment mais étant également enchantée par son numéro d'homme des cavernes.

J'étais tellement habituée à contrôler ma vie, c'était une tournure érotique dans notre relation que je ne m'attendais pas à aimer. Mais il était indéniable que j'espérais que son prochain geste serait de me laisser tomber sur le sol et faire cette chose qu'il faisait – oh si bien – une fois de plus.

Le miroitement d'une eau bleu vert apparut et je me mis à le supplier avec une vigueur renouvelée, en m'imaginant combien cette eau serait froide sur ma peau surchauffée.

— S'il te plaît, je ferais n'importe quoi. S'il te plaît, ne me jette pas là-dedans, Mack. Je déteste l'eau froide !

Il s'arrêta brusquement.

— Tu ferais n'importe quoi ?

Je hochai la tête sans hésitation, la poitrine haletante.

— Oui. N'importe quoi. Tu n'as qu'à demander.

— Reste. Reste pour le pique-nique...

Je souris.

— J'ai déjà accepté de le faire.

— ... Et laisse-moi dormir avec toi cette nuit. Je veux passer notre dernière nuit dans ton lit, en toi.

Un frisson me parcourut alors que j'imaginais son corps dur et poilu à côté du mien dans le petit lit de la maison de ses parents tandis que nous faisions des choses que nous ne devions pas faire. Je jetai un coup d'œil sur le lac et ses eaux froides et profondes. La décision n'était pas difficile à prendre.

— Très bien, marché conclu.

Il laissa retomber mes jambes et posa ses mains de chaque côté de mon visage.

— Je savais que je pouvais te faire entendre raison.

Il m'embrassa passionnément pendant plusieurs secondes avant de me surprendre en me retournant pour que je me retrouve face à un arbre.

— Maintenant, fais-moi plaisir et penche-toi.

— Pourquoi, qu'est-ce que tu vas faire ?

Je retins ma respiration en attendant sa réponse.

Il se pencha et parla doucement près de mon oreille.

— Je vais te prendre par-derrière.

Il fit courir sa main le long de ma colonne vertébrale, de mon derrière à mes omoplates, puis l'appuya sur le haut de mon dos.

Un frisson me traversa tel un choc électrique et je fus instantanément prête pour lui. Je souris, contenant à peine mon excitation tandis que j'écartais les jambes et me penchais en avant, m'agrippant au tronc de l'arbre. Mes seins pendaient, l'air frais chatouillant leur peau sensible alors que mes doigts s'enfonçaient dans l'écorce rugueuse. Sa longueur veloutée et dure vint toucher mes replis enflés puis il saisit une de mes hanches dans sa main puissante et chaude.

Je ne pus m'arrêter de gémir tandis qu'il tirait mes hanches en arrière et se glissait une fois de plus en moi.

Chapitre 36

NOTRE RETOUR À LA MAISON fut beaucoup plus rapide que le trajet en direction de la prairie. Le soleil se rapprochait de l'horizon et mon ventre était plein de la nourriture que Mack m'avait fait manger de ses doigts lorsque le ranch apparut devant nous.

Mon cerveau tournait à cent à l'heure, essayant de trouver une sorte de plan de secours pour ma vie ou quelque chose d'approchant. La connexion que Mack et moi avions eue aujourd'hui n'avait fait que compliquer les choses. Une infime tentation me retenait de simplement taper du pied et insister pour qu'il me laisse partir. Tout ce que je voyais si je prenais cette voie, c'était de la solitude et du désespoir et pour une fois, j'avais l'impression que je ne serais pas vraiment heureuse de suivre le script que j'avais écrit si longtemps auparavant.

— Tu recommences à trop penser, dit Mack sans même se retourner.

— Tais-toi, tu n'as aucune idée de ce à quoi je pense.

— Tu essaies de décider si tu dois me faire signer ces foutus papiers ou tout simplement suivre le courant et voir où ça te mène.

— Je ne suis jamais le courant, dis-je d'un ton grincheux.

— Tu as dit que tu resterais jusqu'au pique-nique, alors tu dois tenir ta promesse. J'ai déjà envoyé un message à ma mère et elle compte sur toi pour l'aider.

— Bon sang, Mack, c'est un coup bas.

Il mettait les membres de sa famille de son côté, rendant mon départ beaucoup plus difficile, et il le savait.

J'éperonnai légèrement mon cheval pour m'approcher de Mack. Sa monture tressaillit un peu mais resta sur le chemin.

— Je fais ce que je dois faire pour briller, bébé. C'est tout ce que je fais... je brille sans brûler.

— Tu fais plus que ça. Tu es sournois et tu manipules mon cœur. Et je n'aime pas ça.

Il me regarda, toute trace d'humour disparue de son visage.

— Tout est permis en amour comme à la guerre, et je compte gagner, peu importe les moyens employés.

Mes narines frémirent. Il était temps de lâcher ma grosse bombe.

— Bradley est en route.

Mack me regarda avec intensité.

— Tu peux répéter ?

— Tu m'as entendue. Il arrive. J''ai essayé de l'en empêcher, mais il n'a pas voulu m'écouter.

Mack se mit à sourire.

— On dirait mon genre de mec.

Je secouai la tête.

— Tu ne comprends pas. Ce n'est pas ton genre de mec et il va venir ici et faire un scandale. Je dois être partie lorsqu'il arrivera ou ça va être non seulement très moche, mais également embarrassant.

— Pas pour moi. Et ça ne devrait pas l'être pour toi non plus.

Il tendit le bras pour me toucher mais je m'éloignai.

— Bas les pattes. Je ne plaisante pas. Tu ne vas pas t'en sortir à coup de charme cette fois. Il arrive, et quand il va comprendre que j'ai couché avec toi, il va en faire toute une histoire et tout le monde saura que nous sommes tous les deux de sales tricheurs.

Mack éclata de rire.

— Des tricheurs ? Comment pourrions-nous être des tricheurs quand nous sommes mariés ?

Je grognai.

— Grr, tu sais très bien ce que je veux dire ! N'essaie pas de me faire me sentir mieux par rapport à ce que j'ai fait.

Mack se pencha dangereusement et saisit ma main puis refusa de la lâcher.

— Tu n'as rien fait de mal, tu m'entends ? L'amour est ce qu'il est et il fait ce qu'il faut pour survivre. C'est un instinct. Techniquement, tu m'as trompée avec lui, mais je ne le vois pas comme ça. Je sais que tu ne te rappelais pas, je te crois. Et maintenant, tu sais que tu es mariée avec moi et tu couches avec moi en tant qu'épouse. Il ne s'est rien passé de mal. Rien.

J'étais trop en colère pour retenir mes mots.

— Ce n'est pas de l'amour, d'accord ? Arrête de l'appeler comme ça.

Il lâcha ma main et regarda droit devant lui.

— Vraiment.

C'était une déclaration, pas une question. Je lui avais fait mal. Mais je ne pus pas m'empêcher d'enfoncer un peu plus le couteau dans la plaie.

— Oui, vraiment. Ce n'est que du désir. Tu t'en lasseras très vite, et je devrais rentrer chez moi la queue entre les jambes en suppliant tout le monde de me pardonner.

Mack secoua la tête.

— Ma fille, tu as vraiment besoin de sortir ta tête de ton popotin si tu veux un jour trouver un peu de bonheur dans ta vie.

Il éperonna son cheval qui fit un bond, me laissant derrière pour mordre sa poussière.

Je crois que mon cheval fut aussi choqué que moi. Elle se contenta de trotter comme si Mack et sa monture ne devenaient pas de plus en plus petits. La maison était proche – je pouvais voir son toit à un peu plus d'un kilomètre – mais quand même... je fulminais d'avoir été laissée derrière lorsque j'atteignis la cour. Boog m'attendait, une expression impassible sur le visage.

— Qu'est-ce que vous regardez ? demandai-je, furieuse contre lui d'avoir été une telle commère par le passé.

— Une citadine. Qu'est-ce que vous regardez ?

— Un stupide Chewbacca homme-ours-porc qui ne sait pas s'occuper de ses affaires.

Je glissai du cheval et me retins avant de tomber sur les fesses. Mes jambes allaient être vraiment endolories le lendemain avec toutes ces chevauchées, tout comme mon postérieur.

Il éclata de rire.

— Je connais Chewbacca, mais un homme-ours-porc ? Qu'est-ce que c'est ?

J'étais trop frustrée pour me bagarrer avec lui.

— Allez-vous regarder dans un miroir. Je suis occupée.

Je clopinai en direction des marches du porche et le laissai s'occuper du cheval. Il m'avait pris les rênes des mains, alors je supposai que c'était pour ça qu'il était là.

— Vous devez brosser votre cheval ! cria-t-il derrière moi.

— Je le ferais plus tard ! criai-je en retour en claquant la porte derrière moi.

Je me traînai dans la cuisine pour prendre un verre d'eau. Maeve était devant l'évier et cela me ralentit considérablement.

— Oh. Salut. Je ne savais pas que vous étiez là.

Maeve me regarda par-dessus son épaule et sourit avant de retourner à sa tâche.

— Et où pourrai-je être d'autre ?

Je m'approchai et me penchai sur le comptoir à proximité.

— Je ne sais pas, en fait. Qu'est-ce que vous faites par ici ?

— Beaucoup de choses, dit-elle en rinçant des haricots dans l'évier. Nettoyer. Cuisiner. S'occuper des poules et du jardin.

— Ça a l'air... amusant.

C'était un mensonge éhonté.

— En fait, c'est une vie très simple, mais je trouve ça relaxant et agréable. Je peux terminer mon travail en une demi-journée, ce qui me laisse du temps pour m'adonner à des tâches personnelles.

— Ah oui ? Quels genres de tâches personnelles ?

— Faire du crochet. Peindre. Participer à un club de lecture. Je fais beaucoup de choses en dehors du travail du ranch.

Je soupirai avec nostalgie.

— Toutes ces choses sont celles que j'aimerais faire si j'avais le temps.

Cette fois, je ne mentais pas. J'étais une vraie mamie au fond de moi.

Elle haussa les épaules sans s'arrêter une seconde dans son travail.

— Eh bien, trouvez le temps.

— Ha. C'est drôle. Vous avez déjà travaillé dans un cabinet d'avocats ?

— On ne peut pas dire que je l'aie fait.

— Eh bien, ça craint pour ce qui est du temps libre. Je travaille de six heures du matin jusqu'à parfois dix heures du soir, ou même plus tard, quand je suis en plein procès.

— On dirait que vous n'avez même pas le temps de respirer.

Je regardais la cour arrière par la fenêtre.

— En effet. Je n'ai pas eu le temps de respirer depuis l'âge de quinze ans.

Cette triste vérité me calma instantanément.

— Je ne sais même pas pourquoi j'ai pensé que c'était quelque chose que je voulais.

— Ne soyez pas si dure envers vous-même. Premièrement, vous étiez jeune et vous faisiez ce que vous pensiez devoir faire pour tirer le meilleur parti des choses. Et deuxièmement, vous êtes encore jeune. Vous n'êtes pas obligée de faire ce que vous ne voulez pas faire. Si votre vie ne vous convient pas, changez-la.

Elle s'arrêta de rincer ses haricots et me regarda.

— Personne ne vous oblige à continuer dans cette vie.

— Si, moi, dis-je pitoyablement.

Elle sourit.

— Eh bien, mon conseil est de ne pas *vous* laisser vous mettre en travers du chemin de votre propre bonheur.

— Oui, dis-je en clignant des yeux à quelques reprises alors que les mots me percutaient. C'est un peu idiot, pas vrai ?

— Pas idiot. Sécurisant. J'ai l'impression que vous avez vécu une vie sans danger.

Je ris amèrement.

— Pour la plus grande partie, oui. Et la fois où je suis sortie de cette zone de sécurité, j'ai monumentalement foutu en l'air la vie d'au moins cinq personnes.

J'englobais l'ensemble de la famille MacKenzie comme dommages collatéraux.

— J'en doute.

Elle souleva un grand récipient de haricots de l'évier et le mit sur le comptoir.

— La vie a une façon bien à elle de fonctionner, qu'elle suive notre plan ou pas. J'ai le sentiment que lorsque vous allez vous remémorer cette fois où vous êtes sortie de votre zone de sécurité, vous verrez cela comme l'une des meilleures choses qui vous soit arrivée.

— Je souhaiterais vraiment que sachiez de quoi vous parlez, dis-je avant de réaliser combien cela était irrespectueux.

Elle éclata de rire.

— Croyez-moi. Je sais de quoi je parle.

— Avez-vous tout foiré avant ? Comme massivement, terriblement foiré ?

Elle hocha la tête.

— Oui. Nous le faisons tous. Cela fait partie du processus pour devenir une personne forte.

Elle posa ses mains sur ses hanches et me fit face.

— Je suis une personne forte, Andie. Mais c'est seulement parce que je me suis battue pour cela.

— Je brille mais ne brûle point, dis-je doucement, mon cœur s'effondrant dans ma poitrine.

Elle hocha la tête.

— C'est ça. Nous les filles MacKenzie, nous brillons, mais ne brûlons pas.

Elle me prit dans ses bras.

— Vous êtes l'une d'entre nous, alors vous devez le savoir.

J'éclatai en sanglots, m'accrochant à elle comme une fille en train de se noyer s'accrocherait à une bouée de sauvetage.

Chapitre 37

APRÈS AVOIR PLEURÉ TOUTES LES LARMES de mon corps et m'être épanchée sur l'épaule très compréhensive de Maeve, je me rendis dans la chambre d'Ian où je plongeai dans un sommeil réparateur. Je rêvais d'énormes groupes de personnes témoins de ma honte et qui me condamnaient pour cela. Des visions de l'ami de ma mère m'accusant d'être une trainée torturèrent mon sens déjà meurtri de l'estime que j'avais pour moi. Des miaulements pathétiques s'échappèrent de mes lèvres alors que je voyais mes patrons me licencier pour avoir sali la réputation de l'entreprise.

C'est alors que je sentis une chaleur m'envahir et l'obscurité s'éloigner. Comme si un sortilège avait été jeté, je passai de la désintégration à la sécurité. Protégée. Je bougeai alors dans le lit et réalisai que je n'étais plus seule.

— Que fais-tu ici ? demandai-je d'une voix enrouée.

— Chut, rendors-toi. Tu es épuisée.

— Mais, et le dîner ?

Je n'avais pas faim, mais j'espérais me débarrasser de lui. Je ne méritais pas son attention ni sa compassion; je méritais d'être punie.

— Le dîner est terminé depuis longtemps. Si tu veux, nous avons mis ta part de côté, mais je pense que tu devrais juste dormir. Je t'ai gardée au soleil trop longtemps. Désolé pour ça, bébé.

— Ce n'est pas à cause du soleil.

C'est à cause de l'énorme trou dans mon cœur qui ne se refermera jamais.

Il m'embrassa tendrement dans le cou.

— Non, ce n'est pas à cause du soleil. C'est moi. Je t'ai épuisée avec King Dong.

Je ris en dépit de moi-même.

— Tais-toi.

— Très bien, dit-il en embrassant mon épaule. Rendors-toi.

— Va-t'en et je le ferai, murmurai-je, tombant déjà dans une zone de demi-sommeil où rien n'avait beaucoup de sens et où des ombres de souvenirs tourbillonnaient et dansaient.

— Je ne vais nulle part...

Ce fut la dernière chose dont je me souvins avant que le soleil qui entrait par la fenêtre me réveille. C'était le matin du pique-nique, ensoleillé et lumineux. Mon cœur pesait lourd dans ma poitrine.

Chapitre 38

— DEBOUT, LA BELLE AU BOIS DORMANT ! J'ai une robe pour vous.

Maeve glissa dans ma chambre portant une jolie robe plutôt moulante couverte de fleurs jaunes.

— Quoi ?

Je m'assis, mes cheveux formant un nid de rat sur ma tête. Chaque muscle de mon corps me faisait savoir qu'il était douloureux et très malheureux d'avoir été surexploité la veille.

Elle tenait une robe bleue, dos nu dans la main.

— Une robe. Pour que vous la portiez. Mack l'a achetée pour vous en ville, avec ces jolies sandales.

Elle tenait une paire de sandales d'un bleu plus foncé dans son autre main.

Je fixai les lignes simples de la robe, le tissu souple et le décolleté plongeant. C'était exactement ce que j'aurais pris si j'avais fait moi-même les boutiques, parfait pour une journée ensoleillée à Baker City.

— Je… je ne peux pas porter ça.

— Pourquoi pas ?

Elle la regarda d'un œil critique.

— Parce que… et si elle ne m'allait pas ??

Elle la drapa sur le dossier d'une chaise et posa les chaussures sur le sol juste à côté.

— Il a regardé les étiquettes de vos vêtements. Je suis sûre qu'elle est à la bonne taille. Vous avez une silhouette magnifique.

— Vous avez vu mes fesses ? demandai-je en balançant mes jambes sur le côté du lit et en fixant le sol.

Chaque centimètre carré de mon corps me faisait mal, de mon cuir chevelu à la plante de mes pieds. Je ne m'étais jamais sentie aussi courbaturée de toute ma vie.

Pas étonnant que Mack ait un corps à tomber. Tu parles d'une foutue séance d'entraînement.

Elle sourit, je pouvais l'entendre dans sa voix.

— Il se trouve que je sais que les hommes aiment les silhouettes généreuses, alors bien que la vôtre pourrait encore supporter quelques kilos, je pense que vous allez très bien vous entendre avec... les hommes de Baker City.

Je levai les yeux sur elle, mon expression reflétant la honte que j'avais dans mon cœur.

— J'ai de mauvaises nouvelles au sujet du pique-nique.

Elle arrêta de s'agiter dans la pièce.

— Ah oui ? Qu'est-ce que c'est ?

— Mon fiancé, qui sera bientôt mon ex-fiancé, est en route pour venir ici. Je suis d'ailleurs surprise qu'il ne soit pas encore là. Je suis sûr que vous ne voudrez aucun de nous à votre fête lorsque cela arrivera.

— Sottises. Vos amis sont nos amis.

Elle bougea quelques cadres de photos sur la commode comme si elles seraient beaucoup mieux à un centimètre de leurs positions initiales.

— Vous ne comprenez pas, expliquai-je. Il vient pour me ramener, mais je vais rompre avec lui et rentrer seule. J'annule le mariage. Ça ne va pas être beau.

Elle tourna la tête et me sourit. Elle me fit un sourire comme si le fait que ma vie était en train de s'effondrer était drôle. Je fronçai les sourcils, me demandant pourquoi elle semblait tellement heureuse à ce sujet. Peut-être que j'avais mal jugé sa gentillesse.

— Je suis sûre que tout se passera bien. Dès qu'il aura goûté la poitrine de bœuf de grand-mère Lettie, il se calmera et restera pour la tarte. Et j'en ai fait aux noix de pécan et aux pommes, alors il sera trop plein pour s'en prendre à vous.

Maintenant, je comprenais mieux son sourire. Elle n'avait pas encore rencontré Bradley.

Je me levai et me traînai vers la porte.

— Vous vivez dans un monde chimérique drôlement sympa. Est-ce que vous acceptez les immigrants ? J'aimerais m'y installer.

Elle sourit en passant devant moi pour rejoindre le couloir.

— Vous serez toujours la bienvenue dans mon monde chimérique. Ou dans mon monde réel, d'ailleurs.

Elle me quitta et se dirigea vers l'escalier.

— Votre aide serait la bienvenue en bas quand vous serez prête. Nous avons environ une centaine de personnes qui arrivent et nous n'avons toujours pas installé les tables.

— Quoi ?!

La culpabilité me submergea. J'avais passé toute la matinée au lit alors que tout le monde travaillait. Quelle fainéante.

J'entendis des rires puis des voix d'hommes se criant des instructions à travers la porte d'entrée.

— Merde, dis-je en rentrant dans la chambre pour saisir la robe et des sous-vêtements avant de courir sur la pointe des pieds dans la salle de bain.

Il est temps de prendre une douche, te raser et faire ce qu'on attend de toi, Andie. Tu pourras agir en trou du cul et briser le cœur de tout le monde plus tard.

J'aperçus Mack qui montait l'escalier tandis que je fermais la porte. Je la verrouillai et attendis qu'il se rapproche. Lorsque le bruit de ses pas s'arrêta devant la porte, je parlai en utilisant ma voix la plus ferme.

— Ne pense même pas à te faufiler ici encore une fois, Mack. Je sais que tu es là. Il faut que je me douche et que je me rase pour pouvoir aller aider.

— Il ne me viendrait même pas à l'idée d'interférer avec ça.

Il jouait avec moi, je le savais. Je m'accrochai au verrou juste au cas où il essaierait de le forcer.

— Je suis simplement venu voir si tu avais besoin d'autre chose.

— Non, tout va bien.

Je me mordis la lèvre, bataillant avec moi-même, gênée et émue qu'il ait fait tout ça pour moi.

— Et merci pour la robe. Et les chaussures. C'était... très attentionné.

— Je suis un mec attentionné. Je t'attendrai en bas.

— Ne m'attends pas, dis-je en appuyant mon front contre la porte.

— Ne me fais pas attendre trop longtemps cette fois, répondit-il en ignorant le double sens de ma phrase.

Ou peut-être qu'il en donnait un lui aussi à la sienne. L'épaisseur de la porte était la seule chose qui me séparait de sa bouche. Je pouvais imaginer ses lèvres pleines et la sensation de sa langue sur la mienne. Je posai ma main sur le bois, sachant que je pouvais le laisser entrer et le sentir en moi une dernière fois avant que tout soit fini. La tentation me rendait folle.

— Pourquoi ne me laisses-tu pas tout simplement partir ? demandai-je en le suppliant presque.

C'était l'endroit le plus stupide au monde pour avoir cette conversation, mais je suppose que c'était typique de moi. Aussi imprudente qu'on pouvait l'être.

— Je ne peux pas te laisser partir parce que tu es à moi. Et parce que je ne supporte pas de te voir triste. Je vais arranger ça. Tu es sûre que tu n'as pas besoin de moi là-dedans ? Je pourrais te remonter très vite le moral, je te le promets.

Je m'imaginai parfaitement le sourire diabolique sur son visage et je ne pus m'empêcher d'y répondre en adéquation.

— Je me vautre peut-être dans le chagrin, mais ça ne veut pas dire que je vais agir comme une ingrate et ne pas aider ta famille pour le pique-nique qui n'a lieu qu'une fois par an. Alors, arrête de me distraire.

— À la bonne heure. Grand-mère Lettie vient avec sa poitrine de bœuf, tu sais.

Je gloussai.

— C'est ce que j'ai entendu dire.

— Eh bien, dépêche-toi alors. Ces tables ne vont pas s'installer toutes seules.

Mon cœur se gonflait face aux taquineries que nous partagions. Il avait allégé l'atmosphère qui menaçait de m'étouffer quelques instants plus tôt, et son attitude me faisait croire que la vie pouvait être plus simple et sans complications si j'en venais à dire oui à ce qu'il offrait.

J'étais tentée d'ouvrir la porte et de l'attirer à l'intérieur avec moi, mais le son de son sifflement près de l'escalier m'arrêta. Il valait mieux que nous ne fassions rien d'autre qui rendrait mon départ plus dur. Ma main s'éloigna de la porte et je me retournai en soupirant.

Entrant dans la douche chaude, je ne pus empêcher le sourire sur mon visage. J'allais peut-être être confrontée à un évènement apocalyptique avec la venue de Bradley comme point culminant et être forcée de déclencher une rupture très publique, très moche, mais au moins pour l'instant, j'avais une jolie robe neuve à porter et une célèbre poitrine de bœuf à goûter. *Et que diable est une poitrine de bœuf, d'ailleurs ?*

Chapitre 39

LES PREMIERS INVITÉS DU PIQUE-nique et rodéo annuels des MacKenzie commencèrent à arriver vers onze heures. Une société de location avait mis en place trois grandes tentes plus tôt pour fournir de l'ombre, non seulement pour les invités, mais également pour le groupe qui était en train de se mettre en place pour divertir tout le monde avec des classiques du rock des années 80. La nourriture avait été déposée sur une longue table de banquet et les gens y ajoutaient leurs plats au fur et à mesure qu'ils arrivaient. Près d'une centaine de personnes étaient regroupées, riant, souriant et discutant.

Je me retrouvai seule lorsque plusieurs des invités et la famille se déplacèrent comme un seul homme vers l'avant de la maison. La majorité de mon attention était sur Mack et le jean qui moulait son incroyable postérieur et le tee-shirt noir qui s'étirait sur son dos large. Il portait son plus beau chapeau de cow-boy, un couvre-chef d'une couleur crème claire avec une fine bande noire tout autour. Le regarder me réchauffait de toutes les mauvaises façons et dans les endroits les plus inappropriés. Ce pique-nique allait être très long s'il continuait à me torturer comme ça tout en restant hors de portée... le mâle parfait, si proche et pourtant si loin.

Je pris une profonde inspiration pour descendre l'effet de ma libido d'un cran ou deux. C'était tout ce que je pouvais faire quand il était aussi beau, particulièrement aujourd'hui. Ça allait être un pique-nique diablement long.

Une énorme Cadillac qui avait l'air d'avoir été construite dans les années soixante arriva du portail principal et se gara. Curieuse, je m'approchai l'air de rien, gardant mes distances avec le clan MacKenzie et les nombreux habitants de la ville qui étaient déjà arrivés. La portière du conducteur s'ouvrit puis se ferma, mais je ne vis personne en sortir. Ce ne fut que lorsqu'elle arriva à l'avant de la voiture que je compris pourquoi.

— Grand-mère Lettie, je présume, dis-je doucement dans le vide autour de moi.

Maeve et Angus se jetèrent sur elle et elle accepta leur étreinte et leurs baisers en leur rendant. Elle faisait moins d'un mètre cinquante et avait les cheveux gris-bleu vaporeux qui flottaient autour de sa tête comme un nuage. Ian lui prit les clés de la voiture des mains et déplaça l'énorme véhicule sur le côté, le garant hors du chemin.

Le groupe se déplaça avec elle dans ma direction et je me décalai sur le côté pour leur laisser le passage. Mack transportait une grande casserole ovale fermée par un couvercle qu'il avait récupéré dans la malle et je pouvais dire, à la façon dont ses muscles gonflaient sous son tee-shirt, que c'était lourd.

Alors qu'ils s'approchaient, Maeve se pencha et parla à l'oreille de la vieille femme. La tête de cette dernière se leva et ses yeux fouillèrent le secteur jusqu'à ce qu'ils tombent sur moi. Elle pointa un doigt osseux dans ma direction et l'ensemble du groupe décala sa trajectoire, ne se dirigeant plus vers la table du banquet, mais vers moi.

Mon cœur se mit à battre plus vite et de la sueur perla sur ma lèvre. Je l'essuyai rapidement et me redressai aussi droite que possible avant qu'elle arrive à ma hauteur. J'avais l'impression que je me trouvais devant des juges de la cour d'appel avec un dossier merdique dans la main et pas de pantalon.

— Qui est cette jeune femme ? demanda-t-elle quand elle se trouva à un peu plus d'un mètre de moi, ses yeux bleus humides me détaillant de la tête aux pieds.

Son expression ne me donnait aucune indication sur ce qu'elle pensait.

Je tendis la main et m'avançai.

— Je suis Andie. Ravie de vous rencontrer.

Elle prit ma main dans une poigne étonnamment forte et la serra.

— Ravie de vous rencontrer également. J'ai entendu dire que vous faisiez partie de la famille.

Mon cœur s'arrêta pendant quelques secondes puis s'emballa pour rattraper son retard.

— Euh... oui... je suppose, en effet.

Je pouvais sentir le regard de Mack brûler mon dos, mais je gardai les yeux fixés sur la vieille femme. Sa robe d'intérieur bleu ciel s'accordait parfaitement au gilet blanc sur ses épaules et aux sandales blanches à talons plats. Elle s'était manifestement faite coiffer pour l'occasion. Même si elle n'était pas plus grande qu'un hobbit et avait plus de rides qu'un raisin sec, elle n'en était pas moins diablement intimidante.

— Vous vous plaisez ici ? On m'a dit que vous étiez là depuis plusieurs jours.

Elle gardait une emprise ferme sur ma main alors je fis de même pour ne pas qu'elle ait l'impression d'être accrochée à un poisson mort. Mes doigts enveloppaient doucement sa délicate main frêle, m'émerveillant de la force que je pouvais y sentir.

— Je suis ici depuis deux jours en fait, et je m'y plais beaucoup. C'est très beau par ici.

Je ne lui mentais pas. La beauté dont m'avait parlé Maeve la première nuit était évidente pour moi, maintenant. J'allais regretter tout ça lorsque je partirais.

— Cet endroit s'immisce en vous et ne vous laisse plus jamais repartir, dit-elle en me tenant toujours la main alors qu'elle changeait de direction. Venez avec moi et montrez-moi ce que vous avez fait.

— Ce que j'ai fait ?

Ma voix monta d'une octave. Je me demandai si elle parlait de ce que je croyais qu'elle parlait. *Comment est-elle au courant pour Mack et moi ?*

— La nourriture, ma chérie, la nourriture.

Elle fit un geste vers la table du banquet couverte de plats recouverts de papier aluminium.

— Qu'est-ce que vous avez fait ? Quelle est votre spécialité ?

Je poussai un soupir de soulagement.

— Oh, je n'ai rien fait. Maeve a tout fait.

— Vous ne cuisinez pas ?

Elle avait l'air un peu outré et il était difficile de ne pas sourire à sa réaction.

— Non, pas vraiment. Je n'ai jamais appris.

— Eh bien, qu'en est-il de votre mère ? Elle ne cuisinait pas ?

Je secouai la tête, ne me faisant pas confiance pour parler. Ma mère n'avait pas fait grand-chose à part servir de punching-ball humain pour grands perdants de la vie, mais je n'allais pas le dire à grand-mère Lettie. J'avais le sentiment qu'elle m'aurait demandé pourquoi ma mère ne leur avait pas coupé les testicules.

— Les gens ne viennent pas tous d'une famille de bons cuisiniers, grand-mère, dit Mack en posant le plat de la vieille femme sur la table. Peut-être que tu pourras apprendre quelques trucs à Andie.

— On dirait bien que c'est ce que je vais devoir faire, dit-elle, de nouveau concentrée pour rejoindre sa table.

Elle faisait de petits pas, mais ils étaient assurés. J'avais l'impression qu'elle n'avait pas vraiment besoin de s'accrocher à moi, mais qu'elle ne le faisait que pour me garder auprès d'elle et continuer son interrogatoire.

Je jetai un coup d'œil à Mack qui était en train de sourire en nous regardant toutes les deux, comme s'il appréciait une blague que lui seul comprenait. Je lui tirai la langue, mais cela ne sembla que renforcer sa bonne humeur.

— Soulevez le couvercle, ordonna-t-elle en désignant son plat.

Je lui obéis. La seule chose visible à l'intérieur était un gros morceau de papier d'aluminium.

— Ça, c'est une poitrine de bœuf. La meilleure que vous ayez jamais goûtée, c'est garanti. Je ne plaisante pas quand il s'agit de poitrine.

Je hochai sagement la tête.

— Je peux voir ça.

Elle me regarda en fronçant les sourcils.

— Je ne vois pas comment puisqu'elle est couverte de papier aluminium.

Ian ricana derrière moi, mais je l'ignorai.

— Mais j'en ai entendu parler. Donc, je peux imaginer à quoi ça ressemble, dis-je en souriant et en hochant la tête.

— Vous n'avez jamais mangé de poitrine ? demanda-t-elle.

Mon sourire se fana.

— Euh… non. Je ne peux pas dire que j'en ai déjà mangé.

— Alors comment pouvez-vous l'imaginer si vous n'en avez jamais vu ?

— J'ai une bonne imagination ?

Mon visage devint rouge alors qu'Ian éclatait de rire.

Elle me sourit, révélant des prothèses parfaites.

— Je vous aime bien. Vous êtes impertinente.

Je lui rendis son sourire tandis qu'une vague de soulagement me parcourait.

— Je vous aime bien aussi. Vous êtes un peu impertinente vous-même.

Elle ricana.

— Un peu que je le suis. La vie est trop courte pour être douceâtre tout le temps, vous ne croyez pas ? Comme cet aspartame. Il laisse un arrière-goût désagréable. Beurk.

J'acquiesçai.

— Absolument. Je préfère le vrai truc. Rien ne vaut le sucre pour moi.

Elle lâcha ma main et serra mon bras.

— Bon. Vous et moi, on va bien s'entendre.

Elle fit un demi-tour vacillant et fit face au clan.

— Alors, avec lequel de mes petits-fils êtes-vous ? Il vaudrait mieux que ce soit avec un de mes garçons qu'avec ce Boog, je vous le dis.

La mâchoire de Boog se décrocha alors que tout le monde se mettait à rire. Je baissai les yeux sur le sol, trop embarrassée pour répondre à sa question. Mack fit un pas vers moi et mit son bras autour de mes épaules, m'attirant fermement contre lui.

— Elle est avec moi, grand-mère. Elle est ici avec moi.

Grand-mère Lettie nous regarda tous les deux d'un œil critique pendant quelques secondes, puis hocha la tête.

— Ça me va.

Puis elle se tourna vers la foule.

— Boog, apporte-moi une chaise, tu veux bien ? Mes pieds sont fatigués. Je suis allée danser dans une grange hier soir et j'y suis restée jusqu'à une heure du matin. Maintenant, je suis trop crevée même pour faire pipi.

Boog s'éloigna en grommelant, mais il attrapa quand même une chaise et la traîna jusqu'à elle. Je m'éloignai avec Mack alors que d'autres personnes venaient entourer grand-mère Lettie, toutes debout autour d'elle comme si c'était une reine en visite.

— Eh bien, c'était intéressant, dis-je, le sentiment que je venais d'esquiver une balle apaisant mes nerfs fragiles.

Mack prit ma main et me ramena à la table du banquet. Il plongea la main dans la grande casserole et enleva une partie du papier d'aluminium.

— Voilà ce à quoi ressemble une poitrine de bœuf.

Je fixai un morceau de viande brune.

— Oh. Ça a l'air... ennuyeux.

Je ne savais pas exactement à quoi je m'étais attendue, mais ça n'avait vraiment pas l'air de quelque chose d'enthousiasmant.

Il rit puis parla d'une voix douce.

— Fais attention à ce que Grand-mère Lettie ne t'entende pas dire ça.

— Je n'oserais jamais, chuchotai-je en retour. Elle me fait peur.

Mack se pencha comme s'il allait m'embrasser mais je reculai.

— Quoi ? Je ne peux pas t'embrasser ?

Il avait l'air blessé.

— Non, tu ne peux pas m'embrasser, espèce d'idiot. Ça n'arrivera pas.

Je le pointai du doigt puis fis de même avec moi.

— *Nous deux*, ça n'arrivera pas.

Je me trouvais horrible de dire ça, mais ça avait besoin d'être dit. Plus longtemps nous jouerions à être un couple, plus cela serait dur lorsque je devrais partir. Et je partais le lendemain, papiers signés ou pas.

— Ce sont ces conneries qui n'arriveront pas. Nous deux, ça arrive, et plutôt deux fois qu'une.

Sa bonne humeur était en train de s'évaporer.

— S'il te plaît, ne fais pas de scène, dis-je en jetant un coup d'œil à sa grand-mère.

— Tu es celle qui fait une scène, répondit-il, puis sa voix s'adoucit de nouveau. Voilà ce que je te propose… donne-moi un baiser et je te laisse tranquille. Sinon, je vais te harceler toute la journée.

Je lui jetai un regard suspicieux, prétendant détester cette idée, mais secrètement excitée de savoir qu'il voulait m'embrasser devant toute sa famille.

— Un baiser et tu me laisses tranquille pendant toute la durée du pique-nique ?

— Non, pendant quinze minutes.

Je fis semblant d'être outragée.

— Ce n'est pas juste !

— Eh bien, si tu es prête à faire plus que m'embrasser, cela te fera gagner encore plus de temps.

Il agita ses sourcils de manière suggestive.

Je lui donnai un coup de coude dans les côtes tout en souriant.

— Éloigne-toi, sale pervers. Pas de fellation au pique-nique familial.

Il désigna un gros arbre avec un tas de rochers à côté.

— Il y a une très bonne cachette par là. Nous devrons juste être silencieux. Et je ne faisais pas allusion à une fellation. J'ai d'autres choses en tête pour toi

Il se pencha vers moi et chuchota avec sa voix la plus malicieuse.

— C'est pour ça que je t'ai acheté une robe et pas un short.

Mes yeux sortirent de leurs orbites.

— Arrête ! Quelqu'un pourrait t'entendre.

Mon visage vira au rouge, un frisson me parcourut et la chair de poule recouvrit ma peau, lui révélant la réaction physique que sa suggestion me provoquait.

Je pouvais nous imaginer là-bas comme si c'était en train de se passer, ma robe retroussée jusqu'à la taille.

Il passa son bras autour de moi et se pencha de nouveau vers moi.

— Allez. Arrête de me torturer. Un baiser. Quinze minutes. Accepte maintenant, avant que je change les termes.

Je me hissai sur la pointe des pieds et lui donnai un rapide baiser sur les lèvres, m'écartant avant qu'il puisse se préparer ou réagir.

— Oh, non, pas question, dit-il en souriant comme le diable qu'il était. Ça ne compte pas.

— Si, ça compte.

J'essayai de retenir mon sourire et de rester sérieuse.

— Tu n'as pas spécifié quel genre de baiser.

Mon cœur était prêt à exploser de joie, juste parce que je pouvais plaisanter comme ça avec lui.

Puis j'entendis un claquement de portière de voiture qui venait du devant de la maison et je me rappelai que Bradley pouvait emprunter ce chemin de terre et apparaître à tout moment. La joie qui avait menacé de me submerger se dissipa dans l'air chaud autour de nous, ne laissant que de la frustration dans son sillage. La part diabolique en moi devint instantanément en colère contre Bradley pour me forcer la main comme ça. Peut-être aurais-je de la chance et un serpent semi-venimeux le mordrait alors qu'il essayait de venir interrompre cette journée – mais seulement le genre à l'envoyer chez le médecin, pas le tuer. Une demi-seconde plus tard, je fus submergé par la culpabilité pour avoir souhaité ça pour lui. Il faisait juste ce que Mack aurait fait dans les mêmes circonstances. *Je suis une horrible personne. Comment ai-je pu tomber si bas dans un laps de temps si court ?*

— Qu'est-ce qui ne va pas ? Pourquoi est-ce que tu ne souris plus ?

Mack essaya de se rapprocher de moi.

— C'est parce que je ne t'ai pas fait profiter de ma langue, c'est ça ?

Je secouai la tête, forçant la pensée de Bradley à quitter ma tête. Jusqu'à ce qu'il se montre ou que je sois rentrée, je pouvais prétendre que ces problèmes n'existaient pas. Je pouvais au moins faire ça pour Mack.

— Non, ce n'est pas la raison.

— Tu sais très bien que ça l'est. Allez viens, jolie fille. Je vais te donner une autre chance.

Être appelée *jolie fille* comme ça aurait probablement dû m'offenser en tant que femme forte et professionnelle, mais cela me réchauffa le cœur et me donna envie d'aller explorer cette petite zone derrière l'arbre. Je secouai mentalement la tête. Ce cow-boy sexy savait vraiment sur quel bouton appuyer pour me faire oublier ce que j'étais supposée faire – à savoir me détacher de lui et me préparer à partir.

Le son d'un véhicule bruyant se garant et celui encore plus fort d'un klaxon annonçant l'arrivée de quelqu'un de spécial nous distraient de nos jeux stupides de flirt.

— Oh, merde, jura Mack en soupirant alors qu'il regardait vers la porte principale.

Ses épaules s'affaissèrent considérablement.

— Qui est-ce ? demandai-je en essayant de voir la personne sortir du véhicule.

— Bienvenue dans mon cauchemar, dit-il, laissant retomber le bras qu'il avait passé dans mon dos et s'éloignant pour aller saluer le visiteur.

— Hannah Banana ! cria Boog de la tente tandis que la jolie poupée Barbie contournait un pick-up déglingué et vieux comme le monde pour rejoindre la foule qui s'était regroupée à l'avant de la maison.

— Ne m'appelle pas comme ça, *Boog* ! cria-t-elle en retour d'une voix aussi chantante qu'une chanteuse de country.

Puis son visage se transforma en pure joie alors qu'elle remarquait Mack qui venait dans sa direction.

La jalousie submergea mes pensées et mes yeux lancèrent des poignards dans leur direction. *Où étaient les serpents venimeux quand vous en aviez besoin ?*

— Hé, Mack ! Hé, mamzelle Maeve ! Comment allez-vous ? gazouilla Hannah. Je vous ai apporté ma tarte aux myrtilles comme je le fais *chaque année.*

Elle tenait quelque chose enveloppé dans du papier d'aluminium au-dessus de sa tête comme si elle était la foutue Statue de la Liberté.

J'essayai d'utiliser mon cerveau pour le faire tomber sur sa tête, mais je n'avais apparemment aucune connexion psychique parce que rien ne se passa. Elle le fit descendre d'un geste souple et retira le papier aluminium pour montrer à Mack ce qui se trouvait en dessous. Malheureusement pour elle, il la dépassa et marcha droit vers son frère Ian qui se tenait sur le côté.

Mon cœur jaloux se gonfla pour atteindre trois fois sa taille normale. Il ne l'aimait pas ! Il ne m'avait pas menti !

— C'est ton dessert préféré, dit-elle d'une voix chantante par-dessus son épaule, pas du tout découragée par sa rebuffade.

— Non, ça ne l'est pas, dit-il d'une voix impassible. Je suis allergique aux myrtilles.

— Depuis quand ? demanda-t-elle, clairement offensée.

— Depuis le jour où tu es née.

Son insulte résonna dans toute la fête et tout le monde se tut pendant quelques secondes jusqu'à ce que le chanteur du groupe brise l'ambiance tendue en testant son équipement. Aussi désagréable et odieuse qu'elle soit, lorsque le visage d'Hannah se décomposa, je me sentis moi aussi un peu mal pour elle.

— Essai micro un ! Un, un, *un*. Essai micro deux ! Deux, deux, *deux*. Essai micro *un* deux. Un *deux*. Essai, essai, essai, *essai*…

— On entend le putain de micro, *d'accord* ? hurla Hannah, sa tarte tremblant dans sa main.

Le chanteur cogna son front dans le microphone lorsqu'il se pencha et envoya un feedback strident à travers les tentes. Tout le monde s'esquiva ou couvrit ses oreilles, moi y compris. Je pus encore entendre le tintement dans ma tête pendant un certain temps après qu'il ait cessé.

Hannah se tourna vers moi quand la musique enregistrée commença à sortir des haut-parleurs quelques secondes plus tard, son grondement de colère envoyant sa fausse douceur aux oubliettes en l'espace de deux secondes. Elle pencha la tête sur le côté une fois, puis fit de grands pas sur ses longues jambes chaussées de talons hauts dans ma direction, la promesse de représailles pour avoir volé son homme dans ses yeux.

Je rejetai mes épaules en arrière et levai le menton, me préparant à son arrivée.

Il est temps de briller sans brûler, Andie.

Et les serpents ? Si vous êtes là dehors ? Maintenant serait le bon moment pour vous montrer…

Chapitre 40

HANNAH S'ARRÊTA DEVANT MOI, LA musique devenant de plus en plus forte et les invités se déplaçant pour se procurer un peu d'ombre sous la tente. La fête était officiellement en plein essor, des gens buvant des bières et des sodas alors qu'ils grignotaient les apéritifs éparpillés sur différentes tables.

— Donc. Vous êtes encore ici.

Son sourire me rappela la réaction de quelqu'un après avoir mordu dans un citron.

— Oui, je suis encore ici. Mais je m'en vais.

Je regardai autour de moi, mais personne ne semblait plus faire attention à nous. Mack nous regardait à distance avec Ian, me donnant envie de lui tirer la langue pour être un tel couard et me laisser me débrouiller toute seule avec elle. Il le paierait plus tard, et ça ne serait pas beau à voir.

— Vous partez ? Vraiment ?

Elle passa de garce à joyeuse, juste comme ça.

— Oh, waouh, c'est une telle déception.

Puis ses mots suivants sortirent à la hâte.

— Quand partez-vous ?

— Demain. J'ai du travail et des choses à faire.

Elle hocha la tête, feignant d'être intéressée.

— Oui, bien sûr, bien sûr que vous devez y aller. Il ne faudrait pas que toutes ces recherches vous reviennent en pleine figure. C'est juste un travail supplémentaire, non ? De plus, vous pourriez perdre votre emploi. Être virée et tout ça. Ce serait terrible, de perdre votre emploi.

— Perdre mon emploi ne serait pas la pire chose qui puisse m'arriver en fait.

Sa joie à la perspective que je la laisse seule avec mon mari me rendit suffisamment en colère pour dire les mots qui jouaient dans ma tête depuis longtemps. Dès qu'ils quittèrent ma bouche, je sus qu'ils étaient vrais.

M'imaginer ne plus travailler au cabinet m'apporta du soulagement. Je réalisai à ce moment précis que la seule chose qui me manquerait en n'étant plus avocate à Palm Beach, serait Ruby.

— Dans cette économie ? se moqua-t-elle. Vous n'êtes pas sérieuse. J'ai dû prendre un emploi au restaurant pour pouvoir payer mon appartement.

Elle regarda autour d'elle avec désinvolture, mais s'arrêta dès qu'elle vit Mack. La puissance canalisée dans son sourire menaça d'épuiser toute l'électricité de la ville.

— L'appartement de *Mack*, vous voulez dire, réussis-je à dire avec un sourire contraint.

Elle se retourna vers moi.

— Oh, c'est vrai, suis-je bête. Je vis avec Mack maintenant. Nous sommes ensemble depuis…

Elle regarda le ciel en faisant des calculs compliqués.

— … des mois maintenant. Des mois et des mois. Ce qui est super. C'est tellement agréable de l'avoir sous la main.

Elle se pencha et chuchota d'un air conspirateur.

— Il est tellement sexy aussi, pas vrai ? Surtout lorsqu'il se promène en sous-vêtements.

Je pris un peu de recul pour m'empêcher de faire quelque chose de stupide à son visage.

— Hannah, je crois que Boog vous cherche.

Je cherchai désespérément l'homme-ours-porc. Si quelqu'un ne venait pas ici bientôt pour me délivrer, les choses étaient susceptibles de devenir très laides. Des besoins primaires que je n'avais jamais ressentis auparavant s'infiltraient en moi. Un truc d'homme des cavernes. J'étais prête à lui arracher les yeux.

— Boog ? dit-elle en levant lesdits yeux au ciel. Il ne me cherche pas. Il veut juste me harceler comme d'habitude.

— Qu'est-ce qu'il y a entre vous, d'ailleurs ? Est-ce que vous êtes sortis ensemble avant ?

Elle renifla et se mit à rire bruyamment comme un âne en train de braire.

— Je suis peut-être une campagnarde, mais je ne sors pas avec des parents. Désolée de vous décevoir, citadine.

— C'est *Andie*. Et vous êtes parents ?

Ma mâchoire se décrocha légèrement face à cette nouvelle. *Depuis quand les hommes-ours-porcs partagent-ils de l'ADN avec les poupées Barbie ?*

— Oui, nous sommes parents. C'est mon demi-frère.

— Alors votre mère a épousé Chewbacca ?

Je voulais que ce soit une insulte, mais apparemment, je ne savais pas comment m'y prendre dans le style champêtre.

— Vous êtes plutôt drôle, citadine.

— Et vous ne l'êtes pas, campagnarde.

Elle m'observa attentivement, son sourire se flétrissant.

— Que dirais-tu qu'on arrête les conneries et qu'on passe une sorte d'accord ?

— Quel genre d'accord ?

Je revêtis mentalement ma robe d'avocat tandis que j'attendais de connaitre ses conditions.

— Et si j'étais d'accord pour vous laisser seuls, Mack et toi, pour la journée, et tu acceptes de partir demain pour ne jamais revenir ?

— Ça m'a l'air un peu unilatéral comme accord, tu ne trouves pas ? demandai-je en penchant la tête sur le côté.

— Comment ça ?

— Oh, je ne sais pas. Peut-être parce que tu vas faire des efforts pendant une demi-journée et que moi, je vais devoir en faire pour le reste de ma vie ? Ça ne me paraît pas très équitable, pas vrai ?

Rester loin de Mack pour toujours me demanderait effectivement beaucoup d'efforts. Je jetai un coup d'œil au cow-boy sexy et mon cœur commença à jouer du banjo.

Hannah fronça les sourcils.

— Tu veux que je te paie ou quelque chose comme ça ?

— Non, dis-je en baissant ma voix pour qu'elle s'accorde à la sienne.

Je la regardai droit dans les yeux en puisant au tréfonds de moi-même pour y trouver toute l'attitude de dure à cuire que je pouvais canaliser.

— Je veux que tu enlèves tes griffes du dos de mon homme, voilà ce que je veux.

Sa mâchoire se décrocha et elle me fixa alors qu'un orage apparaissait dans ses yeux.

Mack arriva juste à ce moment-là pour entendre sa réponse.

— Il n'est pas ton homme ! C'est le *mien*, et il l'est depuis pratiquement toute ma *vie* !

— Oh ! Seigneur, Hannah... est-ce qu'on pourrait ne pas faire ça maintenant ? demanda-t-il, sa voix révélant sa fatigue.

Je ne savais pas si c'était d'avoir cette femme près de lui ou à cause de la longue journée que nous avions eu la veille, mais il avait certainement l'air d'avoir besoin d'une bonne sieste. Il baissa la tête, son chapeau masquant entièrement son visage.

— Faire quoi ? Dire enfin au monde entier la vérité ? Je pense qu'il est temps que tu assumes comme un homme, Mack, et que tu dises à chacun ce qui se passe vraiment entre nous.

Il releva brusquement la tête et il la regarda d'un air ébahi.

ELLE CASEY

— Tu n'es pas sérieuse. Dans quelle réalité vis-tu ? Il ne se passe *rien* entre nous, Hannah, et tu le sais très bien ! Je n'ai jamais posé ne serait-ce qu'un doigt sur toi.

Les gens sous les tentes s'arrêtèrent de parler et commencèrent à faire attention à nous.

— Peut-être que tu pourrais baisser un peu le ton, suggérai-je, inquiète de ruiner la fête.

Je ne m'attendais absolument pas à ce qu'elle fit ensuite.

Elle attaqua sans le moindre avertissement, claquant ses paumes ouvertes contre ma poitrine et m'envoyant en arrière d'un pas ou deux.

— Peut-être que *tu* devrais baisser d'un ton, voleuse d'homme !

— Hé ! Ça suffit, Hannah ! dit Mack en tendant le bras pour la bloquer afin qu'elle ne vienne pas plus près de moi.

Je ne sais pas exactement ce qui arriva à la partie rationnelle de mon cerveau durant la fraction de seconde qui suivit, mais quelque chose se brisa en moi et me fit voir rouge. Je repris mon équilibre après avoir trébuché de quelques pas puis me précipitai sur elle sans réfléchir, poussant le bras de Mack et prenant contact avec ses seins de mes deux poings.

— Je ne suis *pas* une voleuse d'homme ! criai-je en frappant sa poitrine avec tout ce que j'avais.

Elle perdit à peine un peu de terrain avant de revenir sur moi. Et elle n'avait plus du tout l'air d'une poupée Barbie ; elle ressemblait maintenant à une poupée Chuckie géante avec de minuscules couteaux sous la forme d'ongles en acrylique.

Mack se mit entre nous alors que des ongles, des bras, des gifles et des cheveux commençaient à voler. Il se peut que j'aie crié. Elle l'a *certainement* fait. Puis il y eut un grand fracas et mes grosses fesses cognèrent contre la table du banquet derrière moi et envoyèrent un tas de plats sur le sol.

— Ma poitrine ! s'exclama une voix fragile.

— Ainsi s'en va la tarte aux myrtilles, dit Ian en n'ayant pas l'air heureux du tout.

— Arrêtez, toutes les deux ! hurla Mack, luttant d'abord contre moi puis abandonnant pour contrôler la Barbie Guerrière qui avait saisi une poignée de mes cheveux.

J'étais à genoux, alors je la frappai violemment dans le muscle de l'aine pour qu'elle me libère. Cela marcha comme un charme, et dès que je fus libre, je me relevai en soufflant comme un taureau. Écartant les cheveux de mon visage, je lui fis signe de venir à moi.

— Allez, salope, vas-y.

Je soufflais et haletais, attendant son prochain geste.

— Je suis prête pour toi, maintenant.

269

Je levai les poings et commençai à danser d'un pied sur l'autre comme Mohammed Ali, reconnaissante que mon plan de vie ait impliqué plus de trois cents heures de kickboxing. Elle était plutôt grande, mais j'étais presque sûre de pouvoir lui envoyer un coup de pied circulaire sur le côté de la tête et l'assommer pour un moment.

— Andie ? dit une voix surprise au loin.

Mon cerveau fit le lien dès que je vis la myriade d'expressions qui passa sur le visage de Mack:

L'incrédulité.

La douleur.

La colère.

— Andie, qu'est-ce que tu fais ? demanda l'homme.

Mes poings retombèrent à mes côtés alors que je m'affaissais légèrement. Toute velléité s'échappa de moi comme l'air d'un ballon mourant, tandis que l'imaginaire et la réalité entraient en collision, me prenant au dépourvu.

— Oh. Salut, Bradley. Qu'est-ce que tu fais ici ?

Je ne vis pas le poing arriver jusqu'à ce qu'il se connecte à ma mâchoire.

Chapitre 41

JE REVINS À MOI ALLONGÉE sur le sol près de la table de banquet, plusieurs visages penchés sur moi. Le premier que je remarquai fut celui de Mack parce que c'était le seul que je voulais voir. Et son chapeau prenait beaucoup d'espace et bloquait tous les autres de ma vue.

— Salut, dis-je, confuse et embarrassée. Dis-moi que j'ai rêvé la bataille de filles suite à une blessure à la tête.

— Tu as tout de travers. La bataille de filles est venue en premier, et après, tu as été blessée à la tête.

Il posa la main sur mon crâne.

— Est-ce que tu peux t'asseoir ?

— Andie, que diable se passe-t-il ici ? demanda Bradley.

Je le remarquai pour la première fois, se tenant sur ma droite et un genou à terre. Son visage était tout plissé.

— Tu es vraiment là aussi ? fut tout ce que je pus dire.

— Oui. Je t'ai dit que je venais. Seigneur, tu peux te relever ? Tu n'es pas belle à voir, couchée sur le sol comme ça.

Mack lui jeta un regard mauvais, mais ne dit rien, posant sa main sur ma nuque et me tirant en position assise.

Le monde tourna un peu avant de se stabiliser de nouveau. Devant moi se tenaient Maeve, Grand-mère Lettie et plusieurs autres femmes. Elles faisaient ce qu'elles pouvaient pour remettre la table du banquet en place. Maeve me jeta un coup d'œil puis retourna à sa tâche.

Les larmes me montèrent aux yeux.

— Je suis désolée, dis-je d'une voix brisée.

La honte que je ressentais était insupportable.

— Ne vous inquiétez pas à ce sujet, dit Maeve, visiblement mécontente. Ce n'est pas de votre faute.

— Bien sûr que ce n'est pas de sa faute, s'insurgea Bradley. Elle a été attaquée par cette femme là-bas. J'espère qu'elle sait qu'elle va faire l'objet d'une poursuite civile.

Je levai la main.

— Arrête, Bradley. Je ne vais poursuivre personne.

— Bien sûr que si. Nous n'allons pas laisser une criminelle consanguine t'attaquer comme ça.

— Mec, je ne sais pas qui vous êtes, mais vous feriez mieux de faire attention à ce que vous dites.

Cette menace venait d'Ian. Je regardai par-dessus mon épaule et le vis debout sur le côté avec Boog qui s'occupait d'une Hannah Banana désemparée. Je ne sais pas pourquoi j'avais pensé qu'elle ressemblait à Chuckie avant. Maintenant, elle avait juste l'air pitoyable, avec son maquillage qui avait coulé sous ses yeux, un de ses talons cassé et ses cheveux en touffes frisées et dans tous les sens.

Mack me remit sur mes pieds et me tint jusqu'à ce que j'aie récupéré mon équilibre. Je hochai la tête pour lui faire savoir qu'il pouvait me lâcher et il le fit, faisant un pas en arrière.

Bradley s'approcha pour passer un bras autour de ma taille.

— Viens, nous partons.

Je me dégageai, me mettant en colère lorsqu'il essaya de m'en empêcher.

— Non, arrête. Je ne rentre pas avec toi.

Bradley resta planté là, ses bras dans une étreinte figée.

— Comment ça tu ne rentres pas avec moi ? Tu viens de te cogner la tête. Tu ne peux pas voyager toute seule.

— Si elle doit rentrer, je la raccompagnerai, dit Mack.

Il me regarda.

— Ou tu pourrais tout simplement ne pas rentrer. Tu pourrais rester.

Bradley éclata de rire, un son vraiment très snob sortant de sa gorge.

— Oh mec… tu penses vraiment qu'une fille comme Andie serait d'accord pour rester ici, au milieu du foutu Oregon avec toi ? … Juste parce que tu as un chapeau de cow-boy et une queue qui balance ? S'il te plaît. Elle a plus de classe que ça.

Il tendit à nouveau le bras vers moi, mais je me mis hors de sa portée et un peu plus près de Mack.

— Ne lui parle pas comme ça, m'insurgeai-je, gênée par le fait que j'avais envisagé d'épouser ce connard.

Toutes les fois où Ruby et moi nous étions moquées de lui au cabinet me revinrent en mémoire, accompagnées de tous les sentiments de haine que cela avait engendré. Je réalisai alors que j'avais des pouvoirs surhumains grotesques pour avoir réussi à me tromper moi-même en oubliant tout ça et en couchant avec lui pendant presque deux ans.

— Tu le défends ? s'offusqua Bradley en faisant un pas en arrière. Je ne comprends pas, Andie. Que diable se passe-t-il ici ?

ELLE CASEY

Les dames qui avaient été occupées à redresser la table du buffet se rapprochèrent pour écouter, Maeve et grand-mère Lettie en tête. Angus, Ian et Boog vinrent aussi, chacun d'eux formant un grand cercle autour de nous trois : Mack, Bradley et moi. C'était comme un duel à OK Corral, mais sans armes, et beaucoup plus d'embarras.

Je m'éclaircis la gorge, mon regard observant les visages autour de moi. Je vis des regards interrogateurs, accusateurs et tristes. Le seul qui comptait pour moi était celui de Mack, et bien sûr son visage était un masque que je ne pouvais pas lire.

— Dis-lui, Andie, m'encouragea ce dernier. Dis-lui ce que nous avons fait.

Ma voix se coinça dans ma gorge alors que les larmes glissaient sur mes joues. Je secouai lentement la tête, l'humiliation de dire à tout le monde ce que j'avais fait avec insouciance à la fois avec Mack et avec Bradley étant trop lourde à porter.

— Tu veux que je le fasse ? demanda-t-il gentiment.

Je ne pouvais pas accepter. C'était mal de lui faire assumer ce fardeau.

— Non, réussis-je finalement à dire à travers les larmes qui continuaient de couler. Je vais le faire.

— Dis-moi, exigea Bradley, énervé.

— Ne sois pas en colère contre Mack, le suppliai-je. Il n'a rien fait de mal.

— Que se passe-t-il, Andie ? demanda Angus d'une voix calme et douce. Quoi que ce soit, je suis sûr que nous pourrons arranger ça.

Je posai ma main sur mes lèvres pour les empêcher de trembler. Je puisai profondément en moi les dernières réserves de calme nécessaire pour pouvoir parler. Je m'éclaircis la gorge et regardai grand-mère Lettie. Elle hocha la tête une fois et me fit un clin d'œil, son visage tout à fait sérieux. Je me servis de sa confiance comme guide et regardai Bradley pour délivrer le coup de massue qui allait écraser nos cœurs.

Chapitre 42

ON AURAIT PU ENTENDRE UNE épingle tomber lorsque je commençais à parler.

— Il y a deux ans, je suis allée à Las Vegas avec mes deux amies. Lors de mon séjour, j'ai rencontré Mack.

Je le regardai et ma respiration s'altéra lorsque je vis le désir dans ses yeux. Je dus me détourner pour pouvoir continuer. Je me concentrai sur l'expression coléreuse de Bradley à la place. Je lui devais bien ça.

— Nous avons joué au blackjack et nous avons bu beaucoup. J'avais déjà bu pas mal de cocktails avant de le rencontrer, mais nous en avons bu encore plus et nous avons fini par... nous réunir.

— Oh, Seigneur, Andie, ça n'a rien à voir avec nous, dit Bradley. Nous n'avons commencé à nous fréquenter qu'après que tu l'aies rencontré et que tu sois revenue.

— Si, ça a quelque chose à voir avec nous. Ça a tout à voir avec nous. Laisse-moi juste... laisse-moi raconter.

Je pris une profonde inspiration et regardai Maeve. Il était temps de faire éclater la vérité.

— Lorsque nous étions à Las Vegas, nous nous sommes mariés. Dans une de ces chapelles ouvertes vingt-quatre heures sur vingt-quatre.

Maeve écarquilla les yeux et regarda son mari. Il avait l'air encore plus étonné qu'elle.

— Il a disparu toute la putain de nuit à cause de toi, dit Ian.

Il était furieux.

— Tais-toi, Ian. Ce n'est pas le moment, l'avertit Mack.

Je continuai, ignorant l'interruption d'Ian.

— Nous nous connaissions à peine, mais nous nous sommes mariés.

Mack fit un pas pour se tenir près de moi, détournant mon attention de l'expression choquée de sa mère. Je pouvais sentir son bras le long du mien et sa chaleur me réconforta comme je pense cela avait été son intention.

— Ce n'est pas réel, Andie. Cela ne s'est pas produit, déclara Bradley en se rapprochant lui aussi.

Il utilisait sa voix enjôleuse, essayant de me faire changer d'avis.

— Oh, c'est réel, crois-moi, dit Mack, sur la défensive. Elle a les documents pour le prouver et je ne vais pas signer les papiers du divorce. Pas encore en tout cas.

Il me regarda.

— Pas tant qu'elle n'est pas absolument sûre qu'elle en a fini avec moi.

Je fixai le sol.

— Elle n'a pas besoin que tu signes les papiers, espèce de péquenaud demeuré, grogna Bradley.

— Hé là, ce n'est pas la peine d'employer un tel langage, dit Angus en bombant un peu le torse.

Plusieurs hommes se rapprochèrent pour se tenir à côté de lui.

Je commençai à paniquer face à la situation. Je devais arranger les choses avant que tout ça m'échappe.

— Bradley a raison. Mack n'a pas besoin de signer les papiers. Je peux me débrouiller sans sa signature si besoin est.

Je me forçai à le regarder, même si je savais que j'allais lui causer beaucoup de douleur.

Il avait l'air dévasté.

— Tu ne vas pas faire ça, pas vrai ?

— Je le dois, dis-je, la voix tremblante.

J'avais envie de vomir juste là, à ses pieds, tellement cela me rendait malade.

— Non, tu n'es pas obligée, insista-t-il en posant une main sur ma joue. Je te l'ai dit, tu peux rester ici. Rester avec moi. Sois ma femme dans tous les sens du terme. Laisse-moi te montrer à quel point je t'aime.

— Suis-je la seule personne ici qui n'a pas perdu la tête ? cria Bradley, clairement frustré.

— Non, hurla Hannah. Vous n'êtes *pas* la seule !

— Merci, cria-t-il en retour en me regardant. Andie, ce coup que tu as reçu sur la tête t'a clairement causé des dommages au cerveau. Nous te ferons ausculter à la maison, mais tu dois venir avec moi maintenant. Ne joue plus à la cow-girl. Nous avons une répétition du dîner à organiser, un mariage à finir de planifier, et des gens à prendre à l'aéroport. Nos amis et nos familles nous attendent.

Je regardai Bradley puis Mack, ma tête tournant avec les choix qui volaient autour de moi. Le plan de vie ou voyage hors des sentiers battus ? Avocate ou éleveur ? Ville ou pays ? L'homme que j'avais autrefois détesté avant de voir en lui une opportunité de partenariat ou l'homme avec qui je n'avais eu que de bons moments ? L'entité connue ou l'étranger ?

La main de Mack tomba de mon visage et son visage se ferma.

— Je ne crois pas qu'elle veuille partir avec vous, le citadin, dit grand-mère Lettie.

Bradley fronça dédaigneusement les sourcils dans sa direction avant de se tourner vers moi.

— Tu te sens juste obligée, dit-il, sa voix beaucoup plus douce qu'elle ne l'avait été jusqu'à présent. Tu as l'impression que parce que tu as signé ces papiers et que tu as prononcé les vœux, tu dois aller jusqu'au bout. Je te connais, Andie... je te connais beaucoup mieux que ce péquenaud. Mais tu n'as pas à faire ça, d'accord ?

Il eut un sourire plein d'espoir sur son visage.

— J'ai passé quelques coups de fil. J'ai de bonnes nouvelles.

Il tendit la main vers moi.

— Quelles bonnes nouvelles ? dis-je en me demandant ce qu'il avait dans sa manche.

Bradley avait toujours été bon pour une surprise de dernière minute dans la salle d'audience, et c'était ce à quoi ça ressemblait.

Il lança un regard noir à Mack pendant quelques secondes avant de continuer. Mon cœur s'arrêta parce que je savais ce que cela signifiait.

— J'ai appelé le service des licences de l'État du Nevada.

— Andie aussi. Elle a un document qui vient de chez eux, dit Mack.

Il était nerveux lui aussi. Je pouvais l'entendre dans sa voix.

— Je ne parle pas de ce département. Je parle de celui qui octroie les licences aux chapelles de mariage.

Mon sang se glaça dans mes veines et le son des battements de mon cœur résonna dans ma tête. Je pouvais entendre mon propre pouls et il noyait tout sauf la voix de Bradley. Il était comme le grand et terrible Oz, délivrant ses mauvaises nouvelles.

— Cet endroit où vous vous êtes mariés ? Ils n'avaient pas l'autorisation. Ton mariage est une imposture. Il n'est pas réel. Tu n'es pas vraiment mariée à cet homme. Tu vois ? Tu n'as même pas besoin d'un divorce.

Il y eut quelques hoquets de la part des femmes et un marmonnement provenant du groupe d'amis d'Angus.

— Qu'est-ce que tu racontes ? demandai-je quand je pus parler à nouveau.

— Pour une fille connue en ville comme la reine des découvertes, tu n'as pas fait un très bon travail pour vérifier tes faits, dit-il moqueur alors qu'il se déplaçait pour me prendre par le coude. Allez. Il est temps de rentrer à la maison.

Il regarda Mack par-dessus ma tête.

— Plus de peur que de mal, mec. Tu es célibataire. Profites-en pour vivre pleinement pendant que tu le peux.

Je regardai Mack et sentis quelque chose semblable à un couteau entrer dans ma poitrine en voyant l'expression sur son visage. Il me regardait comme si je l'avais fait exprès, comme si je l'avais trompé en lui faisant croire qu'il était marié.

— Je suis désolée, murmurai-je alors que je laissais Bradley me guider vers l'avant de la maison.

La foule en face de nous se sépara et s'éloigna. Un chemin presque clair conduisait de la table du banquet à la voiture de location couleur argent de Bradley. La seule chose qui nous bloquait le passage était grand-mère Lettie.

Chapitre 43

ELLE FRONÇA LES SOURCILS, DÉPOSANT sur ma tête ce qui ressemblait à une centaine d'années de pratique d'humiliation.

— Allez viens, Andie.

Bradley me poussa pour que je la contourne.

Je trébuchai sur le côté d'un air hébété.

— Est-ce que tu vas le laisser te donner des ordres comme ça ? demanda-t-elle.

J'étais dans une sorte de brouillard. Je pouvais entendre les mots, mais ils n'avaient aucun sens.

— Quoi ?

— *J'ai dit*, est-ce que tu vas le laisser te donner des ordres comme ça ? Parce que si tu le fais, alors tu n'es pas la fille que je croyais que tu étais.

Je levai les yeux sur Bradley et vis qu'il avait atteint la limite de sa patience.

— Laisse-moi lui parler, dis-je en essayant d'éviter qu'il éclate.

Son emprise sur mon bras se resserra.

— Non. Tu as suffisamment parlé. Il est temps de rentrer à la maison.

Il me poussa de nouveau, mais je plantai mes talons dans le sol, refusant de bouger.

— Laisse-moi lui parler une seconde. Après je m'en irai.

Je le devais à la vieille femme. Elle allait être blessée par tout cela elle aussi.

Il lâcha mon bras et se tint là, planant sur moi comme une ombre sombre et furieuse.

— Alors, parle.

Je regardai la vieille femme.

— Je suis désolée, grand-mère Lettie.

Il me fallut toutes mes forces pour ne pas sangloter.

— Ne le dis pas à moi. Dis-le à l'homme derrière toi à qui tu brises le cœur.

278

Je ne pouvais pas le regarder. Je ne le pouvais tout simplement pas.

— Il ira bien, dis-je, essayant de me convaincre autant que j'essayais de la convaincre, elle. Mack est un homme étonnant qui a tout ce qu'il lui faut.

J'essayai de sourire mais mes lèvres tremblaient trop.

— Maintenant, il n'a plus à se soucier d'un mariage fou à Las Vegas qui n'a plus aucun sens, alors il peut aller de l'avant.

— Exactement, renchérit Bradley. Allons-y.

Cette fois, lorsqu'il essaya de me pousser de nouveau, je le frappai légèrement sur le bras.

— Arrête de me pousser, d'accord ? Je n'ai pas encore fini de parler.

Il posa sa main sur ma nuque. Il ne la serra pas, mais la menace était claire. Il se pencha et parla d'une voix douce mais menaçante à mon oreille.

— Le temps des discussions est terminé. Maintenant, va à la voiture.

Grand-mère Lettie secoua la tête.

— Pauvre fille. Tu es en train de faire la plus grosse erreur de ta vie. Pourquoi ne le vois-tu pas ?

— Grand-mère, dit Mack derrière moi. Je pense que tu ferais mieux de faire un pas de côté.

À la minute où les mots pénétraient le brouillard dans ma tête, mon cœur se brisa. Une douleur que je n'avais jamais connue auparavant se précipita en moi pour remplir les espaces vides. Mack ne voulait plus de moi et il ne voulait pas que sa famille essaie de me convaincre de rester.

Le coup de massue avait été délivré, et c'était tout ce que je méritais. C'était ce que les gens comme moi récoltaient dans la vie. Une vie de bonheur et un mariage heureux étaient pour les autres, pas pour moi.

— Si tu le dis, fiston.

Grand-mère Lettie se décala sur le côté et disparut de ma vue.

Je fis un pas en avant, guidée par la main de Bradley toujours sur ma nuque. J'avais de nouveau quinze ans, poussée dans une arrière-salle par le petit ami de ma mère. Il allait me donner une leçon sur la vie, avait-il dit, pour avoir répondu aux adultes et ne pas faire ce qu'on me disait. Pour ne pas rester *à ma place*. Il avait défait sa ceinture en marchant.

Mes épaules se soulevèrent avec les larmes silencieuses qui déferlaient sur moi. Ma gorge se serra avec les cris que je ne pouvais pas exprimer. Je m'étais dit à ce moment-là que je ressentais ce qu'une personne marchant dans couloir de la mort devait ressentir, quittant la lumière du jour et entrant dans la prison de l'obscurité, payant pour l'éternité les péchés commis.

— Andie ?

La voix de Mack s'éleva au-dessus du vacarme de la musique et des conversations murmurées derrière moi.

Je m'arrêtai, mais ne me retournai pas.

— Je pense que tu devrais également faire un pas de côté, bébé.

Je m'arrêtai de respirer pendant cinq bonnes secondes, les battements de mon cœur ralentissant, ralentissant, ralentissant... Le mot bébé était comme un rayon de lumière, pénétrant l'obscurité qui m'enveloppait. Un terme d'affection si simple, mais en même temps plein de sens.

Bradley se retourna, laissant retomber sa main de ma nuque.

— N'y pense même pas, cow-boy.

J'entendis des pas venir vers nous, d'abord lentement puis plus rapidement jusqu'à ce qu'ils courent.

Bradley me poussa et je tombai par terre sur mon côté. C'était la position parfaite pour voir Mack plonger sur Bradley, l'entraînant sur le sol dans un nuage de poussière.

Chapitre 44

LES DEUX HOMMES ROULÈRENT DANS la boue sans encombre, tout le monde faisant de la place pour qu'ils puissent se battre.

— Qu'est-ce que vous faites ? hurlai-je tandis que je me précipitais hors de leur chemin, ne sachant pas auquel des deux je m'adressais.

Peut-être m'adressai-je à la foule sanguinaire, mais peu importait, ça n'avait pas d'importance. Ce combat allait avoir lieu, et personne ne semblait disposé à intervenir.

— Arrêtez ! Allez, *arrêtez* !

Je me relevai et tendis mes bras vers eux, essayant de trouver un moyen de m'interposer entre eux.

Mack et Bradley m'ignorèrent complètement, enfermés dans une étreinte qui ressemblait à une valse de combattant, chacun d'eux frappant l'intestin de l'autre à tour de rôle.

Maeve fut soudain à mes côtés et passa un bras autour de ma taille.

— Laissez-les régler ça, dit-elle en me tirant loin d'eux.

— Mais c'est barbare ! m'exclamai-je alors que Mack décrochait un solide coup de poing sur la joue de Bradley dont la tête partit en arrière, le faisant trébucher.

— Parfois, c'est le moyen le plus simple et le plus rapide pour eux de régler les choses.

— Peut-être pour Mack, mais pas pour Bradley.

Sa chemise Brooks Brothers était détruite, déjà couverte de poussière et de traces d'herbe. Un de ses mocassins n'était plus à son pied et reposait à la périphérie de leur cercle de combat. Je ne l'avais jamais vu perdre son sang-froid, jamais. C'était pour cela qu'il faisait partie de mon plan de vie, ou qu'il en avait fait partie avant que je vienne ici.

Elle renifla.

— Désolée, ma chérie, mais tout le monde, y compris moi, peut voir que ce citadin est un bagarreur. Il s'est déjà battu, ça je peux le dire.

Une fois que j'y fis plus attention, je me rendis compte qu'elle avait raison. Mack était en train de gagner, mais Bradley ne lui rendait pas les choses faciles. Chaque fois que je pensais que ça allait finir, Bradley revenait à la charge sur Mack, le prenant au dépourvu. Ils étaient presque de force égale, mais à la fin, ce fut Mack qui eut l'endurance et la force de l'emporter.

Angus, Ian et Boog se déplacèrent pour les séparer quand ils ne firent plus que s'étreindre au lieu de se battre. Tous les deux avaient le visage et les poings ensanglantés, et ni l'un ni l'autre ne pouvait se tenir debout.

Maeve me serra contre elle une fois avant de me lâcher.

— Allez, ma chérie. Allons nettoyer vos hommes.

— Ils ne sont pas mes hommes, dis-je avec vivacité, embarrassée qu'elle les voie de cette façon.

— Ils le sont jusqu'à ce que vous les laissiez officiellement partir.

Je la suivis à contrecœur tandis que les hommes amenaient les combattants jusqu'aux marches du perron puis dans la maison. Je pensais que la scène à l'extérieur, devant tout le monde, avait été embarrassante, mais quelque chose me disait que celle-là allait être pire. Maintenant, il n'y avait plus que la famille proche MacKenzie pour assister à ma honte. Il n'y aurait plus personne pour faire tampon et aucune fuite possible cette fois.

Chapitre 45

LORSQUE J'ARRIVAI DANS LA CUISINE, Bradley et Mack étaient assis à la table. Maeve fit deux sacs de glace et leur tendit, leur permettant de s'occuper eux-mêmes de leurs visages et de leurs egos meurtris.

Je me dirigeai tranquillement vers eux et me tins face à la table, les fixant chacun leur tour.

Ils se regardèrent l'un l'autre avant de reporter leur attention sur moi. Personne ne dit un mot jusqu'à ce qu'Angus s'installe en bout de table et désigne le siège à côté de lui.

— Asseyez-vous, jeune fille.

Il avait l'air d'une figure paternelle tellement imposante que je ne pus ignorer son ordre. Je tirai la chaise et m'assis. Je le regardai droit dans les yeux, attendant mon châtiment.

Il sourit.

— N'ayez pas l'air si sombre, petite. Vous avez deux beaux jeunes hommes prêts à se battre pour vous, assis à cette table.

Un sourire larmoyant apparut sur mes lèvres.

— Cela fait partie du problème, je crois.

Son sourire ne faiblit pas.

— Tout ce que vous devez faire, c'est les regarder dans les yeux et leur dire ce que vous ressentez. Je suis là pour vous.

Il posa son énorme main sur la mienne, enveloppant mes petits doigts dans sa chaleur. Mon cœur se serra douloureusement dans ma poitrine.

Je hochai la tête, prit une grande inspiration et levai les yeux d'abord sur Mack puis sur Bradley. Ils étaient toujours en colère l'un contre l'autre, mais lorsqu'ils me regardèrent, leurs expressions s'adoucirent.

Ma vie défila devant mes yeux, comme j'avais lu que cela arrivait aux gens qui avaient fait l'expérience d'une mort imminente. Alors que je me tenais en face des deux hommes battus et émotionnellement brisés, je me revis adolescente, pleurant désespérément dans ma chambre après avoir subi une raclée à coups de ceinture. Ma mère faisait la cuisine, prétendant que rien ne s'était passé, comme si je ne venais pas d'être battue comme une moins que rien par un homme qui traitait les femmes comme des possessions. Une partie de moi savait qu'elle était soulagée que ce soit moi qui subisse sa colère cette fois et pas elle. Cela me fit la haïr et en même temps me renfermer sur moi-même, réalisant finalement que j'étais vraiment seule au monde. Mon père était parti depuis longtemps et je n'avais maintenant plus de mère non plus. Il fallait que je trouve un plan. Quelque chose qui me sortirait de cette vie et m'emmènerait dans un endroit où je pourrais trouver l'amour et peut-être même un refuge contre cette colère qui m'entourait partout où j'allais.

Voilà comment le plan de vie fut créé. J'avais pris un crayon ce jour-là et avais noté les grandes lignes, puis au cours des mois suivants, j'avais affiné mes notes jusqu'à ce que tout soit parfait. Cela m'avait fait sortir de ce lieu misérable avec d'excellentes notes qui m'avaient permis d'avoir une bourse pour l'université. Je m'étais éloignée de l'influence toxique de ma mère et étais entrée dans un monde que j'avais moi-même construit. Un script soigneusement élaboré qui m'avait apporté des amis et des succès à l'université, puis mon acceptation à l'école de droit. Étape par étape, j'avais suivi ce plan jusqu'à ce que je prenne quelques jours de congé pour aller à Las Vegas. Cela avait été la seule fois que je m'étais détournée de mon plan en dix ans, et voyez où ça m'avait menée.

Je regardai Bradley, un homme que je pensais connaître, mais doutais maintenant que ce fut le cas. Où avait-il appris à se battre comme ça ? Et il avait fait allusion à des erreurs qu'il avait commises, des choses qu'il avait faites et que je devrais probablement lui pardonner. J'étais supposée l'épouser, mais il n'était pas le genre qu'on épouse. Pas lorsque je souffrais d'un sentiment de regret chaque fois que je posais les yeux sur lui.

Je regardai Mack. Un homme que je ne connaissais pas aussi bien que j'aurais dû, mais sur qui je voulais en savoir plus. Il avait de l'honneur, de la force et une patience que je ne pourrais jamais posséder. Il assumait le blâme quand il n'en avait pas besoin. Il faisait tout son possible pour ne pas blesser les gens. Et la lumière qui brillait dans ses yeux me disait qu'il se souciait vraiment de moi. Peut-être, si j'avais de la chance, pourrait-il un jour apprendre à m'aimer.

La main de Mack glissa sur la table et attendit la mienne, sa paume ouverte vers le haut.

— Andie ?

Bradley avait l'air vulnérable, ce qui était une première. Je le regardai, le priant silencieusement du regard de me laisser partir. Il baissa les yeux en soupirant lourdement.

— Vas-y. Je sais que tu le veux.

Je regardai Angus et il se contenta de hocher la tête, m'encourageant.

Maeve se tenait derrière moi, je dus donc me tordre le cou pour la voir. Elle hocha elle aussi la tête, une larme glissant du coin de son œil.

Je ravalai ma peur et levai une main tremblante de mes genoux, la posant sur celle de Mack. Le baume de l'amour recouvrit mon cœur avec sa magie de guérison lorsqu'il referma ses doigts autour des miens. Il regarda Bradley en reposant son sac de glace puis lui tendit sa main libre.

— Désolé, mec. Je ne voulais pas tout foutre en l'air pour toi. Mais elle était à moi en premier et je ne vais pas m'excuser.

Bradley fixa la main de Mack pendant quelques secondes avant de la prendre et de le secouer fermement.

— Le meilleur a gagné. Je ne peux rien faire à ce sujet.

Ses paroles de défaite me serrèrent le cœur en pensant à ce que je lui avais fait.

— Je suis tellement désolée, Bradley. Je ne voulais pas te faire de mal, je te le jure.

Il se leva en raclant sa chaise sur le sol.

— Je sais. Écoute, il faut que je m'en aille. J'ai un avion à prendre.

— Vous pouvez rester ici jusqu'à demain, si vous voulez, lui offrit Maeve.

— Non merci. Je ne pense pas que ce soit une bonne idée.

Il me fit un signe de la main puis il disparut.

Après son départ, grand-mère Lettie entra et s'installa où il s'était tenu.

— Alors. Tout est réglé ?

Elle regarda alternativement Mack et moi.

— Non, pas tout à fait, répondit Mack en lâchant ma main.

Mon visage devint blanc alors que tout le sang disparaissait de ma tête et une vague de vertige me fit presque m'évanouir. Je la voyais venir maintenant. La grande rupture. L'humiliation. La fin. La fin de moi.

Il fouilla dans sa poche avant et se glissa hors de sa chaise en même temps.

— Je comptais attendre et le faire plus tard, mais je suppose que maintenant est un aussi bon moment qu'un autre.

Il se mit à genoux à côté de ma chaise et posa sa main sur un de ses pieds, le poussant pour que je me retrouve face à lui.

— Qu'est-ce que tu fais ? murmurai-je en pleurant à nouveau.

J'étais tellement déconcertée, je n'avais aucune idée de ce qui allait se passer ensuite.

Il leva une petite boîte de velours noir et sourit, sa lèvre fendue recommençant à saigner. Je pris une des serviettes de Maeve et la tamponnai dessus, souriant à travers mes larmes alors que j'essayais de conjurer la crise cardiaque que je sentais arriver.

— Andie. Espèce de folle. Je t'ai rencontrée il y a deux ans et je suis tombé amoureux de toi. À la minute où tu as renversé cette boisson sur moi, je savais que j'étais perdu.

Il ouvrit la boîte, révélant un diamant étincelant taillé en carré, entouré de diamants plus petits qui formaient une bande. Je n'avais jamais vu autant de lumière se réfléchir sur un bijou de toute ma vie.

— Waouh, c'est de toute beauté, déclara grand-mère Lettie à voix basse.

Il lui répondit sans me quitter des yeux.

— Je me devais de lui offrir quelque chose qui lui rappelle la nuit où nous étions rencontrés. Toutes ces lumières... tu te souviens, Andie ?

Je hochai la tête, incapable de parler. Seuls les sanglots semblaient vouloir sortir.

— Je croyais que nous étions déjà mariés, mais cela n'a pas d'importance pour moi que nous ne le soyons pas. Je me sens marié à toi et je veux être marié avec toi. Si tu veux bien me faire cet honneur, je vais t'emmener au palais de justice dès lundi et rendre ça officiel.

Il sortit la bague de la boîte et la tendit.

— Je l'ai achetée l'autre jour, quand tu es venue en ville. Je voulais te l'offrir parce que nous n'avions pas eu la chance d'en avoir eu la première fois. Mais maintenant, je suppose que tu peux dire que c'est une bague de fiançailles.

Il prit ma main gauche dans la sienne et plaça l'anneau au bout de mon doigt.

— Alors, qu'est-ce que tu en dis ? Veux-tu m'épouser ? Rejoindras-tu le Clan MacKenzie ?

— Je brille mais ne brûle point ? réussis-je à dire.

Il sourit, ce qui fit paraître son œil au beurre noir encore pire.

— Oui. Viens avec moi afin que nous puissions briller ensemble.

ÉPILOGUE

Les musiciens jouaient le prélude de la marche nuptiale et je me tenais au bout de l'allée, mon bras bien serré sous celui d'Angus. Mon bouquet de roses blanches et d'œillets tremblait dans ma main. Une petite touffe pourpre de la poupée troll sortait d'entre les fleurs.

— Tout va bien, ma puce ? demanda-t-il, magnifique dans son smoking noir.

Je hochai la tête en regardant la petite foule de gens assis sur des chaises blanches de chaque côté de l'allée que je m'apprêtais à remonter. La plupart d'entre eux étaient des étrangers, mais je savais qu'ils seraient très bientôt comme une famille pour moi.

— Je suis heureux que tu aies accepté que ta mère vienne.

Il regarda ostensiblement sur le côté gauche de l'allée, près de l'endroit où Candice et Kelly se trouvaient, tenant leurs fleurs de demoiselle d'honneur.

Je fixai la femme mince assise dans la première rangée et portant une robe violette. C'était une étrangère pour moi, mais elle ne voulait plus l'être. Elle s'était reprise en main et était célibataire – et heureuse de l'être – ne cherchant plus d'homme pour la guider dans la vie.

— C'était l'idée de Mack pas la mienne.

Je n'étais toujours pas certaine qu'il était possible, pour ma mère et moi, de mettre notre passé derrière nous, mais j'étais prête à essayer, pour Mack.

— C'est un homme bien. Il te rendra heureuse, je vais m'en assurer.

Je souris.

— Je suis contente de faire de vous mon beau-père. C'est un bonus.

Il tapota ma main qui reposait sur son avant-bras.

— Nous avons tous les deux de la chance, pas vrai ?

— Oui, en effet, acquiesçai-je.

Il fit un geste du menton en direction de l'allée.

— Tu es prête ?

— Aussi prête que je puisse l'être.

Angus et moi nous mîmes en place au bout de l'allée et attendîmes le début de la musique. Lorsqu'elle commença, nous fîmes des pas lents et mesurés dans l'allée, ma courte traîne au dos de ma robe se balançant le long du chemin blanc qui avait été tracé sur l'herbe dans la cour intérieure. Une tonnelle couverte de fleurs m'attendait, et en dessous se trouvait l'homme que j'allais épouser pour la deuxième fois, sauf que cette fois c'était officiellement aux yeux de la loi. Debout à côté de lui se tenaient son jeune frère et la forme imposante d'un homme-ours-porc.

Mack portait un smoking avec une cravate bolo et un chapeau de cow-boy noir. Il n'avait jamais était aussi magnifique, ses yeux bleus m'attirant depuis le bout de l'allée. Il les garda verrouillés sur moi, ne détournant jamais le regard, ne vacillant jamais. Tout comme son amour pour moi, ils brillaient comme des balises, me guidant hors des ténèbres.

Nous atteignîmes l'autel et Angus posa ma main sur le bras de Mack.

— Prends bien soin d'elle, mon fils, ou tu devras en répondre devant ta mère et moi.

Mack hocha la tête.

— Je ne souhaite rien d'autre.

Angus prit sa place à côté de Maeve qui essuyait silencieusement ses yeux et tenait la main de Ruby. Cette dernière portait une robe rouge vif et son plus beau chapeau, décoré de petits fruits et d'un oiseau qui se balançait sur le côté. Elle pinça les lèvres et hocha lentement la tête. Son approbation me fit plaisir. Je savais qu'elle était fière de moi.

— Vous avez préparé vos vœux ? demanda le prêtre.

Je secouai la tête, mais Mack acquiesça.

— Quoi ? lui murmurai-je, confuse.

Il fouilla dans sa poche avec un sourire et en sortit une serviette de bar.

Un souvenir me frappa de plein fouet. La serviette de bar...

— C'est...

Je l'indiquai du doigt, me rappelant du bar où nous avions bu nos derniers cocktails.

— Ce sont les vœux que tu as écrits avec moi cette nuit-là.

— Tu les as gardés ? chuchotai-je alors que les larmes pointaient de nouveau dans mes yeux.

Je croyais que j'en avais fini avec elles après avoir passé une semaine à parler et pleurer et rire, mais elles apparaissaient de nouveau, menaçant de détruire le maquillage que Candice avait passé une heure à appliquer.

— Bien sûr que je les ai gardés. Les souvenirs, c'est important.

Il secoua la serviette pour la déplier et hocha la tête en direction du prêtre.

— Nous sommes prêts.

Mon esprit fut surchargé de tous les souvenirs qui me revenaient en force, débloqués par la serviette de bar magique. Mack et moi avions quitté la chambre d'hôtel après une séance de sexe de folie et avions parcouru les rues de Las Vegas bras dessus-bras dessous et la main dans la main, nous délectant des lumières, du bruit et de la foule de gens heureux. Pendant tout ce temps nous nous étions embrassés, étreints et avions ri à cause de toutes les émotions qui nous envahissaient. Nous avions trouvé un coin de rue animée, nous nous étions assis sur un banc et nous avions parlé et parlé encore de nos rêves, de notre passé et de nos espoirs. Nous avions plaisanté en imaginant avoir des enfants ensemble et comment nous les appellerions. Et puis il avait suggéré que nous nous marions, posant un genou sur le trottoir sale, et j'avais dit oui. Nous nous étions embrassés tout le chemin de l'aller et tout le chemin du retour.

— Andie ?

La voix de Mack me sortit de ma transe.

— Oui ?

— Tu es prête ?

Je hochai la tête.

— Oui, je suis prête.

— Énoncez vos vœux, dit le prêtre à Mack.

Mack me sourit et commença à lire.

— Moi, Gavin MacKenzie, cow-boy sexy et homme de Baker City, Oregon... étant sain d'esprit et le corps brûlant... je déclare par la présente que je t'aime, Andie Marks, avocate extraordinaire, et que je veux être marié avec toi jusqu'à ce que je sois tellement vieux que je meure ou que ma zigounette tombe.

— Oh bon sang, murmurai-je, le visage rouge flamboyant.

Candice renifla et quelqu'un dans la foule eut un petit rire.

Mack continua.

— J'aurais des relations sexuelles avec toi quand tu le voudras, et je te donnerais toujours la possibilité d'être au-dessus si c'est ce qui te rend heureuse. Les fellations seront facultatives, mais appréciées.

Je baissai la tête et me mordis les lèvres pour ne pas éclater de rire. C'était fou. Je n'avais pas réalisé jusqu'à cet instant à quel point j'avais dévié de mon plan cette nuit-là avec Mack, mais c'était étrangement libérateur. Mack m'avait libéré en quelque sorte, son amour déverrouillant la porte de mon cœur et me libérant pour être juste moi-même.

— Je changerais les couches lorsque cela devra être fait, à la fois pour nos enfants et pour toi quand tu seras vielle et décrépite. Je ne cracherais jamais en public ni ne roterais trop fort ou encore ne dirais des choses méchantes à propos de tes amies.

Candice me tapota avec ses fleurs.

— Bien trouvé, celle-là, murmura-t-elle.

— Et enfin ...

Sa voix s'adoucit.

— Je promets de ne jamais lever la main sur toi sur un coup de colère, de te dire que tu es inutile ou de menacer de blesser les gens que tu aimes. Fini, terminé, heureux à jamais. Ce sont mes vœux.

Je pleurai avant qu'il arrive à la fin. J'avais écrit les promesses d'une ivrogne de quinze ans qui rencontrait son premier amour. Je pouvais me voir... une fille stupide en train d'écrire sur une serviette de bar tandis qu'elle errait sur la route solitaire du passé, suivant la balise de lumière qu'elle considérait comme son avenir. Un avenir avec Mack.

— Merci, murmurai-je.

Je brille mais ne brûle point

Je regardai la foule pour voir à quel point j'avais embarrassé mon futur mari, et il n'y avait pas un œil sec dans l'assemblée. Ma mère pleurait silencieusement dans un mouchoir tandis que Maeve passait un bras autour de ses épaules. Grand-mère Lettie hochait la tête comme si elle était à une messe. Loué soit le Seigneur.

— Et maintenant, vos vœux, dit le prêtre en me regardant.

— Je... n'en ai pas écrit. Je ne savais pas...

— Dis simplement ce que tu veux, déclara Mack. Ou tu peux te servir de ça.

Il agita la serviette entre nous.

— Non merci, dis-je, incapable d'empêcher un sourire d'apparaître sur mon visage.

Je m'éclaircis la gorge.

— Je peux le faire.

— Je sais que tu le peux.

Il se pencha et m'embrassa tendrement.

— Hé, pas de baisers avant la fin, dit Kelly en me tapant sur l'épaule avec ses fleurs.

Je repoussai doucement Mack et prenais une profonde inspiration.

— D'accord. Les vœux. Prise Une.

Je regardai Mack, essayant d'exprimer avec mes yeux à quel point je l'aimais à ce moment-là.

— Je promets de t'être fidèle. De toujours t'écouter quand tu voudras parler. D'avoir des relations sexuelles chaque fois que tu le voudras, où tu voudras.

Ses sourcils se haussèrent à ces mots et je continuai, mon sourire refusant de quitter mon visage.

— Je promets d'apprendre à cuisiner une poitrine de bœuf mangeable, d'attraper un veau au lasso et de monter à cheval. Je resterais avec toi aussi longtemps que tu voudras de moi. Et je promets d'être une aussi bonne mère pour tes enfants que je le pourrais.

Une larme apparut à chacun des yeux de Mack et ses lèvres tremblèrent légèrement.

— Merci.

Il articula silencieusement les mots avant de se retourner vers le prêtre.

— Eh bien, je suppose que c'est fini, alors, dit l'homme en face de nous. Quelqu'un a-t-il les anneaux ?

Ian se pencha et tendit les alliances en or à Mack. Ce dernier me donna la sienne et tint la mienne.

— S'il vous plaît, passez l'alliance au doigt de votre futur conjoint.

Une vague de chaleur me submergea lorsque Mack glissa l'alliance à mon doigt où je savais qu'elle résiderait jusqu'au jour de ma mort.

Il referma ses doigts sur les miens tandis que je finissais de passer son anneau à son doigt.

— Je vous déclare maintenant mari et femme. Vous pouvez embrasser votre épouse, cow-boy.

Mack sourit et se pencha, bloquant ma vue sur les invités avec le large bord de son chapeau.

— Je t'aime, Andie MacKenzie, dit-il alors que ses lèvres venaient contre les miennes.

— Je t'aime aussi, Gavin MacKenzie, répondis-je en appuyant mes lèvres sur les siennes.

FIN.

IAN MACKENZIE EST UN vrai casse-pied grincheux depuis trois ans maintenant, ressassant toujours ses fiançailles brisées et sa vie au ranch. Entre en scène Candice, la meilleure amie de sa belle-sœur, qui leur rend visite de deux semaines alors qu'ils attendent la naissance de la première nièce d'Ian.

Candice est propriétaire d'une entreprise florissante, une experte des cheveux et de la mode, déterminée à toujours voir le meilleur en toutes choses, même lorsqu'elle trébuche et tombe partout sur la glace de l'Oregon. Sans même essayer, elle réussit à se glisser sous la peau d'Ian et à lui faire dire et faire des choses qu'il n'aurait jamais dîtes ou faites normalement.
Lorsqu'ils se retrouvent tous les deux à passer du temps ensemble, les étincelles et les flocons se déchainent. La question est de savoir s'ils vont faire quelque chose à ce sujet, et ce qui se passera dans leurs vies s'ils le font.

À PROPOS DE L'AUTEUR

Elle Casey est une auteure Américaine prolifique qui vit dans le sud de la France avec son mari, ses trois enfants, et plusieurs amis à fourrure. Elle écrit dans différents genres et publie au moins un livre par mois.

Une note personnelle d'Elle…

Si vous avez aimé ce livre, merci de prendre un moment pour laisser un commentaire sur le site où vous l'avez acheté, sur Goodreads ou des blogs de livres auxquels vous participez, et dites-le à vos amis ! J'adore interagir avec mes lecteurs, alors si vous avez envie de bavarder ou parler de livres ou de votre famille ou d'animaux, merci de me rendre visite. Vous pouvez me trouver ici…

www.ElleCasey.com
www.Facebook.com/ellecaseytheauthor
www.Twitter.com/ellecasey

Vous voulez être prévenu par un email
de la prochaine sortie de mes livres?

Inscrivez-vous ici : http://eepurl.com/h3aYM

Du même auteur

NEW ADULT ROMANCE
Shine Not Burn (série de 2 livres)
By Degrees
Don't Make Me Beautiful
Rebel (série de 3 livres)

ADULT CONTEMPORARY ROMANCE
Full Measure (nom de plume : Kat Lee)
Just One Night (série de 6 livres)

YA PARANORMAL ROMANCE
Duality (série de 2 livres)

YA URBAN FANTASY
War of the Fae (série de 4 livres)
Clash of the Otherworlds (série de 3 livres, suit *War of the Fae*)
My Vampire Summer
Aces High

YA DYSTOPIAN
Apocalypsis (série de 4 livres)

YA ACTION ADVENTURE
Wrecked (série de 2 livres)